Volker Schnell, geboren 1962 in Kassel, lebt nach fünfundzwanzig Jahren im Ruhrgebiet und an der Ostsee wieder als freier Autor, Übersetzer und Journalist in Nordhessen. Schulversager, Ausbildungsabbrecher, Milieustudien unter Freaks, Kleinkriminellen und beim Bund. Dann Werbetexter, Chefredakteur verschiedener Magazine. Im Schneekluth Verlag erschien sein Thriller »Der Tod des Aufsichtsrats«, im Sutton Verlag seine Stadtgeschichte »Was war los in Kassel 1950–2000«.

VOLKER SCHNELL

Mordhessen

KRIMINALROMAN

emons:

MIX
Papier aus verantwortungsvollen Quellen
FSC® C083411

Umschlagmotiv: Heribert Stragholz
Umschlaggestaltung: Tobias Doetsch
Druck und Bindung: CPI – Clausen & Bosse, Leck
Printed in Germany 2011
ISBN 978-3-89705-837-8
Originalausgabe

Prolog

September, vor 27 Jahren

Die Jagd, dachte der Mann auf dem Hochsitz, ist ein schönes Hobby. Vor allem, wenn die Beute Menschen sind.

Es war ein sonniger Nachmittag. Er ließ seinen Feldstecher über das weite Kasseler Becken gleiten, die Stadt eingerahmt von dunkel bewaldeten Hügeln, überragt von Schloss Wilhelmshöhe und Herkules drüben auf der anderen Seite. Unten im Tal schlängelte sich die Fulda. Der Fluss glitzerte in der Sonne wie die Glasscheiben der Bürogebäude. Von hier oben hatte man den schönsten Blick.

Er wandte sich dem Saum des Waldes zu. Dort kauerte ein altes Bauernhaus mit einer angebauten Holzhütte. Durch den Feldstecher konnte der Mann das lachende Gesicht des kleinen Mädchens auf dem Pony erkennen. Die Mutter war im Haus.

An der Tür brachten zwei Männer zusätzliche Sicherheitsschlösser an. Der Mann auf dem Hochsitz lächelte. Heute Nacht war genau die richtige Nacht.

Am Vormittag kam eine Wandergruppe unter Leitung des beflissenen, bei den Damen beliebten Friedemann Frielendorf an dem einsamen Bauernhaus vorbei. Obwohl Frielendorf unausgesetzt über die Schönheiten des Reinhardswalds plauderte und Begebenheiten aus diversen Märchen der Brüder Grimm einflocht, fiel ihm auf, dass die Tür offen stand. Das Pony wieherte im Stall.

»Wenn man hier bauen dürfte«, erläuterte Friedemann Frielendorf den Teilnehmern, »die Häuser wären unbezahlbar.«

»Warum darf man nicht bauen? Naturschutz?«

»Nein, der Mandelberg ist Privatbesitz. Der Besitzer hat geerbt und will nicht verkaufen.«

Gegen vier Uhr nachmittags kam die Gruppe auf dem Rückweg erneut an dem Haus vorbei. Die Tür stand immer noch offen. Das Wiehern des Ponys klang jetzt irgendwie verzweifelt.

»Da stimmt was nicht«, sagte Friedemann Frielendorf.

Etwa eine Stunde später betraten zwei Schutzpolizisten das Haus. Kein Mensch zu sehen. Auf ihr Rufen tat sich nichts. Oben brannte Licht. Sie stiegen die Treppe hoch. Hier oben war ein durchdringendes Summen zu hören. Beide hatten die Rechte auf dem Knauf ihrer Dienstwaffen, ließen sie aber im Holster stecken. Sie öffneten Türen: Badezimmer, Kinderzimmer – und ein Schlafzimmer, in dem vier Menschen lagen. Drei davon waren tot. Dem Mann und der Frau war ins Gesicht geschossen worden. Jede Menge Blut, Knochensplitter, Gehirnmasse. Ihre Blasen und Därme hatten sich entleert. Das Summen kam von einigen tausend Fliegen. Das kleine Mädchen hatte einen glatten Schläfendurchschuss. Sonst schien es friedlich schlafend im linken Arm des zweiten Mannes zu liegen. Der lehnte an der Wand. Neben ihm lag eine leere Flasche Doppelkorn. Seine rechte Hand hielt eine klobige alte Armeepistole. Der Mann schnarchte.

Es war bereits dunkel, als gegen halb zehn Uhr abends Polizeipräsident Herbert Holzapfel und der Leitende Oberstaatsanwalt Dr. Frieder Rohde am Tatort eintrafen.

Unten im Tal leuchtete die Stadt. Der Herkules am Horizont war bereits grün angestrahlt; darunter schimmerte das Schloss in hellem Orange.

Mehrere Streifenwagen, zivile Fahrzeuge und Kastenwagen der Kriminaltechniker standen herum. Der Bereich um das Haus war mit rot-weißem Polizeiband abgesperrt. Für den Zugang war eine gründlich abgesuchte Gasse gebildet worden.

Der Telefonanruf hatte den Polizeipräsidenten und den Leitenden Oberstaatsanwalt bei derselben gesellschaftlichen Verpflichtung in der Stadt erreicht, einem Umtrunk der Spitze des Bezirks Hessen-Nord der Sozialdemokratischen Partei Deutschlands im Anschluss an das jährliche Gedenken mit Kranzniederlegung zum Jahrestag des Kriegsausbruches am Mahnmal für die Opfer des Faschismus im Fürstengarten auf dem Weinberg.

Ministerpräsident Holger Börner, Justizminister Herbert Viehmann, Finanzminister Hans Krollmann, Wissenschaftsministerin Vera Rüdiger, mehrere Landtagsabgeordnete, darunter der spätere Justizminister Manfred Schmelting, Landrat Josef »Jupp« Voepel und Oberbürgermeister Hans Eichel zählten ebenfalls zu den Anwesenden. Das Bundesland Hessen war ein Stammland der Sozialdemokraten, aber die Mehrheiten kamen fast nur noch aus dem Norden, wo nicht nur die Städte, sondern vor allem das von protestantischen Kleinbauern und den Eigenheimen der Facharbeiter geprägte Land tiefrot waren; die Genossen galten hier als bodenständig und eher rechts, im Gegensatz zu den Südhessen. Nachdem sein südhessischer Vorgänger über einen Bankenskandal gestürzt war, setzte Börner die Tradition fort, dass ein Kasseler Sozialdemokrat Landesvater zu sein hat. Eichel sollte ihm später darin folgen.

Holzapfel war in seinem schnittigen BMW-Sportwagen vorausgefahren und stieg als Erster aus. Er war ein schlanker langer Mann Mitte vierzig mit Brille und beginnender Glatze, der auch im Anzug stets etwas schlaksig wirkte. Er hatte eine hübsche Frau und eine niedliche Tochter; über seine häufig wechselnden Amouren und seine Ausflüge nach Bad Homburg, ins Spielcasino, wurde vergnügt getuschelt, ohne dass ihm das schadete. Die Jüngeren nannten ihn »James Bond Senior«.

Nach ihm entstieg Dr. Rohde einem alten schmutzigen Citroën DS, der auf dem Feldweg wie ein Schiff auf hoher See geschaukelt hatte. Der Leitende Oberstaatsanwalt war im Gegensatz zu seinem vernachlässigten Auto immer wie aus dem Ei gepellt. Er war Anfang fünfzig, klein und dünn, seine graue Tolle war kunstvoll onduliert, er trug eine Brille mit kleinen runden Gläsern und eine gelbrot gestreifte Fliege. Er war schwul, wie jedermann wusste; und bereits Staatsanwalt gewesen, als das noch illegal war.

Holzapfel nickte den Uniformierten freundlich zu und winkte einen jungen Kriminaloberkommissar heran. Dr. Rohde grüßte nach allen Seiten.

Holzapfel sagte: »Sie kennen Kriminaloberkommissar Siepmann?«

»Natürlich«, sagte Dr. Rohde und schüttelte dessen Hand. Der Kommissar war Anfang dreißig, wirkte durchtrainiert und sehr beflissen. Er war fast vollständig kahl und, wie Dr. Rohde wusste, einer der Protegés des Polizeipräsidenten.

Holzapfel setzte ein ernstes Gesicht auf. »Also, was haben wir? Schlimme Sache?«

»Drei Tote. Eine Familie. Vater, Mutter, Tochter. Kommen Sie mit rein.«

Etwas derart aufsehenerregendes kam im ruhigen Nordhessen sonst kaum vor. Da wollten die Chefs von Anfang an involviert sein. Deshalb hatte man sie mit einiger Mühe aufgetrieben.

»Wie alt ist die Tochter?«, fragte der Leitende Oberstaatsanwalt.

»Fünf.«

Dr. Rohde schluckte, sah sich um und entdeckte einen alten Bekannten, der am Zaun um die Wiese lehnte. »Was macht Frielendorf hier?«

»Leitete eine Wandergruppe, der auffiel, dass die Tür offen stand.«

»Einen Augenblick«, sagte Dr. Rohde und schüttelte Frielendorf die Hand. Die Polizeibeamten sahen sich an und verdrehten die Augen.

»Wer hier den Wald abholzt und Eigenheime hinsetzt«, offerierte Frielendorf seine schon den ganzen Abend vorgetragene Theorie, »verdient sich 'ne goldene Nase.«

»Noch weiß ich nichts«, sagte Dr. Rohde unverbindlich.

»Wir ermitteln in alle Richtungen«, sagte Holzapfel. »Vielen Dank für den Hinweis.«

Dann folgten sie Siepmann ins Haus. Der Tatverdächtige, ein Helmut Sutter, vierundvierzig, Bewohner der angebauten Hütte, war bereits mit schwerer Alkoholvergiftung unter Bewachung ins Marien-Krankenhaus auf dem Rothenberg in der Stadt gebracht worden.

In dem Schlafzimmer war Sutters Position mit Kreide markiert. Das kleine Mädchen lag jetzt auf dem Boden. Die Fliegen waren weg. Sonst hatte der Anblick der drei Leichen nichts von seinem Horror verloren. Die Waffe lag in einer durchsichtigen

Plastiktüte auf einem Nachttisch. Sie war bereits auf Fingerabdrücke untersucht worden. Holzapfel schluckte aufkommende Übelkeit herunter und wandte sich an den Leiter des Kriminalkommissariats 11, den Ersten Kriminalhauptkommissar Max Hildebrand.

»Gibt es Zweifel?«

Hildebrand war ein stämmiger Bursche mit stahlgrauem Igelschnitt. Er hob die Schultern. »Überall nur seine Fingerabdrücke. An seiner Hand waren Schmauchspuren. Es sieht nach einer ganz klaren Sache aus.«

»Kann es sein, dass Sie irgendetwas stört?«, fragte Dr. Rohde.

Hildebrand nickte zu Rohdes Überraschung. »Der Mann war nicht ansprechbar, auch nachdem wir ihn wach gekriegt hatten. Er sah die Leichen und kapierte gar nichts. Ein Motiv ist nicht feststellbar. Außerdem gibt es zwei komische Fußspuren. Von der Tür nach da drüben, wo Sie Ihre Wagen stehen haben.«

»Es hat seit anderthalb Wochen nicht geregnet.« Siepmann hörte sich an, als habe er über diese Fußspuren bereits mit seinem Chef Argumente ausgetauscht.

»Reifenspuren?«, wollte Holzapfel wissen.

»Nein. Wer immer diese Fußspuren hinterlassen hat, ist zu Fuß gekommen.«

Alle fünf gingen wieder runter, traten vor das Haus und blickten auf die Lichter der Stadt unten im Tal.

»Phantastischer Blick«, meinte Dr. Rohde. »Reiche Leute.«

»Wenn es Erben gibt«, stimmte Holzapfel zu, »nehmt ihr euch die mit aller Gründlichkeit vor. Vor allem ihre finanziellen Verhältnisse.«

Aber es gab keine Erben. Die Opfer, Frank und Christine Hornbach, beide Zahnärzte mit einem weiteren Haus in der Stadt, waren Einzelkinder. Seine Mutter war schon seit Jahren tot, der Vater im Februar friedlich entschlafen. Ihre Eltern waren zu Ostern auf einer Ferienreise im Allgäu einem Verkehrsunfall zum Opfer gefallen. Das Geldvermögen würde sich das Finanzamt unter den Nagel reißen. Der Mandelberg fiel an die Gemeinde Fuldatal.

Die Kriminaltechniker fanden Spuren eines Einbruchs, der einige Zeit vorher passiert sein musste. Ein Hobbyraum war relativ frisch gestrichen; ob da irgendein Zusammenhang bestand, konnte niemand sagen.

Neben mehreren offenbar selbst geschnitzten Holzskulpturen, die dämonisch wirkende Fratzen darstellten, fand sich in Sutters selbst gezimmerter Hütte etwas Merkwürdiges: Auf einem dreckigen Tisch hatte jemand zwei Striche in den Staub gezogen, einen senkrechten, vielleicht sieben oder acht Zentimeter lang; ein kürzerer, etwa drei Zentimeter, kreuzte den senkrechten im unteren Drittel waagerecht. Niemand konnte etwas damit anfangen.

Sutter hatte noch am ersten Abend gegenüber Dr. Rohde ein Geständnis abgelegt. Das Tonband zeichnete im wesentlichen Schreie der Verzweiflung auf. Der Ausdruck »Gottverdammich!« kam besonders häufig vor. In späteren Verhören in der Untersuchungshaft bestätigte Sutter, dass er vor Kurzem einen nächtlichen Einbruch im Suff nicht bemerkt hatte, was zu Streit zwischen ihm und Frank Hornbach führte. Vorher hätte jemand mehrmals Müll in dem Wald, *seinem* Wald, abgekippt.

Sutter bekam einen Pflichtverteidiger zugeteilt und widerrief sofort das Geständnis. Der Pflichtverteidiger redete mit Friedemann Frielendorf und stellte die Theorie eines Immobilienprojekts mit geheimen Hintermännern auf.

Siepmann trug unterdessen Material über Helmut Sutter zusammen: Sohn eines im Krieg gefallenen Freundes von Franks Vater Henner Hornbach, wuchs er als Kriegswaise in Heimen auf. Zahllose Verurteilungen wegen Landstreicherei, Einbruch, Diebstahl und Körperverletzung seit seinem sechzehnten Lebensjahr.

Im November wurde Sutter zu dreimal lebenslänglich wegen heimtückischen und grausamen Mordes in drei Fällen verurteilt. Der Prozess hatte es sogar auf die Titelseite der BILD geschafft. Von der lokalen Hessisch/Niedersächsischen Allgemeine (HNA) natürlich ganz zu schweigen. Der berühmte Gerichtsreporter des Spiegel war ebenfalls angereist, wie die Lokalzeitung nicht zu erwähnen vergaß.

Vor dem Haus hielt ein Wagen, und ein Mann stieg aus. Der Mann auf dem Hochsitz erkannte durch seinen Feldstecher den Ersten Kriminalhauptkommissar Max Hildebrand. Hildebrand betrat das Haus. Aber was immer er darin jetzt noch zu finden hoffte, es würde keine Rolle mehr spielen.

Der Mann auf dem Hochsitz war natürlich nicht im Gerichtssaal gewesen.

Er war ja kein Idiot.

EINS

Juni, Gegenwart

Der Mann auf dem Hochsitz hatte ein leises Lächeln im Gesicht. Die Vögel begannen zu zwitschern. Bald darauf wurde es hell. Keine Wolke am Himmel, aber feuchter Dunst über dem weiten Kasseler Becken. Unten in der Stadt gingen die Lichter aus, und die Anstrahlung von Schloss und Herkules drüben auf der anderen Seite wurde abgeschaltet. Genau wie damals, vor siebenundzwanzig Jahren, hatte der harte Winter bis in den April gedauert, erst im Mai war endlich alles grün geworden. Ständig graues Regenwetter – bis es letzte Woche mit einem Schlag sonnig und heiß geworden war. Der Mann auf dem Hochsitz sog die frische, kurz vor Sonnenaufgang noch kühle Frühlingsluft tief ein, als er dahin blickte, wo das Bauernhaus der Hornbachs gewesen war. Ein kleines Holzkreuz erinnerte an die Morde. Wie schon oft war es mal wieder aus dem Boden gerissen und umgedreht hingestellt worden.

Eigentlich konnte aus Sutters Begnadigung kein Problem erwachsen. Es war sowieso erstaunlich, dass er immer noch saß. Was daran lag, dass er immer noch auf seiner Unschuld bestand. Aber Sutter wusste nichts. Da waren sie ganz sicher.

Was sie beunruhigte, war dieses Versprechen. Ein Mithäftling, der ebenfalls seine Unschuld beteuerte, aber in einem Wiederaufnahmeverfahren freigesprochen worden war, sollte Sutter angeblich versprochen haben, ihn rauszuholen und seine Unschuld ebenfalls zu beweisen. Das Problem war die Identität dieses speziellen Knastbruders. Ein Mensch mit Verbindungen, der nach kaum sechs Monaten tatsächlich Sutters Begnadigung erreicht hatte.

Was schon an sich bemerkenswert war. Oder vielleicht auch nicht: Der konservative Ministerpräsident hatte seinen Rückzug aus der Politik angekündigt und wollte sich noch ein bisschen großzügig zeigen.

Trotzdem: Das klang wesentlich gefährlicher als die lächerliche Erpressung, die sie letzten Winter mit ihrer üblichen Perfektion geräuschlos beendet hatten.

Aber der Mann auf dem Hochsitz konnte sich nicht helfen: Er freute sich auf die Herausforderung. Deshalb lächelte er ständig. Heute wurde Sutter entlassen.

Marcus Aurelius von Loquai, in manchen Kreisen als »Prinz, der Planer« bekannt, trug eine schwarze Radrennfahrerhose und ein mintfarbenes Trikot mit der Aufschrift »Bianchi« und schob mit staksigem Gang ein Rennrad über das grobe Pflaster des Innenhofs von Gut Holdorf. Das Metall unter den Sohlen, zum Befestigen an den Pedalen, klackerte auf den Pflastersteinen. Die beiden großen dänischen Doggen Apollon und Artemis, deren Namen ein weiterer Beleg für das Faible seines toten Vaters, des Generals, für die Antike waren, begrüßten ihn, folgten ihm aber nicht.

Prinz war nicht groß, aber schlank, geradezu dünn, und er bewegte sich trotz des Handicaps unter den Schuhen beinahe tierhaft – diesen Eindruck verursachten etwas zu kurze Beine und etwas zu lange Arme. Er hatte die unauffälligen langen Muskeln eines Ausdauersportlers, nur sein dicker Hals stach hervor. Sein Haar war so hellblond und außerdem so kurz geschoren, dass es manchmal wirkte, als sei er kahl. Das Gesicht war grob, aber sinnlich: große gebrochene Nase, dicke Lippen. Sein Alter war schwer zu schätzen; er wirkte auf den ersten Blick wie jemand in den Zwanzigern, aber das Gesicht war älter. Er hatte fast schwarze Augen, wie getönte Scheiben: Man konnte nicht hineinsehen.

Dieser Mann hatte einige der spektakulärsten und profitabelsten Einbrüche der letzten Jahre geplant, die unter seiner Führung durchgezogen wurden, ohne dass jemand aus dem Team erwischt wurde. Der Safe eines internationalen Waffenhändlers in Berg am Starnberger See; die Polizei vermutete einen geheimdienstlichen Hintergrund. Die Sammlung eines Vorstandsvorsitzenden einer Frankfurter Bank in Kronberg im Taunus, der dank seiner abstrusen Gehälter Kunstschätze im Keller hortete; die Polizei hatte keine Ahnung, was sie vermuten sollte. Das komplette Lager eines Diamantengroßhändlers in Düsseldorf; die Polizei glaubte an eine Bande aus Benelux oder Frankreich.

Prinz selbst hielt sich gar nicht so besonders viel auf seine Pläne zugute; er versuchte, sich so gut wie möglich in die Leute auf der anderen Seite hineinzuversetzen und den einfachsten Weg zum Ziel zu finden. Dann improvisierte er je nach Lage. Der einfachste Weg war übrigens oft nicht der kürzeste; im Gegenteil, manchmal waren erstaunliche Umwege nötig, um die Sache simpel zu halten. Für die Fehlschläge, die es natürlich auch gab, hatte er mit einigen Knastaufenthalten bezahlt. Und war grinsend rausgekommen. Außer beim letzten Mal.

Aber es machte Spaß, und das war es, worum es ihm früher gegangen war. Er hatte diese kriminellen Fischzüge nie nötig gehabt. Seinen Spitznamen hatte er seit der Schulzeit, wegen der affektierten Vornamen und des schwer aussprechbaren hugenottischen Nachnamens (den naheliegenden ersten, Lokus, hatte er schnell unterbunden), und weil der »schwer erziehbare« junge Mann immer die Attitüde an den Tag gelegt hatte, ihm sei alles egal, denn er war schließlich Erbe. Nicht nur dieses Guts und der umliegenden, von Pachtbauern bewirtschafteten Ländereien, sondern vor allem eines beeindruckenden Anlagevermögens, das trotz des letzten Crashs nur unwesentlich geschrumpft war. Und nun, nach dem Freispruch im Januar, gehörte tatsächlich alles ihm.

Das Gut Holdorf lag im idyllischen Warmebachtal, etwa zwanzig Kilometer nordwestlich der Stadt, umrahmt von zwei Armen eines Bachs, nur über eine schmale Straße und zwei ungepflasterte Zufahrten über den vorderen Bachlauf zu erreichen. Es bestand aus einem zweistöckigen weißen Herrenhaus mit Park und Teich dahinter und verschiedenen, wie planlos um den Innenhof gruppierten größeren und kleineren Gebäuden. Zwei kleine Fachwerkhäuser in hübschen Gärten, eins für die Gutsverwalterin, das andere für die Familie, die sich um die Pferde und die Parcours für Springreiten und Dressur kümmerte; ein großes Fachwerkhaus, das ehemalige Gesindehaus, in dem jetzt

Wohnungen waren. Die Pferdeställe gegenüber dem Herrenhaus schlossen den Innenhof ab, der von einem offenen Unterstand für die Trecker dominiert wurde. Etwas versetzt hinter einer langen Reihe Holzschuppen, früher für Kutschen, heute für den Wagenpark, stand ein altes Torhaus am hinteren Bachlauf, weil dort die Zufahrt gewesen war, bevor die Straße gebaut worden war.

Vor über dreißig Jahren waren einige Szenen eines TV-Mehrteilers hier gedreht worden, und der sechsjährige Prinz war als Statist zweimal im Bild gewesen, verkleidet als Bauernjunge des 18. Jahrhunderts: »Der Winter, der ein Sommer war«, nach einem Roman von Sandra Paretti. Es ging um die hessischen Soldaten, die Landgraf Friedrich II. von Hessen-Cassel, immer von Neid auf seinen berühmten Namens-, Nummern- und tatsächlichen Vetter in Potsdam geplagt, an die Briten zum Einsatz in Amerika verhökert hatte. Günther Strack gab den Landgrafen, an sich eine Idealbesetzung, schon allein wegen der Körperfülle: Der Bildhauer des weißen Marmordenkmals auf dem Friedrichsplatz in der Stadt hatte erkennbar Mühe gehabt, Friedrichs Fettmassen heroisch umzusetzen. Leider sprach der Schauspieler lupenreines Frankfurterisch, was zu wochenlanger Empörung in den Leserbriefspalten der HNA führte. Kasselänerisch ist schließlich ein ganz eigener, hochmerkwürdiger Dialekt, vielleicht mit ein paar Anklängen ans Thüringische. Prinz hatte keine Ahnung, wie der Landgraf tatsächlich geredet hatte; vermutlich sowieso eher Französisch als Deutsch, wie der berühmte andere Friedrich. Er selbst sprach auch keinen Dialekt, das hätte seine Großmutter, unter deren Fuchtel er seine ersten Jahre verbracht hatte, nie zugelassen. Aber er kannte natürlich die einschlägigen Zitate: »Gähd dä Rättä dä?« – »Nä, dä Rättä gähd mä nä«, vorzugsweise schnell auszustoßen wie eine Maschinengewehrsalve. Übersetzung: »Gehört der Hund Ihnen?« – »Nein, der Hund gehört mir nicht.«

Da Kassel über Jahrhunderte Hauptstadt des Landes, später der preußischen Provinz gewesen war, betrachtete man hier Wiesbaden und Frankfurt mit Abscheu. Die sturen Nordhessen hatten überhaupt viel mehr mit den genauso sturen Ostwestfalen und Thüringern gemeinsam als mit den verachteten Südhessen und ihrem dämlichen Äbbelwoi-Geschwätz.

Prinz sah auf seine Uhr, blieb an der Straße stehen und blickte zurück, hoch zu dem Fenster, das die Morgensonne reflektierte. Halb sieben. Der Raum hinter diesem Fenster war nicht angerührt worden und immer verschlossen, seit sein Vater, an den er nur als »den General« dachte, sich darin vor vier Jahren erschossen hatte. Es war ebenfalls so ein Junimorgen mit schon früh aufsteigender Sonne gewesen, zweieinhalb Stunden früher als jetzt, gegen vier, als der Schuss die Gutsverwalterin geweckt hatte. Prinz, der die Nacht mit einer verheirateten Frau verbracht hatte, traf schon vor dem Notarzt ein. Am Abend vorher hatte er mit seinem Vater im selben Raum eine Auseinandersetzung gehabt, die für einen kurzen Moment in Handgreiflichkeiten ausgeartet war, denn der General sammelte Beweise über die Aktivitäten seines Sohnes, dachte über Möglichkeiten der Enterbung nach und holte seine Pistole aus einer Schublade, die Prinz ihm abnehmen musste. Daher fanden sich seine Fingerabdrücke überall an der Waffe. Kein Abschiedsbrief.

Der Leiter der Mordkommission, ein Hauptkommissar Siepmann, hatte sich geweigert, die Möglichkeit eines Selbstmords auch nur in Betracht zu ziehen. Er tönte überall herum, dass er diesen verkommenen Adeligen mit kofferdicken Polizeiakten ein für alle Mal hinter Gitter bringen würde. Die verheiratete Frau weigerte sich, Prinz' Alibi zu bestätigen. Die Aussage von Ingrid, der Gutsverwalterin, für Prinz seit jeher eine Mischung aus großer Schwester und Stiefmutter, aber für den General nie mehr als eine Angestellte, wurde als Schutzbehauptung abgetan. Verurteilung nach einem halben Jahr Untersuchungshaft. Lebenslänglich. Prinz saß unschuldig im Knast, etwas ganz anderes, als schuldig seine Zeit abzubrummen, und währenddessen ging irgendetwas mit ihm vor.

Dann hatte es noch drei Jahre gedauert, bis sein Freund und Anwalt Andreas Viehmann, Sohn des ehemaligen Landesjustiz- und Innenministers Herbert Viehmann, die Wiederaufnahme vor einem anderen Landgericht durchgesetzt und gewonnen hatte.

In dubio pro reo. Im Zweifel für den Angeklagten. Bestenfalls ein halber Sieg.

An der Straße schwang sich Prinz auf das Rennrad und erreichte schnell eine hohe Geschwindigkeit. Das völlige körperliche Auspumpen auf dem Rennrad war eine Sucht für ihn. Keine Wolke am Himmel, die Luft noch frisch, letzte flache Nebelbänke über dem Bach, der Tau glitzerte in der Sonne, das frische Grün leuchtete so intensiv, dass es beinahe wehtat. Prinz schob die Vergangenheit beiseite. Er war an diesem Tag schon so früh unterwegs, weil in wenigen Stunden seine neue Mission begann: Gerechtigkeit.

Er fuhr an anderen Gutshöfen des alten kurhessischen Adels vorbei, von deren Besitzern er wusste, dass sie ihn nach wie vor für schuldig hielten. Das kümmerte ihn nicht. Bei Gut Laar wandten zwei Bauern auf einem Trecker die Blicke ab, als er vorbeifuhr; hierher waren nach dem Zweiten Weltkrieg die Wiener Lipizzaner vor der Roten Armee in Sicherheit gebracht worden. Bei Gut Hohenborn starrte ihn ein Mädchen an; die von Hohenborns, gute Freunde seines Vaters, waren ebenfalls eine alte Offiziersfamilie, gegen Ende des Ersten Weltkriegs war ein von Hohenborn Kriegsminister des Kaiserreichs gewesen, nach der Niederlage hatte auch der sich erschossen. Auf Gut Escheberg, jetzt ein nobler Golfclub, war noch alles im Tiefschlaf; im Park hatte Emmanuel Geibel »Der Mai ist gekommen« gedichtet. Bei der Burgruine Falkenberg kam ihm ein anderer Radrennfahrer entgegen. Prinz ließ das Rad rollen, als er das weiße Trikot und die elegante Haltung des Fahrers auf dem Sattel erkannte, völlig verschieden von seiner eigenen, weil er mit seinen kurzen Beinen wie ein Affe über dem Rahmen hockte. Der andere Fahrer war ein sehr alter Mann.

»So früh schon unterwegs, Alter Sack?«, rief er ihm zu.

Der Alte Sack grinste, sagte: »Senile Bettflucht«, drehte, und sie radelten entspannt nebeneinander her und schwatzten, über die gerade laufende Tour de Suisse als letzte Vorbereitung der Profis auf die Tour de France, über die Chancen verschiedener Fahrer. Dieser Mann, inzwischen weit über achtzig, hatte ihn vor mehr als zwei Jahrzehnten zum Radsport gebracht.

Als er seine erste Jugendstrafe absaß, war er sechzehn gewesen. Der stellvertretende Direktor der damaligen Jugendstrafanstalt Kaufungen war ein Radrennfahrer. Er wollte die kriminell gewordenen Jungs dazu bringen, ihre überschüssige Energie in seinen kräftezehrenden Sport zu investieren. Dabei half ihm ein Rentner, eben der Alte Sack, der sich für ein paar Mark um die Räder kümmerte und den stellvertretenden Direktor bei den Radausflügen mit den Gefangenen begleitete.

Der sechzehnjährige Prinz war mit der Gruppe losgeradelt, sicher, dass das ein Kinderspiel werden würde. Die beiden waren hager und sehnig, aber sie hätten sein Opa und sein Uropa sein können. Irgendwo bog Prinz einfach ab und trat voll in die Pedale. Der stellvertretende Direktor und der Alte Sack nahmen die Verfolgung auf. Prinz strampelte wie verrückt, aber er konnte sie einfach nicht abschütteln. Schließlich holten sie ihn ein, der stellvertretende Direktor meinte freundlich: »Sollen wir langsam umkehren, oder willst du noch ein Stück?«

Der Alte Sack grinste bloß. Die beiden waren nicht mal sonderlich außer Atem. Auf der Rückfahrt war Prinz so erledigt, dass sie ihn *schieben* mussten. Er konnte ja nicht ahnen, dass der Alte Sack vor Jahrzehnten der größte Lokalmatador der ganzen Gegend gewesen war. Aber so was konnte einer wie Prinz natürlich nicht auf sich sitzen lassen. Zwei Jahre später hatten der stellvertretende Direktor und der Alte Sack keine Chance mehr gegen ihn.

Plötzlich ein überraschender Themenwechsel: »Du sollst einen Mörder aus dem Knast geholt haben.«

»Woher weißt du denn davon?«, fragte Prinz verblüfft.

»Ralf sagte so was.« Der frühere stellvertretende Direktor, längst pensioniert.

»Und woher weiß der das?«

»Ach, die kennen sich doch alle, diese Strafvollzugsleute. Wird ihn wohl einer angerufen haben, der weiß, dass er dich kennt. Man macht sich Sorgen, sagte Ralf. Dass du diesem Mörder irgendwelche Flöhe ins Ohr setzt.«

Sieh mal an, dachte Prinz. »Jemand hat Schiss, meinst du«, sagte er.

Der Alte Sack ging darauf nicht ein. »Für diesen alten Knastbruder ist jedenfalls gesorgt. Es gibt da einen Verein zur Betreuung Haftentlassener, diese Leute kümmern sich um ihn, haben schon eine Wohnung für ihn gefunden und so. Der Gefängnispfarrer hat das alles organisiert. Ralf meinte, du würdest da nur stören.«

Prinz sagte nichts. Einige Minuten fuhren sie schweigend nebeneinander her. Es war kein gemütliches Schweigen. Prinz wusste, der Alte Sack war extra so früh hier draußen unterwegs, um ihn abzupassen und diese Botschaft zu überbringen, und der wusste, dass Prinz das wusste.

Das Tor der Justizvollzugsanstalt Kassel-Wehlheiden schloss sich hinter Sutter. Die Sonne brannte ihm ins Gesicht. Er war jetzt einundsiebzig Jahre alt. Und krank.

Siebenundzwanzig Jahre unschuldig im Knast; plötzlich begnadigt, aber nicht freigesprochen, sondern immer noch schuldig.

Auf der Straße parkten die Wagen der Vollzugsbeamten. Sie sahen völlig anders aus, als Sutter Autos in Erinnerung hatte. Wie Raumgleiter aus einer Science-Fiction-Serie. Früher hatte er ganze Tage und halbe Nächte ferngesehen. Im Knast waren Fernseher erlaubt, mussten aber von Verwandten oder Freunden draußen bezahlt werden; so etwas hatte er nie gehabt. Als »Kindermörder« hatten sie ihn natürlich in eine Einzelzelle gesteckt, von den Gemeinschaftsräumen hatte er sich ferngehalten.

Die Gegend war öde. Gegenüber befanden sich ein paar quer zur Straße gestellte zweistöckige Siedlungshäuser aus den 1950ern, in denen hierher versetzte Vollzugsbeamte vom Land während ihrer Dienstwoche wohnten. Von normalen Leuten bewohntes Gebiet begann östlich des Besucherparkplatzes, der an diesem Montagmorgen fast leer war. Kleine Einfamilienhäuser, manche neu.

Sutter fischte den Zettel aus der Hosentasche. Die Klamotten, mit denen man ihn ausgestattet hatte, waren aus der Kleidersammlung: Ein Jackett und eine Hose, die nicht zueinander passten, ein komisch geschnittenes violettes Hemd und monströs klobige Turnschuhe. Er sah aus, als würde er gerade aus dem Knast kommen.

Als er sich nach Osten wandte, scherte vor dem Sportplatz im Westen ein Sportwagen aus einer Parklücke. Am Steuer saß Prinz. Neben ihm ein als »Ollie, der Techniker« bekannter Mann.

Kurz bevor Sutter einen dunkelgrünen älteren BMW der 7er Reihe passierte, öffneten sich Fahrer- und Beifahrertür, und zwei Herren stiegen aus.

Der Sportwagen, ein brandneues nachtblaues Bentley Continental Coupé, verlangsamte kurz, beschleunigte dann und bog rechts ab. Weder Sutter noch die beiden Herren bekamen das mit.

In einiger Entfernung parkte ein schwarzer tiefergelegter Mini Cooper mit verschlungenen, bedrohlich wirkenden roten Mustern auf der Heckscheibe, in dem vier junge Leute saßen: Vorn ein Mann und eine Frau, hinten noch zwei Typen. Sie alle hatten lange schwarze Haare und blasse Gesichter mit reichlich Blech drin und trugen schwarze Klamotten. Sie ließen einen Joint herumgehen und kicherten, weil sie das direkt vor dem Knast taten.

Der Beifahrer streckte die Hand aus. »Guten Tag, Herr Sutter. Mein Name ist Reinhold Bestwig. Pfarrer Bestwig. Willkommen in der Freiheit.« Sutter war zu verblüfft, um zu reagieren, als Pfarrer Bestwig seine Rechte ergriff und schüttelte. »Das ist Dr. Wilhelm Marquardt, ein Arzt. Na ja, wir sind beide längst pensioniert. Wir kommen vom Verein zur Betreuung Haftentlassener. Wenn Sie nichts dagegen haben, würden wir Ihnen gern ein wenig unter die Arme greifen.«

Auch Dr. Marquardt schüttelte Sutters Hand, der noch immer verdutzt dastand. Die beiden Herren lächelten. Sie mussten älter sein als er, auch wenn sie jünger aussahen. Vermutlich Mitte siebzig. Der Doktor war so groß wie Sutter, hatte dichtes weißes Haar, ein kantiges Gesicht und einen Bauch. Er trug einen hellen Sommeranzug. Der Pfarrer war einen halben Kopf kleiner und schlank, hatte nicht mehr viele, über die Glatze gekämmte

Haare und ein verschmitztes, beinahe jungenhaftes Gesicht hinter dicken Brillengläsern. Er trug Jeans und Pullover.

»Natürlich, wir wollen uns nicht aufdrängen«, sagte der Arzt.

Sutter fand seine Sprache wieder. »Mich erwartet ein Herr Sparbier vom Sozialamt«, sagte er mit gesenktem Blick. Er hatte das unterwürfige Verhalten und die Physiognomie vieler langjähriger Strafgefangener angenommen: ein kriecherischer Ausdruck in den Augen, schmale Lippen, eingesackte Knie.

»Ja, bei Herrn Sparbier waren wir schon am Freitag.« Pfarrer Bestwig öffnete die Wagentür hinter dem Beifahrersitz. »Wir können Sie sofort zu ihm fahren, um den Papierkram zu erledigen, und dann in Ihre neue Wohnung, die wir am Wochenende eingerichtet haben, wenn Sie das möchten. Aber wir dachten, da Sie vermutlich niemand sonst zum Feiern haben, könnten wir Sie vielleicht erst zu uns einladen. Ihre neue Wohnung ist morgen auch noch da.«

Sutter zögerte. »Ihr beide wohnt zusammen?«

Pfarrer Bestwig und Dr. Marquardt lachten herzhaft. »Meine Frau hat einen Kuchen gebacken. Für das Abendessen ist Frau Dr. Marquardt zuständig.«

»Habt ihr einen Fernseher?«

Etwa zwei Stunden später, nach Erledigung des Papierkrams im Sozialamt, kam der BMW im Vorort Fuldatal an jener Kreuzung an, wo nach Sutters Erinnerung der Feldweg beginnen musste. Er erblickte eine breite Einfahrt mit einem Hinweisschild: »Mandelberg Park Residenz, 3 km«.

Der BMW bog in die Einfahrt.

Was früher ein schmaler, holpriger Feldweg mit einigen scharfen Kehren und steilen Anstiegen gewesen war, war jetzt zweispurig, asphaltiert, mit großzügigen Kurven begradigt und stieg beinahe gleichmäßig an. Nach einem Waldstück kamen Getreidefelder. Der Wald auf dem Mandelberg war zu sehen. In kurzen Abständen kamen ihnen Autos entgegen. Sie mussten hinter einem roten Linienbus abbremsen.

Wo es am Waldrand entlang zu Hornbachs Bauernhaus gegangen war, bog ein Rest des Feldwegs ab. Zwischen den Bäumen war der alte Hochsitz in den Feldern zu erkennen. Die Straße führte weiter in den Wald. Aber der Wald, *sein* Wald, wie Sutter früher gedacht hatte, endete nach wenigen Metern. Dann begann die »Mandelberg Park Residenz«.

Villen.

Erstaunliche Villen, mit Säulen, Türmchen, Erkern, eine größer als die andere. In blühenden Parks, einer größer als der andere. Drei, manchmal sogar vier Garagen. Den ganzen Berg hoch, bis zur Kuppe, wo ein großes, mehrstöckiges Gebäude, das »Zauberberg«-ähnlich einem Schweizer Bergsanatorium nachempfunden war, alles überragte. Davor ein Schild: »Landrat-Voepel-Seniorenstift«.

Sutter starrte mit großen Augen aus dem Fenster. Zwischen den Villen immer wieder der Blick auf die Stadt unten im Tal.

Hinter der Kuppe fuhr der BMW hinunter in die offenbar nicht ganz so gute Gegend auf der anderen Seite: bloß Häuser, kleiner, enger gestellt auf schmaleren Grundstücken, nur ein oder zwei Garagen; allerdings konnte man durch die Bäume manchmal einen Blick auf die Fulda erhaschen. Vor so einem Haus hielt der BMW. Der Pfarrer öffnete Sutters Tür.

»Willkommen bei uns zu Hause, Herr Sutter.«

Der Bentley hatte etwa hundert Meter entfernt hinter einem geparkten Wagen gehalten. Nachdem der Pfarrer, der Arzt und Sutter in dem Haus verschwunden waren, dauerte es noch einige Minuten, bis »Ollie, der Techniker« ausstieg, an dem Haus vorbeischlenderte und unauffällig einen Blick auf Klingel und Briefkasten warf.

Gegen fünf an diesem sonnigen Montagnachmittag empfing Amtsrichter Michael Preute in seinem Büro eine Geschichtsstudentin aus Kassel, die wochenlang um einen Termin gebettelt hatte.

Amtsrichter Preute war vierundfünfzig Jahre alt, verheiratet, ein Kind, und er gehörte nach eigenem Eingeständnis nicht zu den Eifrigsten. In stillen Momenten konnte er noch immer sein Glück kaum fassen, in diesem hübschen Städtchen auf einem Posten mit hohem gesellschaftlichen Ansehen und auskömmlichen Einkommen untergeschlüpft zu sein. Und totarbeiten musste er sich auch nicht. Dessau, Sachsen-Anhalt. Ah, die Wiedervereinigung. Er sah auf seine Uhr. Hoffentlich dauerte es nicht zu lange.

Natürlich war sie zu dünn für seinen Geschmack, aber die Stimme passte zu dem hübschen ovalen Gesicht. Brauner Wuschelkopf, kleine spitze Nase, große, fast schwarze Augen, kleiner Kussmund, volle Lippen, strahlendes Lächeln. Minititten unter dem T-Shirt. Bauchfrei. Niedlicher Nabel. Ohne Blech drin, Gott sei Dank.

»Desirée Müller, toll, dass ich kommen durfte, Herr Amtsrichter.«

»Tja, dann kommen Sie mal rein, Frau Müller.« So, wie die Jeans heute geschnitten sind, haben die Mädels gar keinen Hintern mehr drin, dachte der Amtsrichter, bevor er sie zum Platznehmen aufforderte und sich ebenfalls setzte.

Sie holte Papiere aus ihrer Umhängetasche und war plötzlich sehr ernst.

»Darf ich fragen, wie alt Sie eigentlich sind?«

»Einundzwanzig, Herr Amtsrichter.«

Mein Gott! *Dreiunddreißig Jahre* jünger als er! »Ist er also wirklich begnadigt worden.«

»Heute Morgen entlassen.«

»Aber Sie sind hier.«

»Wir sind ein Team. Er wird wahrscheinlich nicht gleich reden wollen.«

»Er wird sowieso nur Unsinn erzählen. Er war offen gestanden ein ziemlicher Schwachkopf. Na ja. Was haben Sie denn da alles?«

»Alles, was über den Fall Hornbach veröffentlicht worden ist. Und ein paar Kopien vom Grundbuchamt.«

»Und was wollen Sie nun von mir?«

Desirée lächelte. »Sie haben damals in der Presse nicht die besten Kritiken bekommen.«

Der Amtsrichter legte die Handflächen aneinander und sah zur Seite, aus dem Fenster. »Gerhard Mauz im Spiegel: ›Der Pflichtverteidiger versteht die Dynamik des Prozesses nicht.‹ Es gibt Leute, die zitieren das mir gegenüber heute noch. Gott sei Dank nicht hier im Osten.« Er hätte diesen Spiegel-Artikel damals genauso gut seinen Bewerbungsunterlagen gleich beilegen können. Er sah Desirée wieder an und grinste. »Ich war siebenundzwanzig Jahre alt. Ich hatte mein zweites Staatsexamen kaum ein halbes Jahr hinter mir. Und dann kam da diese Theorie mit dem Immobilienprojekt daher. Geheime Hintermänner. Sutter als Sündenbock. Es gab sogar einen Bauern aus dem nächsten Kaff, der mir gegenüber von Satanisten faselte. Das hab ich Gott sei Dank vor Gericht nicht eingebracht.« Er schüttelte den Kopf. »Alles hohle Luft.«

Desirée nickte. Dieser Mensch hatte sich auch an die Zeitungen gewandt. »Erster Kriminalhauptkommissar Max Hildebrand«, sagte sie.

»Ja, der hatte wohl tatsächlich ein paar Zweifel. Zumindest an Sutters Alleinschuld. Und ich hatte gedacht, mein Kreuzverhör würde eine Sternstunde werden.« Noch ein Kopfschütteln. »Aber er ließ mich auflaufen. Ich war ein Idiot. Sutters Schuld stand fest. Ich hätte die Mitleids- und Unzurechnungsfähigkeitstour fahren müssen. Der Mauz hatte recht.«

»Er ist verschwunden.«

»Wer?«

»Hildebrand.«

Preute hob die Schultern. »Muss längst pensioniert sein. Wird weggezogen sein.« Er sah auf seine Uhr. Viertel nach fünf.

»Und Holzapfel.«

»Der Polizeipräsident.« Preute lachte hämisch. »Ja, der hat damals gedacht, aus ihm würde noch mal richtig was.«

»Wirklich?«

»Munkelte man. LKA-Präsident, BKA-Präsident, Landesinnenminister, Bundesinnenminister, irgend so was. Damals kam ja fast die ganze Landesregierung da her. Kasseler Kamarilla. Aber dann ist er da stecken geblieben und versauert.«

»Er ist auch verschwunden.«

»Was Sie nicht sagen. Na ja, muss jetzt auch über siebzig sein.«

»Und er hatte ein schönes Haus am Mandelberg.«

Preute lehnte sich zurück. »Jetzt bin ich aber gespannt.«

»Ja, nicht? Das Immobilienprojekt gab es tatsächlich, ein paar Jahre später. Der Mandelberg fiel damals an die Gemeinde Fuldatal. Ein Bauer aus dem Dorf Simmershausen hat das ganze Areal, über fünfzig Hektar, der Gemeinde abgekauft. Übrigens derselbe, der Ihnen was von Satanismus erzählt hat. Für dreiundfünfzig alte Pfennig pro Quadratmeter, etwas mehr als zweihundertfünfzigtausend Mark. Zwei Jahre später hat es eine projecta GmbH diesem Bauer wieder abgekauft, und der ist gleich danach ebenfalls verschwunden. Jetzt für zehn Mark pro Quadratmeter, über fünf Millionen. Heute stehen da mehr als fünfhundert Villen auf Grundstücken, die der Firma nach zehn Jahren teilweise über tausend alte Mark pro Quadratmeter einbrachten. Die projecta GmbH hat nach heutigem Geld mehr als achtzig Millionen Euro gemacht. Und dann aufgehört zu existieren.«

Der Amtsrichter betrachtete die junge Frau. »Interessant. Und was kann ich nun für Sie tun?«

Desiree lächelte und beugte sich vor. »Zeuge X.«

Preute seufzte. »Das dachte ich mir.«

Kurz nach zehn Uhr abends lag Sutter im Bett, völlig erschöpft von seinem ersten Tag in Freiheit. Er befand sich in einem Gästezimmer im Haus des Pfarrers und sah zum ersten Mal seit siebenundzwanzig Jahren fern. Erstaunlich, was es jetzt so alles gab: über hundert Programme, in allen möglichen Sprachen. Das Bett war weich, ganz anders als die Pritsche in seiner Zelle. Draußen war es noch hell, hoch fliegende Schwalben sausten am Fenster vorbei. Über dem Bett hing, wie zu erwarten, ein Kreuz an der Wand. Das behagte Sutter nicht, aber er ignorierte es.

Sie waren alle schrecklich nett zu ihm gewesen. Der Pfarrer, der Doktor und ihre Frauen. Nur die Frau des Pfarrers, ein schüchternes mausgraues Wesen, hatte manchmal ein bisschen komisch geguckt. Die Frau des Doktors war ganz anders, eine Walküre, fast so groß und noch breiter als ihr Mann, und die hatte dauernd geplappert. Über Sutters angebliche Tat hatte niemand ein Wort verloren, nur der Pfarrer hatte ein paarmal von Gnade geredet. Über Gnade für Unschuldige wurde nicht gesprochen. Der Doktor und die Walküre wohnten in dem Haus nebenan, wo der Doktor ihn, nach Kaffee und Kuchen, untersuchte.

»Der Zustand Ihrer Leber scheint stabil zu sein, aber das könnte ganz schnell ganz schlimm werden, wenn Sie wieder anfangen zu saufen.« Sutter nickte stumm. »Der Gefängnisarzt hat Ihnen verschiedene Medikamente verschrieben. Die nehmen Sie bitte alle weiter, und bitte genauso regelmäßig wie im Gefängnis. Außerdem gebe ich Ihnen das hier. Die roten sind für die Nieren, davon nehmen Sie eine, dreimal täglich nach den Mahlzeiten, die blauen sind für Ihre Atmung nachts, davon nehmen Sie eine vor dem Zubettgehen. Versuchen Sie, genauso regelmäßig zu essen wie im Gefängnis. Und nicht vergessen: Viel trinken! Damit meine ich Wasser, Tee, Fruchtsäfte. Möglichst wenig Kaffee und möglichst keine harten Sachen, ein bisschen Bier oder Wein ist okay.«

»Sorg für den Leib nicht so, dass du den Begierden verfällst«, warf der Pfarrer ein. »Römer, 13,14. Na, ein bisschen Spaß an der Freiheit soll er schon haben, Wilhelm.«

Desirée hatte ein paar Stunden lang ihr Pflichtprogramm an der Uni absolviert, war dann mit dem Fahrrad zu der Adresse von Friedemann Frielendorf gefahren. Ein stilles Viertel nahe der nördlichen Stadtgrenze, nicht weit von der billigen Wohnung, in der Desirée zusammen mit ihrer Mutter lebte. Kleine Einfamilienhäuser, viele noch aus der Vorkriegszeit. Sie fand die Adresse problemlos, aber Friedemann Frielendorf wohnte dort nicht mehr. Sie schellte irgendwo, und eine Frau teilte ihr arglos mit, dass das Haus Herrn Frielendorf noch gehörte. Mit den Mieteinnahmen bezahlte er seinen Lebensabend in einer neuen Anlage für Betreutes Wohnen in Obervellmar.

Als Desirée eine Dreiviertelstunde später auf Gut Holdorf ankam, war sie durchgeschwitzt. Die Strecke hier raus und an den meisten Abenden wieder zurück mit dem Fahrrad oder bei schlechtem Wetter mit dem Bus hinter sich zu bringen, wurde doch langsam etwas mühsam. Busfahren war im Landkreis überhaupt problematisch, denn die Busse hatten vor allem abends notorisch Verfrühung und waren oft schon weg, wenn man kam, und die Busfahrer reagierten notorisch unfreundlich, wenn man sie darauf ansprach. Weder Desirée noch ihre Mutter konnten sich ein Auto leisten. Sie vermied nach Möglichkeit zu fragen, ob sie sich einen der Wagen des Guts ausleihen durfte.

Ingrid empfing sie wie üblich strahlend, schickte sie erst mal unter die Dusche, wartete dann draußen bei den Korbstühlen unter dem Sonnenschirm mit frischer, selbst gemachter Erdbeermilch. Desirée fand Ingrid toll. Bestimmt zehn Jahre älter als ihre Mutter, aber jünger wirkend. Endlich mal eine Frau, die nicht dauernd über alles und jeden klagte, wie ihre Mutter und alle Freundinnen ihrer Mutter. Sondern die hier die Chefin war.

Dies alles war eine ganz neue Welt für Desirée. Während sie Ingrid von Amtsrichter Preute und Friedemann Frielendorf erzählte, blickte sie vom Herrenhaus über den Innenhof zu den Pferdeställen und den Parcours für Springreiten und Dressur. Reiche Mädchen zahlten viel Geld, um ihre Pferde dort unterstellen und trainieren zu können. Manchmal, wenn ihre Mutter gerade einen motorisierten Freund gehabt hatte, waren sie hier vorbeigefahren, als Desirée klein war, und ihre Mutter hatte die ganze Zeit über diesen *adeligen Arsch* geschimpft, der ein *Vermögen* erben würde, aber dauernd im *Knast* saß, der nichts für seine Tochter *tat*, sie nicht mal *sehen* wollte. Dieser legendäre, abwesende Vater hatte in ihren Phantasien wechselnde, aber immer bedeutende Rollen gespielt.

Einige Wochen nach seinem Freispruch war sie mit bangem Ziehen im Magen an einem verschneiten Februartag mit dem Bus hierhergefahren. Wenn sie recherchierte, machte es ihr nichts aus, anderen Leuten auf die Nerven zu gehen, sie staunte dann manchmal selbst über ihre Dreistigkeit. Aber bei ihren persönlichen Anliegen war sie oft von einer entsetzlichen Schüchternheit. Sie hatte seit beinahe einem Jahr keinen Freund und schob das darauf; und hier, auf dem Gut ihres Vaters, war sie nicht mal sicher, ob sie überhaupt empfangen würde.

Anfangs war es schlecht gelaufen; sie starrte in konsternierte Gesichter, begriff, dass Ingrid und ihre Söhne gar nichts von ihrer Existenz ahnten, und wollte sofort wieder flüchten; aber Ollie bat sie herein, lächelte ein bisschen, schüchtern und wissend. Dann saß sie ihrem Vater in einem schmucklosen Arbeitszimmer gegenüber und blickte unsicher in fast schwarze Augen wie ihre eigenen und brachte kein Wort heraus. Ihr Vater ließ ihr Kaffee bringen und wartete, schweigend, reglos, nicht unhöflich, nicht ungeduldig, aber anscheinend auch nicht gerade interessiert. Es gelang ihr nicht, irgendetwas in seinen Augen zu lesen; das Gleiche wurde ihr selbst oft vorgeworfen. Mehrmals wollte sie aufstehen und gehen. Schließlich brachte sie diese zur Schau gestellte Gleichgültigkeit dazu, ihm zu sagen, dass sie das Studium aufgeben müsste, wenn nicht irgendwo Geld herkam.

Nach einer Weile hatte er leise gesagt: »Du könntest was für mich tun.« Sprachlos saß sie da. Sie hatte an ein bisschen Geld gedacht, er hatte doch jetzt genug. Nicht an Arbeit. Ihr Vater betrachtete sie und begann zu lächeln. »Ich dachte an das, was dir Spaß macht. Wühlen in Archiven. Wie viel brauchst du denn?«

Inzwischen hatte Ingrid sie praktisch adoptiert; Prinz hatte ihr angeboten, hier einzuziehen. In dem alten Gesindehaus waren neben der Wohnung von Ollie und dessen Frau, Ollies Technikreich im Keller, den Junggesellenbuden und Trainingsräumen von Ingrids Söhnen und den Unterkünften des Hauspersonals (zwei ältlichen Schwestern, die überall putzten und sämtliche Wäsche wuschen und von allen hinter ihrem Rücken nur »die Nonnen« genannt wurden) noch Wohnungen frei. Dazu hätte sie ein Auto gebraucht, das ihr Vater vermutlich auch bezahlt hätte – aber das wollte sie lieber nicht. Manchmal, wenn es spät wurde, übernachteten Desirée und Andreas in den Gästezimmern im zweiten Stock des Herrenhauses, über den Privaträumen von Prinz – und über dem verschlossenen Raum am Ende eines langen Gangs, in dem der General sich erschossen hatte.

Sie war jetzt die anerkannte Expertin für Recherchen in altem Papier, und wenn sie vortrug, was sie herausgefunden hatte, hingen alle an ihren Lippen, und Wellen von Stolz schwappten durch ihren Körper. Prinz, ihr Vater, war der Boss. Ingrid versorgte alle mit kulinarischen Kreationen und hatte für jeden immer Zuspruch parat. Ollie, »der Techniker«, sagte nicht viel, und Desirée wusste nicht recht, wozu er eigentlich da war, außer dass er eine Art Adjutant ihres Vaters war; die beiden tauschten oft stumme Blicke. Andreas, der Anwalt, gab meist den Skeptiker.

Nachdem sie die Erdbeermilch ausgetrunken hatten, betraten sie das Herrenhaus. Die meisten Fensterläden waren wegen der Hitze geschlossen, drinnen war es kühl und dunkel. In der Mitte befand sich der Salon, ein großer Raum mit Biedermeiermöbeln und etwas verblichenen gelben Stofftapeten und einer langen Reihe von Loquais in Öl an den Wänden. Auf beiden Seiten führten alte, knarzende Holztreppen nach oben. Links war Ingrids Reich, ein Arbeits- und ein Besprechungszimmer, das Esszimmer und die große, modern eingerichtete Küche; kochen konnte Ingrid auch, anders als Desirées Mutter, und sogar ganz hervorragend. Rechts gab es neben der großen alten Bibliothek ein weiteres Arbeitszimmer, das, in dem Desirée vor vier Monaten ihrem Vater gegenübergesessen hatte – und das war jetzt ihr eigenes Reich, mit Computer, Telefon und Fax und ihren Papierbergen, die kürzlich rasant gewachsen waren.

Desirée fuhr den Computer hoch, suchte die Nummer der Anlage für Betreutes Wohnen in Obervellmar heraus und rief dort an. Der Mensch am Empfang durfte keine Auskünfte geben und verband sie mit einer stellvertretenden Leiterin. Die Frau war begeistert.

»Das wird ihn aber freuen, dass sich jetzt Historiker dafür interessieren. Die Morde am Mandelberg sind sein bestes Seemannsgarn. Warten Sie mal. Wenn Sie morgen so gegen zehn kommen, müsste er seine beste Zeit haben. Ich sag ihm schon mal Bescheid.«

Friedemann Frielendorf war jetzt achtundachtzig, zwar zunehmend gebrechlich, aber geistig noch völlig klar und immer zum Erzählen von Geschichten aus der Vergangenheit aufgelegt.

Dann wühlte Desirée in den Ordnern mit den Kopien vom Grundbuch- und Katasteramt. Pfarrer Reinhold Bestwig und Dr. Wilhelm Marquardt: Beide hatten zu den ersten Käufern von Parzellen auf der Nordseite des Mandelbergs gehört, jeweils etwa dreihundert Quadratmeter. Und diese beiden gehörten jetzt als Rentner einem Verein zur Betreuung Haftentlassener an und kümmerten sich um den gerade begnadigten Sutter, durch dessen angebliche Tat, die drei Morde an der Familie Hornbach, die ganze Mandelberg Park Residenz überhaupt erst möglich geworden war. Desirée fand eine Website des Vereins, und dort waren die beiden als »Aktive« aufgeführt. Zu den »Unterstützern« zählte Andreas' Vater Herbert Viehmann. Auch Dr. Frieder Rohde, damals der Leitende Oberstaatsanwalt, der die Anklage gegen Sutter vertreten hatte, sein gegenwärtiger Nachfolger, der neue Polizeipräsident sowie sein gerade in den vorzeitigen Ruhestand versetzter Vorgänger und die Direktoren der Strafanstalten gehörten dazu. Offenbar war es für hohe Tiere aus dem Justizapparat Usus, diesen Verein zu unterstützen. Der verschwundene frühere Polizeipräsident Herbert Holzapfel war nicht aufgeführt.

Alles an diesem Fall hing irgendwie zusammen. Das war ihr zum ersten Mal klar geworden, als sie auf den Namen Siepmann stieß: Damals ein junger Oberkommissar, aber er, nicht sein Chef Hildebrand, hatte sich vor Gericht von Sutters Schuld unerschütterlich überzeugt gezeigt.

Derselbe Mann, der dreiundzwanzig Jahre später ihren Vater hinter Gitter gebracht hatte.

Wochenlang hatte Desirée bei der IHK, im Finanzamt, Grundbuchamt und Katasteramt in allen Veröffentlichungen sämtlicher beteiligten Firmen gewühlt, sich jeden einzelnen Verkauf und Weiterverkauf auf dem Mandelberg angesehen, ohne auf etwas Verdächtiges zu stoßen – bis ihr plötzlich wieder der Name Siepmann ins Auge sprang: Er war einer der ersten Käufer auf dem Mandelberg gewesen.

Sie hatte weder mit ihrem Vater noch mit einem der anderen darüber gesprochen, aber sie befürchtete, dass es ihm in Wirklichkeit nur um Rache an diesem Siepmann ging. Das war wenig überraschend; es passte ihr allerdings nicht. Es sollte um Gerechtigkeit gehen, nicht um Rache. Was, wenn etwas ganz anderes dahintersteckte? Hildebrand, der frühere Leiter der Mordkommission, Holzapfel, damals der Polizeipräsident, und der

Bauer Willi Brennecke, der erste Käufer des Mandelbergs, sie alle waren verschwunden. Siepmann war noch da.

Würde ihr Vater das Interesse verlieren, wenn sich herausstellte, dass der Kommissar vielleicht einen Fehler, aber sonst bloß seinen Job gemacht hatte?

Davor hatte Desirée Angst. Wäre für sie dann alles zu Ende?

Jetzt, immerhin, hatte sie endlich den geheimnisvollen, unbedingt anonym bleiben wollenden Zeugen X gefunden, über dessen Aussagen die Zeitungen damals eine Weile viel Trara gemacht hatten, bis er auf einen Schlag sang- und klanglos aus den Spalten verschwand.

Plötzlich stand ihr Vater im Raum, ernst und offenbar in Eile. »Es kommt jemand«, sagte er. »Ich will nicht, dass der dich zu sehen kriegt. Bleib bitte hier drin und rühr dich nicht, bis ich wiederkomme.« Damit verschwand er, schloss die Tür hinter sich.

Was sollte das denn?

ZWEI

»Was immer es ist, Derwars«, sagte Prinz, »ich mach nicht mehr mit.«

Der Gast kicherte. »Erinnerst du dich an diesen Idioten von der Bank in Kronberg, mein lieber Junge?«, hauchte er mit kieksender Stimme und einem Akzent, der nicht ganz französisch klang. »Du hast es geplant, die Leute rekrutiert, und ihr habt alle einen schönen Profit gemacht.«

»Das war vor fünf Jahren, Derwars, und du hast den größten Profit gemacht.«

»Ja, ganz wunderbar.« Ein bestätigendes Kichern. »Na ja, ich sehe, du hast es nicht mehr nötig. Schön hast du's hier.« Der Gast machte eine ausholende Handbewegung, die die übrigen Gebäude und den Innenhof des Guts Holdorf einschloss. »Rustikaler, als ich dachte, aber schön. Wenn auch abgelegen.«

Sie standen im ersten Stock des Herrenhauses an offenen Fenstern. Derwars war ein kleines, leicht verfettetes, aber elegant wirkendes Männlein unbestimmbaren Alters mit langen weißen Haaren, edel in Rostrot gewandet, ein Tuch mit Paisley-Muster im offenen Kragen. Prinz war nur eins siebzig, überragte ihn aber deutlich. Er trug eine Leinenhose, ein Poloshirt und Turnschuhe.

»Diese Hitze plötzlich«, seufzte das Männlein. »Ist eine ziemlich lange Fahrt gewesen. Und dann war dein, äh, *Gut* gar nicht leicht zu finden.« Er sank in einen breiten Ledersessel.

Prinz nahm gegenüber Platz und musterte seinen Gast abwartend. Dessen Augen waren unsichtbar hinter einer Sonnenbrille. Er hieß möglicherweise tatsächlich Jerome (wahlweise Hieronymus) Dürckheim, war möglicherweise tatsächlich belgischer oder luxemburgischer Staatsbürger (jedenfalls besaß er beide Pässe) und hatte ein Geschäft für Antiquitäten und bildende Kunst in Köln.

Seine eigentliche Profession war natürlich die eines Hehlers. Obwohl den meisten europäischen Polizeidienststellen bekannt, hatte er nicht einen Tag seines Lebens hinter Gittern verbracht, weil er immer überzeugend auf jemand anders zeigen konnte. Dieselben Kreise, die seinen Gastgeber als »Prinz« kannten, nahmen den Spitznamen »Derwars« mit genauso viel Abscheu wie Ehrfurcht in den Mund.

»Und? Was machst du so den ganzen Tag?«

»Dies und das«, sagte Prinz vorsichtig.

»Wie ich höre, hast du in Pit Sabatkas neue Puffs investiert.«

Dass Derwars davon wusste, überraschte Prinz nicht. »Läuft gut.«

»Und dein Ruf sorgt dafür, dass die Konkurrenz ihn in Ruhe lässt.«

»Bis jetzt schon.«

»Außerdem kannst du kostenlos vögeln, ohne dich mit Beziehungen rumärgern zu müssen«, nickte Derwars, jetzt ernst. »Oder gar Töchter zu zeugen.«

Das war nicht gut. Von Desirées Existenz wusste niemand etwas; ihre Mutter, fünf Jahre älter als Prinz, hatte ihn damals zum Glück nicht einmal als Vater eintragen lassen. Er war, erst achtzehn Jahre alt, von der Schwangerschaft entsetzt gewesen.

»Und deine Talente willst du tatsächlich brachliegen lassen?«

»Ich habe genug Geld geerbt.«

»Ich weiß, ich weiß. Und das hier alles. Es kursieren wilde Gerüchte über die Höhe deines Vermögens. Und darüber, wie du schließlich doch noch daran gekommen bist.« Derwars Stimme troff vor Amüsement, dick und zäh wie Honig.

Prinz hatte langsam genug. »Was willst du hier, Derwars?«

Das kleine, elegante Männlein ließ das amüsierte Wohlwollen aus dem Gesicht fallen. »Lass die Finger davon, mein Junge.«

»Wovon?«

»Du kommst Leuten in die Quere. Mächtigen Leuten. Ich bin bloß der erste Bote, der freundliche, friedliche, zurückhaltende, beinahe pastoral.« Derwars lächelte ein bisschen. »Detektiv spielen. Was für eine blödsinnige Idee.«

»Mir gefällt sie«, sagte Prinz ruhig. Er saß völlig reglos in seinem Sessel. Derwars lag falsch. Es war schon die zweite Warnung; in zwei Tagen.

»Warum machst du so was?«

»Weil der Mann unschuldig ist, Derwars. Er hat siebenundzwanzig Jahre unschuldig gesessen.«

»Na und? Viele sitzen unschuldig. Was geht dich das an?« Prinz antwortete nicht. »Oder bist du etwa tatsächlich selbst auch unschuldig? Das wäre ein Witz.«

Prinz dachte nach. Einem Burschen, der berühmt dafür war, kaltblütig andere ans Messer zu liefern, mit so etwas wie Gerechtigkeit zu kommen, war restlos unsinnig.

»Ich verrate dir was, Derwars. Es war derselbe Bulle. Damals und bei mir.«

Derwars nickte ernst, dann lächelte er. »Tja, ich verstehe. Was ich zu sagen habe, ist rein geschäftlich. Nichts Persönliches, okay?« Prinz nickte. Derwars seufzte. »Keiner wusste, dass du eine Tochter hast. Aber ich weiß jetzt sogar, dass sie für dich arbeitet, wie sie heißt und wo sie wohnt.« Ihm passte ganz offenkundig selbst nicht, was er zu sagen hatte.

»Was weißt du noch? Von dem, der zu dir gekommen ist?«

Derwars zuckte die Achseln. »Wie dieser alte Mann heißt, den du aus dem Knast geholt hast. Und wo der jetzt wohnt.«

»Er hat dir gesagt, wo der Opa jetzt wohnt?«

»Sicher. Erstaunt dich das?«

Nach langen Sekunden sagte Prinz leise: »Wann? Wann ist er zu dir gekommen?«

»Am Sonntag. Ich hätte schon gestern fahren können, aber er bestand darauf, dass du es erst heute erfährst.«

»Natürlich verrätst du nicht, wer es ist.«

»Hermes, der Götterbote, ist Anwalt. Mehr kann ich nicht sagen.«

Prinz bewegte sich nicht. Eine blaue Ader an seinem Hals trat hervor und pochte. »Okay. Wir beide kennen die Spielregeln.« Derwars sagte nichts. »Richte ihm aus, wer immer es ist, wenn er was von mir will, soll er sich an mich wenden. Persönlich. Du weißt, was passiert, wenn meiner Tochter oder Sutter etwas zustößt.«

»Du kommst zu mir, und ich verrate dir, wer er ist.« Derwars seufzte. »Nun ja. Ich habe gleich gesagt, dass du so reagieren könntest. Ich werde ihm erklären müssen, warum man mich nennt, wie man mich nennt.«

»Tut mir leid, dass du es bist, Derwars. Du hättest den Auftrag ablehnen sollen.«

»Das ging leider nicht.« Derwars erhob sich. »War schön, dich mal wieder gesehen zu haben, mein Junge.« Schon im Flur, blieb er noch mal stehen. »Du glaubst wirklich, du kommst an Petit vorbei?« Sein Leibwächter, der unten wartete.

»Das ist keine Frage des Glaubens, Derwars.«

Derwars nickte kurz und stieg hüpfenden Schrittes die Treppe hinunter.

Prinz stand am Fenster und beobachtete, wie der Riese mit dem Spitznamen »Petit«, der Derwars auch als Faktotum, Fahrer und gerüchteweise als Liebhaber diente, das kleine Männlein über das Pflaster zum Wagen trug, als Ollie neben ihn trat. Er war ein paar Zentimeter größer als Prinz, hatte etwas Bauch und noch ein paar Polster hier und da und die blasse Haut eines Menschen, der nicht viel an die frische Luft kommt. Er hatte ein rundes, freundliches Gesicht, dunkles Haar, das er etwas länger trug, um seine beginnende Glatze zu kaschieren, und eine kleine modische Brille auf der Nase. Über einem karierten Hemd trug er eine Weste, in deren vielen kleinen Taschen allerhand Geräte steckten.

»Hast du alles aufnehmen können?«, fragte Prinz, ohne sich umzusehen.

»Sicher.«

Petit hatte Derwars auf den Beifahrersitz verfrachtet und ging zur Fahrertür. Keiner der beiden sah nach oben.

»Wer könnte dahinterstecken?«

Prinz drehte den Kopf zu seinem Freund und sagte mit Bestimmtheit: »Leute, die ihm was anhaben können, aber uns nicht, weil wir nicht mehr illegal sind.«

Ollie bedachte das, während sie zusahen, wie das rote Mercedes-Coupé vom Hof und über die Zufahrt zur Straße rollte.

»Werden sie jemand anders schicken?«

»Ich glaube nicht. Es muss jemand aus der Justiz, der Politik oder dem Polizeiapparat sein. Die wissen nicht, wie man so was macht.«

»Jedenfalls wissen sie eine ganze Menge über uns. Ich frage mich, woher.«

»Deshalb werden wir erst mal keinem was von dieser Sache erzählen, Ollie.«

Friedemann Frielendorf hatte morgens um zehn tatsächlich seine beste Zeit. Seine Augen blitzten. Das Appartement, vollgestopft mit zu großen altdeutschen Möbeln und ziemlich viel Nippes, der Desirée höchst kitschig vorkam, roch etwas muffig. An einer Wand ein Foto von Michelangelos »David«, aber keines von Frau oder Familie. Drei dicke Aktenordner auf dem Tisch. Würde sich Zeuge X als eine Goldgrube erweisen?

Sie blickte aus dem Fenster, wo Dirk Metzger, der jüngere von Ingrids Söhnen, in einem älteren Renault Kangoo wartete. Prinz hatte gestern darauf bestanden, dass Desirée nicht allein unterwegs sein sollte. Ohne Begründung. Ein schwarzer Mini Cooper, in dem vier junge Leute saßen, die alle lange schwarze Haare und blasse Gesichter mit viel Blech drin hatten und schwarze Sachen trugen, rollte langsam an dem Haus vorbei.

Frielendorf hatte sich offenbar herausgeputzt, trug einen zu groß wirkenden Anzug und schwarze, frisch gewienerte Lederschuhe.

»Noch vor Prozessbeginn«, erzählte er, »wurde mir klar, dass alle Beteiligten nicht das geringste Interesse an meiner Theorie hatten. Sie hatten ihren Täter, den wollten sie verurteilen, Punktum. Viele Leute wussten, dass der alte Henner Hornbach den ganzen Mandelberg verkaufen wollte. Dann starb er, und sein Sohn hatte als Zahnarzt sowieso genug Geld und wollte plötzlich nicht mehr verkaufen. Sondern die Wochenenden dort mit seiner Frau und seiner Tochter verbringen. Ein halbes Jahr später wurde die ganze Familie ermordet, und es gab keine Erben. Aber niemand wollte etwas davon hören. Damals konnte ich es mir nicht leisten, als jemand in der Zeitung zu stehen, der absurde Verschwörungstheorien verbreitet, ich war freiberuflicher Reiseleiter.« Frielendorf schenkte Kaffee nach. »Wie sind Sie überhaupt auf mich gekommen? Über den Verteidiger damals, der mit meiner Theorie baden ging?«

»Ich hoffe, Sie sind ihm deswegen nicht böse. Aber er meinte, Sie hätten …«

Frielendorf wedelte das weg. »Böse bin ich ihm, weil er mir nicht geantwortet hat auf zwei Dutzend Briefe in zwanzig Jahren. Nun, alles, was ich darüber weiß, steckt in diesen Ordnern hier.«

Er rückte mit seinem Stuhl neben sie und schlug den ersten Ordner auf. Der muffige Geruch ging von ihm aus. Der Inhalt des Ordners bestand aus Kopien. Kein handgeschriebenes Zeug. Das war schon mal nicht schlecht. Ein über zehn Jahre alter Zeitungsausschnitt, Porträtfoto eines würdigen Herrn.

»Landrat Josef ›Jupp‹ Voepel. Das hier ist eine Heiligsprechung zu seinem Achtzigsten«, sagte der alte Herr ironisch. »Die ist natürlich nur in den HNA-Kreisausgaben erschienen, nicht in der Stadtausgabe. Im Landkreis lieben ihn viele bis heute; in der Stadt hassen ihn alle, weil von der Gebietsreform in den Siebzigern nur der Kreis profitierte und die Stadt nichts abbekam. Er hat aus all den Dörfern und wachsenden Vororten, die eingemeindet werden sollten, Städte wie Baunatal und Vellmar und Gemeinden wie Fuldatal, Fuldabrück, Niestetal, Kaufungen, Lohfelden, Ahnatal und Schauenburg gemacht. Calden mit dem Flughafen Kassel-Calden, den sie jetzt für Jets ausbauen, nicht zu vergessen. Ein echter nordhessischer ›Betongkopp‹, keinerlei Argumenten zugänglich. Deshalb ist die Stadt heute pleite; deshalb hat sie den höchsten Anteil an Sozialhilfe- und Hartz-IV-Empfängern der ganzen Republik, sogar höher als irgendwo im Osten. Dieses Heim hier in Vellmar, das Volkswagenwerk in Baunatal, die Einkaufszentren auf der grünen Wiese und die ganzen Stadtflüchtlinge mit Geld zahlen ihre Steuern im Kreis, nicht in der Stadt. Wie die am Mandelberg. Auf der Südseite wohnen die richtig Reichen, auf der Nordseite nur die normal Wohlhabenden. Alles das Werk dieses Mannes.«

»Ich weiß, ich war da«, sagte Desirée.

»Dann haben Sie ja auch das Landrat-Voepel-Seniorenstift gesehen.«

Jetzt wird es spannend, dachte Desirée. »Im Handelsregister stehen als Gesellschafter der projecta GmbH nur Voepel selbst, was er nach seiner Pensionierung durfte, die Gemeinde Fuldatal und die damalige Kreissparkasse.«

Frielendorf nickte. »Und alle haben gut und legal verdient, ja. Aber wirklich interessant sind die stillen Teilhaber.«

Daran biss sie sich seit Wochen die Zähne aus. »Wissen Sie, wer die waren?«

Kunstpause, generöses Lächeln. »Herbert Holzapfel, zum Beispiel.«

Desirée hielt die Luft an. Wenn das stimmte, wies es genau in die Richtung, auf die ihr Vater hoffte.

»Der Polizeipräsident, damals. Er soll verschwunden sein.«

»Viele von ihnen sind plötzlich verschwunden, als die projecta GmbH aufgelöst wurde.« Frielendorf blätterte in dem Ordner hin und her, griff nach dem nächsten und fand endlich, was er suchte. »Der hier zum Beispiel. Otto Möller, seinerzeit Direktor der Kreissparkasse in Fuldatal-Ihringshausen. Über die lief die ganze Finanzierung. Außerdem saß er im Gemeinderat von Fuldatal. Gleich nach Auflösung der GmbH unbekannt verzogen. Und der auch: Richard Brandstädter, damals Bürgermeister der Gemeinde Fuldatal. Unbekannt verzogen.«

Desirée saß mit offenem Mund da. Das war es.

Frielendorf bemerkte ihr freudiges Glühen und lächelte sanft. »Der Bauer übrigens, der den ganzen Mandelberg als Erster für 'n Appel und 'n Ei von der Gemeinde gekauft und zwei Jahre später für fünf Millionen DM an diese projecta GmbH verkauft hat, der ist nach dem Verkauf auch sofort unbekannt verzogen.«

Desirée fing sich wieder. »Willi Brennecke. Ja, das weiß ich bereits.«

»Es gibt auch welche, die nicht verschwunden sind, sondern noch heute am Mandelberg wohnen.« Er blätterte, zeigte einen neuen Artikel. »Manfred Schmelting hier war der Rechtsanwalt und Notar, der alles abgewickelt hat. Außerdem Landtagsabgeordneter. Wie Sie vielleicht noch wissen, war er danach acht Jahre lang Landesjustizminister in Wiesbaden. Hochinteressant finde ich auch diesen Herrn: der damalige Kriminaloberkommissar Siepmann, der unbedingt Sutters Verurteilung erreichen wollte. Er leitet jetzt die Mordkommission, und sein Haus ist auf der nicht so teuren Nordseite, aber ich kann mir kaum vorstellen, dass er sich das von seinem Gehalt leisten konnte.«

Desirées Kinnlade war erneut runtergeklappt. »Das heißt, Sie vermuten …?«

Ein feines Lächeln umspielte die Lippen des alten Herrn, als er den dritten Ordner hochhielt. »Hier drin würden Sie schriftliche Beweise finden, die sich allerdings nicht in meinem Besitz befinden dürften, weil das, nun ja, gegen den Datenschutz verstößt. Deshalb kann ich Ihnen den nicht zur Verfügung stellen.«

»Woher haben Sie denn …?«

Das Lächeln wurde maliziös. »Viele Teilnehmer meiner Bildungsreisen waren gutsituierte Ehepaare. Die Frauen schätzten mich meist sehr. Die Männer waren oft in Positionen mit, nun, Zugang. Viele leben noch.«

Desirée nickte. »Aber die anderen zwei kann ich …?«

»Kopieren Sie, so viel Sie wollen. Aber bitte ordnen Sie alles wieder dahin, wo es hingehört. Ich bin jetzt ein bisschen erschöpft und lege mich so lange hin. Enttäuschen Sie mein Vertrauen nicht.«

»Ganz bestimmt nicht.« Desirée eilte mit den beiden Ordnern ins Hauptgebäude der Anlage für Betreutes Wohnen in Vellmar, wo sie in knapp zwei Stunden mehr als zweihundert Kopien machte.

Als sie die Ordner zurückbrachte, sagte sie: »Mir ist noch was eingefallen. Haben Sie jemals irgendetwas von einer Verbindung zu Satanisten gehört?«

Diesmal glotzte der alte Herr – verblüfft? Oder erschrocken? »Satanisten? Sie meinen Teufelsanbeter, Schwarze Messen und solchen Unsinn? Nein, davon ist mir nie etwas zu Ohren gekommen.« Damit stellte er die beiden Ordner in ein Regal, wo bereits der dritte stand. Sein Gesicht war plötzlich abgeschlafft, unwillig.

Sutter erwachte am Vormittag in seiner winzigen neuen Wohnung unterm Dach eines Siedlungshauses in Waldau am südöstlichen Stadtrand. Natürlich hatte er doch wieder gesoffen. Kopfschmerzen. Nierenschmerzen. Es klingelte an der Tür. Er kam mühsam aus dem Bett und starrte auf den kleinen Tisch.

Alle sechs Flaschen Bier und fast die Hälfte von dem Doppelkorn. Er hatte ekligen Pelz im Mund. Es klingelte noch mal.

Das sind sie bestimmt wieder. Wenn ich nicht aufmache, kommen sie mit ihrem Schlüssel rein. Sutter stellte die umgefallene Stehlampe auf, räumte die Flaschen in den Schrank und öffnete die Tür, im Schlafanzug.

Draußen stand ein großer Kerl mit Glatze, der ihm bekannt vorkam. Anzug, schiefes Grinsen, als er den Schlafanzug betrachtete. Der Kerl hielt ihm einen Ausweis unter die Nase und sagte: »Hauptkommissar Siepmann. Wie geht's denn so, Sutter?«

Der junge Kommissar, der damals unbedingt seine Schuld beweisen wollte. Es war fast dreißig Jahre her, und er war jetzt anscheinend um die Sechzig. Er war immer noch muskulös, aber ein enormer Wanst war ihm gewachsen. Sutter studierte mühsam den Ausweis. Erster Kriminalhauptkommissar, Leiter des Kriminalkommissariats 11. Er war jetzt der Chef. Der alte Chef war von Sutters Schuld nicht überzeugt gewesen.

»Keine Angst, nur ein kleines Schwätzchen. Darf ich reinkommen?«

Siepmann sah sich in der Einzimmer-Wohnung um, schnüffelte den Alkoholgeruch, setzte sich in einen der zwei gebrauchten Sessel, grinste Sutter an.

»Wissen Sie, Sutter, ich kann heute nicht mehr mit Sicherheit sagen, ob Sie das damals wirklich allein durchgezogen haben. Oder ob es irgendwen gab, der Ihnen bei der Sache das Händchen gehalten hat, wie der alte Hildebrand meinte. Ein anderes Gericht hätte Ihnen vielleicht nur einmal lebenslänglich aufgebrummt, und Sie wären schon seit fünfzehn Jahren oder so wieder draußen. Kann man nicht wissen. Sie sind nicht zufällig auf Rache aus?«

Sutter glotzte verständnislos. Siepmann nickte, erhob sich, öffnete den Schrank, begutachtete die Flaschen und setzte sich wieder.

»Andererseits wären Sie dann vielleicht längst tot. Langjährige Strafgefangene gehören statistisch zu den gesündesten älteren

Menschen, wussten Sie das? Gesunde Ernährung, gute medizinische Versorgung, das regelmäßige Leben.«

Sutter krächzte: »Was wollen Sie?«, und wunderte sich über seine Stimme.

Siepmanns Gesicht wurde hart. »Prinz, Sutter. Mit dem haben Sie sich im Knast angefreundet, wie ich höre. Prinz soll Ihnen versprochen haben, in dieser alten Geschichte zu wühlen und Staub aufzuwirbeln.« Siepmann stand auf und streichelte die kaputte Stehlampe. »Es wäre gut, wenn der Staub liegen bliebe, Sutter. Und wenn Sie jedem Kontakt mit Prinz aus dem Weg gingen.«

Sutter spürte, wie die alte Wut sich regte. »Und wenn nicht?«

Siepmann hob die Schultern. »Sie sind frei. Sie können tun und lassen, was Sie wollen. Andererseits haben Sie in dieser Siedlung hier ein paar heikle Nachbarn. Russen, Türken und Araber hauptsächlich, manche mit vielen Kindern. Es könnte sich rumsprechen, dass Sie ein Kindermörder sind, Sutter.« Siepmann ging zur Tür, drehte sich um, lächelte. »Seien Sie schlau, Sutter. Halten Sie sich fern von Prinz, und genießen Sie einen ruhigen Lebensabend.«

Siepmann knallte die Tür hinter sich zu und polterte die Treppe runter.

Sutter griff zum Telefon und rief den Pfarrer an.

Prinz saß diesmal nicht am Steuer und nicht in dem teuren Bentley Coupé, sondern auf dem Beifahrersitz eines alten, verbeulten Peugeot.

Heute fuhr Ollie; sie hatten sich für seinen Wagen entschieden, weil der in dieser Gegend nicht so auffällig war. Außerdem konnte Ollie in seinem eigenen Auto rauchen, kroatische Zigaretten, die er und seine Frau Anja, eine Krankenschwester, aus dem Urlaub mitgebracht hatten: Die Dinger hießen »Kolumbo«, hatten eine alte Weltkarte auf der Schachtel, kosteten umgerechnet bloß einen Euro zwanzig und stanken bestialisch. Sie parkten seit dem Morgengrauen zwischen anderen ähnlich alten oder billigen Autos vor einem Haus gegenüber dem, in dem Sutter jetzt wohnte.

Sie hatten beobachtet, wie ein älterer hellgrauer VW Passat vorgefahren war, der Erste Kriminalhauptkommissar Siepmann ausstieg und bei Sutter klingelte. Prinz ballte die Fäuste, die blaue Ader an seinem Hals trat hervor, aber er sagte nichts. Ollie sah ihn an. Sollten sie folgen, um Sutter zu beschützen?

Dann war ein Motorradfahrer aufgetaucht. Er hielt etwa zweihundert Meter entfernt und schien ebenfalls zu beobachten, wie Siepmann in dem Haus verschwand. Wegen seines Helms konnte man das nicht genau erkennen. Ollie ließ sich von Prinz einen Fotoapparat geben und fotografierte den Motorradfahrer.

Jetzt kam Siepmann wieder aus dem Haus, stieg in seinen Wagen und fuhr davon. Der Motorradfahrer folgte mit Abstand. Der Peugeot folgte dem Motorradfahrer. Es ging auf eine vierspurige Schnellstraße Richtung Innenstadt. Siepmann gondelte gemächlich auf der rechten Spur.

Der Peugeot fuhr kurzzeitig relativ dicht auf, Prinz notierte die Nummer des Motorrades, dann ließ sich der Peugeot wieder zurückfallen. Eine Essener Nummer. Könnte Derwars' Auftraggeber in Essen sitzen?

Sie umrundeten den Platz der Deutschen Einheit, einen verwirrenden Kreisverkehr aus der Zeit, als man noch von der »autogerechten Stadt« träumte, und passierten die kürzlich postmodern-mediterran neu erbaute Unterneustadt am Fluss. Sie überquerten die Fulda. Am Altmarkt, wo früher ein monströs hässliches Polizeirevier gestanden hatte, erhob sich jetzt der nicht minder hässliche Klotz des neuen Finanzamts. Auf der anderen Seite war vor dem Krieg eine romantisch verwinkelte Fachwerkaltstadt gewesen; seit den frühen Fünfzigern standen da phantasielose Nachkriegsbauten südlich der doppeltürmigen Martinskirche.

Kassel war früher wesentlich bedeutender als heute, über Jahrhunderte Residenz von Landgrafen und Kurfürsten, kurzzeitig Hauptstadt eines napoleonischen Königreichs, später kaiserliche Sommerresidenz; die Brüder Grimm hatten hier ihre Märchen gesammelt und aufgeschrieben. Jetzt erregte Kassel meist nur alle fünf Jahre einen Sommer lang internationale Aufmerksamkeit, wenn die Documenta stattfand, die weltgrößte Ausstellung moderner Kunst, die allerlei Seltsamkeiten im Stadtbild hinterlassen hat; »documenta-Stadt« stand auf den Ortsschildern. Die Stadt soll auch einmal sehr schön gewesen sein. Davon zeugten die Parks, die Schlösser, einzelne Viertel und die Lage im kurhessischen Bergland. Im Zweiten Weltkrieg zu achtzig Prozent zerstört und danach vierzig Jahre lang in benachteiligter »Zonenrandlage«, hatte sie noch immer zu viele Freiflächen und zu viele Behelfsbauten aus der Nachkriegszeit. Viele Einwohner quittierten diesen Bedeutungsverlust mit einem trotzigen Lokalpatriotismus; bei gleichzeitigem Geschimpfe über »verpasste Gelegenheiten«. »Mähren«, meckern, war überhaupt eine Lieblingsbeschäftigung. Kassel hatte als einzige Großstadt des alten »Westdeutschland« nie mehr die frühere Einwohnerzahl erreicht; während der Speckgürtel drumherum immer fetter wurde.

Siepmann bog nach dem Stern links ab und parkte in einer Seitenstraße der Innenstadt. Der Motorradfahrer und der Peugeot rollten vorbei. Das Motorrad hielt nach einigen Metern, der Peugeot scherte ein Stück weiter in eine Parklücke ein.

Der Motorradfahrer nahm seinen Helm ab und beobachtete, wie Siepmann zu Fuß in die Straße Richtung Königsplatz bog. Ollie fotografierte das Gesicht des Motorradfahrers. Ein junger Typ in den Zwanzigern, lange dunkelblonde Haare in einem Zopf. Er befestigte den Helm am Motorrad, schloss ab und folgte Sicpmann.

Prinz folgte ihm, während Ollie zu Siepmanns Wagen eilte, unauffällig etwas unten an dem Passat befestigte und hinter Prinz herrannte.

Der kreisrunde, für Autos gesperrte Königsplatz und die Einkaufsmeile Königsstraße, eine etwa anderthalb Kilometer lange Fußgängerzone, waren das Zentrum der Stadt. Beide waren benannt nach einem Landgrafen von Hessen-Cassel, der durch Heirat König von Schweden geworden war. Wie immer waren Tausende Menschen unterwegs, wie immer kamen die in kurzen Abständen aufeinanderfolgenden Straßenbahnen nur langsam durch die Massen voran.

Siepmann marschierte zielstrebig Richtung Rathaus. Der Motorradfahrer folgte mit etwa zwanzig Metern Abstand. Er war ziemlich groß, über eins neunzig, und Prinz und Ollie konnten größeren Abstand halten, weil der wippende blonde Zopf die meisten anderen Passanten überragte. Siepmann verschwand in der Kö-Galerie, einem der Einkaufstempel: vier Stockwerke mit Wandelgängen und gläsernen Fahrstühlen und einem lichtdurchfluteten Atrium in der Mitte.

Siepmann schritt die Treppe runter ins Untergeschoss und setzte sich in dem italienischen Restaurant zu einer Frau an den Tisch, die offenbar auf ihn gewartet hatte. Das Restaurant war auch mitten in der Woche gut besucht; am Samstagmittag war vor allem die dazugehörige Bar Treffpunkt von dem, was Kassel so an »Hautevolee« zu bieten hat. Die Frau hatte einen fast aufgegessenen Salat, ein Pellegrino und einen Latte macchiato vor sich. Siepmann bestellte ein Bier.

Der Motorradfahrer schien zu spüren, dass er sich in seiner schwarzen Lederkluft weder vor dem Juwelier, der Parfümerie, dem Body Shop oder den Modeboutiquen längere Zeit herumdrücken konnte, ohne aufzufallen; er stellte sich im Eingang der Buchhandlung vor die Regale mit den Geschenkbüchern, von wo er Rolltreppe und Fahrstühle im Blick hatte. Offenbar nur an dem Hauptkommissar interessiert, der wieder hochkommen musste, wenn er zu seinem Auto wollte.

Prinz und Ollie erklommen Seitentreppen zu einem Zwischengeschoss und setzten sich an einen kleinen Tisch des Eiscafés, von wo sie nach unten ins Restaurant sehen konnten. Als ein Kellner kam, bestellten sie Pellegrino.

Siepmann wirkte mit seinem zerfurchten Gesicht und den großen Tränensäcken älter als seine neunundfünfzig Jahre; die Frau wirkte auf den ersten Blick wie Anfang vierzig, aber Ollie erkannte durch den Zoom seines Fotoapparats an ihrem Hals und ihren Händen, dass sie in Wirklichkeit nur wenige Jahre jünger als ihr Gegenüber sein konnte. Sie trug ein elegantes Kostüm, das ihre feminine Figur betonte, aber Schmuck und Makeup waren zurückhaltend. Offenkundig eine Frau mit Klasse.

Sie flüsterte mit einiger Schärfe auf Siepmann ein, der die

Brauen zusammenzog, eine Hand hob, beschwichtigend etwas erwiderte.

Prinz und Ollie verständigten sich nur mit kurzen Blicken. Nachdem Ollie Siepmann und die Frau fotografiert hatte, holte er aus den Taschen seiner Weste zwei kleine Geräte, drückte Knöpfe, gab eins an Prinz weiter und holte aus einer anderen Tasche Ohrstöpsel und Kragen-Mikrofone. Dann stand er auf und verließ schnell die Kö-Galerie durch den hinteren Ausgang auf die Seitenstraße, in der ihr Wagen in einigen hundert Metern Entfernung stand.

Ollie hatte sein Wasser in einem Zug geleert. Prinz hatte seins nicht angerührt. Er bezahlte und nahm einen winzigen Schluck, brachte mit völliger Gelassenheit Ohrstöpsel und Mikrofon an. Niemand beachtete ihn.

Trotz Siepmanns Beschwichtigung schien der Streit im Untergeschoss zu eskalieren. Schließlich zückte die Frau ihr Portemonnaie.

Prinz sah auf seine Uhr, stieg in den ersten Stock und ging gemächlich zu einem der gläsernen Fahrstühle. Während er nach unten schwebte, sah er den Motorradfahrer in der Buchhandlung noch immer die Rolltreppe beobachten und die Frau im Untergeschoss in dem Gang verschwinden, der zur Tiefgarage unter dem Friedrichsplatz führte, wo sie Münzen in den Automaten warf. Siepmann blieb sitzen.

Ohne zu eilen, drehte Prinz eine halbe Runde um das Atrium hinter Siepmanns Rücken und folgte der Frau. Als er im Gang allein war, wisperte er erstmals in das Mikro und hörte eine Antwort aus dem Ohrstöpsel.

Ollie teilte ihm mit, dass er gerade in die Fünffensterstraße Richtung Rathaus bog.

Prinz betrat die Tiefgarage. Er hörte die Frau auf ihren hochhackigen Schuhen stöckeln, irgendwo links von ihm, und spurtete endlose Reihen geparkter Wagen entlang. Dann sah er sie einen schwarzen, neu und glänzend wirkenden Mercedes der S-Klasse aufschließen. Er spurtete weiter zur Ausfahrt.

Ollie teilte ihm mit, dass er jetzt am Rathaus vor der Ampel stand. Als Prinz die Ausfahrt hochlief, stand er vor den Gebäuden von Land- und Amtsgericht und Staatsanwaltschaft an der nächsten Ampel.

Prinz beobachtete, wie der Mercedes vor die Schranke rollte, ein Arm den bezahlten Parkschein in den Automaten steckte, die Schranke hochging, der Mercedes sich auf dem Steinweg in den Verkehr Richtung Altmarkt fädelte. Er notierte die Autonummer: Kassel, nur ein mittlerer Buchstabe, was Landkreis bedeutete; zwei bedeuteten Stadt.

Der Mercedes war zwischen dem merkwürdigen Nachkriegsklotz des Staatstheaters und dem wieder in altem Glanz strahlenden Museum Fridericianum aus seiner Sicht verschwunden, als der Peugeot neben ihm hielt und er hineinsprang. Ollie, schon wieder eine Fluppe im Mund, fuhr scharf an, wechselte auf die linke Spur und überschritt deutlich die Geschwindigkeitsbegrenzung. Noch vor dem Altmarkt hatten sie den großen Mercedes im Blick, der als einer der ersten Wagen in der Schlange vor der Ampel stand, in der geradeaus führenden Spur. Ollie scherte scharf rechts ein und provozierte ein wütendes Hupen.

Es ging, natürlich, über Katzensprung und Wesertor die Ihringshäuser Straße hoch, über die Stadtgrenze, auf der neuen Umgehungsstraße um Fuldatal-Ihringshausen herum, hinunter nach Fuldatal-Simmershausen, dann wieder hoch zum Mandelberg.

Dort stellte die Frau den Mercedes neben einer der schönsten Villen (in provenzalischem Stil) in eine von vier Garagen. Der Peugeot rollte vorbei.

Unter den geparkten Autos gab es auch einige Kleinwagen, aber alle neu und schick. Die alte Schrottschleuder in unmodernem Beige wirkte wie ein Penner auf der Promenade. Sie parkten in der nächsten Querstraße und spazierten zurück. Kein Mensch weit und breit, Verkehr gab es auch nicht, außer den herumflitzenden winzigen und knallroten Daihatsu Cuores eines mobilen Pflegedienstes, der hier offenbar gut zu tun hatte. Ollies Frau Anja fuhr den gleichen Wagen.

Die Villa lag direkt am Waldrand und hatte vorn zwei Stockwerke mehr als hinten, weil der Mandelberg hier ziemlich steil anstieg. Natürlich gab es nirgendwo ein Namensschild, nur eine

Hausnummer. Prinz und Ollie kletterten im Wald bergan, bis sie einen halbwegs passablen Blick auf den Pool und die hintere Terrasse vor einem großzügigen Salon hatten. Es war heute leicht bewölkt und kühler, die Glastüren waren geschlossen. Dahinter war die Frau zu erkennen, die mit einem weiteren Mann offenbar schon wieder in Streit geraten war. Diesmal schien es ziemlich laut herzugehen. Trotzdem konnten sie nichts verstehen. Ollie fotografierte.

Der Mann hatte schließlich die Nase voll und rauschte türenknallend hinaus.

Prinz und Ollie eilten durch den Wald wieder hinunter auf Straßenniveau.

Der Mann kam rotgesichtig aus der Haustür, drückte den Knopf einer Fernbedienung, ein Garagentor schwang auf, er verschwand darin. Ollie atmete durch und begann seinen nächsten Sprint. Ein dunkelgrüner Alfa Romeo Spider schoss rückwärts aus der Garage auf die Straße, ohne auf eventuelle Fußgänger oder andere Autos zu achten. Das Getriebe krachte, dann schoss der Spider vorwärts.

Der Peugeot tauchte auf, Prinz sprang hinein. Als sie den Spider im Blick hatten, überholte er halsbrecherisch einen Bus. Die Lichthupe eines entgegenkommenden Wagens flammte auf. Der Spider konnte gerade noch einscheren.

Auch Ollie schaffte es, den Bus zu überholen. Prinz hatte den Blick nach vorn gerichtet und verzog keine Miene. Unten an der Kreuzung musste der Spider ein paar Wagen die Vorfahrt lassen, bevor er in die Straße hoch nach Fuldatal-Rothwesten biegen konnte. Auf dem steilen Anstieg hatte er keine anderen Wagen vor sich, der Mann jagte den Motor hoch, während Ollie in dem alten Peugeot immer weiter runterschalten musste. Der Spider verschwand aus ihrem Blickfeld.

Prinz warf Ollie einen Blick zu, sagte nichts, sah wieder nach vorn.

Je höher sie kamen, desto flacher wurde es. Ollie schaltete hoch. Die Straße rechts rüber zur ehemaligen Kaserne war weithin einsehbar; dorthin war der Spider offenbar nicht abgebogen. Sie rasten viel zu schnell durch Rothwesten. Einige Kilometer weiter ging es runter in eine Senke. Sie sahen ihn auf der anderen Seite über die Kuppe verschwinden. Ollie zündete die nächste Zigarette an.

In Holzhausen, dem nächsten Dorf, ging es links hoch in den Reinhardswald bis zur Sababurg, dem realen Vorbild des »Dornröschenschlosses«; rechts wieder steil runter Richtung Fulda. Prinz schnitt eine Grimasse, und sie gondelten durch das Dorf, ohne Hoffnung rechts und links in Einfahrten blickend, dann bergab in den Wald.

Der dunkelgrüne Spider stand vor dem brandneuen »Club Dornröschen«. Ostentativ da, wo er von der Straße aus zu sehen war.

»Schwein muss der Mensch haben«, meinte Ollie und rollte auf den durch dicke, hohe Hecken vor Blicken von der Straße geschützten Parkplatz, der selbst zu dieser Mittagszeit recht gut belegt war. Prinz lächelte in sich hinein.

Ollie spazierte zu dem Spider und befestigte etwas unter dem Wagen.

Sie betraten den Club durch die Hintertür. Bedienstete grüßten Prinz und grinsten Ollie verstohlen an. Prinz marschierte zum Büro des Geschäftsführers, in dem sein Freund und Partner Pit Sabatka über Bilanzen brütete, ohne auf das Treiben auf mehreren Monitoren an einer Wand zu achten.

Der Club Dornröschen befand sich in einem großen, alten, frisch und teuer renovierten Steinhaus abseits irgendwelcher Nachbarn, die möglicherweise Anstoß nehmen konnten. Von außen war die Art des Betriebs nicht zu erkennen, nur der Name stand edel geprägt auf einem Messingschild neben der Tür; man musste schon Bescheid wissen. Es war der teuerste und nobelste Club des wachsenden kleinen Imperiums und der Sitz der Geschäftsleitung.

Pit Sabatka sah überrascht auf. Prinz zeigte auf einen der Monitore.

»Der da – wer ist das?«

Pit sah sich den Mann an, der jetzt in einem weißen Frotteebademantel neben einem nackten Mädchen an der Bar saß und einen Drink kippte.

»Das ist der Dieter. Stammkunde, seit wir aufgemacht haben. Wieso?«

»Dieter und weiter?«

»Nachnamen gibt's hier nicht. Weißt du doch.«

»Bring mich zu seinem Spind.«

Pit zögerte, machte den Mund auf, überlegte es sich anders, rührte sich nicht.

»Was ist los, Pit?«

Pit räusperte sich. Ließ die Augen zu den Monitoren flüchten. »Derwars war da. Keine Hilfe von irgendwem bei deinem blöden Detektivspiel.«

»Oder?«

Pit schnalzte mit der Zunge. Prinz setzte sich und lächelte ihn an. Ollie betrachtete versonnen lächelnd die Monitore. Pit seufzte, erkundigte sich über die Gegensprechanlage nach »der Nummer vom Dieter«, holte den Generalschlüssel aus einer Schublade und ging voraus.

Pit Sabatka war ein kleiner fuchsartiger Mann mit langen dunklen Haaren, weißen Schläfen, grauen, immer drei Millimeter langen Stoppeln im Gesicht und so hellen Augen, dass man unmöglich von einer Augenfarbe reden konnte. Er trug äußerst elegante Anzüge, die etwas mehr aus seiner dürren Gestalt machten, und teure Maßschuhe. Mehrere Ohrringe in jedem Läppchen, mehrere Ringe an fast jedem Finger. Er sah höchst unvertrauenswürdig aus; weshalb Prinz wusste, dass er ihm vertrauen konnte – bis zu einem gewissen Punkt. Sie kannten sich seit fast zwanzig Jahren, als Sabatka noch ein kleiner Lude gewesen war, der gelegentlich lohnende Objekte für Brüche ausbaldowerte.

Die Gänge im Club Dornröschen waren recht gelungen mittelalterlichen Gewölben nachempfunden. Die Umkleidekabinen waren modern, blitzsauber, viel Marmor und Chrom. Pit schloss einen Spind auf.

Tatsächlich hingen dort die Klamotten, die der Mann angehabt hatte. Prinz durchwühlte die Taschen und förderte Schlüssel und Portemonnaie zutage.

Fast tausend Euro in bar. Drei goldene Kreditkarten. Visitenkarten: Dieter Weirich, Diplom-Betriebswirt, Geschäftsführer, Landrat-Voepel-Stiftung.

Prinz gab Ollie die Schlüssel, und der machte Abdrücke von jedem einzelnen.

»Sieht nach einem Job für Slobodan aus«, meinte Pit.

»Genau«, sagte Prinz. »Ruf ihn an.«

Pit seufzte noch einmal.

Zehn Minuten später hatte Prinz, nur ein weißes Frotteetuch um die Hüften, zwei nackte Mädchen in den Armen und Dieter Weirich an der Bar im Blick.

Die Mädels waren alle nackt, die Kunden alle in weißem Frottee. Weirich schien nicht in Stimmung zu sein, das nackte Mädchen neben sich auch nur anzusehen. Er bestellte den nächsten Drink. Der Barkeeper, von Pit informiert, sagte zu Weirich: »Wenn Sie Probleme haben – vielleicht kenne ich jemanden, der Ihnen helfen kann.«

Weirich lachte abschätzig. »Wer sollte das denn sein?«

Der Barkeeper winkte Prinz heran. »Ärger mit der Gattin?«

Weirich musterte den deutlich kleineren Mann. »Und wer sind Sie?«

Prinz lächelte zurückhaltend und ließ ihn seinen trapezförmigen Oberkörper sehen. Kopf, Hals, Unterarme und Unterschenkel waren braun gebrannt; Korpus, Oberarme, Oberschenkel und Füße dagegen fast weiß – typisches Radrennfahrer-Hautdesign.

»Ich löse Probleme. Was ist Ihres?«

Weirich lachte. »Die Gattin kann mich mal. Aber ihre Kohle könnte flöten gehen.«

Prinz nickte ernst. »Wer will denn an die Kohle Ihrer Gattin?«

Nach einem langen, nachdenklichen Blick drehte Weirich sich wieder zur Bar. »Wenn ich das wüsste, Mann, könnten Sie vielleicht wirklich was für mich tun.«

Prinz zog sich zurück. »Sagen Sie einfach Joe an der Bar hier Bescheid, wenn Sie in Kontakt kommen möchten.«

DREI

Die Anwaltskanzlei Viehmann & Viehmann nahm das ganze Erdgeschoss und den ersten Stock eines hohen Gründerzeit-Altbaus im eleganten Vorderen Westen der Stadt ein, nicht weit vom früheren Finanzamt. Das Haus gehörte der Familie, der ehemalige Landesjustiz- und -innenminister Herbert Viehmann wohnte mit seiner Frau im zweiten Stock. Der dritte und vierte Stock waren vermietet, den fünften hatte Andreas Viehmann in Beschlag genommen.

Wirtschaft, Finanzen und Steuern waren die eigentliche Domäne der Kanzlei, die dafür mehrere hoch bezahlte Experten beschäftigte. Herbert Viehmann sah es mit gemischten Gefühlen, dass sein Sohn sich auf Strafrecht kaprizierte. In drei kleineren Räumen im Erdgeschoss, durch einen Seiteneingang zugänglich, verteidigten Sohnemann und ein weiterer Anwalt nun Leute, deren Bekanntschaft der Senior und die übrigen Mandanten nicht zu machen wünschten.

Herbert Viehmann beendete an diesem Freitag seinen Arbeitstag in seinem großzügigen getäfelten Büro im ersten Stock gegen neunzehn Uhr und beschloss, noch einen Blick auf die Aktivitäten des Sohnemanns zu werfen.

Drei der Finanzanwälte brüteten noch in ihren Büros, als Herbert Viehmann durch die Flure zu der schmalen Treppe schlich, die hinunter in die abgeteilte Strafrecht-Ecke führte. Auch Andreas saß noch am Schreibtisch, was seinen Vater nicht überraschte. Sein Sohn hatte, das musste er zugeben, das Zeug, auf seinem Gebiet zu einem Staranwalt zu werden. Aber war Politik nicht ein viel verlockenderes Feld?

Er betrachtete seinen Sohn überhaupt mit gemischten Gefühlen. Gegen die Homosexualität des Sprösslings hatte der Sozialdemokrat aus grundsätzlichen Erwägungen nichts einzuwenden; sein Bauch fand sich trotzdem nur schwer damit ab. Und als der halbwüchsige, frappierend frühreife Andreas drohte, zu so etwas wie einem Stadtgespräch zu werden, hatte der damalige Minister ihn lieber nicht in der Nähe haben wollen.

Wenigstens war Andreas inzwischen diskreter. Aber diese unglückselige Neigung zu halbkriminellen Jüngelchen konnte ihn noch immer in Schwierigkeiten bringen. Woher hatte er das? Natürlich eine weitere Spätfolge der, nun, Bekanntschaft, die Andreas in diesem Internat gemacht hatte, wo er aus der Schusslinie hätte sein sollen.

Mit Marcus Aurelius von Loquai. Prinz, wie er sich nannte, auch jetzt noch. Affektiert, dachte der ehemalige Minister. Prinz war nicht schwul, aber Viehmann vermutete, dass sein Sohn zumindest damals in ihn verliebt gewesen war. Andreas hatte sich in den letzten drei Jahren nur mit Mühe auf andere Fälle konzentrieren können, während er damit beschäftigt war, eine Wiederaufnahme erst zu erreichen und dann zu gewinnen. Trotz gegenteiliger Beteuerungen war Herbert Viehmann durchaus nicht restlos von Prinz' Unschuld überzeugt.

Sein Sohn hockte groß und breit und weich und mit zerknittertem Hemd über einem Stapel Kopien an seinem Schreibtisch, als der Vater sich in den Besucherstuhl sinken ließ. Er hatte einen Kopfhörer auf und hörte irgendwelche Arien, wie meist, wenn er nach Ende der offiziellen Bürozeiten noch Akten studierte. Dem ehemaligen Minister als altem Rock-'n'-Roller war diese Musik völlig unzugänglich. Andreas war außerdem einer der unsportlichsten Menschen, die sein schlanker und sportlicher Vater je getroffen hatte. Außer was Autos anging, die er oft zu Schrott fuhr.

Andreas sah auf, nahm den Kopfhörer ab, schaltete die Musik aus. Die schwere dunkelbraune Tolle war zerwühlt. »Oh. Hallo.« Seine Augen huschten umher. Er überlegt, ob er verbergen soll, was er da liest, dachte der Vater und lächelte.

»Kannst du mich morgen zum Bezirksparteitag in Borken mitnehmen? Ich trau mir nicht mal mehr ein einziges Bier zu, wenn ich selbst fahren muss.«

Andreas lehnte sich zurück. »Ach du Scheiße.«

»Oh nein!« Der ehemalige Minister schüttelte energisch den Kopf. »Du bist da. Du bist zu allen freundlich. Aber entschieden gegen diesen Antrag der –« Er schaffte es jetzt erst, die Schlagzeile der Zeitungskopie vor Andreas verkehrt herum zu lesen. Es ging schon wieder um diesen unsäglichen Fall Hornbach. »Das ist nicht dein Ernst.«

Andreas stützte das Kinn auf die linke Faust; seine ewig etwas feuchten Augen glänzten. »Ich bin morgen ab Mittag auf Gut Holdorf. Werde da übernachten.«

Der ehemalige Minister wusste, dass es keinen Zweck hatte. Es hatte nie Zweck gehabt. »Die Abstimmungen sind erst am Sonntag.«

»Sonntag – wer weiß?«

»Was soll das werden? Ein Rachefeldzug gegen diesen Siepmann? Rächer der Entrechteten? Selbstjustiz? Ihr kommt noch in Teufels Küche!«

Andreas zuckte die rechte Achsel.

Sein Vater seufzte und sah an die Decke. »In deinem Alter war ich schon seit einem Jahr im Landtag.«

»Genau«, stimmte Andreas zu. »Seit demselben Jahr, in dem Holzapfel Polizeipräsident wurde. Acht Jahre später wurdest du Justizminister. Ein Jahr vor den Morden am Mandelberg. Wo steckt Holzapfel eigentlich jetzt?«

Es verging fast eine Minute, bis der ehemalige Minister seinen Blick auf seinen Sohn herabsinken ließ. »Ich habe euch in Wiesbaden ein paar Türen geöffnet, den Weg gebahnt. Der Ministerpräsident hat diesen alten Mann tatsächlich begnadigt, sozusagen als Abschiedsgeschenk, bevor er demnächst zurücktreten wird. Ihr habt erreicht, was ihr erreichen wolltet. Was soll das jetzt?«

»Holzapfel«, fuhr Andreas ungerührt fort. »Drei Jahre vor seiner Pensionierung plötzlich aus dem Amt geschieden und verschwunden. Du warst inzwischen der zuständige Landesinnenminister, und Manfred Schmelting war dein Nachfolger als Justizminister.« Als der Vater nicht antwortete, grinste Andreas, dieses Lausbubengrinsen, mit dem er entweder unverschämt Sünden eingestand oder unvermutete Kenntnisse verriet. »Spielsucht, sagt der Becker vom EXTRA TIP.«

Herbert Viehmann hörte sich schon wieder seufzen. »Erzählt

diese Babbelschnudde immer noch jedem alles.« Ein Lapsus in die eigenwillige örtliche Mundart, den der ehemalige Minister sich gelegentlich leistete, wenn er irritiert war, jemand madig machen oder Volksverbundenheit demonstrieren wollte; er hatte sogar diesen leicht leiernden Tonfall angenommen. Andreas nahm nie Dialekt in den Mund. Die Viehmanns waren Kasseläner, also seit Generationen ansässig – im Unterschied zu Kasselanern, die nur hier geboren waren, oder Kasselern, lediglich Zugezogene. Inzwischen sprachen viele junge Leute wieder unbefangen Dialekt; aber in Andreas' Generation tat man das nicht, wenn man aufs Gymnasium ging.

Der EXTRA TIP war ein boulevardeskes Anzeigenblatt, dessen Chefredakteur mit Vorliebe öffentliche Verschwender in die Pfanne haute, Amtsmissbräuche aufdeckte oder gegen die Achtundsechziger wetterte, von denen er einer gewesen war.

»Tja. Manchmal schreibt er sogar, was er weiß. Deshalb lese ich sein Zeugs immer noch. Aber diesmal nicht. Hat er es nicht geschrieben, meine ich.« Andreas langte nach einem chaotischen Papierstapel am Rand des Tisches und fischte zielsicher den Zettel heraus, den er mit seinem unleserlichen Gekrakel vollgeschmiert hatte. »Wörtlich: ›Zocker-Herbie? Klar, war mal fünf Jahre lang sein Pressesprecher. Später war ich es, der den Blödmann abgeschossen hat. Der Idiot hat seinen Dienstwagen mit Fahrer die halbe Nacht vor dem Casino oben in Wilhelmshöhe warten lassen, als es das noch gab, während er da drin seine ganze Kohle verjuxte.‹« Andreas sah auf. »Aber er hat es nicht gebracht.«

Der ehemalige Minister kapitulierte. »Nein. Parteifreund. Er hat mich angerufen. Und ich habe Holzapfel still und schmerzlos in den vorzeitigen Ruhestand versetzt. Dann ist Holzapfel abgetaucht und hat einen Berg von Schulden hinterlassen. Schon bevor es das Casino in Wilhelmshöhe gab, ist er immer nach Bad Homburg gefahren. Und so einer dachte wirklich, er könnte mal Minister werden.« Jetzt brachte Herbert Viehmann ein Lächeln zustande. »Du willst doch nicht im Ernst sagen, dass an der Geschichte was dran ist? Geheime Hintermänner, andere Mörder, große Verschwörung?«

»Wo könnte er denn tauchen?«

»Holzapfel? Ich habe wirklich nicht die leiseste Ahnung. Jedenfalls irgendwo, wo ihn weder Gläubiger noch Gerichtsvollzieher ausfindig machen können. Ich weiß nur, dass seine ganze Pension jeden Monat gepfändet wird.«

»Also lebt er noch.«

»Irgendwo, wo es nichts kostet und ihn weder ein Brief noch ein Telefonanruf erreicht.« Der ehemalige Minister schüttelte den Kopf. »Das ganze nicht unerhebliche Vermögen seiner Frau ist für seine Schulden draufgegangen, und dann ist die gestorben. Vor neun Jahren hat er dann sein Haus am Mandelberg mit sattem Gewinn verkauft, aber das hat wohl nicht mal den Schaum von der Milch genommen.« Eine Pause. »Tja. Der Mandelberg.«

Andreas hob die Brauen. »Du hast dir darüber nie Gedanken gemacht?«

Sein Vater war überrascht. »Warum hätte ich das sollen? Es ist jahrelang nichts damit passiert. Als die Anträge zur Abholzung und Erschließung dann durchgingen, waren wir gerade zum ersten Mal in der Opposition und ich bloß ein normaler Rechtsanwalt und kleiner Abgeordneter. Außerdem war das alles hauptsächlich Angelegenheit des Kreises und der Gemeinde. Vor allem der Voepel hat sich damit 'ne goldene Nase verdient. Man munkelt, dass er diverse Parteifreunde mitverdienen ließ. Völlig legal, selbstverständlich. Trotzdem wäre es gar nicht gut, wenn irgendwelche Mauscheleien aus längst vergessenen Zeiten ausgerechnet jetzt hochkochen würden.«

»Wieso nicht?«

»Ich bitte dich. Nächstes Frühjahr sind Kommunalwahlen, und nach diesen ganzen Desastern in Land und Bund wollen wir doch ...« Der Landkreis Kassel war bundesweit der einzige, in dem die Sozis noch eine absolute Mehrheit im Kreistag hatten. Die Stadt war solide rot-grün. »Als unser hiesiger Zeitungsmonopolist verkauft wurde, tönte der neue Besitzer, er würde die rote Bastion Nordhessen schleifen. Und das wäre ein gefundenes Fressen.«

Andreas seufzte. »Diese Geschichte höre ich ständig. Aber nie von irgendwem, der dabei war, als er das angeblich gesagt hat.« Die HNA hatte vorher beinahe Hofberichterstattung betrieben. Dementsprechend verbittert waren jetzt die Genossen.

»Außerdem ist wieder mal eine Regionalreform im Gespräch, mit der wir ausbaden wollen, was dieser Voepel der Stadt damals eingebrockt hat.«

»Aus der sowieso nichts werden wird. War der Voepel wirklich so ein Tyrann?«

»Er wusste schon, wie man sich durchsetzt. Ein Schlunkhals.« Jemand, der den Hals nicht voll kriegt. Schon wieder Dialekt, registrierte Andreas verwundert. Seinem Vater passte die ganze Angelegenheit wirklich nicht. »Allerdings mehr für den Kreis und seine Freunde als für sich selbst.«

»Seine Witwe ist auch nicht zu finden.«

»Ich weiß wirklich nicht, ob die noch lebt. Müsste jetzt an die neunzig sein.«

»Wie auch immer. Später, als wir wieder an der Macht waren, wurdest du Innenminister, und Genosse Manfred wurde Justizminister.«

»Und?«

»Er war der Rechtsanwalt und Notar bei allen Geschäften, die mit dem Mandelberg gemacht wurden. Er wohnt jetzt da in einer der größten Villen. Ganz allein, oder? Er ist doch Junggeselle, oder? Aber nicht schwul, soweit ich weiß.«

Während sein Sohn weiter unbeweglich in seinem Sessel hockte und ihn aufmerksam beobachtete, rutschte der ehemalige Minister ungemütlich auf dem Besucherstuhl herum. »Der Genosse Manfred ist ... nun ja ...«

Andreas richtete sich endlich aus seiner schrägen Haltung auf und lächelte sein freundlichstes Lächeln. »Erzähl mir alles ... Papa.«

Der Salon im Erdgeschoss des Herrenhauses von Gut Holdorf war mit schweren Vorhängen abgedunkelt. Vor einer Wand hatte Desirée einen Overheadprojektor aufgebaut und machte eine PowerPoint-Präsentation.

Auf den Stühlen saßen Prinz und Ollie und dessen Frau Anja, die Gutsverwalterin Ingrid, eine attraktive Frau in den Fünfzigern mit beachtlichen Rundungen, mit ihren Söhnen Jörg und Dirk, zwei ehemaligen Boxern und Sportsoldaten Anfang dreißig, die fast wie Zwillinge wirkten, sowie Andreas im Dunkeln und hörten zu. Jeder von ihnen hatte eine Kaffeetasse in der Hand oder neben seinem Stuhl auf dem Boden stehen, wo auch einige Thermoskannen und Aschenbecher standen. Ollie und Anja rauchten ihre billigen kroatischen Zigaretten, Andreas teure Zigarillos.

Es war nach vier Uhr nachmittags, und Desirée war bereits seit über zwei Stunden zugange. Sie hatte stilles Wasser neben sich auf dem Tisch stehen und leerte etwa alle halbe Stunde ein großes Glas. Sie hatte die ganze Geschichte der Morde und der Mandelberg Park Residenz soeben bis zum Verschwinden zahlreicher Personen gebracht: erst der Bauer Willi Brennecke, mit einem Profit von fünf Millionen alten D-Mark. Dann die stillen Teilhaber: Polizeipräsident Herbert Holzapfel. Bürgermeister Richard Brandstädter. Bankdirektor Otto Möller. Schließlich, ein Jahr später, der pensionierte Kommissar Max Hildebrand.

Prinz sah auf seine Uhr. Noch eine Dreiviertelstunde, bis Sutter von dem Pfarrer und dem Arzt gebracht werden sollte.

Anja meldete sich zum ersten Mal. »Wie viel Geld haben die insgesamt gemacht?« Prinz hatte die Krankenschwester persönlich gebeten, einen Blick auf Sutter zu werfen und abzuschätzen, ob der Arzt trotz seines Alters etwas taugte.

Desirée warf Zahlen an die Wand. »Sie hatten kaum Kosten. Alles wurde über Kredite der Kreissparkasse finanziert, Erschließung und Verkehrsanbindung des Mandelbergs mit Steuergeldern. Diese Leute haben nach Tilgung der Kredite und Abzug aller Kosten ungefähr hundertsechzig Millionen alte D-Mark gemacht. Nach heutigem Geld über achtzig Millionen Euro.«

Ingrid schüttelte den Kopf. »Ohne einen Handschlag zu tun.«

Jetzt grinste Desirée, sehr zufrieden mit sich. »Es kommt noch besser.« Kopien vom Grundbuchamt schienen an der Wand auf. »Sie haben auch ihre Grundstücke fast geschenkt gekriegt, und die projecta GmbH hat trotzdem so viel Gewinn gemacht. Die ersten Grundstücke gingen weg, noch bevor die Erschließung abgeschlossen war.«

»Also«, schaltete sich Prinz ein, »wissen wir, wer noch verdächtig ist: Jeder, der ganz früh ganz billig gekauft hat. Wer ist das?«

Desirée nickte. »Voepel selbst natürlich. Der kaufte das größte und eigentlich wertvollste Grundstück, dreitausend Quadratmeter oben auf dem Hügelkamm. Er ist vor sechs Jahren verstorben und vermachte es, zusammen mit seinem Anteil von zwanzig Millionen Euro Gewinn, der Stiftung, die seinen Namen trägt. Mit seinem restlichen Vermögen wurde das Seniorenstift gebaut. Seine Frau Margarethe ist gleich nach seinem Tod ebenfalls unbekannt verzogen, und ich kann sie nicht ausfindig machen. Dann die Weirichs. Dieter Weirich, Schwiegersohn des Landrats Voepel, früher Geschäftsführer der projecta GmbH, jetzt der Landrat-Voepel-Stiftung. Seine Frau Juliane, geborene Voepel, ist die Leiterin des Landrat-Voepel-Seniorenstifts.«

»Diese beiden«, sagte Andreas, »kenne ich ganz gut. Parteifreunde. Von Dieter munkelt man, er hätte früher mal Kontakte zu Terroristen gehabt.«

»Und Prinz und Ollie haben beobachtet, wie Kommissar Siepmann, der Sutter damals überführt hat, sich mit Juliane Weirich traf«, sagte Ingrid eifrig.

Desirée nickte. »Außerdem Siepmann selbst und Manfred Schmelting, der ehemalige Justizminister, der vor seinem Amtsantritt bei allen Geschäften der projecta GmbH als Anwalt und Notar fungierte.« Desirée machte eine Kunstpause. »Tja, und der Arzt und der Pfarrer, die wir gleich erwarten.«

Prinz sah auf seine Uhr. »In etwa zehn Minuten.«

»Drei Morde begangen und einen Unschuldigen dafür sitzen lassen. Und ich wette, die stecken alle mit drin«, sagte Ingrid voller Begeisterung. Sie las gern Krimis.

Andreas zündete einen neuen Zigarillo an. »Tut mir leid, Ingrid, aber das ist eine ganz naive Annahme.«

»Wieso?«

»Wenn so viele Leute von Morden und einer Verschwörung wüssten ...«

»Du glaubst, das ist alles mit rechten Dingen zugegangen?«

»Ich spiele jetzt mal *advocatus diaboli*. Diese ganze Sache ist bloß die übliche kleine kommunale Korruption. Und was die angeblich Verschwundenen angeht: Ein paar Leute sind reich geworden, haben ihre billig erworbenen Grundstücke und Villen teuer weiterverkauft und sind in sonnigere Gefilde gezogen. Mallorca, Marbella, Florida, was weiß ich. Passiert ständig, so was, egal welche Partei das Sagen hat. Parteifreunde und ein paar örtliche Honoratioren kriegen natürlich mit, was läuft. Der Arzt, der Pfarrer sind klassische Kandidaten für so was. Was macht man also, damit die gar nicht erst nachfragen, ob die Sache koscher ist? Man macht ihnen ein ganz legales Angebot. Die Gemeinde und die Kreissparkasse machen auch einen hübschen Gewinn. Mit dem übrigen Gewinn tut eine Stiftung nun Gutes.«

Andreas sah, dass Ingrid und Desirée ihn entsetzt anstarrten. Aber er war noch nicht fertig. »Der Prozess gegen Sutter war einwandfrei. Sauberes Urteil: Er war einschlägig vorbestraft, die Tatwaffe wurde bei ihm gefunden, mit seinen Fingerabdrücken drauf. Er hat gestanden – und später widerrufen, wie fast alle.«

Prinz hatte inzwischen die Augen auf die Straße draußen gerichtet. »Andreas«, sagte er leise, ohne ihn anzusehen, »Sutter kommt raus. Zwei Tage später taucht Siepmann bei ihm auf, verlangt, dass er keinen Staub aufwirbelt, und stößt Drohungen aus, gerade so unkonkret, dass man ihm damit kaum an den Wagen fahren kann. Ein Typ auf einem Motorrad mit Essener Nummer verfolgt ihn. Sofort danach trifft er sich mit Juliane Weirich, und sie geraten in Streit. Sie fährt nach Hause, streitet sich dort mit ihrem Mann, der mir gegenüber wörtlich sagt, dass die Kohle in Gefahr sein könnte.« Ein kurzer Blick zu Andreas. »Da köchelt doch was.«

Ollie sah ihn an. Das wäre jetzt die Gelegenheit, von Derwars Dürckheims Besuch zu erzählen. Doch Prinz sagte nichts.

Andreas nickte langsam. »Einverstanden. Da köchelt was.«

»Erpressung?«, sagte Ingrid eifrig. »Und der Motorradfahrer ist der Erpresser?«

»Könnte sein.« Prinz erhob sich. »Okay. Sie kommen.«

Ingrid schritt zu den Flügeltüren auf den Hof, um die Gäste zu begrüßen.

Prinz blickte noch mal aus dem Fenster. »Ollie – sieh mal.«

Ein Motorrad rollte vorbei. Ollie stand auf und nickte Jörg und Dirk zu. »Kommt mit, Jungs.«

Im Salon saß Sutter, eingerahmt von Dr. Marquardt und Pfarrer Bestwig, mit dem Rücken zu den Fenstern auf die Straße. Ingrid, Andreas, Desirée und Prinz saßen ihnen gegenüber, Anja neben dem Doktor. Als draußen ein Motorrad lautstark vorbeiröhrte, sah Prinz auf und hob überrascht die Brauen. Sutter beobachtete aus den Augenwinkeln, wie Anja eine Zigarette anzündete, und holte Tabak und Blättchen heraus. Ollie kam rein, warf Prinz achselzuckend einen Blick zu, wurde, wie alle anderen auch, nur mit Vornamen vorgestellt und setzte sich neben Anja. Er hatte eine Aktenmappe dabei.

Dr. Marquardt referierte über Sutters Gesundheitszustand und zählte auf Nachfrage die Medikamente auf. Dann wandte Prinz sich an Sutter.

»Opa, wir würden gern hören, was genau damals passiert ist.«

Sutter musste mehrmals ansetzen. »Ich – ich war es nicht.«

Prinz nickte ernst. »Das wissen wir. Aber was ist passiert?«

Sutter brauchte lange, um mit vielen Unterbrechungen und neuen Anläufen zu berichten: sein verpfuschtes Leben, der alte Hornbach, der ihn aufgenommen hatte, die jungen Hornbachs, die kleine Svenja, die er so mochte, Müll im Wald in den Wochen vor den Morden, dann der Einbruch, die neuen Sicherheitsschlösser, der Doppelkorn, das Verlöschen seiner Erinnerung.

Das Aufwachen im Schlafzimmer. Die Polizei. Die Leichen. Die alte Armeepistole, die er vorher nie gesehen hatte. Die Verhöre. Die Verurteilung. Die Haft. Am Ende heulte Sutter beinahe. Er hätte sich zerreißen lassen, um das kleine Mädchen zu beschützen. Es dauerte eine Viertelstunde, bis er wieder ruhig war.

Schließlich sagte Prinz: »Wir würden Sie alle gern zum Abendessen einladen.«

Ingrid erhob sich. »Kommst du, Anja?«

Prinz ließ sich von Ollie die Aktenmappe geben. Er zeigte Sutter Fotos der beteiligten Personen, wie sie vor mindestens zwei Jahrzehnten ausgesehen hatten. Allerdings nannte er keine Namen.

Sutter kannte nur Willi Brennecke, der den alten Hornbach manchmal besucht hatte. Bei Dieter Weirich war er sich nicht sicher. Zum Schluss ein Foto des Motorradfahrers. Nachdem Sutter den Kopf geschüttelt hatte, ließ Prinz es herumgehen. Alle verneinten.

»Wer soll das sein?«, fragte Pfarrer Bestwig.

Prinz antwortete nicht. Während Ollie die Fotos wieder verstaute, machte Andreas zum ersten Mal den Mund auf.

»Sie kennen diese Herrschaften, nicht wahr?«

Dr. Marquardt äußerte sich als Erster. »Ich würde wirklich gern wissen, was Sie da herausgefunden haben.« Seine Stimme war etwas belegt.

»Das wissen Sie doch«, sagte Prinz leichthin.

Sutter hob den Kopf, sah ihn verwundert an.

Pfarrer Bestwig begann zu lachen. »Wer Geschenke gibt, hat alle zu Freunden. Sprüche, 19,6. Zu mir ist der Brandstädter gekommen. Und zu dir?«

Nach einem Moment begann Dr. Marquardt zu grinsen. »Bei mir war es Schmelting. Als er mal wieder mit seinen Verdauungsproblemen bei mir war.«

Pfarrer Bestwig wandte sich gleichzeitig an Prinz und Andreas. »Das war natürlich ein prima Angebot, damals. Ich glaube, meine Frau und ich mussten nicht mehr als fünfzig alte Mark für den Quadratmeter bezahlen. Fast geschenkt. Wir wollten sowieso bauen oder kaufen, für die Zeit, wenn wir nach meiner Pensionierung aus dem Pfarrhaus ausziehen mussten. Aber das war doch zehn Jahre oder so nach dem, äh? Der frühere Bürgermeister hat mir versichert –«

Desirée sagte zum ersten Mal etwas. »Bis auf den damaligen Justizminister Schmelting und die Weirichs sind alle diese Leute verschwunden.«

»Verschwunden?« Dr. Marquardt schien sie jetzt erst wahrzunehmen.

»Hm.« Pfarrer Bestwig versank in Nachdenken. »Gesehen habe ich in der Tat seit Jahren keinen mehr von ihnen. Hat Brandstädter mir nicht damals erzählt, er hätte mit seiner Frau ein Haus in Südfrankreich gekauft?« Dr. Marquardt saß reglos da und kniff die Augen zusammen. »Wo ich jetzt darüber nachdenke: Haben damals nicht mehrere Leute Häuser im selben Ort gekauft? Der Möller doch auch, oder, Wilhelm?« Dr. Marquardt starrte den Pfarrer an und sagte nichts. »Schmelting jedenfalls hat da unten ein Ferienhaus. Mir will nicht einfallen, wie der Ort heißt. Also, ich bin sicher, das war alles ganz, äh –«

»Die Witwe von Landrat Voepel«, sagte Desirée, »ist auch verschwunden.«

Der Pfarrer sah Dr. Marquardt an, der plötzlich lachte. »Die ist nicht verschwunden. Die wohnt jetzt in dem Seniorenstift, das nach ihrem Mann heißt und von ihrer Tochter geleitet wird.« Er sah sich triumphierend um.

Im Esszimmer war der lange Tisch mit Kerzen, mehreren Bestecken, dem edelsten Service und für zwei Weine festlich gedeckt. Pfarrer Bestwig und Dr. Marquardt übertrafen sich mit Lob für Ingrids Küche. Beim Essen gaben sich Ingrid und Pfarrer Bestwig alle Mühe, die Konversation in Gang zu halten, aber außer Dr. Marquardt und Andreas waren die anderen offenbar nur physisch präsent. Anja gähnte oft, verriet auf Pfarrer Bestwigs besorgte Frage, dass sie auch morgen wieder früh raus müsse und wurde nur durch einen Blick von Prinz daran gehindert, ihren Beruf zu verraten. Sie hatte dieses Wochenende Frühdienst im Klinikum.

Sutter wurde von beiden Weinen nur einmal nachgeschenkt, ohne dass jemand ein Wort darüber verlor. Dr. Marquardt machte viel Wind darum, noch fahren zu müssen, und trank dafür zu viel. Pfarrer Bestwig langte herzhaft zu und unterhielt den ganzen Tisch mit Bibelsprüchen und Anekdoten aus seinem Berufsleben.

»Wenn du gegessen und getrunken hast und satt bist«, sagte er schließlich und erhob sich, »sollst du den Herrn, deinen Gott, loben. 5. Mose, 8,10.«

Als Ingrid den alten Sutter zur Toilette geleitete, fragte Pfarrer Bestwig leise: »Glauben Sie wirklich, Sie können nach so langer Zeit den wahren Mörder finden?«

»Wir werden sehen«, sagte Prinz.

»Falls«, meinte Dr. Marquardt, mühsam ein Rülpsen unterdrückend, »es einen wahren Mörder gibt. Einen anderen, meine ich.«

»Natürlich«, stimmte Andreas zu.

»Wie auch immer.« Pfarrer Bestwig schüttelte Hände. »Uns bleibt nur, viel Glück zu wünschen. Der Herr lässt es den Aufrichtigen gelingen, Sprüche, 2,7.«

Ingrid kam mit Sutter zurück. »Vielleicht möchtest du ein paar Tage hier bei uns bleiben, Helmut?«

»Nach Hause«, sagte Sutter matt. »Mein Zuhause.«

Sie standen in den Flügeltüren und sahen zu, wie der BMW vom Hof rollte. Prinz wandte sich an Anja, die erneut gähnte.

»Und?«

»Die Medikamente sind alle in Ordnung. Dieses neue Zeug, das er von Wilhelm kriegt, musste ich nachschlagen. Ein spezielles Medikament für Alkoholiker, bei denen man davon ausgeht, dass man sie doch nicht von der Flasche kriegt, wenn sie nicht unter Beobachtung stehen. Sehr gut – und sehr teuer. Er gibt es ihm umsonst.«

»Ja«, sagte Prinz. »Anscheinend hast du recht, Andreas. Die ganz normale kleine kommunale Korruption, sie wurden reich und zogen in sonnigere Gefilde.« Er starrte ins Leere, schüttelte den Kopf.

»Nun ja«, sagte Andreas. »Und jetzt?«

Die Köpfe der alten Damen und vereinzelten Herren drehten sich, als der Bentley durch die Anlage für Betreutes Wohnen in Obervellmar glitt. Lauter gepflegte niedrige Bungalows in hübschen Gärten, gruppiert um ein größeres Gebäude.

Der Wagen hielt vor Frielendorfs Bungalow, Prinz, Desirée und Andreas stiegen aus, beobachtet von neugierigen Augenpaaren. Prinz warf kurze Blicke zu den herumstehenden, gaffenden Gruppen alter Leute.

»Ist das hier immer so?«

»Vermutlich«, meinte Desirée. »Sie haben ja sonst nichts zu tun.« Sie ging durch Rosenbeete zu Frielendorfs Tür, klingelte. Auf wiederholtes Klingeln tat sich nichts.

»Wo könnte er sein?«, fragte Prinz.

»Keine Ahnung. Überall.«

Ein alter Herr kam auf sie zu. Andreas setzte sein Politikerlächeln auf. »Hallo, schön, Sie zu sehen, wissen Sie zufällig –«

»Er ist gestorben«, sagte der alte Mann.

Andreas ließ die Hand sinken. »Wie meinen?«

»Tot. Frielendorf. Letzte Nacht.« Er zeigte auf den Bungalow.

Desirée schluckte; ihre Augen waren groß, ungläubig. »Er ist gestorben?«

Der Mann lachte meckernd. »Hat sich in seinem besten Anzug ins Bett gelegt und die Augen geschlossen. Der Bestatter hat gar keine Arbeit mehr mit ihm.«

Prinz wurde die Sache zu bunt. »Wo sitzen hier die Chefs? In dem großen Haus?«

»Das ist das Hauptgebäude«, brachte Desirée tonlos heraus.

»Ich erledige das«, sagte Andreas, marschierte los und kam ein paar Minuten später mit der Frau zurück, die Desirée zu Frielendorf gebracht hatte. Letzten Mittwoch. Vor vier Tagen. Sie war eine Matrone mit rundem Gesicht und völlig aufgelöst. Frau Dietzenbach, laut einem Namensschild am Revers.

»Normalerweise darf ich keine Fremden …«, sagte sie, offenbar zum wiederholten Mal.

»Es geht uns nur um diese Aktenordner«, versicherte Andreas ihr. »Er hätte es bestimmt zu schätzen gewusst.«

Die Frau seufzte und schloss auf. Das kleine Appartement in dem Bungalow sah noch genauso aus, wie Desirée es in Erinnerung hatte. Sie musterte das Regal.

»Die Ordner sind weg. Alle drei.«

Prinz nickte, als hätte er nichts anderes erwartet, und folgte der Frau ins Schlafzimmer. Dort war die Bettdecke zurückgeschlagen.

»Da lag er.« Frau Dietzenbach zeigte auf das Bett. »Auf dem Rücken, die Arme vor der Brust gekreuzt. Und ja, er hatte seinen Anzug an. Den, den er immer trägt, wenn Besuch kommt.

Er hatte ihn auch an, als Sie …« Desirée nickte. »Blitzsauber. Und die Schuhe. Frisch gewienert.«

»Hatte er denn gestern Besuch?«, wollte Prinz wissen.

»Das wissen wir nicht. Niemand hat etwas bemerkt.«

Prinz deutete auf das Bett. »Haben Sie so etwas schon mal erlebt?«

»Vielleicht wollte er sich nur kurz hinlegen und ist eingeschlafen und nicht wieder aufgewacht. Hatte er sich nicht auch hingelegt, während Sie diese Kopien machten?«

Desirée nickte noch einmal. Prinz entdeckte etwas, zog das mit der Seite an der Wand liegende Kopfkissen zurück. Dahinter kamen auf der weißen Raufasertapete zwei schwarze, fingerdicke Striche zum Vorschein.

»Was ist das hier?«

Ein senkrechter Strich, vielleicht sieben oder acht Zentimeter lang; ein kürzerer, etwa drei Zentimeter, kreuzte den senkrechten im unteren Drittel waagerecht. Die Striche waren an den Rändern ausgefranst; jemand hatte bereits erfolglos versucht, sie wegzuwaschen.

Ein christliches Kreuz, das auf dem Kopf stand.

Frau Dietzenbach lief rot an. »Tinte«, sagte sie. »Geht nicht weg. Wir müssen drüberstreichen.« Auf dem Nachttisch lag ein Tintenkissen. »Einen Rest schwarzer Tinte hatte er noch vorn am Zeigefinger.«

VIER

Die Kommissarin vom zuständigen Kriminaldauerdienst war Ende zwanzig und wusste nicht, was sie mit diesem Fall anfangen sollte. Falls es ein Fall war. Ihr Begleiter, ein Kommissaranwärter, war Anfang zwanzig und stand noch hilfloser herum.

»Und wie haben Sie den Tod festgestellt?«, fragte sie.

Dr. Junge, der Arzt, stand neben der Schwester, die den Toten gefunden hatte; er fühlte sich sichtlich unwohl. »Indem ich den Puls fühlte, in die Augen sah.«

»Weiter haben Sie nichts unternommen?«

Dr. Junge blickte zu Boden. Der leichenschauende Arzt sollte eigentlich den Toten entkleiden, von allen Seiten bei guter Beleuchtung betrachten und sämtliche Körperöffnungen inspizieren. Sofern kein Verdacht auf der Hand lag, wurde das natürlich fast nie praktiziert. Schon gar nicht bei sehr alten Menschen.

Um einen Tisch saßen Prinz, Andreas und Frau Dietzenbach neben Desirée in dem kleinen Schlafzimmer.

»Was gedenken Sie nun zu unternehmen?«, fragte Andreas.

»Tja«, sagte die Kommissarin. Sie blickte in ihren Notizblock. »Ich gedenke, einen Bericht zu schreiben. Den haben die Kollegen morgen vorliegen.«

Andreas nickte. Ihm war schnell klar geworden, dass diese beiden jungen Beamten nicht wagen würden, die Experten vom KK11 aus dem Wochenende zu trommeln. Schließlich lag die Leiche bereits beim Bestatter, mit einem Totenschein, auf dem ordnungsgemäß »natürlicher Tod« angekreuzt war.

»Die Striche an der Wand«, sagte Dr. Junge, »habe ich nicht gesehen. Das Kopfkissen lag davor.« Alle starrten auf das umgedrehte Kreuz.

Frau Dietzenbach erhob sich mit einem Ruck. »Also schön. Das war ich. Wir sind eine christliche Einrichtung.« Sie setzte sich wieder. »Es tut mir leid.«

Desirée kaute ihre Unterlippe. Ihr Gesicht war weiß. Sie hatte eine Locke um einen Finger gezurrt und zog daran.

Die Kommissarin seufzte. »Ich werde diese Wohnung versiegeln, und niemand darf sie betreten.«

Frau Dietzenbach stöhnte. »Wie lange soll das denn dauern? Wir haben eine Warteliste. Wir können uns lange Leerstände nicht leisten.«

Die Kommissarin hob die Schultern. »Wenn Sie bis Freitag nichts gehört haben, rufen Sie diese Nummer an und erzählen das den Kollegen vom Kommissariat 11. In der Regel beschleunigt das die Entscheidungsfindung.«

»So also arbeitet die Polizei«, meinte Ingrid. »Wenn sie nicht arbeiten will.«

»Irre«, kommentierte Ollie.

Sie saßen im Esszimmer. Desirée kam aus ihrem Arbeitszimmer. Sie war immer blasser geworden und hatte einen roten Strich in ihre Unterlippe gebissen. »Preute steht nicht im Telefonbuch«, sagte sie.

»Das tun Richter fast nie«, erklärte Andreas. »Wenn sie Leute verknacken, kommen die irgendwann wieder raus.« Er beugte sich vor und ergriff Desirées Hand. »Mach dir keine Sorgen. Es kann keiner rausfinden, wo er wohnt.«

Plötzlich schoss das Blut in Desirées Kopf. »Ich habe sie zu Frielendorf geführt!« Sie schrie beinahe. »Und vorher zu Preute. Woher sollen sie denn sonst wissen ...« Sie begann zu schluchzen. »Es ist noch nie jemand gestorben, den ich kannte!«

»Wer – sie?«, fragte Prinz.

Desirée machte eine hilflose Bewegung, antwortete aber nicht.

Prinz lächelte etwas angestrengt. »Hast du irgendwas Verdächtiges bemerkt? Dass dich jemand verfolgt hat?« Desirée schloss die Augen und schüttelte den Kopf. Prinz fuhr fort: »Woher kann jemand von uns wissen?«

»Siepmann wusste von deinem Versprechen«, warf Andreas ein.

»Genau!«, fauchte Ingrid. »Habt *ihr* darauf geachtet, ob ihr verfolgt werdet?« Prinz und Ollie tauschten einen Blick. »Weshalb auch? *Ihr* wart schließlich die Verfolger!«

»Das führt zu nichts«, sagte Andreas.

Ollie starrte Prinz an. Aber der sagte nichts von Derwars' Besuch.

Plötzlich wieder kraftlos sackte Desirée in sich zusammen. »Ich habe etwas nicht erzählt.« Alle sahen sie überrascht an. »Der Bauer, Brennecke, hat damals gegenüber Preute von Satanismus geredet. Das war Preute zu abseitig, er hat es vor Gericht gar nicht zur Sprache gebracht.«

Prinz sah Ollie an. Der verdrehte die Augen. Ingrids Kinn klappte runter.

Andreas drehte nachdenklich den Zigarillo mit zwei Fingern. »Ich habe auch etwas nicht erzählt. Dieser Manfred Schmelting hat irgendwann, bevor er Abgeordneter und Minister wurde, mal ein paar Leute vor Gericht verteidigt, denen man irgendwelche okkulten Verbrechen vorwarf. Ich weiß nichts Näheres, weil mein Vater sich nicht mehr so genau erinnert.« Er drückte den Zigarillo aus. »Schmelting hat immer bestritten, selbst zu diesen Leuten zu gehören, aber es gibt Gerüchte.«

»Ihr meint«, sagte Ingrid aufgeregt, »wir haben es mit Satanisten zu tun, und die haben diesen alten Mann auf dem Gewissen?«

Prinz stand auf, trat ans Fenster. Mit dem Rücken zu den anderen sagte er leise: »Jetzt will ich wissen, was es mit diesem umgedrehten Kreuz auf sich hat.«

Andreas sah überrascht auf. »Ich dachte, das wüsstest du. Das simpelste Satanismussymbol. Das Pentagramm ist bekannter, aber viel schwerer zu zeichnen.« Er lächelte. »Wir hatten doch alle mal unsere Okku-Phase.«

»Stimmt«, sagte Desirée. »Ich auch. Mit fünfzehn. Dauerte fast anderthalb Jahre.«

Prinz drehte sich um und starrte seine Tochter an. »Im Ernst?«

»Sag bloß, du nicht«, meinte Andreas.

»Nee. Ich hatte anderes im Kopf.«

»Ich auch«, stimmte Ollie zu.

»Was ihr damals im Kopf hattet«, beschied Ingrid sie, »war auch nicht schlauer.«

Prinz widersprach nicht. »Und was macht man in einer Okku-Phase?«

Desirée zuckte die Achseln. »Tarot. Gläserrücken. Ouija-Bretter. Um Mitternacht auf dem Friedhof kiffen. Umgedrehte Kreuze auf Grabsteine malen.«

Prinz setzte sich wieder. »Du willst mir aber nicht erzählen, dass du für möglich hältst, irgendwer hätte irgendwelche Rituale veranstaltet, und daraufhin hätte eine finstere höhere Macht diesem Frielendorf befohlen, die drei Ordner verschwinden zu lassen, seinen Anzug anzuziehen, sich ins Bett zu legen, das umgedrehte Kreuz an die Wand zu schmieren und zu sterben?« Er sprach leise, schaffte es aber nicht, den Sarkasmus zu verbergen.

Desirée antwortete nicht.

Prinz nickte beunruhigt Ollie zu, der aufstand und aus dem Zimmer ging. »Okay«, sagte er. »Ich will mit Schmelting reden. Mach einen Termin, Andreas.«

Andreas nickte. Er holte sein Handy und sein Notizbuch heraus. Prinz wandte sich an Ingrid.

»Ruf den Opa an. Ob bei ihm alles okay ist.« Ingrid ging aus dem Raum.

Andreas hatte bei keiner der drei Nummern Erfolg, die er von seinem Vater hatte.

»Sagte der Pfarrer nicht«, warf Desirée ein, »Schmelting hätte ein Ferienhaus in Südfrankreich?«

»Im selben Ort«, sagte Prinz, »in den Bürgermeister Brandstädter und Bankdirektor Möller gezogen sind. Vielleicht ist auch Holzapfel da untergetaucht.«

Ingrid kam zurück. »Bei Helmut ist alles in Ordnung. Er war ein bisschen unwirsch. Mag es wohl nicht, wenn man sich zu sehr um ihn kümmert.«

»Man hat sich siebenundzwanzig Jahre lang genug um ihn gekümmert«, sagte Prinz. »Hast du gefragt, ob er je mit irgendwelchen Okku- oder Psychofritzen zu tun hatte?«

Ingrid schüttelte den Kopf. »Das müssen wir ganz vorsichtig angehen.«

In diesem Moment betrat Ollie wieder den Raum. »Siepmanns Dienstwagen stand gestern zwischen sieben und acht Uhr abends auf dem Parkplatz dieser Anlage, in der Frielendorf wohnte.« Ollie setzte sich und blickte in die Runde. »Du hattest von Anfang an recht«, sagte er zu Prinz. »Der war es.«

Prinz hatte plötzlich ein sanftes Lächeln im Gesicht. »Dann müssen wir das nur noch beweisen. Er selbst leitet offiziell die Ermittlungen, falls es überhaupt welche gibt – und wird alle Spuren verwischen.«

Andreas sagte: »Ihr habt seinen Wagen verwanzt?«

Prinz nickte, noch immer mit diesem sanften Lächeln im Gesicht.

»Simpler GPS-Positionsmelder«, erklärte Ollie eifrig.

Andreas schüttelte den Kopf. »Wenn das mal bloß nicht rauskommt.«

Dr. Frieder Rohde, der ehemalige Leitende Oberstaatsanwalt, wohnte in einem hellgrün gestrichenen fünfstöckigen Altbau im Vorderen Westen, nur ein paar hundert Meter und einige Querstraßen vom Haus der Viehmanns entfernt. Das Haus stand in einer langen Reihe ähnlicher schön renovierter Jugendstilbauten in verschiedenen hellen Farben. In den kleinen Vorgärten blühten die Rosen.

Prinz checkte zum wiederholten Mal die Straße, bevor sie klingelten. Nichts.

Ein schlanker Bengel mit einem Madonnengesicht hinter einer blonden eingedrehten Locke, die ihm von der Stirn bis zum Kinn reichte, an dem ein teefarbener Ziegenbart wuchs, öffnete die Tür, warf einen wissenden Blick auf Andreas, stellte sich als »Manuel« vor und bat sie herein. Er trug eine dünne, eng anliegende hellrote Stoffhose unter einem dunkelblauen Sweater. Andreas starrte auf seinen Hintern, als er vor ihnen her durch den Flur schritt.

An den Wänden überall Kunst, offenbar Originale, keine Drucke. Der Flur war Aquarellen südlicher Landschaften gewidmet. Manuel führte sie in ein großzügiges Wohnzimmer: Vollgestopfte Bücherwände, lauter nordafrikanischer Nippes, großformatige Ölbilder arabischer Knaben, Diwane. Ein von blühenden Pflanzen in großen Tonkrügen überwucherter Balkon ging hinaus auf einen gepflegten Garten, der von den Rückfronten anderer Altbauten eingerahmt war.

Dort saß ein kleines Männlein in der Sonne, auf zahllosen

Kissen in einem Korbsessel, die Füße auf einen dazu passenden Hocker gelegt, neben einem mit den Sonntagszeitungen übersäten Tisch. Außerdem standen da eine orientalische Messingkanne und ein winziges Tässchen. Das Männlein war braungebrannt und bis zur Brust in eine Decke mit nordafrikanischen Mustern gehüllt. Darüber kamen ein Sakko und eine rote Fliege zum Vorschein. Der Kopf mit weißer ondulierter Tolle drehte sich zu den Gästen. Runde Brillengläser blitzten in der Sonne.

»Ah, da sind Sie ja«, krähte das Männlein. »Entschuldigen Sie, dass ich mich nicht erhebe. Die alten Knochen. Nehmen Sie Platz. Tee, Kaffee, Kaltes oder Alkoholika?«

Der damalige Leitende Oberstaatsanwalt war jetzt über achtzig.

Händeschütteln, Vorstellung, dann versank Andreas in den Kissen eines weiteren Korbsessels und richtete Grüße seines Vaters aus, durch den sie diesen schnellen Termin am Sonntagnachmittag bekommen hatten. Prinz räumte, ohne zu fragen, die meisten Kissen aus seinem Sessel auf den Boden. Das Männlein beobachtete das kommentarlos aus hellen, lebhaften Augen. Manuel stand dienstbereit in der Balkontür, quittierte ihre Wünsche mit kurzem Nicken, verschwand. Dr. Rohde schlürfte Tee mit Minze auf arabische Art.

Prinz bekam mit, dass er aus den Augenwinkeln gemustert, abgeschätzt wurde, und starrte zurück, bis der alte Mann die Augen abwandte.

Manuel brachte einen Gin Tonic für Andreas, den die koloniale Atmosphäre hier zu diesem Getränk angeregt hatte, und ein Wasser für Prinz, verzog sich, blieb aber auf Aufforderung von Dr. Rohde »in Rufweite, nicht wahr, Bäckchen, falls wir etwas aus unserem Archiv brauchen«.

Prinz sagte: »Sie haben ein eigenes Archiv?«

»Ich schreibe meine Memoiren«, antwortete Dr. Rohde gut gelaunt. »Oder genauer, Manuel schreibt sie. Er studiert Jura in Marburg. Wie ich höre, geht es an den juristischen Fakultäten in diesen Zeiten immer konservativer zu.«

»Das ist schon seit Jahren so«, betätigte Andreas. »Wenn Sie da einen Studenten mit langen Haaren und in Jeans sehen, können Sie sicher sein, dass er Strafverteidiger werden will.«

»Ja. Höchst bedauerlich. Lässt nichts Gutes ahnen für die Zukunft, fürchte ich. Aber ich verdanke Ihren Besuch nicht dem Wunsch, mit mir über die Zeitläufe zu diskutieren, nicht wahr?«

Bevor Andreas zu einer weitschweifigen Erklärung ausholen konnte, sagte Prinz: »Es geht um den Fall Hornbach.«

Dr. Rohde fixierte ihn mit zusammengekniffenen Augen. »Sie sind der Mann, der als Prinz bekannt ist.« Der Plauderton war kühler Sachlichkeit gewichen.

Andreas' Hand mit dem Glas stoppte Zentimeter vor seinem Mund.

»Ich habe den General von Loquai einmal getroffen. Vor vielen Jahren, in der Kaserne in Rothwesten. Eine Jubiläumsveranstaltung zum fünfzigsten Jahrestag der Währungsreform, die dort damals unter völliger Abschottung ausgehandelt worden ist. Schien mir ein integrer Mann zu sein.«

»Das war er bestimmt.« Prinz lehnte sich zurück, atmete langsam und flach.

Andreas kannte die Anzeichen: Vorbereitung auf eine Auseinandersetzung.

»Manche Leute werden unschuldig verurteilt«, sagte er vorsichtig.

»Ohne Zweifel«, stimmte Dr. Rohde zu, weiter Prinz fixierend. »Sie haben also tatsächlich vor, dieses im Gefängnis gegebene Versprechen zu halten.«

»Ich habe gar nicht geahnt, dass der Justizapparat so eine Klatschbude ist.«

Dr. Rohde beobachtete, wie die blaue Ader an Prinz' muskulösem Hals pochte. »Wie jede Organisation auf der ganzen Welt. Was haben Sie davon?«

»Was ich davon habe, ein Versprechen zu halten?«

»Ist es persönlich? Siepmann?« Die beiden sahen sich reglos in die Augen.

Andreas fühlte, wie sich Schweißperlen auf seiner Stirn bildeten.

»Sie glauben an Recht und Gesetz, nehme ich an«, sagte Prinz. »Ich weiß, wie es ist, unschuldig im Gefängnis zu sitzen.«

»Sie wissen auch, wie es ist, schuldig im Gefängnis zu sitzen.«

»Ich kenne den Unterschied.«

»Die Beweislage war eindeutig und ließ keinen anderen Schluss zu. Sutter konnte sich an nichts erinnern. Kann er das plötzlich?« Prinz antwortete nicht. Dr. Rohde wandte den Blick ab. »Wenn Sie nicht mehr haben, brauchen wir nicht weiter zu reden. Ich unterstütze keinen privaten Rachefeldzug.«

Andreas wollte etwas sagen. Prinz hob eine Hand. »Sie wissen, was mit dem Mandelberg passiert ist.«

»Was früher oder später sowieso passiert wäre.« Dr. Rohde sah Andreas mit hochgezogenen Brauen an. »Erstaunlich ist, dass es so lange gedauert hat.«

»Wir haben mehr. Andreas.«

Andreas widerstand dem Impuls, sich den Schweiß von der Stirn zu wischen. Er fasste den Mandelberg-Deal zusammen, allerdings ohne die Namen der mutmaßlichen stillen Teilhaber zu nennen. Am Schluss berichtete er, wie Frielendorf heute Morgen tot aufgefunden wurde; er erwähnte auch das umgedrehte Kreuz.

»Das hatte Frielendorf alles in drei Aktenordnern gesammelt. Die sind verschwunden.«

Dr. Rohde hatte konzentriert zugehört. Jetzt blickte er schweigend in den Garten.

»Friedemann Frielendorf«, sagte er schließlich, mehr zu sich selbst. »Ein komischer Kauz. Ich kannte ihn schon vorher.« Ein Blick zu Andreas, der mit einem Nicken zu verstehen gab, dass er ahnte, in welchen Kreisen Dr. Rohde und Frielendorf einander über den Weg gelaufen waren. »Hat damals schon gleich am Tatort diese Theorie mit dem Grundstück geäußert. Ist im Prozess dauernd darauf herumgeritten. Aber er wusste überhaupt nichts, es waren alles nur Mutmaßungen. Die in sich zusammenfielen, weil die Familie Hornbach keine Erben hatte. Wie alt war er?«

»Achtundachtzig. Der Arzt hat ihn gar nicht untersucht und natürlichen Tod angekreuzt.«

»Haben Sie die Polizei gerufen?«

»Zwei überforderte Beamte vom Kriminaldauerdienst nahmen den Fall auf. Der Bericht wird Siepmann morgen vorliegen.«

»Sie halten es wirklich für möglich, dass er ermordet wurde?«

»Haben Sie je gehört, dass sich jemand in seinem besten Anzug mit Schuhen ins Bett legt, ein umgedrehtes Kreuz an die Wand schmiert und stirbt?«

»Ich habe allerdings auch noch nie gehört, dass ein Mörder sein Opfer so inszeniert. Eine Botschaft? Was soll sie bedeuten?«

»Das wissen wir nicht.«

»Wusste jemand, dass Sie ihn heute Morgen aufsuchen wollten?«

»Nein.«

»Wusste Frielendorf es selbst?«

»Auch nicht.«

Andreas warf Prinz einen Blick zu. Prinz erwiderte den Blick reglos. Sie waren so überrascht gewesen, dass ihnen dieser Gedanke nicht gekommen war.

Niemand hatte gewusst, dass sie Frielendorf heute Morgen aufsuchen würden. Ausgerechnet letzte Nacht starb er. Gestern hätten sie ihn noch lebend angetroffen. Morgen hätten sie nichts mehr herausgefunden. Perfektes Timing.

Andreas trank einen Schluck. »Na ja, es wäre gut, wenn wir Fremdeinwirkung einigermaßen sicher ausschließen könnten.«

»Sie haben doch bestimmt nicht nur Feinde bei der Staatsanwaltschaft.«

»Durchaus nicht. Im Gegenteil. Ich könnte mir allerdings vorstellen –«

»– dass ein Anruf von mir eher zum Ziel führen würde. Ich verstehe.«

Dr. Rohde schwieg. Nach einigen Minuten fragte Andreas, ob er rauchen dürfe. Dr. Rohde nickte und rief nach Manuel, der sofort auftauchte.

»Bring bitte einen Aschenbecher, Bäckchen, ja, und dann schau mal, ob du den Hornbach-Ordner findest.«

Dr. Rohde betrachtete Prinz, der noch immer wie bereit zum

Angriff dasaß, und führte das Tässchen zum Mund, um ein schmales Lächeln zu verbergen.

»Nun entspannen Sie sich mal wieder, junger Mann. Sie haben da ein paar interessante Dinge herausgefunden. Und Frielendorfs Tod ist in der Tat sehr merkwürdig. Unter diesen Umständen ist mir Ihre Motivation egal. Sie haben recht, ich glaube an den Rechtsstaat. Aber ich weiß natürlich, dass in den Strafverfolgungsbehörden auch nur Menschen sitzen. Es ist unvermeidlich, dass immer mal wieder manche von ihnen gewissen Verlockungen nicht widerstehen können.«

Er ließ seinen Blick von Prinz zu Andreas gleiten.

»Sie glauben, dass der damalige Polizeipräsident Holzapfel und Kommissar Siepmann zu den stillen Teilhabern gehören, deren Identitäten Sie vorhin so elegant umschifft haben. Sie glauben, Weirich und/oder der verschwundene Bauer und/oder Siepmann und/oder Holzapfel könnten die wahren Täter oder Mittäter sein. Sie glauben, Holzapfel und Siepmann hätten zumindest die Ermittlungsergebnisse dahingehend beeinflusst, dass Sutter anstandslos verurteilt werden konnte. Und den damaligen Leiter der Mordkommission Hildebrand mit seinen Zweifeln ins Leere laufen lassen. Das alles im Auftrag des Landrats Voepel, den manche inzwischen für eine Art Legende zu halten scheinen. Ich fand immer, dass er eigentlich nie mehr war als ein bauernschlauer Milchhändler. Und natürlich der übliche nordhessische Sturkopf, der von einer einmal eingenommenen Position keinen Zentimeter zurückwich. Durchtrieben, gewitzt und hartnäckig, aber meist freundlich. Durchaus in der Lage, jemanden über den Tisch zu ziehen, aber im Grunde gutmütig. Sie glauben wirklich, Voepel wäre zu so etwas in der Lage gewesen?«

»Haben Sie«, fragte Andreas statt einer Antwort, »eine Ahnung, wo Holzapfel stecken könnte?«

»Nein. Er schuldet mir Geld. Einige zigtausend alte D-Mark.«

»Und Hildebrand?«

Dr. Rohde sah auf seine Uhr. »Manuel ist leider ein bisschen unordentlich«, erklärte er. »Er behauptet, das mache nichts, schließlich habe Liebling Kreuzberg auch immer Sachen verschlampt.«

Andreas lachte zu laut. »Es gab mal eine Untersuchung, wer schneller etwas im Schreibtisch findet, die Chaoten oder die Pedanten. Die Chaoten haben gewonnen.«

Dr. Rohde fiel wieder in den entspannten Plauderton. »Was mich zu der Vermutung führt, dass Sie auch einer sind. Ah, vielen Dank, Bäckchen, das ging ja fix.«

Dr. Rohde nahm den Ordner entgegen, begann zu blättern und vergaß offenbar die Anwesenheit seiner Gäste. Allerdings achtete er darauf, dass sie vom Inhalt des Ordners nichts sehen konnten.

Zeit verging. Die Sonne verschwand hinter dem Nachbarhaus. Die Wohnung befand sich im ersten Stock; der Balkon hatte nur bis zum frühen Abend Sonne.

Dr. Rohde klappte den Ordner zu, stellte ihn neben sich auf den Boden. Blickte hinaus in den Garten. Mehr Zeit verging. Prinz und Andreas saßen unbeweglich da.

»Ich meine«, begann Dr. Rohde schließlich, »mich an so ein hingeschmiertes umgedrehtes Kreuz in Sutters Hütte erinnern zu können.«

Ollie beschloss, sich von hinten nach vorn zu arbeiten, wie er das oft bei der Lösung technischer Probleme machte. Vom Gut Holdorf waren es nur wenige Kilometer über schmale Landstraßen bis zur Auffahrt Zierenberg auf die von Westen kommende A 44, die in weitem Bogen südlich um die Stadt herum zur A 7 führte.

Seine Frau Anja hatte sich gleich hingelegt, nachdem sie von ihrem Frühdienst zurück war. Und Ollie, allein in der großen Wohnung, hatte nichts zu tun und schlug sich mit finsteren Gedanken herum. Seit Prinz vor vier Jahren in den Knast gewandert war, war ihm nichts mehr richtig gelungen. Es war nicht der Nervenkitzel, der ihm fehlte, und in Wahrheit auch gar nicht so sehr das Geld, sondern das Gefühl, zu einem Team zu gehören, das seine Fähigkeiten zu schätzen wusste. Jetzt endlich gehörte er wieder zu einem Team, aber bisher waren seine Fähigkeiten nicht gefragt. Gestern war sogar Anja mit ihrem Fachwissen wichtiger gewesen als er. Ollie hatte stattdessen die Sache mit dem Motorradfahrer vermasselt: Dieser Typ musste gemerkt haben, wie Jörg und Dirk sich herangepirscht hatten, und als er losraste, war Ollie mit dem schweren erdfarbenen Jeep Cherokee zu früh auf die Straße gefahren. Der Motorradfahrer konnte ihm ausweichen. Ollie hätte warten und ihn rammen sollen. Prinz hatte nichts gesagt, er machte ja nie Vorwürfe, aber seinen erstaunten Blick, als er den Salon betrat, würde Ollie so schnell nicht vergessen.

Also hatte er beschlossen, sich noch mal den Jeep zu schnappen und sämtliche bekannten Adressen abzuklappern, um die finsteren Gedanken zu verscheuchen.

Am Südkreuz Kassel bog Ollie auf die von Marburg kommende A 49 und fuhr in Waldau ab. Er hatte keine zwanzig Minuten gebraucht. Die Sonne stand noch über den Bergen im Westen, als Ollie den Jeep hinter einer Schule abstellte, einige hundert Meter von Sutters Wohnung entfernt. Es war keine Wolke am Himmel. Kinder, die in verschiedenen Sprachen kreischten, tobten auf den Wiesen zwischen den Siedlungshäusern herum.

Ollie kam an einem schwarzen Mini Cooper vorbei, in dem vier blasse Gruftis hockten und einen Joint herumgehen ließen. Satte Shitwolken zogen aus den geöffneten Fenstern. Er grinste in sich hinein.

Die Fenster von Sutters Dachwohnung standen offen. Gelegentlich wehte Rauch heraus. Sonst war nichts zu erkennen. Der Motorradfahrer war nirgends zu sehen. Ollie verbrachte etwa fünf Zigarettenlängen in einem Gebüsch auf einer kleinen Anhöhe, von wo aus er drei Seitenstraßen und die schnurgerade Straße durch ein Industriegebiet zur Schnellstraße im Blick hatte.

Überall Satellitenschüsseln auf den Balkons; durch geöffnete Fenster konnte Ollie die Fernseher in fremden Sprachen plärren hören. Fast alle, die jetzt in dieser Sozialsiedlung wohnten, sahen Sender aus ihren Heimatländern.

In der Mandelberg Park Residenz herrschte völlige Ruhe. Kein Mensch auf den Straßen, kein Verkehr außer den roten Daihatsus des Pflegedienstes; ein paar Leute genossen den Abend draußen auf den weitläufigen Grundstücken. Die meisten Reichen taten dasselbe wie die Armen: fernsehen.

In der Nähe der Villa der Weirichs war der Motorradfahrer auch nicht zu sehen. Alle vier Garagen waren verschlossen. Er kletterte im Wald um die provenzalische Villa herum bis zu dem Posten, von dem aus er und Prinz letzten Mittwoch den Streit des Ehepaars beobachtet hatten. Heute Abend waren die auf die Veranda führenden Glastüren geöffnet, aber es tat sich nichts. In dem großzügigen Salon war nur Juliane Weirich zu erkennen. Sie rekelte sich in einer Chaiselongue, Füße hoch, und sah fern. Ollie erkannte erst Schwarz-Weiß-Bilder, es sah aus wie eine Militärparade früher in der DDR; Schnitt auf demonstrierende Studenten, Wasserwerfer, immer noch Schwarz-Weiß; dann Farbe, ein Moderator sagte etwas, und eine Band im schrillen Look der frühen siebziger Jahre trat auf.

Ollie lächelte. Da er am Sonntagabend auch meist mit Anja fernsah, kannte er die Sendung: »Damals war's«, eine Retroshow in einem der dritten Programme des Ostens. Juliane Weirichs Kopf wackelte, sie setzte die Füße auf den Boden, ihre Schultern bebten. Konnte es sein, dass die Frau weinte?

Kein Dieter Weirich. Wo steckte der? Wieder im Club Dornröschen?

Ollie stieg in den Jeep und rollte langsam den Mandelberg hoch, an dem Seniorenstift vorbei. Die weißen Mauern schimmerten orange im Licht der tief stehenden Sonne. Sie waren von einem recht großen Park umgeben, der von einem schmiedeeisernen Gitter eingefasst war. Kein Mensch zu sehen. Ollie blickte zurück und sah die Sonne gerade den lang gezogenen Kamm des Habichtswalds berühren. Dann fuhr er an den bescheideneren Häusern der Nordseite vorbei wieder den Berg runter. Hier war die Sonne bereits verschwunden.

Siepmanns Haus war nichts Besonderes, weiß, Erdgeschoss, ein Stockwerk unterm Giebeldach, schwarze Schindeln, kleiner Garten drumherum, daneben eine Garage, verschlossen. Die meisten Häuser in der Straße sahen ähnlich aus.

Ollie rollte vorbei, drehte eine Runde, checkte Beobachtungsposten, parkte mit Abstand. Er spazierte gemütlich um das Haus. Das Wohnzimmer war auf der Rückseite; auch hier lief ein Fernseher. Sah aus wie die sonntägliche Schnulze im Zweiten. Eine

Frau saß in einem Sessel, grauhaarig und unscheinbar, offenbar allein.

Siepmann war verheiratet. Nun ja, warum nicht. Jedenfalls war er nicht da. Möglicherweise oben oder im Keller, frönte irgendeinem Hobby und ließ seine Frau die Schnulze sehen.

Oder er war unterwegs und brachte Leute um.

Ollie spazierte zurück und fuhr ein paar Straßen weiter zu den nebeneinander stehenden bescheidenen Häusern des Pfarrers und des Doktors. Jeweils zwei verschlossene Garagen, Wohnzimmer nach hinten, in beiden lief im Fernseher der »Tatort« im Ersten, beide Ehepaare saßen auf Sofas, die Blicke auf den Bildschirm fixiert. Die Gärten vor und hinter dem Haus der Bestwigs waren außerordentlich gepflegt, verschiedene Blumen blühten in allen möglichen Farben; jemand gab sich damit erkennbar mehr Mühe als die Nachbarn.

Ollie fuhr zurück.

Vor Schmeltings Villa stand ein Honda-Geländewagen, erheblich kleiner als der Jeep, in einer Farbe, die Prinz immer als »babyschiss-metallic« bezeichnete. Ollie wusste, wessen Privatwagen das war. Hauptkommissar Siepmann schloss gerade die Haustür auf, dann verschwand sein massiger Körper, der heute in Jeans und einer beigefarbenen Sommerjacke steckte, im Haus.

Sekunden später, gerade als Ollie den Jeep vor dem Nachbarhaus hinter einem brandneuen Golf parken wollte, tauchte ein Motorrad an der nächsten Ecke auf. Darauf eine Figur in schwarzem Lederzeug mit Helm.

Der Motorradfahrer sah den Jeep, stoppte, drehte und raste davon.

Verfolgung war zwecklos. Allenfalls der Bentley hätte mit dem Motorrad mithalten können. Ollie schimpfte laut mit sich selbst, weil er den einzigen Wagen genommen hatte, den der Motorradfahrer kannte. Anjas kleiner, aber neuer Daihatsu wäre ganz unauffällig gewesen. Er war so überzeugt gewesen, sowieso umsonst unterwegs zu sein, dass ihm der Gedanke gar nicht gekommen war.

Die Läden von Schmeltings Villa waren immer noch geschlossen. Nichts deutete darauf hin, dass jetzt jemand im Haus war. Was machte Siepmann da drin?

Als Ollie im Vorbeigehen einen Positionsmelder an Siepmanns Privatwagen klebte, traf es ihn wie aus heiterem Himmel: Die Nummer des Motorrades! Wieso hatte er da nicht längst dran gedacht?

Prinz und Andreas tauschten einen Blick.

»Irgendwo da drin gab es ein umgedrehtes Kreuz, wohl von ihm selbst hinterlassen. Aber ich finde nichts in meinen Notizen.« Endlich wandte sich Dr. Rohde Andreas zu. »Das Kreuz ist weder von den polizeilichen Ermittlern noch von mir oder der Verteidigung für relevant gehalten worden. Es kam im Prozess nicht zur Sprache. Anders als die Holzskulpturen.«

»Holzskulpturen?«, fragte Prinz.

»Macht er die nicht mehr? Natürlich, im Gefängnis hat man ihm selbstverständlich die Schnitzwerkzeuge, Messer und so weiter, nicht erlaubt. Er war wohl recht begabt. Es gab Dutzende Schnitzereien, die er aus Ästen gemacht hatte. Ich erinnere mich, dass einige das kleine Mädchen darstellten. Die waren ganz hübsch. Hätte er vielleicht sogar verkaufen können.« Dr. Rohde blickte wieder nach draußen. »Die übrigen standen alle in dieser Holzhütte herum. Fratzen. Köpfe mit schrecklich verzerrten Gesichtern. Der Psychologe, der Sutter damals begutachtete, hielt das nicht für Anzeichen einer Erkrankung, sondern einer grausamen Phantasie. Die Verteidigung hat es versäumt, ein Gegengutachten anzufordern.«

»Was ist mit diesen Skulpturen passiert?«, fragte Prinz.

»Ich habe nicht die leiseste Ahnung.« Dr. Rohde zog fröstelnd an seiner Decke. »Psycho-Zeug. Okkulte Narren. Die Sutter womöglich über lange Zeit manipuliert hatten. Vor denen er solche Angst hatte, dass er bei all den Vernehmungen und im Prozess nichts davon sagte. Damals ist niemandem so ein Gedanke gekommen. Aber es stimmt, diese geschnitzten Fratzen konnten einen schon an Darstellungen von Dämonen und Teufeln erinnern, wie man sie manchmal an mittelalterlichen Kirchen findet.« Er sah Prinz an. »Sagt Sutter was dazu?«

»Bis jetzt nicht.«

Dr. Rohde verschränkte die Arme und starrte nach oben in den blauen Himmel.

»Hildebrand«, sagte er nachdenklich. »Der Fall Hornbach hat ihn nie los gelassen. Er vermutete Ähnliches wie Sie. Deshalb sitzen Sie noch hier.«

Andreas drückte bedächtig den Zigarillo aus. »Wo könnte Hildebrand stecken?«

»Max Hildebrand.« Dr. Rohde schüttelte leicht den Kopf. »Ein reaktionärer ... Bulle. Noch so ein Sturkopf. Siepmann ist übrigens genauso. Hildebrand bediente jedes Klischee. Ließ nicht mehr locker, wenn er sich festgebissen hatte. Lag oft falsch damit, ließ es sich aber nicht ausreden. Anzeichen von Manie gab es wohl schon seit Jahren, aber ...« Der Satz blieb in der Luft hängen.

»Er ist geisteskrank?«, fragte Prinz.

Dr. Rohde nickte. »Eine traurige Geschichte. Nachdem Holzapfel verschwunden war, kam Hildebrand, damals bereits pensioniert, zu mir. Er legte einiges auf den Tisch, was im Fall Hornbach neue Ermittlungen angeraten scheinen ließ. Partiell dasselbe, was Sie vorgetragen haben. Er wirkte außerordentlich erregt. Ich habe das damals seinem Charakter zugeschrieben, nicht einer Psychose. Es gab ja einigen Grund für seine Aufregung. Holzapfels Verschwinden. Der Tod von Holzapfels Frau einige Jahre zuvor, es gab da vielleicht Verdachtsmomente, aber keine Untersuchung, schließlich war er der Polizeipräsident.«

»Verdachtsmomente beim Tod von Holzapfels Frau?«, sagte Andreas.

»Behauptete Hildebrand. Ich habe das nicht ernst genommen.« Dr. Rohde blickte von Andreas zu Prinz. »Nun, um es kurz zu machen, ich empfahl meinem Nachfolger, einen Blick auf die Sache zu werfen. Das hat er getan. Dann kam aus dem Justizministerium die Anweisung, diese Angelegenheit ruhen zu lassen, schließlich käme man mit den aktuellen Fällen kaum nach. Was sicher zutraf, aber das ist immer so. Mein Nachfolger wurde bald darauf versetzt.«

Dr. Rohde bemerkte ein sanftes Lächeln im Gesicht von Prinz und schwieg irritiert. In Deutschland sind die Justizministerien gegenüber den Staatsanwaltschaften weisungsbefugt, ein oft kritisierter, aber nie reformierter Zustand.

»Der zuständige Justizminister, von dem die Anweisung kam«, sagte Andreas genüsslich, »hieß Manfred Schmelting und war ebenfalls in den Genuss eines sehr günstigen Grundstücks am Mandelberg gekommen.«

Dr. Rohde blickte in den Himmel. »Solche Dinge kommen vor«, sagte er leise. Andreas nickte. »Im Übrigen muss das nicht darauf hindeuten, dass jemand anders als Sutter die Morde an der Familie Hornbach begangen hat. Es kann durchaus sein, dass diese Morde nur eine Gelegenheit schufen, die Jahre später von Landrat Voepel, seinem Schwiegersohn und den übrigen Teilhabern ergriffen wurde. Und dass Schmelting nichts anderes wollte, als ein paar kleine Mauscheleien unter der Decke zu halten, von denen er selbst profitiert hat.«

»Das ist uns klar«, beeilte sich Andreas zu versichern.

»Es kann auch bedeuten«, warf Prinz ein, »dass jemand anders die Morde an den Hornbachs begangen hat. Dass derselbe Jemand jetzt Frielendorf auf dem Gewissen und diesen Hildebrand in den Wahnsinn getrieben hat. Was ist mit ihm passiert?«

Dr. Rohde wollte Tee nachgießen, aber es flossen nur noch wenige Tropfen aus der Kanne. Er verzog das Gesicht und trank den kalt gewordenen Rest.

»Kurze Zeit nach dieser Anweisung aus dem Justizministerium«, fuhr er fort, »wurde Hildebrands Tochter krank und starb bald darauf. Irgendein Krebs. Hildebrand weigerte sich, das zu akzeptieren. Er glaubte, jemand wollte ihm damit eine Botschaft schicken, damit er die Finger von diesem alten Fall ließe. Er behauptete, Drohbriefe bekommen zu haben. Dann wurde angeblich sein Hund vergiftet und bei ihm eingebrochen. Hildebrand redete plötzlich von Satanisten, einem geheimen Orden mit Mitgliedern in höchsten Stellen. Völlig wirres Zeug offenbar. Mir war er mit so was nicht gekommen, wusste wohl, dass ich ihn damit rausgeschmissen hätte.«

Mit einem Ausdruck des Bedauerns setzte Dr. Rohde das Tässchen ab. »Seine früheren Kollegen ermittelten. Es stellte sich heraus, dass Hildebrand die Drohbriefe selbst geschrieben hatte. Danach dauerte es nicht mehr lange, bis seine Frau es wohl nicht mehr mit ihm aushielt und ärztliche Hilfe suchte. Soweit ich weiß, befindet sich Hildebrand noch immer irgendwo in einer Anstalt. Bäckchen!«

Manuel tauchte auf, und Dr. Rohde sagte ihm, er solle nach einem alten Terminkalender suchen. Erneut trat Schweigen ein. Der Schatten, den die Häuser an der Westseite des Gartens warfen, war an der Ostseite inzwischen bis in den dritten Stock geklettert.

Andreas trank seinen Gin Tonic aus und fragte: »Was halten Sie von Schmelting?«

Dr. Rohde lächelte in sich hinein. »Sie kennen ihn, nicht wahr?«

»Nur flüchtig. Hab ihm ein paarmal die Hand geschüttelt. Er und mein Vater waren innerparteiliche Gegner.«

»Genosse Manfred gerierte sich sehr effektiv als letzte Bastion der Freiheit. Schon in den Siebzigern, als wir dieses Terroristenproblem hatten. Als Justizminister geriet er natürlich ständig mit dem Innenminister aneinander, der für die Sicherheit zuständig war. Trotzdem, Schmeltings Amtsführung war völlig korrekt.«

»Er soll als Anwalt mal irgendeinen obskuren Verein vertreten haben, der okkultes Zeug praktizierte und sich Orden Irgendwas nannte. Noch bevor er Abgeordneter wurde. Hatten Sie damit zu tun?«

Dr. Rohde furchte die Stirn. »Das war nicht hier. In Frankfurt, glaube ich. Soweit ich mich erinnere, hat er rauschend gewonnen. Religionsfreiheit. Man kann anbeten, was man will, und wenn es der Teufel ist. Ich glaube allerdings, dass diese Sache ihm damals geschadet hat. Ich weiß jedenfalls, dass er aus finanziellen Gründen recht erleichtert war, als er in den Landtag zog.«

»Haben Sie«, warf Prinz ein, »sein Haus am Mandelberg mal gesehen?«

»Nein. Ich war nie mehr da, seit der Fall Hornbach abgeschlossen wurde.«

»Sieht nicht aus wie das Heim von jemandem, der in die Politik muss, um nicht pleite zu gehen.«

»Er war«, ergänzte Andreas, »der Rechtsanwalt und Notar bei allen Geschäften, die mit dem Mandelberg gemacht wurden.«

Dr. Rohde hob überrascht die Brauen. »Das wusste ich nicht. Aber ich kann mir nicht vorstellen …« Er brachte den Satz nicht zu Ende und blickte in den Garten.

»Dass er diesem okkulten Verein angehört?« Prinz sprach so leise, dass er kaum zu verstehen war, und hatte dieses Lächeln im Gesicht. »Dass er vielleicht sogar der Boss ist? Dass der frühere Justizminister hinter all diesen Morden steckt?«

Dr. Rohde starrte ihn an. Manuel brachte einen alten Terminkalender. Dr. Rohde nahm ihn entgegen, ohne zu danken, suchte im Adressteil. Manuel blieb einen Moment verwirrt auf dem Balkon stehen, bevor er sich verzog.

»Manfred Schmelting«, sagte Dr. Rohde, weiterhin blätternd, »ist der entschiedenste Atheist, den ich je getroffen habe. Ich bin überzeugt, Sie verrennen sich da.« Er sah auf. »Ich gebe Ihnen Hildebrands damalige Adresse. Sie hatten in Edermünde gebaut. Vielleicht wohnt seine Frau noch da.«

Während Andreas schrieb, fügte Dr. Rohde hinzu: »Ich werde noch etwas tun. Ich werde noch heute Abend meinen heutigen Nachfolger Baginski anrufen. Ich würde doch gern wissen, ob an dem, was Hildebrand damals und jetzt Sie vermuten, irgendetwas dran ist.« Er klappte den alten Kalender zu und wurde ernst. »Ob ich die Verurteilung von jemandem erreicht habe, der in Wahrheit unschuldig ist, würde ich auch gern wissen.«

FÜNF

Der Mann auf dem Hochsitz beobachtete, wie die hinter ihm aufgehende Sonne erst den Herkules auf der anderen Seite des Tals in ihr Licht tauchte, dann das Schloss darunter, dann immer größere Teile der Stadt. Hohe Wolken zogen eilig über den Himmel und warfen großflächig wandernde Schatten. Auf der Wiese hoppelten Hasen umher. Ein paar Rehe kamen aus dem Gehölz unterhalb des Mandelbergs, erst die Böcke, aufmerksam witternd, dann die Kühe mit den Jungtieren. Hätte er ein Gewehr dabeigehabt, wäre er zu wunderbaren Abschüssen gekommen. Natürlich war jetzt Schonzeit, und daran hielt er sich.

Er blickte in die andere Richtung, den Hang hoch, dahin, wo damals das Bauernhaus der Hornbachs und Sutters Holzhütte gewesen waren. Bisher hatte niemand sich die Mühe gemacht, das Gedenkkreuz wieder richtig hinzustellen. Der Mann auf dem Hochsitz lächelte still. Er war sehr zufrieden mit dem Verlauf der ersten Woche des Spiels.

Eine Minute nach acht Uhr morgens wählte Desirée erfolglos Preutes Durchwahl, dann die Nummer der Sekretärin im Amtsgericht Dessau, die ihr die Durchwahl verraten hatte. Niemand hob ab.

Panik. War Preute tatsächlich tot und das ganze Büro nicht besetzt?

Desirée hatte kaum geschlafen, war ständig aus Alpträumen geschreckt, in denen Frielendorf und Preute als Leichen tragende Rollen spielten, und schon kurz nach sechs aufgestanden. Als sie die Gardine beiseite zog, knallte ihr die Sonne in die Augen. Mit einem starken Kaffee neben sich hatte sie im Internet die Dessauer Lokalausgabe der »Mitteldeutschen Zeitung/Anhalt Kurier« von letzter Woche durchforstet und auf polizeipresse.de jeden einzelnen Polizeibericht der Polizeidirektion Dessau gelesen.

Keine Meldung über einen plötzlich verstorbenen Amtsrichter mit ungeklärter Todesursache.

Gegen halb acht schlich sie mit verkrampftem Magen das muffige Treppenhaus runter, holte die HNA aus dem Briefkasten und war froh, niemandem zu begegnen.

Desirée und ihre Mutter wohnten seit einigen Jahren im obersten Stock eines der alten Henschelhäuser in der Nordstadt, direkt am riesigen Areal der früheren Henschelwerke, die heute in etwa zwei Dutzend Firmen (teils unter dem Dach von Daimler oder Bombardier, teils selbständig) aufgesplittet waren. Die Henschelhäuser waren Mietskasernen aus der Vorkriegszeit vor den Fabriktoren; einige Straßenzüge hatten erstaunlicherweise die Bombardierungen nahezu unbeschädigt überstanden. Sie waren seit mehr als zwei Generationen fast ausschließlich von Türken bewohnt.

Nach Inkrafttreten bestimmter Sozialkürzungen hatten Desirée und ihre Mutter die Drei-Zimmer-Wohnung mit Balkon nicht halten können. Jetzt bewohnten sie zwei kleine Zimmer unterm Dach, kein Balkon, keine Einbauküche, bloß eine alte Spüle unter einem Durchlauferhitzer. Sie befanden sich mitten in einem »sozialen Brennpunkt«. Die ganze Nordstadt hatte einen Ausländeranteil von fast vierzig Prozent und eine Arbeitslosen- und Hartz-IV-Quote von über dreißig Prozent.

Desirée setzte sich in der Küche an den alten Holztisch und blätterte die Zeitung durch. Natürlich stand nichts von Frielendorf drin. Auf der lokalen Kulturseite zuckte sie bei der Überschrift »Spaß mit dem Herrn der Finsternis« zusammen: Es ging um eine Aufführung von Musikstudenten im Eulensaal der Murhardschen Bibliothek zum Thema Teufelspakte, Musik von Strawinsky.

Den EXTRA TIP von gestern hatte sie noch nicht gelesen. Als sie ihn aus der Tüte mit dem Altpapier zog, erstarrte sie. Unter der Schlagzeile »Verschollen in Dunkelwelt« wurde über einen Fantasy-Fan berichtet, der seit Fronleichnam spurlos verschwunden war: »Der dreiundzwanzigjährige Patrick A. lebt die dunklen Mächte in Satan- und Vampir-Rollenspielen, sogenanntem Live Action Role Playing (LARP) aus. Seine Wohnung ist komplett schwarz. Überall hängen drastische Fotos und Poster: Irgendwelche geflügelten Wesen, Vampire, abgeschlagene Gliedmaßen. Seine Vorliebe für das Finstere ist äußerst konsequent, vom Satanistenkreuz – das christliche Kreuz verkehrt herum – bis zum schwarzen Teddybär. Seine Eltern sind verzweifelt. Ist aus dem makaberen Spiel blutiger Ernst geworden?« In einem Kasten wurde erläutert, was Desirée noch von früher wusste: »Satanisten feiern an Fronleichnam die Umkehrung des eigentlichen Festinhalts, also die ›Verspottung des Leibes und des Blutes Christi‹.«

Das war Donnerstag vor einer Woche gewesen. Vier Tage, bevor Sutter aus dem Gefängnis gekommen war. Desirée kannte diesen jungen Mann flüchtig. Vor Jahren hatte er zu den Leuten gehört, mit denen sie sich während ihrer Okku-Phase herumgetrieben hatte. Manche waren dabeigeblieben. Konnte es einen Zusammenhang mit ihrem Fall geben? Patrick A. Wie hieß er noch weiter?

Punkt acht hatte sie mit flauem Gefühl im Magen das Telefon mit in ihr Zimmer genommen und die Tür zugemacht. Und jetzt hoben in Dessau weder Preute noch seine Sekretärin ab!

Das Zimmer war mit ihren alten Kindermöbeln äußerst bescheiden eingerichtet. Poster: Johnny Depp, Orlando Bloom und ein blonder, hübscher Radprofi aus Luxemburg namens Andy Schleck; neu, seit sie begonnen hatte, sich für den Sport ihres Vaters zu interessieren (wovon der gar nichts ahnte; er war noch nie hier gewesen), und von ihrer Mutter besonders gehasst. Vor dem Fenster ihr alter Schulkindschreibtisch, zu klein, darauf ein etwa zehn Jahre alter Computer, groß wie ein Fernseher.

»Ja, verdammt!« Bei der Durchwahl wurde plötzlich abgehoben.

»Gott sei Dank!«, entfuhr es Desirée.

Preute schwieg einen Moment. »Die Studentin aus Kassel. Du lieber Himmel. Hören Sie, ich hab um neun Verhandlung, ich hab jetzt wirklich keine Zeit.«

»Frielendorf ist gestern gestorben.« Preute sagte nichts. »Nachdem er ein umgedrehtes Kreuz an die Wand geschmiert hat. Bitte passen Sie auf, Herr Amtsrichter.«

Preute räusperte sich. »Worauf?« Seine Stimme war plötzlich belegt.

Desirée hatte vor Erleichterung etwas Mühe, sich zu konzentrieren. »Ist noch jemand wegen dem Fall Hornbach mit Ihnen in Kontakt getreten?«

»Nein. Also hören Sie mal, was soll denn das Ganze? Sind Sie sicher, dass Sie nicht phantasieren?«

»Wir haben die Polizei gerufen, es ist aktenkundig. Wegen diesem umgedrehten Kreuz, das Frielendorf an die Wand gemalt hat: Ich wollte noch mal fragen, was dieser Bauer Ihnen damals über Satanisten erzählt hat.«

Preute seufzte. Desirée hörte Papier rascheln. Zwanzig nach acht.

»Na schön. Ich hab das nur noch ansatzweise im Kopf. Aber es gab auch in Sutters Hütte ein hingeschmiertes Kreuz. Im Staub auf dem Tisch. Sutter selbst wusste von nichts, und die Kriminaltechniker konnten nicht feststellen, ob er es selbst oder jemand anders da hingeschmiert hat. Dieser Bauer, ja. Weiß gar nicht mehr, wieso ich mit dem überhaupt geredet habe. Für den Prozess war er jedenfalls wertlos. Ein komischer Typ, der dauernd verschwörerisch flüsterte und so tat, als wüsste er Sachen, die man auch wissen sollte, aber nicht wissen konnte. Junger Bursche, damals. Lange, schmierige Haare, Ringe mit Totenköpfen an den Fingern, schwarze Lederjacke. Gehörte in seiner Freizeit einem dieser Motorradclubs an, die den Hells Angels nacheiferten. Deshalb, meinte er, wüsste er Bescheid.«

Noch ein Seufzen, diesmal ungeduldig. Aber er fuhr fort, bevor Desirée etwas sagen konnte. »Er sagte, überall in dem Wald hätte jemand umgedrehte Kreuze an die alten Eichen geschnitzt. Der Teufel hätte irgendwas mit dem Wald vor. Ich bin mit ihm hin, er hat sie mir gezeigt. Neu, konnten genauso gut erst nach den Morden in die Rinde geschnitzt worden sein. Vielleicht sogar von ihm selbst; ich weiß noch, dass ich das dachte. Ich habe das jedenfalls nicht weiter verfolgt. Dieser Typ mit seinen Marotten und seinem Geschwätz im Zeugenstand, das wäre eine Katastrophe gewesen, so schlau war ich immerhin damals schon. War's das?«

»Nur eine Sekunde noch. Wissen Sie, wie der Motorradclub hieß?«

»Tut mir leid. Nicht Hells Angels, aber irgendwas in der Richtung. Jedenfalls hatten diese Typen als Erkennungszeichen umgedrehte weiße Kreuze auf den Rücken ihrer schwarzen Lederjacken. Hören Sie, ich muss mich jetzt auf diese Verhandlung konzentrieren.«

Desirée legte auf und atmete durch.

Ein umgedrehtes Kreuz im Staub auf dem Tisch in Sutters Hütte. Das war nirgendwo erwähnt worden. Ebenso wenig wie geschnitzte umgedrehte Kreuze an den alten Eichen. Ein Bauer und Freizeit-Rocker mit okkulten Interessen. Sie suchte ein altes Foto von Willi Brennecke und legte es neben die Fotos des Motorradfahrers, die Ollie gemacht hatte.

Es war das einzige Foto, das Desirée von ihm hatte auftreiben können. Das wöchentliche Mitteilungsblatt der Gemeinde Fuldatal. Gottesdienste und Apothekennotdienste, amtliche Bekanntmachungen und Veranstaltungen. Fünf Kerle um die zwanzig in Bauernzeug, breit grinsend und mit verschränkten Armen, posierten vor dem Maibaum auf einem Berg in Fuldatal. Willi Brennecke war der einzige mit langen Haaren, und der hagerste und kleinste; selbst auf dem körnigen Zeitungsdruck wirkte sein Grinsen irgendwie schmierig: Preutes Beschreibung passte eindeutig. Waren das Tätowierungen auf seinen Unterarmen? Nicht genau zu erkennen. Damals waren Tattoos noch nicht in Mode, sondern Erkennungszeichen von Knackis, Seeleuten und Rockern.

Keine Ähnlichkeit mit dem Motorradfahrer.

Desirée tippte die Privatnummer von Prinz ein, der sich nach dem zweiten Klingeln mit seinem üblichen knappen »Bitte« meldete. Auf die Information, dass Preute lebte, erwiderte ihr Vater nur »Na bitte«. Sie fasste zusammen, was sie von Preute erfahren hatte.

»Hast du den EXTRA TIP von gestern gelesen?«

»Flüchtig. Wieso?«

Sie erzählte von dem verschwundenen Fantasy-Fan, den sie vor Jahren gekannt hatte. »Vielleicht gibt es einen Zusammenhang?«

»Desirée«, meinte Prinz langsam. »Mach dich nicht verrückt.

Das ist doch Kinderkram. Der taucht schon wieder auf.« Eine Pause. »Was hast du jetzt vor?«

Sie räusperte sich. »Muss ein bisschen Unikram nachholen. Das hab ich ziemlich schleifen lassen in letzter Zeit. Man kann nicht mehr so bummeln wie früher.«

»Okay.« Seine Stimme verriet weder Ärger noch Enttäuschung. »Dieser Prozess, den Schmelting für den komischen Orden gewonnen hat, fand übrigens nicht hier statt. Vermutlich in Frankfurt.«

Sie notierte es. »Ich weiß allerdings nicht, wann –«

»Desirée, mach deine Sachen, wie und wann du es für richtig hältst. Im Augenblick brennt ja nichts an. Meld dich, wenn du was hast.«

»Mach ich.« Es war einer der Momente, wo sie beinahe ein »Papa« auf der Zunge hatte. So nannte sie ihn oft in Gedanken. Im richtigen Leben wusste sie nie, wie sie ihn anreden sollte. Vater, Prinz, Mark? Sie umging das Problem, indem sie ihn möglichst gar nicht anredete, allenfalls mit »du«.

»Versuch mal, was über diesen Weirich rauszufinden.«

»Klar. Ist notiert.«

Nach einer Pause sagte er: »Weiß ich doch. Du machst das super. Viel besser als ich es gekonnt hätte. Und sieh dich gelegentlich mal um. Wenn es wirklich Siepmann ist, wird er dir nichts tun, aber ganz sicher können wir noch nicht sein.«

»Gut«, brachte sie heraus, legte auf und fühlte, wie der Stolz sich vom Magen aus im Unterleib und in der Brust ausbreitete.

»Du lässt also die Uni schleifen.«

Desirée fuhr herum. Ihre Mutter stand in der Tür, in einem langen T-Shirt mit Aufdruck des Eishockey-Clubs Kassel Huskies. Wie lange schon?

Solange Desirée denken konnte, gehörte Martina Müller zur treuen Fangemeinde der Huskies, womöglich ihre einzige Freude im Leben. Vor allem nach Heimsiegen über die Erzfeinde Frankfurt Lions lief sie wochenlang wie beseligt durch die Gegend und grölte nachts, allein und betrunken vor dem Fernseher, das Motto der Fans: »Blau-Weiß-Blau – wir saufen wie die Sau!« Martina Müller hatte eine Freundin in der Geschäftsstelle des

Clubs, die sie mit Dauerkarten für die Heimspiele in der Eissporthalle neben dem Auestadion versorgte. Zurzeit war sie ständig mies drauf, denn sowohl die Huskies als auch die Lions gingen gerade pleite.

»Ich brauche das Telefon.«

»Oh. 'tschuldigung. Bitte.« Desirée brauchte nicht zu fragen, wozu ihre Mutter vor neun Uhr morgens das Telefon brauchte. Zu nichts.

Martina Müller war vierundvierzig Jahre alt, wirkte aber älter. Ihre Lippen waren in den letzten Jahren immer schmaler geworden, die Furchen von der Nase zum Mund immer tiefer. Ihr Haar war hennarot gefärbt; zurzeit waren wieder mal ein paar graue, fast schon weiße Millimeter am Mittelscheitel zu sehen. Sie nahm dauernd ab, weil sie glaubte, es würde sie jung und attraktiv halten, wenn sie noch dünner war als ihre Tochter. Desirée hatte nie gewagt, ihr zu sagen, dass es gerade umgekehrt war.

»Erst willst du unbedingt so was *Brotloses* studieren wie Geschichte, und jetzt *interessiert's* dich nicht mehr!«

»Interessiert mich wohl noch!« Wenn sie mit ihrer Mutter sprach, fiel Desirée in eine kindisch-trotzige Ausdrucksweise zurück.

»Dann *mach* gefälligst was draus!«

Desirée stöhnte. Ausgerechnet *die* musste das sagen.

Sie kannte die Geschichte ihrer Mutter in allen Einzelheiten: Technische Zeichnerin bei Henschel, als es noch Henschel war. Sie hatte den Job gehasst. Lieber schwanger geworden, egal von wem. (»Deshalb gibt es mich.«) Drei Jahre Mutterschaftsurlaub, unkündbar, Staatsknete. Danach hatte es mit einer prompten erneuten Schwangerschaft nicht geklappt, obwohl sie mit einer Reihe potenzieller Väter alles versuchte. Ein Jahr überflüssiges Rumsitzen bei Henschel (inzwischen war alles computerisiert), dann Kündigung. Jetzt offiziell »erwerbsfähig«, aber »nicht vermittelbar«. Kürzlich sogar aus einem Minijob rausgeflogen. Immer Krach mit den Kerlen; seit Jahren hatte Desirée keinen neuen mehr zu Gesicht gekriegt.

»Sarah und Emma müssen jedes zweite Wochenende zu dem *Schwein*.« Das waren die Töchter der Freundin in der Huskies-

Geschäftsstelle, das »Schwein« der Typ, der sie verlassen hatte. »Aber sie haben gar keine *Lust* dazu. Sie gehen nur hin, weil sie *müssen*.«

»Ich verdiene Geld«, hauchte Desirée kraftlos.

»Lausige fünfhundert Euro!«

Da hatte ihre Mutter recht, aber das war Desirées eigene Schuld. Sie hatte nicht um mehr gebeten. Auf jeden Fall reichte das Geld, fand sie. Viel wichtiger war das merkwürdig entspannte Vertrauen, das ihr Vater in sie setzte. »Du machst deine Sachen, wie und wann du es für richtig hältst. Super, Desirée. Besser als ich.« So was hatte sie von ihrer Mutter noch nie gehört.

Sie stand auf und starrte ihre Mutter erschöpft an. »Ich dachte, du wolltest telefonieren.« Sie registrierte ausdruckslos, wie Martina Müller erstaunt das Telefon in ihrer Hand betrachtete. »Ich muss jedenfalls gleich los.«

Draußen bemerkte sie den parkenden schwarzen Mini Cooper nicht.

Ollie, sagte Anja, sei erst ins Bett gewankt, als die Sonne schon wieder schien, betrunken, aber glücklich, und war noch im Tiefschlaf. Er hatte einen Zettel auf ihrem Nachttisch deponiert: »Hab was gefunden. Wartet nicht auf mich.«

Anja frühstückte gegen zehn mit Ingrid draußen im Hof in der Sonne und lauschte fasziniert deren nicht unwesentlich ausgeschmücktem Bericht über satanische Hintermänner und perfekte Morde. Sie hatte diese Woche Mittagdienst ab eins.

Ingrid trug ein blaues Leinenkleid, das ihren Kurven schmeichelte. Sie besuchte gern Kurse für alles Mögliche und lernte dabei die unterschiedlichsten Männer kennen. Anja staunte ständig mit großen Augen die Herren an, die mitunter morgens mit ihr draußen im Hof frühstückten: dünne Künstler, dicke Köche, blasierte Literaten, ehegeschädigte Ärzte, überanstrengte Fremdmuttersprachler, lautstarke Management-Experten. Fast alle waren verheiratet. Fast alle waren, schon seit Jahren, jünger. Zum Glück war dieses Wochenende keiner ihrer absonderlichen Gäste da. Sie war Gutsverwalterin, solange Prinz denken konnte. Sie hing an ihm wie an einem missratenen Sohn.

Prinz zog sich um, schwang sich auf sein Rennrad und schwitzte sich den Kopf klar. Er ärgerte sich über Ollie und machte sich Sorgen um seine Tochter; obwohl er zu dem Schluss gekommen war, dass es noch nicht notwendig war, sie aus ihrem gewohnten Leben herauszureißen. Desirée hatte sich als richtiger Glücksfall erwiesen. Früher, bei den Fischzügen, musste er selbst die notwendigen Recherchen erledigen, immer der langwierigste, oft auch frustrierendste Teil. Aber viel wichtiger war etwas anderes: Er hatte festgestellt, dass er seine Tochter plötzlich gernhatte, ein völlig ungeahntes, aber äußerst erfüllendes Gefühl.

Einundzwanzig Jahre lang hatte er fast nie an sie gedacht, sie allenfalls als fernliegendes Ärgernis wahrgenommen. Gestern, als sie von ihrer »Okku-Phase« berichtet hatte, registrierte er verwundert ein Gefühl väterlicher Sorge bei sich. Heute und morgen würde sie in der Uni und bei ihrer Mutter zu Hause sein. Da konnte nichts passieren; es wäre lächerlich, sie mit einem von Ingrids Söhnen als ständigem Leibwächter durch die Gegend latschen zu lassen. Meine Tochter, dachte er. Meine Tochter Desirée. Die Begehrenswerte. Er musste lachen, während er einen Abhang hinabrollte. Er hatte ein hübsches junges Mädchen ins Herz geschlossen, ohne sie im Geringsten zu begehren. Es gab tatsächlich verschiedene Arten von Liebe. Wer hätte das gedacht.

Ollie schlief immer noch, als Prinz geduscht und umgezogen bei Anja auf der Matte stand, die sich gerade zum Dienst fertig machte. Mittags, Viertel nach zwölf. Dieser verfluchte Spinner, dachte er. Bisher war er bei dieser ganzen Sache kaum von Nutzen gewesen. Wenn man ihn mal brauchte, musste er unbedingt einen Rausch ausschlafen.

Anja rollte auf dem Schotterweg zur Straße. Prinz sah dem Wagen nach. Was jetzt? Sollte er untätig rumsitzen und warten, bis Ollie endlich zu sich kam? Er beschloss, Anjas Daihatsu eine Weile im Auge zu behalten, nur um sicherzugehen. Er setzte seinen Bentley aus der Garage und hatte den Kleinwagen bis zur Auffahrt auf die B 7 im Blick. Er folgte ihr mit sicherem Abstand an der Baustelle des Flughafens Kassel-Calden vorbei durch Vellmar, das übergangslos, wie eine einzige Stadt, in die Nordstadt überging, und schließlich einen steilen Anstieg hoch bis zum Klinikum, wo sie ins Parkhaus fuhr. Er rollte auf der anderen Seite runter zur Ihringshäuser Straße, die ebenfalls gleich wieder steil anstieg. Oben auf der Kuppe wurde die Stadt plötzlich, wiederum übergangslos, zu Fuldatal-Ihringshausen. Auf der Wiese neben dem Aldi gleich hinter der Stadtgrenze stand ein Zirkuszelt, hinter einem improvisierten Zaun grasten Kamele. Vor einiger Zeit waren bei einem Zirkus in der Stadt zwei Bären ausgebrochen, hatten mehrere kleine Hunde gerissen und sogar Polizisten angegriffen, die sie erschießen mussten; die Stadt hatte daraufhin Zirkusaufführungen mit Wildtieren verboten. Mit dem Ergebnis, dass die Zirkusse nun in den Vororten ihre Zelte aufschlugen. Prinz hatte nie darüber nachgedacht, aber es stimmte schon, was dieser alte Frielendorf zu Desirée gesagt hatte: Dies alles hätte damals eingemeindet werden müssen, wie überall sonst auch. Die Stadt hätte nicht nur knapp zweihunderttausend Einwohner, sondern etwa hundertfünfzigtausend mehr und viel geringere Finanzprobleme. Aber ein einziger Mann hatte das verhindert.

Die Umgehungsstraße führte an neuen Gewerbegebieten und ständig wachsenden Eigenheimsiedlungen vorbei und dann in beinahe alpinen Serpentinen hinunter ins Tal zur Fuldaschleife. Links Fuldatal-Simmershausen, an manchen Stellen fast schon mit Ihringshausen zusammengewachsen; hier war Bestwig früher Pfarrer gewesen; hier hatten Justizminister Schmelting und Landrat Voepel gewohnt, bevor sie auf den Mandelberg gezogen waren. Polizeipräsident Holzapfel hatte einige Kilometer weiter die Uferstraße entlang in einem Ortsteil von Fuldatal mit dem schönen Namen Wahnhausen gelebt: alles Recherche-Ergebnisse von Desirée. Rechts ging es ab zur Mandelberg Park Residenz, und sofort wieder steil bergauf.

Prinz rollte langsam am Landrat-Voepel-Seniorenstift vorbei und scherte gegenüber dem Haupteingang in eine Parklücke. Bei Sonnenschein herrschte einiger Betrieb in dem Park hinter dem Gitter, obwohl heute dunkle Wolken aufzogen. Alte Menschen gingen spazieren oder saßen auf Bänken. Sie waren alle ziemlich teuer gekleidet. Einige wurden in Rollstühlen von jungen Pflegerinnen in Weiß herumgeschoben, die noch altmodische Häubchen trugen; eine Art besonderer Service für die betuchte Klientel? Prinz entdeckte nirgends etwas Verdächtiges.

Die Kohle seiner Gattin könnte flöten gehen, hatte Weirich gesagt. Erpressung, hatte Ingrid gemutmaßt. Womöglich war das nicht bloß ihre Krimileserphantasie. Vielleicht wurde die ganze Stiftung erpresst. Zu holen gab es da ja genug.

Das konnte erklären, was Siepmann wirklich bei Sutter gewollt hatte: feststellen, ob der dahintersteckte. Und auch das Treffen mit Juliane Weirich. Hatte sie die Polizei offiziell eingeschaltet, oder war Siepmann sozusagen nebenberuflich für sie tätig? Womit könnte die Stiftung erpresst werden? Nur mit ein paar Unkorrektheiten des früheren Landrats bei den Genehmigungsverfahren und der Finanzierung des Mandelberg-Projekts? Unwahrscheinlich. Mit der Enthüllung der Identität des wahren Mörders? Auch das ergab nur Sinn, wenn tatsächlich eine ganze Verschwörung dahintersteckte, an der Leute wie der ehemalige Landrat, der frühere Bürgermeister, Polizeipräsident und Justizminister persönlich beteiligt waren. Dann könnte das alles sogar unabsehbare politische Konsequenzen haben. Womöglich auch für Andreas und seinen Vater?

Und wer war der Erpresser? Jemand, der alles wusste. Vielleicht sogar der wahre Mörder. Jemand, der jetzt dringend Geld brauchte. Zum Beispiel der verschwundene Bauer Brennecke. Oder der spielsüchtige Holzapfel. Oder auch Siepmann, der gleichzeitig so tat, als versuche er, den Erpresser zu finden. Oder jemand, der alles herausgefunden hat. Wie der angeblich verrückte Hildebrand. Auf jeden Fall konnte dieser Motorradfahrer aus Essen mit der Erpressung zu tun haben. Einer, der checken sollte, was die Erpressten taten.

Prinz überlegte gerade, ob er einfach in das Seniorenstift spazieren und Voepels Witwe einen Besuch abstatten sollte, als er Juliane Weirich sah, die einen Besucher mit einem Aktenkoffer hinausgeleitete. Mittelalter Typ mit Wampe in einem mittelprächtigen Anzug, der in einem mittelgroßen Opel davonfuhr. Kennzeichen aus Rotenburg an der Wümme. Vermutlich irgendein Vertreter.

Dieter Weirich hatte als Geschäftsführer der Landrat-Voepel-Stiftung sein Büro ebenfalls irgendwo in dem Gebäude. Wenn er da war, war das Risiko zu groß, dass Weirich zufällig seinem neuen Bekannten aus dem Club Dornröschen über den Weg lief. Das sollte Desirée machen. Die konnte ja offenbar mit alten Leuten.

Prinz fuhr zurück über die Kuppe und die Südseite hinunter. Manchmal bekam er zwischen den Villen das ganze weite Kasseler Becken in den Blick. Schmeltings Haus stand mit runtergelassenen Läden da, offenbar verlassen.

Prinz war so in Gedanken versunken, dass er den hellgrauen Passat beinahe zu spät bemerkte, der sich plötzlich quer vor ihn stellte.

Er stieg in die Eisen. Ein Typ mit Beamtenschnäuzer starrte ihn vom Steuer des Passat an. Von irgendwoher tauchte Siepmann auf, riss die Tür auf, packte Prinz am Kragen und zerrte ihn aus dem Wagen.

SECHS

Prinz stand mit dem Gesicht zum Wagen, den linken Arm auf dem Dach, den rechten verbog Siepmann hinter seinem Rücken und kickte seine Füße auseinander.

»Ganz ruhig, Knirps«, hauchte Siepmann mit unangenehm warmem Atem in sein Ohr. Die Wampe des Ersten Kriminalhauptkommissars drückte sich in sein Kreuz.

Siepmanns linke Hand tastete ihn nach Waffen ab, fand keine. »Schade. Wär ein Grund gewesen, dich einzusacken. Was willst du hier?«

»Immobilien begutachten«, antwortete Prinz mit völlig ruhiger Stimme.

Siepmann drehte ihn um und rammte ihm den Ellbogen unters Kinn. Seine Glatze glänzte rötlich. Er war gut einen Kopf größer und mindestens doppelt so schwer wie Prinz, und er setzte sein Gewicht ein. Allerdings hatte Prinz jetzt die Hände frei.

Aus den Augenwinkeln sah er, dass der Fahrer des Passat ausgestiegen war und über das Dach des Wagens hinweg alles beobachtete. Einer der Kommissare, die damals nach dem Tod des Generals das Gut auf den Kopf gestellt hatten.

Siepmann lächelte. »Was liegt an? Einbruch, Erpressung, Mord?«

»Liegt etwas gegen mich vor?«

Zwei Jungs mit bunten Rucksäcken, die auf Fahrrädern den Mandelberg hochkeuchten, hielten an und glotzten. Ein roter Linienbus kam von oben um eine Ecke und hielt ebenfalls, weil der Passat und der Bentley die Straße blockierten. Von unten näherte sich ein Minivan, der langsamer wurde und schließlich stoppte. Eine Frau saß am Steuer, mehrere Schulkinder hinten drin.

Der Untergebene sah sich unbehaglich um, hielt einen Ausweis hoch und rief: »Polizei! Zurückbleiben, bitte.«

»Wenn Sie mich nicht sofort loslassen«, rief Prinz mit lauter

Stimme, »betrachte ich das als tätlichen Angriff und mich zur Notwehr berechtigt.«

»So, du betrachtest.« Siepmann lehnte sich mit vollem Gewicht gegen seinen Hals. »Du wolltest nicht zufällig Geld eintreiben, was, Knirps?« Siepmann nahm etwas Gewicht weg. »Plötzlich hat Oberstaatsanwalt Baginski Interesse an einem blöden Todesfall in einem Altersheim. Und wer macht den Ärger? Du, Knirps!«

»Wir haben lediglich –« Siepmann schnürte ihm mit Druck das Wort ab.

»Was soll das? Häh? Ich finde da heute Mor…«

Siepmann kam nicht dazu, den Satz zu beenden, weil sein Kopf von Zeige- und Mittelfinger von Prinz' linker Hand in seinen Nasenlöchern hochgerissen wurde.

Die Jungs auf den Fahrrädern, der Busfahrer und die Frau in dem Minivan rissen in stummem Schrecken die Münder auf. Die Kinder drückten die Nasen an den Seitenfenstern platt. Der Untergebene nestelte nervös nach seiner Dienstwaffe.

Prinz zeigte ihm seine rechte Handfläche. »Ihm passiert nichts. Keine Angst.«

Der Untergebene nickte und ließ die Waffe stecken.

Siepmann hatte zwar beide Hände theoretisch für einen Gegenangriff frei, stellte aber zu seinem Entsetzen fest, dass er in der Praxis bloß in der Lage war, damit durch die Luft zu rudern. Während der eins neunzig große Zweieinhalb-Zentner-Mann auf Zehenspitzen sein Debüt als Ballerina gab, gab er verschiedene Geräusche von sich, die fast ausschließlich aus den Konsonanten »n« und »g« bestanden.

Prinz ließ los. Siepmann sank auf die Knie und rotzte Blut auf den Asphalt.

Der Untergebene schaffte es trotz aller Anstrengung nicht, seinen linken Mundwinkel unter dem Schnäuzer von einem kleinen Grinsen abzuhalten. Nachdem Prinz sich überzeugt hatte, dass von ihm keine Gefahr drohte, beugte er sich zu Siepmann runter. Der äußerte eine Folge der Laute »ch«, »or« und »ru« in abwechslungsreichen Kombinationen.

Prinz packte mit spitzen Fingern eins von Siepmanns Ohren

und flüsterte hinein: »Du bist es, Arschloch. Du hast die Hornbachs umgebracht, im Auftrag von Schmelting und dem Landrat, damit das alles hier gebaut werden konnte. Und vorgestern Frielendorf. Ich weiß, dass du am Abend seines Todes bei ihm gewesen bist. Und jetzt erpresst du die anderen. Und ich werde es beweisen.«

Siepmann hörte auf, Töne und Körperflüssigkeiten zu spucken, drehte den Kopf und blinzelte. Prinz nickte dem Untergebenen zu, ignorierte alle anderen, stieg in den Bentley, fuhr auf dem Rasen um den Passat herum und den Berg hinunter. Köpfe drehten sich, um dem Wagen nachzublicken. Es begann zu regnen.

Andreas hörte sich am Telefon ohne Amüsement an, was Prinz zu sagen hatte.

»Es wäre besser«, meinte er bemüht neutral, »wenn solche Sachen vermieden werden könnten.«

Er hörte, wie Prinz sich irritiert räusperte. »Da war nichts zu vermeiden, Andreas.«

»Es hätte dich nichts gekostet, wenn du weiter den eingeschüchterten Staatsbürger gespielt hättest. Wenigstens hast du ihm nicht auch noch gedroht.« Schweigen am anderen Ende. Also hatte er gedroht. Wer weiß, womit. »Namen von den Zeugen hast du nicht?«, wollte Andreas schließlich wissen.

Prinz zögerte. »Nein.«

Andreas seufzte. »Na schön. Ich werde eine Sekretärin rausfinden lassen, wie der Busfahrer heißt. Sollte Siepmann tatsächlich auftauchen, sagst du kein Wort, bis ich da bin. Und diesen ganzen Scheiß stelle ich dir in Rechnung.«

Nach mehreren Sekunden sagte Prinz indigniert: »Klar, tu das. Was sagst du zu der Erpress…«

»Später. Ich muss jetzt einen süßen kleinen Shit-Schmuggler davor bewahren, in den Knast zu wandern, wo sie ihn womöglich anfixen.« Andreas legte auf, holte tief Luft, ließ sie langsam ab und schüttelte den Kopf, als er das Telefon anstarrte.

So etwas konnte er im Augenblick gar nicht brauchen. Er hatte einen anstrengenden Vormittag im Amtsgericht hinter sich, nervenaufreibend vor allem wegen der Panik der Eltern seines

Mandanten. Sie warteten jetzt mit ihrem Sprössling draußen, weil Andreas sie rausgeschickt hatte. Er klingelte die Sekretärin an, damit sie den Namen des Busfahrers herausfand. Sie notierte alles, legte auf, und dann klickte es noch mal, bevor er auflegte.

Vor ihm auf seinem chaotischen Schreibtisch lagen die Akten des aktuellen Falls: Ein niedlicher Bengel aus einer anthroposophischen Villa ohne Ecken oben am Mulang, direkt am Fuß des Bergparks, gerade siebzehn, Blondschopf, eckiges Gesicht, Klaus-Kinski-Mund, etwas zu tuntig für Andreas' Geschmack. Ging auf die bundesweit angesehene Waldorfschule um die Ecke, die Eltern waren extra deswegen aus dem Saarland hierhergezogen, Vater anthroposophischer Architekt, Mutter anthroposophische Heilpraktikerin, Geld wie Heu, einziges Kind. Als sie ihn schnappten, hatte er etwa dreieinhalb Kilo Haschisch gebunkert, eingeschweißt, versteckt in einer vergessenen Schublade voller seit Jahren nicht mehr angerührter eckenloser Holzspielsachen. Die Eltern waren völlig aufgelöst.

Sie hatten sich während des Verhandlungstages ernst (Vater) und tränenreich (Mutter) über den guten Charakter, die soziale Einstellung, die gesicherten Familienverhältnisse des bislang unbescholtenen Sprösslings ausgelassen. Das meiste davon war, nach Andreas' Eindruck, gelogen, aber wirkungsvoll von ihm choreographiert. Die Eltern waren außerhalb des Gerichtssaals nur mühsam davon abzuhalten, sich mit Schuldzuweisungen an die Kehle zu gehen. Der Sprössling schien sie kühl zu verachten und in Wahrheit nur daran interessiert, sich zuzudröhnen und mit mindestens tausend Männern ins Bett zu gehen, bevor er fünfundzwanzig wurde (so mehrere Aussagen bestimmter Freunde, die Andreas unter den Tisch fallen ließ). Andreas war im selben Alter nicht viel anders gewesen.

Als er sich mühsam erhob, kam sein Vater herein, den Wartenden draußen zunickend, die Tür hinter sich schließend.

»Wollte nur mal hören, was es in der Mandelberg-Sache Neues gibt«, sagte er und sank in den Besucherstuhl. »Habe mit dem alten Frieder telefoniert. Den scheint ihr ja schwer beeindruckt zu haben.«

Andreas plumpste zurück in seinen Sessel, stützte das Kinn

auf eine Faust und musterte seinen Vater. Das zweite Klicken. Er wusste, dass der Seniorchef sich in jedes Gespräch einschalten – oder einfach nur mithören konnte.

»Du bist beunruhigt«, sagte er.

»Wundert dich das?« Der ehemalige Minister lächelte offen. »Es scheint, als könnte an dem Fall mehr dran sein, als ich ursprünglich annahm. Ich frage mich, was wir alles abkriegen könnten.« Das Lächeln wurde breiter.

»Wir?«

»Die Kanzlei, die Familie, die Partei, du weißt schon. Ich sehe die Schlagzeilen schon vor mir, wenn herauskommt, dass ein ehemaliger Landrat, ein ehemaliger Justizminister und ein früherer Polizeipräsident, alles Genossen, in diese Morde verwickelt sind, um mit dem Mandelberg viele Millionen zu machen. Ein paar Monate vor der Kommunalwahl. Und das in dem schwierigen Fahrwasser, in dem wir uns sowieso schon befinden. Was die Parteifreunde dann von dir und damit auch von mir halten werden, kannst du dir genauso gut ausmalen wie ich.« Diesmal sprach er, stellte sein Sohn fest, völlig dialektfrei. Sehr selbstsicher. »Also, wie steht die Sache?«

Andreas nickte und erzählte ihm, was er vermutlich sowieso wusste, und fragte sich, ob für seinen Vater in Wirklichkeit mehr auf dem Spiel stand, wagte aber nicht, das offen auszusprechen.

Im Esszimmer saß Ollie und verdrückte dampfenden Pizza-Toast und goss Kaffee nach, als Prinz hinunter kam.

Prinz setzte sich dazu. »Was war denn letzte Nacht los?«, fragte er leise.

Ollie grinste kauend. »Hab was rausgefunden. Zunächst mal, dass Siepmann gestern Abend Schmeltings Haus betreten hat, und zwar mit einem Schlüssel. So gut kennen die sich.«

Prinz nickte. Das konnte alles Mögliche zu bedeuten haben.

»Aber vor allem, auf wen das Motorrad in Essen gemeldet ist. Idiotisch, dass ich nicht früher dran gedacht hab, mich in den Server der Zulassungsstelle da zu hacken. Na, ist ja egal. Die haben übrigens ein paar ziemlich gute Sicherheitsvorkehrungen eingebaut, deshalb hab ich bis fünf Uhr morgens –«

»Ollie«, sagte Prinz. »Auf wen ist es gemeldet?«

»Ein Dr. Horst Brennecke, Wachholderweg 57. Kein Telefon. Aber auch keine Geheimnummer: Das Mädel bei der Auskunft sagte, die Nummer wäre im März gelöscht worden. Warum, kann sie nicht sagen.« Ollie glühte vor Stolz.

Ingrid stapelte leere Teller vor sich, sammelte das Besteck ein. »Ein Verwandter?«

»Desirée fragen.« Prinz blickte hinaus in den Regen. »Der Typ mit dem Zopf sah nicht aus wie ein Dr. Horst. Allerdings hättest du heute Morgen schon was Dringendes erledigen können.«

Ollie beugte sich mit ernstem Eifer vor. Prinz berichtete, was gerade passiert war und worauf Dr. Rohde gestern hingewiesen hatte.

»Hört der uns ab? Wusste er daher, wann wir zu Frielendorf wollen? Sind wir verwanzt, Ollie? Vielleicht auch unsere Wagen, mit diesen Positionsmeldern? Das will ich ziemlich dringend wissen.«

Ollie nickte eifrig und sah sich um. Seine Augen huschten über den Tisch und was drauf stand, hinunter zu den Stuhl- und Tischbeinen, glitten über das Zimmer, dann hinaus auf den Hof im Regen.

»Heute Abend weißt du es«, sagte er mit Bestimmtheit. »Aber ich glaube es nicht. Ein ganzes Team von Profis hätte einbrechen müssen. Wenn wir mal von übernatürlichen Fähigkeiten absehen.« Er grinste. »Was anderes. Hattest du dein Handy dabei?«

Prinz holte es aus einer Tasche, legte es auf den Tisch.

»Angeschaltet, wie jetzt?«

»Sicher.«

Ollie nickte und bekam einen glücklichen Gesichtsausdruck. »Handy-Spion«, sagte er. »So nennt man das. Damit Eltern immer feststellen können, wo ihre Kinder sich rumtreiben. Oder misstrauische Ehegatten, ob ihre Liebsten ihnen auch treu sind. Eine nicht besonders komplizierte Software, die man sich inzwischen ziemlich billig aus dem Internet aufs Handy runterladen kann.«

»Wie funktioniert das?«

»Ganz einfach.« Er holte sein eigenes Handy hervor, klappte es auf. Prinz und Ingrid standen auf, um ihm über die Schulter zu sehen. »Wenn du diese Software auf deinem Handy hast, tippst du einfach eine beliebige andere Handynummer ein«, er gab Prinz' Handynummer ein, »drückst ein paar Knöpfe, und schon taucht der Standort des Handys auf deinem Display auf. Oder genauer, der des nächsten Sendemasts.«

Es dauerte in Wahrheit eine gute Minute, aber dann erschien auf dem Display in der Tat eine grobe, aber ziemlich exakte Karte, die B 7 am rechten Rand, die A 44 am linken, dazwischen die zwei schmalen Sträßchen durchs Warmebachtal, die vier Gutshöfe Holdorf, Hohenborn, Laar und Escheberg waren als Quadrate eingezeichnet und Holdorf mit einem blinkenden roten Kreuz markiert.

»Beängstigend«, meinte Ingrid.

»Was kann man dagegen tun?«, wollte Prinz wissen.

»Ausschalten«, sagte Ollie trocken und schaltete Prinz' Handy aus. Die Karte verschwand, und das Display teilte mit, dass kein Sender geortet werden könne.

Prinz und Ingrid sahen sich an, bevor sie sich wieder setzten. »Kann man damit auch abhören, was geredet wird?«

Ollie wiegte den Kopf. »Mit diesem einfachen Programm nicht. Wenn das Gerät bloß an ist, meldet es nur seinen Standort zum nächsten Sendemast. Es müsste eigentlich aktiviert werden … Ich müsste da mal basteln, aber …« Mit einer plötzlichen Bewegung schaltete er sein eigenes Handy ebenfalls aus.

Prinz sah Ingrid an. Die schüttelte den Kopf. »Meins liegt irgendwo. Ich weiß schon, warum ich die Dinger nicht leiden kann.«

Prinz fixierte Ollie. »Und man kann gar nichts dagegen tun? Außer abschalten?«

Ollie setzte die Brille wieder auf. »Also, für den Handy-Spion gibt es natürlich eine Sperr-Software, die allerdings –«

»Wieso«, fragte Prinz scharf, »haben wir die nicht?«

Ollie hob die Schultern. »Ich hab sie. Das schien bisher nicht …« Er sah Prinz in die Augen. »Schon gut. Lass die ganze

Truppe antraben, und ich lade überall die Sperr-Software auf die Handys. Zufrieden?«

Das Mittagessen hatte er behalten und danach die Tabletten genommen, von denen er dreimal täglich nach den Mahlzeiten je eine nehmen sollte. Etwa zwei Stunden später, gegen drei Uhr nachmittags, fing er endlich an, sich etwas besser zu fühlen.

Sutters Erinnerung war letzte Nacht nach eigener Einschätzung wie üblich zwischen zwei und drei verloschen, aber schon gegen fünf war er wach geworden, weil ihm kotzübel war. Er hatte abstruses Zeug geträumt: Ein Kerl mit teuflischer Fratze und bösem Grinsen drehte ihm eine Art Schraubstock in den Magen. Der Fernseher lief noch, ein Sportkanal, der nach Mitternacht immer dieselbe Endlosschleife mit immer denselben nackten Mädels und ewig langen Telefonsexreklamen sendete. Seine Eingeweide fühlten sich tatsächlich an, als würde jemand mit kaltem Stahl darin herumwühlen. Er war schweißnass. Der Schlafanzug durchnässt. Das Bett klamm.

Die Geister waren wieder da.

Er fühlte, wie es ihm hochkam, schaffte es noch ins Bad, aber nicht mehr ganz bis über die Kloschüssel.

Danach war er so kaputt, dass sogar die Angst weg war. Er ließ sich in den Sessel fallen und starrte auf den Bildschirm. Die Reklame lief gerade: »Ruf an! 0900-69 69 69. Ich warte auf dich!« Die wasserstoffblonde Frau hatte ein übertriebenes leeres Gesicht mit aufgespritzten Lippen und hochstehende Kunsttitten.

Drei der Plastikbierflaschen lagen auf dem Boden, zwei waren auf dem Tisch umgefallen, eine stand noch. Alle leer. Die Flasche Doppelkorn stand zum Glück auch noch. Sie war offen, bloß eine Pfütze war noch drin. Sutter angelte den Deckel vom Tisch und drehte ihn drauf. Das Fenster stand offen, deshalb war der Geruch nicht allzu schlimm. Draußen war es schon hell. Vögel zwitscherten. Er stellte dem Fernseher den Ton ab, hockte in dem alten Sessel, starrte blicklos auf den Bildschirm. Während er so dasaß, fing vor seinem geistigen Auge der Film an.

Er sah sich ganz deutlich in seiner Hütte neben dem Bauernhaus der Hornbachs sitzen und trinken. Merkwürdig war nur, dass er so aussah wie jetzt, ein alter, kranker Mann. Er sah sich mit traumwandlerischer Sicherheit durch die finstere Nacht zum Haus der Hornbachs hinübergehen. Die Tür mit dem Schlüssel öffnen. Die Waffe aus der Schublade holen. Die Waffe laden. Die Treppe hochschleichen. Svenja lächelte im Schlaf, als er sie aus dem Bett holte, in den Arm nahm, die Mündung an ihre Schläfe hielt, ins Schlafzimmer der Eltern ging.

Abdrückte. Blut spritzte. Das Blut war tiefschwarz.

Frank Hornbach sprang aus dem Bett, und Sutter schoss ihm ins Gesicht. Gehirnmasse und Blut klatschten in Zeitlupe an die Wand. Das Blut war schwarz, das Hirn giftgrün. Dann erschoss er die Frau, die neben dem Bett stand und schrie.

Der Kerl mit der teuflischen Fratze applaudierte.

Bevor er im Sessel einnickte, machte sich eine merkwürdige Sehnsucht in ihm breit; Sehnsucht nach seiner Zelle. Erst gegen Mittag wachte er auf.

Eine Woche in Freiheit.

Als es klingelte, machte er nicht auf. Hoffte, dass es nicht wieder der Pfarrer und der Doktor mit dem Schlüssel waren.

Dann hörte er plötzlich, wie sich jemand an der Tür zu schaffen machte.

Sutter sprang auf und sah sich panisch nach etwas um, das er als Waffe verwenden konnte. Er trug noch den Schlafanzug, an dem ein paar Reste Erbrochenes klebten.

Er holte ein Messer aus der Küchenecke und schritt mit weit aufgerissenen Augen, das Messer in der Faust hoch erhoben, in den Flur, als die Tür aufging und Prinz und die nette Frau hereinkamen.

»Um Gottes willen«, sagte die Frau.

Am Dienstagmorgen fuhr Desirée mit dem Fahrrad in die Uni. Gestern hatte sie erfahren, dass es bei den Sozialwissenschaftlern einen Prof gab, der Weirich noch aus Berlin kannte. Hartmut Oelker war einer dieser Di-Mi-Do-Professoren, die ihr ganzes Programm in drei Tage quetschten und dann wieder abrauschten, weil sie es nicht für zumutbar hielten, am Ort ihres

Lehrstuhls Wohnung zu nehmen. Oelker lebte nach wie vor in Berlin. Sein Sekretariat teilte ihr mit, dass der Herr Professor keine Termine mit Studenten mache, aber gleich Dienstag früh zwischen zehn Uhr dreißig und zwölf Uhr dreißig seine wöchentliche Sprechstunde habe, falls sein morgens gegen sieben in Berlin abgehender ICE keine Verspätung habe. Desirée würde nichts anderes übrig bleiben, als sich in die Schlange zu reihen.

Danach hatte sie sich eine langweilige Vorlesung angehört. Im Hörsaal war ihr ein schwarzhaariges, sehr blasses, etwas dickliches Mädchen aufgefallen, das sich irgendwie fehl am Platz zu fühlen schien. Ziemlich viel Blech im Gesicht. Orangefarbenes Shirt, grünes Jäckchen darüber, schwarze Jeans. Das Mädchen sah sich ständig irritiert um, wie ein verirrter Gibbon auf dem Schimpansenfelsen. Kurz vor den Sommerferien schauten manchmal Leute rein, die gerade Abi machten und vielleicht im Herbst mit dem Studium anfangen wollten.

Über Nacht hatte Desirée in aller Eile eine Hausarbeit und ein Referat für die beiden Seminare am Dienstag zusammengeschmiert, von denen sie gleichwohl sicher war, damit zumindest im Mittelfeld zu landen und ihre Scheine zu kriegen.

Desirée achtete auf eventuelle Verfolger, bemerkte aber nichts. Das blasse Mädchen mit den schwarzen Haaren und dem Blech im Gesicht strampelte hinter ihr auf einem alten Hollandrad. Um kurz vor elf hatte sie das erste Seminar hinter sich, kam mit dem Referat natürlich nicht an die Reihe, sondern konnte nur das Manuskript abgeben und marschierte hinüber zu den Sozialwissenschaftlern.

Der Campus befand sich auf dem Gelände des früheren Stammwerks von Henschel am Holländischen Platz, wo die Innenstadt in die Nordstadt überging. Desirée brauchte von ihrer Wohnung etwa zehn Minuten mit dem Fahrrad, bei schlechtem Wetter kaum mehr für die fünf Stationen mit der Straßenbahn. Der Campus bestand aus verwinkelten roten Klinkerbauten, die an alte Industriearchitektur erinnern sollten, viel Grün, mittendurch floss ein Bach. Studentenwohnheime und kleine Läden übergangslos zwischen den Seminar- und Büroräumen und Vorlesungssälen und dem vieleckigen Gebäude der Bibliotheken.

Laut Eigenreklame »eins der schönsten Campusgelände Deutschlands«. Leider hatte man an der Vorderfront das alte Verwaltungsgebäude von Henschel stehen lassen, einen lang gezogenen weißlichen Zweckbau aus den Fünfzigern, in dem perverserweise ausgerechnet die Architekten untergebracht waren, und später an eine Seitenfront schlichte Beton- und Glasklötze für die Ingenieure und Maschinenbauer gesetzt. Zwei Gebäude für die Erziehungs- und Musikwissenschaftler waren gerade hinzugekommen. Wer auf den beiden Hauptstraßen an einem der schönsten Campusgelände Deutschlands vorbeifuhr, bekam nichts davon zu sehen.

Als Desirée Professor Oelkers Büro in einem gewundenen Gang gefunden hatte, lungerte ein gutes Dutzend Studenten vor der Tür herum. Seit Hessen die Studiengebühren wieder abgeschafft hatte, war die Uni mit zwanzigtausend Studenten total überfüllt. Den gewisperten Zynismen der anderen entnahm sie, dass Oelker nicht besonders beliebt war. Das blasse schwarzhaarige Mädchen trödelte suchend durch den Gang, anscheinend hatte sie sich verirrt; heute trug sie eine helle Jeans und ein weißes T-Shirt. Der Herr Professor hielt offenbar einen ziemlich exakten Fünf-Minuten-Schnitt ein. Keiner der herauskommenden Studenten sah sonderlich zufrieden aus. Nach einer guten Stunde Wartezeit war sie endlich an der Reihe, als die Sprechstunde sich bereits dem Ende zuneigte.

Professor Oelker notierte etwas und sah nicht auf, als Desirée sich in den Stuhl vor seinem Schreibtisch setzte. Ein schwammiger Kerl um die sechzig in einem längs gestreiften Seemannshemd, das Gott weiß wann mal Mode gewesen war. Langes, strähniges graues Haar, aufgequollenes Gesicht, winzige Lesebrille, an den Bügeln eine Schnur um den Hals. Auf dem Tisch Blättchen und Tabak: Schwarzer Krauser. An einem Kleiderständer in der Ecke hing die speckige Wildlederjacke des Siebziger-Jahre-Intellektuellen. Unter dem Tisch kamen übereinandergelegte Füße hervor, die in hellen Sandalen steckten. Weiß-rot geringelte Söckchen, bei einem großen Zeh war ein Loch im Anfangsstadium.

Ein alt gewordener Freak. Desirée hatte seinen Namen noch

nie gehört; er gehörte nicht zu den Stars, deren Brillanz jedes Auftreten entschuldigte. Sie fasste eine instinktive Abneigung gegen den Mann, der sie jetzt schon eine Minute dasitzen ließ, ohne sie überhaupt wahrzunehmen. Glänzte wahrscheinlich in seinem Berliner Bekanntenkreis mit Sottisen über diese Provinzuni, über immer blöder werdende Studenten und überhaupt mit gedrechselt formulierter Verachtung der Gegenwart.

»Name?«, sagte Professor Oelker, nach einem anderen Blatt greifend und noch immer ohne aufzusehen.

»Dieter Weirich«, antwortete Desirée.

»Was?« Der Professor sah auf. Hinter der Brille steckten weißliche Glupschaugen.

Desirée setzte ihr nettestes Lächeln auf. »Sehr verehrter Herr Professor Oelker, ich würde schrecklich gern mit Ihnen über Dieter und Juliane Weirich reden. Muss nicht jetzt sein. Wir können uns irgendwo zusammensetzen, wann es Ihnen passt.«

Oelker nahm mit einer grazilen Handbewegung die Brille von der Nase, ließ sie an der Schnur vor seinen Brüsten baumeln und starrte Desirée an. Dann erhob er sich, watschelte zur Tür, steckte den Kopf hinaus und teilte den letzten Wartenden mit, dass sie sich leider bis nächste Woche gedulden müssten. Er war klein, sein Bauch war enorm, Hintern und Hüften beinahe weiblich gerundet, die ausgewaschene Jeans hing tief und drohte, weiter zu rutschen. Die graue Mähne reichte ihm bis zur Mitte des Rückens. Eine Kröte mit Omahaaren, dachte Desirée.

Schließlich watschelte Oelker zurück hinter seinen Schreibtisch und plumpste in den Sessel, in dem er dann vor und zurück wippte, die Hände über dem Bauch gefaltet. Er grinste jetzt, hatte blitzende Augen und wirkte plötzlich intelligent und aufgeschlossen und für jeden Schabernack zu haben; vielleicht seine wahre Identität, mit der er vor Jahrzehnten mal seinen Lehrstuhl ergattert hatte.

»Tun Sie mir einen Gefallen«, säuselte er mit einem überraschend einnehmenden, selbstironischen Tonfall, »verraten Sie mir nicht, wer Sie sind. Und warum Sie was über den Diedä und die Jule wissen wollen. Zerstören Sie meine Illusionen nicht.«

Desirée musste lachen und ließ das lang gezogene modische »Okaaay« hören.

»Der Diedä und die Jule. Haben Sie konkrete Fragen, oder soll ich einfach so losplappern?«

Desirée lachte noch einmal. Plötzlich verwandelte sich dieser abstruse Molch in einen witzigen Zeitgenossen. »Letzteres wäre, glaub ich, ganz toll, Herr Professor. Ich frage, wenn ich was nicht kapiere.« Sie holte Notizblock und Stift heraus.

Oelker nickte wohlgesonnen. »Der Diedä.« Und dann plapperte er drauflos; erzählte, wie er Dieter Weirich in den Jahren nach '68 in einer Kommune am Nollendorfplatz kennengelernt hatte. »Der Diedä kam aus so einem Weinkaff am Rhein. Der war gut darin, Sachen ranzuschaffen. Essen. Schnaps. Shit und Acid. Möbel. Fernseher. Alles. Seitdem kenn ich den.«

»Waren Sie Freunde?«

»Kann man so nicht sagen. Wir waren alle Genossen. Die Revolution. Jeder nach seinen Fähigkeiten, jedem nach seinen Bedürfnissen. Die Fähigkeit vom Diedä war, von uns allen die Bedürfnisse zu befriedigen. Ansonsten war der ein Arschloch. Ey, ich kenn da einen. Besorgte auch Waffen und so, als wir davon träumten, Leute aus dem Knast zu befreien. Zwei Frauen von der RAF. Saßen in dem Frauengefängnis Lehrter Straße. Der Andreas und die Gudrun wollten die wieder draußen haben.«

Bedeutungsschwangere Pause. »Baader und Ensslin?«, fragte Desirée atemlos. Anscheinend stimmte tatsächlich, was Andreas gehört hatte.

Oelker nickte, jetzt ernst. »Das war in den Jahren damals dauernd ein Kommen und Gehen. Aus Westdeutschland, nach Westdeutschland. Rein in den Knast, raus aus dem Knast. Nach Bagdad, Beirut, Wasweißich, zurück aus Bagdad, Beirut, Wasweißich. Wir turnten so am Rande vom 2. Juni rum, Bommi Baumann, diese Truppe. Aber man half sich.«

Desirée hing an Oelkers Lippen. Er grinste, hatte sich warm geredet.

»Die RAF-Leute hatten irgend so 'n schlaues Leitersystem gebastelt, um über die Gefängnismauer zu kommen. Aber wie sollten die beiden Frauen da drin die Gitterstäbe von ihren Zellen durchkriegen? Der Diedä kannte einen. Einen Bildhauer, der hatte so Sägedrähte, mit denen er seine Bronze- und Stahlskulpturen geschnitten hat. Der Diedä besorgte also die Sägedrähte und schmuggelte sie in den Knast. Dann hockten wir eines Nachts mit einem Kleinlaster an der Mauer. Hatten schon das Leitersystem installiert. Und warteten. Bommi Baumann stand Schmiere mit 'ner Kalaschnikow, die auch der Diedä besorgt hatte. Die doofen Weiber in der Zelle kriegten ihre Gitterstäbe nicht durch. Irgendwann sind wir abgehauen.«

Desirée saß einigermaßen konsterniert da. »Dieter Weirich hat eine Kalaschnikow besorgt?« Waren die umgedrehten Kreuze bloß Ablenkungsmanöver? Hat in Wirklichkeit der Schwiegersohn des Landrats Voepel, ein ehemaliger Terrorist, eiskalt die ganze Sache durchgezogen?

»Die Jule war auch dabei. Jule war inzwischen von hier zum Studium nach Berlin gekommen. Die hatten wir ja vorher testen lassen, ob auch eine Frau mit den Sägedrähten Gitterstäbe durchkriegt. Die Jule hatte kein Problem damit.« Oelkers Gesicht rötete sich vor plötzlichem Zorn. »Wissen Sie, was hinterher gemunkelt wurde? Dass die Drähte, die der Diedä in den Knast schmuggelte, gar nicht funktionieren konnten, weil er nämlich ein V-Mann vom Verfassungsschutz gewesen sei.«

Desirée lächelte zurückhaltend. »Was waren die beiden für Menschen, damals?«

Oelker zuckte die Achseln. »Selbe Sorte wie heute noch: Opportunisten. Er der Dorfrebell, der den Revoluzzer raushängen lässt, aber eigentlich bloß viele Frauen vögeln und Millionär werden will. Sie das Land-Honoratioren-Töchterchen, das in der großen Stadt vor ängstlicher Abenteuerlust zerfließt, aber wenn was passiert, wird's Papa schon richten. Wissen Sie, wer der Papa war?«

»Landrat Voepel.«

»So ist es. Und wissen Sie was? Er ist tatsächlich Millionär geworden, am Ende durch ihren Papa. Hat immer viele Frauen gevögelt, tut das vermutlich heute noch. Und ihr ist nie was passiert, denn Papa hat's gerichtet.«

»Waren sie damals schon ein Paar?«

Oelker atmete schwermütig aus. »Er hat sie mir ausgespannt, okay?« Er hob beide Hände. »Kein böses Blut deswegen, ist fünfunddreißig Jahre her, ich hab Frau und Kinder, inzwischen Enkelkinder, war auch nie ʻn Adonis.« Ein kleines Lächeln, beinahe mitleidheischend; dann langes, versunkenes Nachdenken. »Er war ein Faun. Ganz kluges Zeug, was die schlaueren Feministinnen darüber schreiben: Der attraktive böse Bube, von dem sich jedes romantische Mädchen aus der Oberschicht gern in die Unterwelt entführen lässt.«

Jetzt musterte er sie abschätzend. Sie lächelte unverbindlich. »Und dann?«

»Nun, sie sind zusammengeblieben. Was mich überrascht hat. Nachdem das Ding mit der Revolution nicht mehr zog, beschloss er, Unternehmer zu werden. Und ist so ziemlich jedes Jahr pleitegegangen. Ich weiß noch, dass er mal einen Tische- und Stühleverleih hatte, dann selbst Veranstalter wurde. Hatte ʻne Reihe Bands, aus denen später richtig was geworden ist, aber damals kannte die noch keiner. Nach jeder Pleite sind die beiden monatelang abgetaucht. Lebten hier bei Papa wie die Maden im Speck. Dann tauchten sie wieder auf, und der Diedä hatte neues Geld. Einmal war er Kneipier, dann gab er ein Szenemagazin heraus. Irgendwann verschwanden die beiden aus Westberlin, diesmal, um nicht noch mal aufzutauchen. Keiner hat sie mehr zu Gesicht gekriegt.«

Desirée schrieb eifrig. »Was hat sie denn die ganzen Jahre gemacht?«

»Auch nichts gebacken gekriegt, natürlich. Irgendwas studiert, ohne Abschluss. Na ja, nun waren wir also in den Achtzigern, es wehte ein rauerer Wind, und sie waren über dreißig und am Ende. Zeit für Papa.«

»Sie haben die beiden wieder getroffen?«

»Klar.« Oelker nickte. »Mich hatte inzwischen ein Ruf ereilt, als das hier noch ʻne linke Gesamthochschule war.« Der Molch grinste breit. Ein Ruf an einen anspruchslosen Lehrstuhl, dachte Desirée, auf dem er immer noch dem Rentendasein entgegendämmert, der frühere Teilzeitterrorist. »In irgendeinem Wahlkampf sind wir uns über die Füße gelaufen. Großes Hallo, was machst du denn hier? Er hatte die Jule inzwischen geheiratet, war der Schwiegersohn vom Großen Alten Mann und saß gerade frisch auf irgendeinem kleinen Funktionärspöstchen in dem SPD-Haus in der Humboldtstraße. Bisschen später ging der Landrat in Rente und gründete prompt irgend so 'n Immobilienhai-Dingens, um sein Insiderwissen zu versilbern, und als Geschäftsführer von dem Dingens konnte er natürlich keinen Besseren finden als Schwiegersohn Diedä. Da hat der sich dann wohl ganz gut gemacht, mit seinen ganzen Erfahrungen von früher. Sitzt jetzt hochherrschaftlich oben aufm Berg und verwaltet Stiftungsmillionen, er und Jule fahren jeder den dicksten Benz, den's gibt, und außerdem jeder noch 'n Flitzer for fun.«

»Und sie leitet das Stift«, sagte Desirée.

»Tja. Aber sie hat immerhin richtig unten angefangen, nachdem sie an der Uni auf die Schnauze geflogen war, als ungelernte Helferin bei der AWO, dann die Ausbildung und so weiter, war schon vor dem Stift irgendwo anders Pflegedienstleiterin. Hat den Laden da oben wohl ganz gut im Griff. Während er, wie ich höre, seinen Job als Geschäftsführer der Stiftung mit dem üblichen dummen Managergelaber erledigt. Tja«, Oelker breitete beide Hände aus, »das wär's, was ich über unser Traumpaar weiß.«

Die Glupschaugen des Molchs betrachteten sie ernst und abwartend.

Desirée lächelte. »Eine Kleinigkeit würde ich gern noch klären. August, September vor siebenundzwanzig Jahren: Könnte es sein, dass die beiden da gerade hier untergetaucht waren, nach einer seiner Pleiten?«

Die Glupschaugen schlossen sich, und er hörte auf zu wippen, während er nachdachte. »Vor siebenundzwanzig Jahren. Der Schuppen, das war im Winter davor, und im Sommer ging er pleite. Und das schicke Magazin, das kam im nächsten Winter zum ersten Mal raus, als die beiden mit frischem Geld wieder da waren. Ja, kann schon sein.« Die Augen öffneten sich mit einem trägen Lächeln. »Wieso?«

Desirée überlegte einen Moment; entschied, nichts rauszurücken, obwohl die Versuchung groß war, ihm zum Dank für die ganze Geschichte auch ein paar Brocken hinzuwerfen. Aber alles, was sie diesem geschwätzigen Molch erzählte, würde noch diese Woche an der ganzen Uni die Runde machen, und am Wochenende bei all seinen alten Kumpels in Berlin.

»Nur so. Abgesehen davon, dass die beiden Opportunisten und reich geworden sind – was haben Sie eigentlich gegen die?«

Das Lächeln wurde breiter. »Sie wollen wissen, was ich gegen diese Arschlöcher habe? Was ganz Persönliches. Klar, jahrelang waren wir nette Bekannte, Parteifreunde. Außerdem die alten Zeiten. Warum wollen Sie das wissen?«

Desirée wusste, dass sie ihn an der Angel hatte. »Weil Sie es erzählen wollen. Alles andere war doch nur Vorspiel.«

Nach langem Mustern fragte er: »Wer sind Sie, und von wem kommen Sie?«

»Ich will Ihnen doch Ihre Illusionen nicht zerstören.«

Der Molch grinste von einem Ohr zum anderen. »Sie haben recht. Ich will es erzählen. Und eigentlich ist mir scheißegal, wem ich es erzähle. Alexandra Mihailovic. Mal gehört?« Desirée schüttelte den Kopf. »Na ja, vor Ihrer Zeit, so wie Sie aussehen. War 'ne schöne Frau. Ich war ein bisschen … na, egal. Serbin. Tochter von irgend so einem schlimmen Bonzen. Aber Opposition, abgehauen, Friedensbewegung, sehr aktiv. Trat hier im Fernsehen auf, während Big Daddys Schergen die Bosnier massakrierten. Musste aber natürlich von irgendwas leben und kriegte über die Partei hier bei mir so einen Gefälligkeitsjob. Brauchte aber auch dauernd Geld für alle möglichen Organisatiönchen, die daheim Big Daddys Bande stürzen wollten. Na ja, der Diedä und die Jule, die wurden damals gerade richtig reich mit diesem Immobilienhai-Dingens. Aber wie sich das gehört für reich gewordene Nichten und Neffen von der guten alten Tante, gaben sie hin und wieder was ab für gute Zwecke. Na ja, also ist der vor Ihnen sitzende Vollidiot höchstpersönlich mit ihr auf den Berg gefahren, damit Xandi da ihre Bettelnummer abziehen konnte. Und peng.«

Oelker schniefte und sah hierhin und dorthin, nur nicht Desirée an. Sie hatte den Eindruck, als würde in seinen weißlichen Glupschaugen Wasser glänzen.

Nach fast einer Minute sagte sie: »Der Faun?«

Oelker lachte bitter. »Der Faun. Sie …« Er brach ab.

Desirée hatte Dieter Weirich noch nie persönlich gesehen, nur die Bilder, die Ollie gemacht hatte, und die Porträtfotos aus dem Internetauftritt der Stiftung. Für sie sah er aus wie das, was er war, ein Mann um die sechzig. Nicht schlecht aussehender Anzugtyp, Politiker oder Manager. Aber auch nichts Besonderes, in jeder politischen Talkshow trat mindestens einer von der Sorte auf.

Oelker räusperte sich. »Oft haben ja gerade die schönsten Frauen aus den besten Familien auch den größten seelischen Knatsch am Hals. Und ihre Familie war im früheren Jugoslawien High Society gewesen. Kannte ‘ne ganze Reihe solcher Frauen, gerade auch damals in der Berliner Szene; oft Nazitöchter. Manche haben’s mit irgendwelcher Kunst versucht, manche mit allem möglichen Guru-Scheiß, und irgendwann hagelt’s Selbstmorde. Manche stürzten sich in die Politik, je extremer, desto besser. So wie Xandi. Dazu aber dann blöderweise gar kein Talent. Sah irre aus, konnte sich in soundso viel Sprachen phantastisch ausdrücken, hatte gelernt, wie man sich anziehen muss und zu benehmen hat und so. Mehr aber auch nicht. Hier bin ich, nutzt mich aus.«

Jetzt liefen ihm die Tränen über die Wangen, aber er redete völlig ruhig weiter, den Blick in weite Ferne gerichtet. »Glänzende Oberfläche, und darunter: Selbsthass, Bulimie, Tabletten und Kokain. Keine gesunde Mischung. Hat sich außerdem dauernd irgendwo geschnitten, wo man’s nicht sehen konnte, solange sie was anhatte. Dachte, könnte sie aus all dem rausholen. Die Illusion dauerte fast ‘n Jahr. Tja. Dann fuhr ich also mit ihr hoch aufn Berg, und noch ‘n halbes Jahr hat sie’s vor mir verheimlicht. Diedä war der neue Big Daddy. Mietete ihr ‘n schickes Appartement, flog mit ihr an schicke Strände. Ihr ehrenwerter Vollidiot trug’s mit Fassung, war ja nix Neues im Leben. Dann kam mein erstes Enkelkind, und ich dachte, scheiß der Hund drauf, schließlich bist du glücklich.«

Desirée hatte längst aufgehört zu schreiben und gab keinen Mucks von sich. Dass der alte Molch überhaupt ein Liebesleben hatte, schien ihr unbegreiflich.

Er lachte jetzt, ein finsteres Meckern, während die Tränen weiter liefen. »Ich hätte ihr vielleicht helfen können. Hatte sie ja vorher auch zu Ärzten geschleift, den Stoff einkassiert und so. Na ja, nicht dass es was gebracht hat. Hat nur vorübergehend mal so ausgesehen, bis zur nächsten Katastrophe.« Er schüttelte den Kopf. »Der Diedä ist keiner, der einem bei so was hilft. Der Diedä besorgt Sachen. Wenn man damit Unsinn anstellt, lacht er drüber und besorgt Nachschub. Bei mir hat sie angerufen, sonntagmorgens gegen vier. In Berlin. Zuerst war meine Frau dran, der ich dann ihre Existenz erklären durfte. Der Diedä ratzte in ihrem Appartement und war nicht wach zu kriegen. Also hat sie sich den ganzen Schnee reingepfiffen, der noch da war, und dann Gott weiß was für Tabletten in was für Mengen geschluckt. Als der Notarzt, den ich gerufen hab, da ankam, machte keiner auf. Bis die Polizei schließlich die Tür aufkriegte und mit dem Notarzt reinging, gingen noch mal ein oder zwei Stunden ins Land. Der Diedä ratzte immer noch. Xandi war tot.«

Die Augen des Molchs schlossen sich voller Trauer. Desirée blieb still sitzen.

Professor Oelker riss die Augen auf und beugte sich mit einem Ruck vor. »Ich verstehe nix von Strafrecht. Aber unterlassene Hilfeleistung war das mindestens, wenn nicht fahrlässige Tötung. In der entscheidenden Nacht war er im Koma, okay, aber das ging schließlich wochenlang, monatelang so, dass sie sich weiß der Henker was antat. Außerdem war da der Stoff, den er besorgt hatte.« Er ballte die Fäuste und schlug mit beiden gleichzeitig auf den Tisch. »Aber nix da! Klar, die Mordkommission rückte an. Irgend so ein niederer Ermittler nahm meine Aussage auf. Aber der Chef von dem Laden ließ die Sache unter den Tisch fallen. Die Ermittlungen wurden eingestellt. Und wissen Sie, wieso?« Er funkelte Desirée plötzlich so wütend an, als sei sie daran schuld. Sie schüttelte nur den Kopf. »Weil der die Jule fickte!« Oelker schrie jetzt. »Der Kommissar und das treue Seelchen. Und gemeinsam sorgten sie dafür, dass dem Diedä nix passierte! Darum!«

Bei ihrem zweiten Seminar platzte Desirée eine halbe Stunde zu spät rein, gab nur schnell ihre Hausarbeit ab und verzog sich wieder.

In der Uni-Bibliothek, wo auch alle möglichen Zeitungen und Magazine archiviert wurden, wurde sie schneller fündig, als sie gedacht hatte, aber sie war nicht mehr mit dem Herzen dabei. Das blasse schwarzhaarige Mädchen war bereits da und blätterte in einer dicken gebundenen Ausgabe irgendeines Fachmagazins, weitere gebundene Jahrgänge neben sich gestapelt.

Dass vor neunundzwanzig Jahren ein damals junger Rechtsanwalt namens Manfred Schmelting vor dem Frankfurter Landgericht einen Prozess gewonnen hatte für eine obskure Vereinigung namens »Ordo Templi Orientis (O.T.O.) e.V.«, über deren Verfolgung durch die Staatsgewalt wegen kruder, aber harmloser Machenschaften der Spiegel in einem kurzen Artikel reichlich Hohn und Spott ausgegossen hatte, erschien Desirée angesichts der spektakulären Informationen von Professor Oelker über die Weirichs nicht mehr wichtig.

Bis sie zum Fahrradständer eilte.

Jemand hatte auf den schwarzen Sattel ihres Fahrrades zwei weiße Striche geschmiert. Einen langen Strich längs, einen kurzen quer. Vom Hinterrad aus betrachtet ein normales Kreuz. Vom Lenker aus betrachtet ein Kreuz, das auf dem Kopf stand.

Desirée stand wie angewurzelt davor. Dann blickte sie sich hektisch um.

Normaler Betrieb. Nachmittags, halb drei. Leute kamen, Leute gingen. Leute schlossen ihre Räder an oder ab. Lachen, Schwatzen, Rauchen, Rumhängen.

Niemand beachtete sie. Niemand schien ihr verdächtig. Sie schluckte. Sie kratzte an den Strichen. Farbe, mit der man Wände strich. Sie schloss das Rad los, schwang sich auf das Kreuz und strampelte nach Hause.

Was Desirée zu Hause vorfand, war noch schlimmer als befürchtet.

SIEBEN

Sutter schämte sich in Grund und Boden. Es stand ihm im Gesicht geschrieben, während er über sich ergehen ließ, dass Anja ihn untersuchte. Beide Augäpfel mustern. Blutdruck messen. Er trug nur eine Unterhose, die nicht sauber war.

Prinz, Ingrid und Ollie standen dabei und sahen zu.

Schließlich nahm Anja ihm Blut ab und gab ihm ein Glasröhrchen und ein Pappbriefchen mit einem kleinen Holzspachtel und sagte ihm, er solle etwas von seinem Urin in das Röhrchen tun und ein bisschen von seinem Kot mit dem Holzspachtel abkratzen und auf das Pappbriefchen schmieren und zukleben.

»Nun mach schon, Opa«, sagte Prinz. Sutter schlurfte raus zur Toilette.

Sie hatten ihn gestern in einem der Gästezimmer im zweiten Stock des Herrenhauses untergebracht. Ingrid und Prinz hatten in zwei benachbarten Gästezimmern übernachtet, um sofort zur Stelle sein zu können.

Nachts konnte Sutter natürlich nicht schlafen, schrie unzusammenhängendes Zeug, bis Prinz eine Flasche teuren Cognac aus dem Keller holte und schweigend ein kleines Schnapsglas immer wieder nachfüllte, während im Fernseher die nackten Mädels bei abgestelltem Ton hopsten und Sutter auf den Bildschirm starrte.

»Anscheinend ist dieses neue Zeug für die Alkis doch nicht so gut«, meinte Anja und musterte die auf einem Plastikstreifen eingeschweißten roten Tabletten.

»Ich hab gleich gesagt, er säuft sich zu Tode, wenn er allein ist«, bemerkte Ingrid.

»Was«, wollte Prinz wissen, »sollen wir mit ihm anfangen? Hier behalten und nicht aus den Augen lassen?«

Endlich rauschte die Klospülung.

Anja sah auf ihre Uhr. Sie musste gleich zum Dienst, wo sie einen Arzt um Rat fragen und Sutters Blut, Kot und Urin untersuchen lassen wollte. »Er gehört in eine Fachklinik. Unter Beobachtung.«

»Wie im Knast«, murmelte Prinz und schüttelte den Kopf.

Als Anjas Daihatsu auf dem Schotterweg zur Straße rollte, kam ihr ein uralter beigefarbener Saab entgegen, dem ein besorgt wirkender Pfarrer Bestwig entstieg.

»Hallo!«, rief er. »Sutter ist weg! Haben Sie, äh –«

»Er ist hier«, antwortete Prinz. »Es ging ihm nicht so gut. Wir haben ihn hergeholt.«

»Na, Gott sei Dank.« Der Pfarrer trug Jeans, Sandalen und ein T-Shirt mit hebräischen Buchstaben auf der Brust, womöglich ein Bibelspruch. In dem merkwürdig jungenhaften Gesicht des Pfarrers, der älter sein musste als Sutter, mischte sich Erleichterung mit Verlegenheit, als er Prinz und Ollie betrachtete, die vor den Garagen standen. »Seit gestern Nachmittag habe ich angerufen. Vorhin bin ich losgefahren, um nach dem Rechten zu sehen. Er war nicht da. Seine Wohnung – nun ja. Und diese Nachbarn dort sind, nun, nicht allzu, äh …«

»Wieso«, unterbrach Prinz, »haben Sie nicht hier angerufen?«

»Darauf kam ich erst, als ich da nicht herausfinden konnte, was mit ihm sein mochte. Bin gleich hergekommen. Entschuldigung, ich sehe, Sie wollen, äh …«

»Haben Sie denn kein Handy?«, wollte Ollie wissen.

»Handy? Für manches ist man denn doch zu alt.« Pfarrer Bestwig schritt unverkrampft zum Händeschütteln. »Was ist denn mit ihm?«

»Er säuft wieder«, sagte Prinz. »Halluzinationen und so weiter.«

Pfarrer Bestwig nickte, als habe er nichts anderes erwartet. »Der Wein geht glatt ein, aber danach beißt er wie eine Schlange. Da werden deine Augen seltsame Dinge sehen, und dein Herz wird Verkehrtes reden. Sprüche 23,31–33. Schlimm?«

Prinz tauschte einen Blick mit Ollie; dann führte er den Pfarrer ins Haus. »Sein Herz redet«, sagte er, »dass er die Hornbachs doch selbst umgebracht hat, weil die Geister es ihm befohlen haben.«

»Geister?« Sie stiegen die Treppen hoch.

»Verstehen Sie eigentlich was von der Konkurrenz?«
»Was meinen Sie denn damit?«
»Satanismus.«
Pfarrer Bestwig blieb stehen. Er atmete schwer und begann zu schwitzen. »Der Geist, der am Werk ist in den Kindern des Ungehorsams. Epheser, 2,2. Nein, davon verstehe ich gar nichts, außer dem üblichen bisschen Exegese. Aber was hat denn Sutter mit Derartigem zu tun?«
»Das wissen wir noch nicht. Aber wir müssen es rausfinden.«
Das besorgte, gerötete Gesicht des Pfarrers zersprang in sein übliches fröhliches Lächeln. »Nun, da kann ich helfen, denke ich. Die Evangelische Landeskirche Kurhessen-Waldeck hat natürlich eine Sektenberatungsstelle. Und, wie das Leben so spielt, die Beraterin dort ist meine Tochter.« Das Lächeln wurde beinahe entschuldigend. »Pfarrerin Kerstin Marquardt. Ja, ganz richtig. Sie hat Wilhelms Sohn Heiko geheiratet. Ah, Ingrid, eine Freude, Sie zu sehen! Es gibt keine guten Nachrichten, wie ich höre?«
Ingrid erhob sich von dem Stuhl vor der Badezimmertür, wo sie mit einem Buch gesessen hatte. Sutter lag jetzt drinnen in der Wanne. Während der Pfarrer ihr die Hand schüttelte, warf er einen Blick auf das Buch. Rotes Cover mit einem schwarzen Kinderwagen drauf. Ingrid war das offenbar peinlich. Es war einer der wenigen Krimis mit okkultem Hintergrund, die sie gefunden hatte.

Auf der A 44 war nicht viel los, und Prinz beschleunigte auf über zweihundert. Es passte ihm nicht, zum ersten Termin mit der noch unbekannten Frau Hildebrand zu spät zu kommen; sie waren dort um elf angemeldet, und jetzt war es gleich eins.
»Keine Wanzen«, sagte Ollie. »Alles ist sauber.« Er wirkte bedrückt.
»Bist du sicher?«
»Hör mal«, brauste er auf.
»Schon gut, Ollie.«
Nach ein paar Minuten redete Ollie weiter. »Bloß das mit den Handys, das funktioniert schon. Mit einer speziellen Software und ein paar Zusatzgeräten kann man eine bestimmte Handy-

nummer anwählen, aber es klingelt nicht, es wird nicht mal aktiviert, und trotzdem kann man mithören, was in Hörweite geredet wird. Sogar, wenn das Gerät ausgeschaltet ist.« Er drehte den Kopf zu Prinz. »Das Einzige, was man dagegen tun kann, ist, den Akku rauszunehmen. Was bei Vorstandssitzungen mancher Konzerne schon Pflicht sein soll.«

Beide holten synchron ihre Handys hervor: an, aber nicht aktiviert; die Akkus voll. Sollten sie jetzt die Akkus herausnehmen und riskieren, nicht erreichbar zu sein?

»Die Sperrsoftware gegen den Handy-Spion habe ich überall draufgeladen.«

Edermünde lag südlich von Baunatal an der A 49 und bestand aus ein paar Dörfern in wogenden Getreidefeldern, dazwischen die unvermeidlichen Gewerbegebiete. Das Haus der Hildebrands stand in einer bescheidenen Eigenheimsiedlung. Es wirkte deutlich heruntergekommener als die Nachbarhäuser; hier hatte schon lange niemand mehr notwendige Reparaturen durchgeführt. Frau Hildebrand war ziemlich dick und, obwohl dicke Menschen meist nicht zu Falten neigen, geradezu sagenhaft faltig.

»Ein Uhr«, sagte sie. »Mein Mittagessen ist fertig.«

Prinz entschuldigte sich für die Verspätung. Wie außen war innen alles gewienert, aber die Sauberkeit schaffte es nicht, den schleichenden Verfall zu verbergen. Überall grünbraune Kacheln. Nur die zahllosen Kreuze und gefalteten Hände aus Holz an den Wänden wirkten neu. Dazwischen hingen gerahmte Fotos einer jungen Frau.

Frau Hildebrand bemerkte ihre Blicke. »Unsere Tochter. Sie ist gestorben.«

Prinz und Ollie drückten ihr Beileid aus. In der Küche stand ihr Mittagessen auf dem Herd. Kartoffeln, irgendein Kohl mit Mettwurst. Es roch unangenehm.

Das Gespräch verlief zäh. Sie saßen auf einer Plastiksitzbank in der Küche und sahen zu, wie Frau Hildebrand das unappetitliche Zeug aß, während Prinz versuchte, ihr zu entlocken, was passiert war. Ollie schwieg bedrückt.

Immerhin bestätigte sie die Informationen von Dr. Rohde.

»Es hat ihn plemplem gemacht. Er redet nur noch vom Teufel.« Sie sprach ein stummes Gebet.

Prinz wollte wissen, was er denn vom Teufel rede, aber sie wollte so etwas nicht in den Mund nehmen. »Hat er recht? Ist der Teufel im Spiel? Ist er gar nicht verrückt?«

Prinz sah Ollie an, aber von dem war keine Hilfe zu erwarten. Er hatte seine Brille abgenommen und drehte sie mit beiden Fingern hin und her. Prinz räusperte sich.

»Vielleicht irgendwelche Teufelsanbeter. Die ihre Symbole hinterlassen.«

»Die Kreuze.« Frau Hildebrand nickte eifrig. »Umgedreht.« Sie schloss die Augen. »Auch Paranoiker haben echte Feinde. Das sagt er immer.« Sie riss die Augen auf. »Die Ärzte sagen, das könnte schon sein, und erklären ihn für plemplem.«

»Frau Hildebrand, wir müssen mit ihm reden.« Sie nickte und schwieg und nickte, minutenlang. »Ist er ansprechbar?«

»Meistens schon. Er glaubt, der Oberarzt und mindestens eine der Schwestern seien auch Satanisten.« Sie musterte die beiden Männer in ihrem lockeren Outfit skeptisch. »Ich will nicht mal raten, wofür er Sie beide halten wird.« Dann verriet sie ihnen, in welcher Klinik er war. »Bringen Sie ihm Zigarren mit. Er mag Zigarren.«

Kaum waren sie draußen, als Prinz' Handy fiepte. Es war Desirée.

Martina Müller war völlig außer sich. »Wegen *deiner* Scheiße wird bei *uns* eingebrochen!«, schrie sie.

Prinz untersuchte das Schloss. »Nichts zu erkennen«, sagte er und erhob sich.

»Wie lange«, fragte Ollie, »würdest du für so 'n Steinzeitschloss brauchen?«

»Drei Sekunden«, meinte Prinz. »Vielleicht vier. Mit einem simplen Dietrich.«

»Ach ja?«, schrie Martina. »Jetzt sind *wir* schuld?«

»Fehlt irgendwas, oder ist irgendwas kaputt?«

»Darum *geht* es doch nicht! Es geht darum, dass –«

»Nur in meinem Zimmer«, schnitt Desirée ihrer Mutter das

Wort ab, die sie wütend anfunkelte. Sie ging voraus und öffnete ihre Zimmertür.

Alle möglichen Papiere waren über den Boden verteilt. Dazwischen die Schubladen, aus dem Schreibtisch gezogen und ausgekippt. Außerdem sämtliche Bücher aus dem Regal, als hätte jemand nach versteckten Zetteln gesucht.

Mit einem dicken Pinsel waren schwarze umgedrehte Kreuze an alle weißen Wände geschmiert, alle einen guten halben Meter hoch. Desirée zeigte nach oben. An der Decke befand sich auch eins, etwa doppelt so groß wie die anderen.

»Ach du Scheiße«, flüsterte Ollie und fotografierte alles.

»Er war auch an meinem Rechner.« Desirée deutete auf den alten Monitor, über den vielfarbige Fische glitten. »Er hat sämtliche Dateien auf Disketten gezogen. Und das hier hinterlassen.« Sie stakste durch das Papierchaos zum Schreibtisch, bewegte die Maus, der Bildschirmschoner verschwand, und die hellgraue Word-Fläche erschien. Darauf drei Buchstaben, groß, mindestens hundertfünfzig Punkt, blutrot, in einer bluttriefenden Schrift wie auf einem Horrorfilmplakat: »O.T.O.«

»Was *heißt* das?«, schrie Martina.

»Hast du denn«, wollte Ollie wissen, »den Zugang zu deinem Rechner nicht irgendwie geschützt?« Desirée verdrehte nur die Augen.

Als Prinz das Poster mit dem Radprofi entdeckte, musste er trotz allem ein Lächeln unterdrücken. »Ist irgendwas weg?«

»Er hat alle Papiere mitgenommen, die mit dem Fall zu tun haben. Aber es waren Kopien, oder ich hab Kopien in dem Arbeitszimmer bei euch.«

»Gut. Das Material ist also nach wie vor komplett.«

Martina glotzte von einem zum anderen. »Seid ihr *wahnsinnig*? Das ist *alles*, was euch interessiert?«

Prinz ignorierte sie. »Diese Schmierereien da lasse ich beseitigen.«

»*Sie*«, schrie Martina, »hat ab sofort mit diesem *Scheiß* nichts mehr zu tun!«

Prinz seufzte, sah Ollie an und machte eine Kopfbewegung, und Ollie ging runter zum Wagen, um ein bisschen aufzupassen, dass niemand sich an dem Bentley vergriff. Prinz bedeutete Desirée, in ihrem Zimmer zu bleiben, und geleitete ihre Mutter in die Küche.

Eine Stunde später setzten sie Martina samt Koffer und Reisetasche bei der Freundin aus der Huskies-Geschäftsstelle ab, die mit ihren zwei Töchtern nicht weit entfernt in einem der Hochhäuser am Philippinenhof wohnte.

Prinz und Desirée atmeten aus, als sie in dem Haus verschwunden war.

»*Family values*«, meinte Ollie, aber er grinste allein über seinen matten Scherz.

Prinz fuhr los, drehte eine schnelle Runde um den Block, um nach Verfolgern Ausschau zu halten, hielt in der Querstraße, von wo sie den Hauseingang aus gut hundert Metern Entfernung im Blick hatten.

Prinz drehte sich zu Desirée um, die auf dem Rücksitz saß. »Mit deiner Mutter ist alles geklärt. Du bleibst vorläufig auf dem Gut und gehst nirgendwo mehr ohne Schutz hin, bis wir ...« Er räusperte sich. »Aber ich verstehe, wenn du aussteigen willst.« Desirée schüttelte kaum merklich den Kopf. »Was – raus oder nicht?« Noch ein Kopfschütteln. »Gut«, sagte er, sich wieder nach vorn wendend. »Also. Was halten wir denn von dieser Nummer?«

Desirée sagte nichts. Sie hatte sich nichts anmerken lassen, solange ihre Mutter dabei war; jetzt war sie weiß im Gesicht und zog mit leerem Blick an einer Locke.

»Wir kommen jemandem zu nahe«, sagte Ollie. »Aber wir wissen nicht, wem.« Er dachte an die Warnung, die Derwars Dürckheim überbracht und von der sie den anderen immer noch nichts gesagt hatten.

Prinz trommelte mit den Fingern auf dem Armaturenbrett. »Jemand weiß, wer wir sind. Jemand weiß, was wir wissen. Den müssen wir ausschalten. Und zwar schnell.«

»Kein Problem«, meinte Ollie trocken. »Sobald wir wissen, wer es ist.«

»Wo sind Siepmanns Wagen und der Alfa von Weirich gewesen?«

Ollies Augen wanderten ständig vom Rückspiegel zu beiden

Seitenspiegeln, dann wieder nach vorn. »Siepmann ist gestern und heute mit seinem Honda zum Dienst gefahren, sonst nichts. Der steht jetzt auf dem Parkplatz des Polizeipräsidiums. Mit dem Dienstwagen war er gestern auf dem Mandelberg, wo ihr euer kleines Abenteuer hattet. Dann zurück ins Präsidium, wo er geblieben ist. Heute Morgen war er in Vellmar, in der Anlage für Betreutes Wohnen, danach in der Innenstadt, parkte vor dem Bestatter, Pietät Dötenbier, wo Frielendorfs Leiche liegt. Seit Mittag ist er wieder im Präsidium.«

»Also kann er es nicht gewesen sein.« Prinz sah Desirée im Rückspiegel an, die ihre Locke immer fester um einen Finger wickelte. Sie hörte offenbar gar nicht zu.

»Jedenfalls nicht mit einem der Wagen, die wir kennen. Weirich hat seinen Alfa seit letztem Mittwoch gar nicht benutzt. Aber das heißt ja nichts, er hat noch den Benz.«

»Wir haben wirklich aufgepasst, aber keine Verfolger bemerkt. Desirée, hast du was bemerkt?«

Er sah, wie sie erneut den Kopf schüttelte, dann plötzlich innehielt. »Das … das kann eigentlich nicht sein …«

»Was, Desirée?« Er drehte sich wieder um.

Desirée erwiderte seinen Blick nicht, starrte an die Decke. »Ein neues Mädchen in der Uni. Saß gestern in einer Vorlesung hinter mir. Tauchte dann wieder auf, als ich einen Termin wegen Weirich hatte.« Wieder schüttelte sie den Kopf. »Kann wirklich nicht sein. Sah jünger aus als ich, wirkte eher verängstigt.«

»Wie sah sie sonst aus?«

»Bisschen größer als ich, etwas fett. Sehr blass, schwarze Haare, Piercings. Hatte gestern schrille Klamotten an, heute dann weißes T-Shirt, hellblaue Jeans –«

Ollie drehte sich mit einem Ruck zu ihr um. »Auf einem alten Hollandrad?« Desirée nickte. Ollie sah Prinz an. »Als ich vorhin unten wartete, ist die vorbeigefahren. Die Beschreibung passt genau. Hat aber überhaupt nicht geguckt.«

»Wohin ist sie gefahren?«

»Hinter irgendeiner Ecke verschwunden.«

»Hm.« Prinz trommelte auf dem Lenkrad. »Waren die Piercings okkultes Zeug?«

Desirée hatte nicht darauf geachtet.

Ollie sagte: »Lass uns mal losfahren. Bevor wir hier auffallen.«

Prinz ließ den Motor an, rollte los, den Hügel runter, fuhr Richtung Uni.

Desirée meldete sich zaghaft. »Ich weiß, was O.T.O. heißt.«

Sie reichte Prinz die Kopie des alten Spiegel-Artikels nach vorn. »Wann war das?«, wollte er nach einem kurzen Blick auf den Artikel wissen.

»Vor neunundzwanzig Jahren.«

Er gab den Artikel an Ollie weiter. »Sagt dir irgendeiner der Namen was?«

»Nein«, sagte Desirée, mit den Gedanken woanders.

»Ein satanischer Raum in einem Privathaus in Bad Homburg«, sagte Ollie. Er hatte die Brille hochgeschoben und hielt den Artikel beim Lesen dicht vor die Augen. »Gehörte einem Immobilienheini. Überall Pentagramme und umgedrehte Kreuze. Die Frau, die behauptet hat, auf dem Altar von einem Dutzend Männer vergewaltigt worden zu sein, gab bei Schmeltings Kreuzverhör zu, sich das alles ausgedacht zu haben. ›Die Beschuldigung, dort seien Babys geopfert worden, erwies sich ebenfalls als völlig haltlos.‹« Er zitierte kopfschüttelnd: »›Polizei und Staatsanwaltschaft glaubten, einer satanistischen Vereinigung mit Verbindungen in höchste Kreise auf der Spur zu sein. Doch in Wahrheit hatten sie es lediglich mit einigen Herren aus der gehobenen Mittelschicht dieser Nobelschlafstadt vor den Toren Frankfurts zu tun, die einem kuriosen, wenngleich harmlosen Hobby frönten, wie der Kasseler Rechtsanwalt Manfred Schmelting, sechsunddreißig, beweisen konnte.‹«

Ollie blickte von Prinz zu Desirée und wieder zurück.

»Zwei Ärzte, ein Zahnarzt, ein Psychotherapeut, ein Autohändler, jemand aus der Stadtverwaltung und der Betreiber eines örtlichen Bordells. Hört sich ganz ähnlich an wie unsere projecta-Teilhaber. ›Eine unaufwendige Recherche hätte die Ermittler darauf bringen können, dass der Ordo Templi Orientis in den USA als Religionsgemeinschaft anerkannt und steuerbefreit ist.

Nach seiner Philosophie steht der Satan für absolute Freiheit: Tu was du willst, sei das ganze Gesetz.‹«

Desirée seufzte. »Ich hatte das auch gerade alles als Blödsinn abgehakt.« Sie berichtete, was sie von Professor Oelker über die Weirichs erfahren hatte. »Das klingt richtig gut, dachte ich.«

»Das klingt wirklich gut. Skrupelloser Typ, wie es scheint.«

Prinz rollte über die Hafenbrücke, um den Platz der Deutschen Einheit, auf die Schnellstraße nach Waldau. Kaum Verkehr.

»O.T.O.«, sagte er. »Du gräbst diesen Artikel aus, und praktisch gleichzeitig schreibt das jemand auf deinen Rechner. Vorgestern kamen wir genau rechtzeitig, um bei dem toten Frielendorf noch das umgedrehte Kreuz zu finden. Als würde jemand ständig im Voraus wissen, was wir wann tun und wann herausfinden.«

»Tu was du willst, sei das ganze Gesetz«, wiederholte Ollie. »Wenn du jemanden umbringen willst, tu es einfach?«

»Das mit den Weirichs klingt trotzdem gut«, meinte Prinz.

»Aber der Kerl, der umgedrehte Kreuze überall hinschmiert, war die ganze Zeit hinter mir her.« Desirée stockte einen Moment der Atem.

»Wenn es dieses Mädchen war«, sagte Ollie, »haben wir die Erklärung.«

Prinz nickte. »Während du bei dem Professor bist, schmiert jemand das weiße Kreuz auf deinen Sattel, bricht bei euch ein und schmiert schwarze Kreuze in dein Zimmer. Das Mädchen meldet, was für einen Artikel du kopiert hast, und er schreibt auch noch O.T.O. auf deinen Monitor. Wie lange warst du bei dem Professor?«

»Mindestens zwei Stunden. Drei, mit der Stunde, die ich warten musste. Dann kurz in einem Seminar, dann noch in der Bibliothek.«

»Reichlich Zeit, oder?«

»Und meine Mutter? Ich hatte ja selbst keine Ahnung, wann die wohin geht und wann zurückkommt.«

Prinz nickte. »Also müssen es mindestens zwei gewesen sein. Noch einer, um Schmiere zu stehen.«

Bei dem Haus mit Sutters Wohnung war nichts Verdächtiges zu sehen. Jede Menge spielende Kinder. Russische Mamis mit Kopftüchern, arabische und türkische Mamis verschleiert.

»O.T.O.« Ollie kam wieder auf den Orden zurück. »Tu was du willst. Und wenn du dabei reich wirst, umso besser. Vielleicht gehören sie alle dazu? Sämtliche Teilhaber, von denen wir wissen. Außerdem ihre Kinder und Enkelkinder. Würde das Mädchen erklären. Und diesen Typ auf dem Motorrad. Ein ganzer Clan. Jede Menge Personal, um alles Mögliche durchzuziehen.«

Desirée fröstelte, obwohl es warm war. Prinz fuhr zur Autobahn. Desirée starrte aus dem Fenster.

»Eigentlich«, sagte sie, »wissen wir noch gar nichts. Wir müssen irgendwen finden, der uns die ganze Geschichte erzählt.«

»Genau«, stimmte Prinz zu. »Zum Beispiel Voepels Witwe. Die jetzt im Landrat-Voepel-Seniorenstift lebt, wenn der Doktor keinen Mist erzählt hat.«

Prinz konnte nicht schlafen. Letzten Endes war er verantwortlich, nicht nur für den alten Sutter, der wohl tatsächlich in Suchttherapie gehörte, sondern vor allem für alle Leute, die er in diese Sache hineingezogen hatte. Und zuallererst für seine Tochter. Er hatte zugelassen, dass Desirée in Gefahr geriet. Das durfte nie wieder vorkommen.

Konnte Ollie recht haben? Sämtliche Teilhaber, samt Kindern und Enkeln? Ein ganzer Clan von Teufelsanbetern? Ob das nun Spinnerei war oder nicht: Verstärkung war angesagt. Gegen halb zwei stand er auf und rief Pit Sabatka an.

»Ich brauche ein paar Muskeln in Bereitschaft.«

»Muskeln«, wiederholte Pit. »Bereitschaft.« Er war hellwach. Er schien erstaunlicherweise immer hellwach zu sein.

»Was ist los? Hast du keine?«

»Mich beunruhigt, dass in Bereitschaft rumsitzende Muskeln tratschen, Prinz.«

Prinz verstand sofort, weshalb Pit sich Sorgen machte. »Ich habe mit Derwars geredet. Er hat seinen Auftrag erledigt und ist raus aus der Sache. Mach dir deswegen keine Gedanken.«

»Da habe ich was anderes läuten hören. Gerade heute Abend. Dieses Monster, das er immer bei sich hat, Petit, soll sich im Rheinland umgehört haben, wer bereit wäre, sich mit dir anzulegen. Du weißt, wie die Buschtrommeln funktionieren.«

Prinz sagte nichts.

»Wie auch immer«, fuhr Pit fort, »Gedanken mache ich mir eher darüber, wer sein Auftraggeber ist. Könnte ja jemand sein, der veranlassen kann, dass man mir die Läden dichtmacht.«

Prinz sagte nichts. Pit hatte dieselben Schlussfolgerungen gezogen wie er selbst: Jemand aus Politik, Justiz oder Polizei.

»Wie wär's denn«, sagte Pit nach einer Pause, »mit Erich? Der hält die Klappe.«

»Ist das dein Ernst? Wie alt ist der inzwischen?«

»Mitte fünfzig. Na und? Er ist gut, er ist nicht so blöd wie die jungen Spinner, er hat Zeit und braucht Geld. Ihr kennt euch, auf ihn kannst du dich verlassen.«

Prinz zögerte. Das war nicht das, was er im Sinn gehabt hatte. Und bloß einer. »Na schön. Gib ihm ein schnelles Motorrad und ein Handy und sorg dafür, dass niemand sonst die Nummer hat und er immer erreichbar ist, nicht damit rumtelefoniert. Und nachts nicht besoffen ist.«

»Klar. Was ist mit Feuerkraft?«

Prinz fühlte, wie seine Sorge schwand. »Tauchte bisher nicht auf, aber besser, er ist ausgerüstet. Wäre gut, wenn auch für uns was bereitliegt. Nur für den Fall.«

ACHT

Kurz nach neun Uhr morgens scherte der Bentley vor dem Landrat-Voepel-Seniorenstift in eine Parklücke. Desirée saß neben Prinz, und Ingrids Sohn Dirk, vor Energie und Kampfbereitschaft beinahe platzend, hinten.

»Was ist, wenn sie nicht da ist?«, fragte Desirée.

»Dann findet ihr jedenfalls schon mal raus, wo ihr Zimmer ist.«

»Eigentlich«, meinte Dirk, »kann uns da drin keiner dumm kommen, oder?«

»Kann man nicht wissen«, sagte Prinz vorsichtig. »Jemand könnte Desirée erkennen. Und dann könnten alle möglichen Dinge passieren.«

»Ah ja.« Dirk rieb sich erwartungsfroh die Hände.

Prinz grinste. »Sollte wirklich was passieren, haust du ab und rufst mich an, während er dir Luft verschafft.«

Desirée nickte und kontrollierte zum wiederholten Mal, dass Prinz' Handynummer auf ihrem Display stand und sie nur noch »Anruf« drücken musste. Dann stieg sie mit einem Ruck aus. Dirk folgte ihr. Prinz sah ihnen nach. Nichts passierte. Prinz legte sein Handy aufs Armaturenbrett und musterte die Autos auf dem Parkplatz für die Angestellten. Hauptsächlich Kleinwagen, ein paarmal untere Mittelklasse. Direkt neben dem Haupteingang stachen drei Wagen heraus, die nebeneinander standen: Ein silberner Honda Lexus und zwei dunkle Benz, S-Klasse. Die Chefs.

Prinz hatte nicht daran gedacht, ein paar von diesen kleinen GPS-Positionsmeldern mitzunehmen. Mist. Bis auf den Spaßflitzer der Frau hätten sie den Wagenpark dieses erstaunlichen Paares von jetzt an markiert haben können. Er schob den Gedanken beiseite und übte sich in Geduld.

Ein alter Mann mit Glatze, Vollbart und Brille hastete in einer seltsam krummen Haltung aus dem Gebäude und in den umgebenden Park, wo er hinter einem Baum verschwand. Prinz grinste in sich hinein und wartete gespannt auf suchend herausstürzende Schwestern und Pfleger. »Einer flog über das Kuckucksnest.«

Stattdessen fuhr ein Leichenwagen vor. Er hielt nicht vor dem Haupteingang, sondern am Ende des lang gezogenen Gebäudes. Pietät Dötenbier, schon wieder. Der Kerl lugte hinter dem Baum hervor. Zwei mittelalte Herren in schwarzen Anzügen stiegen aus und marschierten zu einem Lieferanteneingang. Bevor sie den erreicht hatten, öffnete Dieter Weirich dort die Tür. Zuerst kam Juliane Weirich heraus, dann ein von einer Schwester geschobenes Bett. Zuletzt erschien ein weiterer Mann, der einen Arztkoffer auf den Boden stellte und in Papieren blätterte.

Dieter Weirich redete auf die Sargträger ein und gestikulierte zur Straße hin. Die Sargträger hoben die Schultern. Der Typ hinter dem Baum beobachtete das Ganze.

Ein hellgrauer Passat raste den Mandelberg hoch und kam mit quietschenden Reifen hinter dem Leichenwagen zum Stehen. Siepmann und der Untergebene mit dem Beamtenschnäuzer stürzten heraus, und es entspann sich eine lebhafte Debatte. Prinz fiel die Digicam ein, die er von Ollie hatte, und er fotografierte alles.

Im Landrat-Voepel-Seniorenstift befand sich gleich links in der Eingangshalle eine großzügige Rezeption, die fast wie in einem Nobelhotel aussah. Und daneben hing eine Art Regal an der Wand, mit vielen kleinen Fächern, über denen Nummern und Namen standen. Die Postkästen. Desirée und Dirk traten davor.

Margarethe Voepel, 673. Einfacher als gedacht. Ganz oben.

Desirée scannte die übrigen Namen. Bingo. Richard Brandstädter, 659. Zwei Möllers, eine Brunhilde und eine Gisela. Kein anderer bekannter Name kam vor.

Sie steuerten die Fahrstühle an. Daneben war eine Treppe, und die kam ein alter Mann herunter, der es sehr eilig hatte. Seine Augen hinter dicken Brillengläsern huschten verwirrt umher, als er merkwürdig vornüber und zu einer Seite gebeugt an ihnen vorbeihastete. Glatze, grauer Vollbart.

Gerade als Desirée und Dirk einen der wartenden Fahrstühle

betreten wollten, schlossen sich die Türen vor ihnen. Sie gingen zum nächsten, als ein anderer Fahrstuhl ankam und Dieter und Juliane Weirich heraustraten und sich umsahen. Ihre Blicke glitten ohne Erkennen über Desirée hinweg, die den Atem anhielt. Sie verschwanden in einem langen Gang.

Hinter den Weirichs wurde ein Bett aus dem Fahrstuhl geschoben. Ein Mann schritt neben dem Bett her, in dem offenbar jemand lag, über dessen Kopf die Bettdecke gezogen war. Der Mann trug in der einen Hand einen Arztkoffer, in der anderen ein paar Papiere. Das Bett wurde von einer Schwester in Weiß schnell den Gang entlang hinter den Weirichs hergeschoben.

Desirée sah der Gruppe nach. Die Weirichs waren sehr attraktiv, für ein Paar um die sechzig. Die Frau hatte nahezu Idealfigur. Dem Mann sah man jahrzehntelanges gutes Leben ebenso an wie eine gewisse Rücksichtslosigkeit und Verschlagenheit, was alles durchaus attraktiv wirkte: Das ist einer, der kriegt, was er will. Der Faun.

Desirée und Dirk betraten den Fahrstuhl und fuhren in den sechsten Stock.

Oben stille Flure. Alle Türen geschlossen, niemand zu sehen. Sie fanden den Gang mit den Zimmern 650 bis 674. Vor einer Tür stand ein Pfleger mit verschränkten Armen, der beinahe genauso groß und kräftig war wie Dirk. Er musterte sie, als sie vorbeigingen. Die Tür war offen. Auch die Tür zu Zimmer 673, eine der beiden letzten des Ganges, war offen. Desirée linste hinein. Niemand da. Sie sah nach dem Namensschild. Sie waren ohne Zweifel richtig: Margarethe Voepel.

Dirk baute sich auch mit verschränkten Armen auf und blickte zu dem Pfleger, Desirée verdeckend. Die beiden starrten sich in die Augen.

Desirée rief: »Frau Voepel?« und machte einen zaghaften Schritt in das Zimmer. Es sah aus, als sei gerade jemand ausgezogen. Glatter Teppichboden mit einem hellen Rechteck, wo ein Vorleger gelegen hatte. Helle Rechtecke an den Wänden, wo Bilder gehangen hatten.

Dirk tippte Desirée auf die Schulter, und sie fuhr zusammen. »Was ist?«

»Der Kerl da will was von uns.«

Sie blickte in den Flur und sah den Pfleger sie mit dem Kopf heranwinken. »Ihr wollt zur Witwe unseres Namenspatrons?«

»Genau«, bestätigte Desirée und setzte ihr Lächeln auf, das fast immer wirkte.

Diesmal nicht. »Tut mir leid. Wenn ihr es nicht wisst, darf ich es nicht sagen.«

»Was nicht sagen?«

»Verwandte und Freunde sind informiert oder werden informiert.«

Desirée brauchte ihren Schreck nicht vorzutäuschen. »Um Gottes willen! Ist sie das, die wir unten …«

Der Pfleger rang sich ein Lächeln ab und deutete mit dem Daumen in das leere Zimmer. »Nein, keine Angst. Ihr geht's gut. Das war er hier, den ihr gesehen habt.«

Desirée sah auf das Schild neben der Tür. Richard Brandstädter, 659. Sie blickte an dem Pfleger vorbei in das Zimmer.

An der Wand neben dem Bett ein hingeschmiertes umgedrehtes Kreuz.

Plötzlich kamen Leute den Flur entlang. Dieter Weirich, Hauptkommissar Siepmann, gefolgt von Juliane Weirich und einem Typ mit einem Schnauzbart.

»Platz da!«, dröhnte Siepmann und schob Desirée unsanft aus dem Weg.

Der Jeep stand in einer Querstraße der Wilhelmshöher Allee. Ollie und Jörg saßen darin und beobachteten, wie der Bentley vor dem Haus der Kirche hielt. Kein Wagen folgte. Kein Motorradfahrer in Sicht. Ollie stieg aus und ging auf den Bentley zu, dem Prinz, Desirée und Dirk entstiegen. Jörg rutschte hinters Steuer.

Das Haus der Kirche, westlich des ICE-Bahnhofs Kassel-Wilhelmshöhe und ziemlich weit oben kurz vor Beginn der Parkanlagen gelegen, war ein wuchtiger Glaskasten in seltsamem Grün. Auf einer farbigen Stofffläche hing die »Jahreslosung: Gott spricht: Ich lasse dich nicht fallen und verlasse dich nicht. Josua,1,5b«. Der Landesbischof von Kurhessen und Waldeck hatte hier seinen Sitz.

Prinz blickte hoch zum Schloss und zum Herkules, dann Ollie entgegen. Desirée lehnte am Wagen. Ollie stoppte mitten im Schritt.

»Was ist los?«

»Der Nächste«, sagte Prinz.

»Die Witwe?«

»Brandstädter. Wohnte auch da. Das umgedrehte Kreuz neben seinem Bett.«

»Und die Witwe?«

»Verschwunden. Überstürzt ausgezogen, meint Desirée. Vielleicht haben sie sie in Sicherheit gebracht.«

»Die Weirichs?«

»Wer sonst? Wart ihr bei Slobodan?«

»Klar.« Ollie gab Prinz einen Satz Schlüssel. »Er versichert, sie müssten passen.«

Prinz steckte die Schlüssel ein und warf Dirk den Autoschlüssel zu. »Dann lasst uns mal hören, was die Tochter des Pfarrers über diesen Okku-Mist zu sagen hat.«

In der Empfangshalle des Hauses der Kirche stand eine Skulptur aus hellem Holz: ein Bursche mit langen Haaren und Vollbart in einem wallenden fußlangen Gewand, sitzend, Handflächen nach oben. »Ernst Barlach, Lehrender Christus«, laut Plakette. Sonst alles schlicht, schmucklos. Zwei freundliche Damen am Empfang.

Die Tochter von Pfarrer Bestwig und Schwiegertochter von Dr. Marquardt war braungebrannt, groß und schlank, hatte langes, glattes weißblondes Haar mit Pony und Mittelscheitel und trug ein unauffälliges Sommerkleid. Vielleicht Mitte vierzig, aber das Alter meinte es gut mit ihr. Freundliche Augen, selbstsicherer Händedruck.

»Das ist ja eine tolle Geschichte, die mein Vater erzählt. Nehmen Sie Platz.«

Ihr Büro war klein und mit viel Grünzeug ausgestattet. Offenbar hatte sie weder eine Sekretärin noch sonstige Mitarbeiter. Ein mit Papierkram überladener Schreibtisch, eine Besprechungsecke mit Chromstühlen um einen runden Glastisch, darauf eine Thermoskanne und drei Kaffeetassen.

»Einer mehr als erwartet. Augenblick.« Sie rauschte hinaus.

Eine ganze Regalwand voll mit Aktenordnern. Die gegenüberliegende Wand weiß, mit einem Kreuz und bunten Chagall-Drucken, die religiöse Szenen darstellten. Eine Tür führte in einen weiteren Raum. Prinz erhob sich und linste hinein. Regalwände voller Bücher, alte dicke Lederrücken neben mehrbändigen Werken in Schubern und dünnen Taschenbüchern. Aus den meisten ragten gelbe Zettel.

Er trat zurück ins Büro, schritt an der Regalwand voller Aktenordner vorbei und überflog die Aufschriften. Er trat hinter den Schreibtisch und warf einen Blick auf die dort aufgestellten Fotos: zwei Mädchen, etwa zwischen zehn und zwölf, gesund und glücklich und blond. Außerdem ein älteres Schwarz-Weiß-Bild, das ein ernst blickendes Kleinkind zeigte, das Geschlecht noch nicht erkennbar.

Die Sektenbeauftragte kam mit einer vierten Tasse wieder herein, sah Prinz hinter ihrem Schreibtisch stehen und krauste für den Bruchteil einer Sekunde die Stirn, bevor sie sich setzte und die Beine übereinanderschlug, offenbar gar nicht registrierend, dass ein gebräunter Oberschenkel zur Hälfte zu sehen war.

Prinz setzte sich. Die Pfarrerin schenkte Kaffee ein und blickte in die Runde. Desirée war noch immer blass und biss einen Strich in ihre Unterlippe.

»Gibt es etwas Neues, das ich wissen sollte?«

Prinz musterte die Pfarrerin. »Kannten Sie Richard Brandstädter?«

»Natürlich. Früher mal Bürgermeister von Fuldatal. Ging bei uns im Pfarrhaus ein und aus.« Sie setzte die Kaffeetasse ab. »Kannten?«

Prinz erzählte, was passiert war. Pfarrerin Marquardt senkte den Blick.

»Ich hatte diese Angelegenheit ursprünglich, nun ja, mit einem gewissen Amüsement betrachtet«, sagte sie mit belegter Stimme.

Prinz reichte ihr die Kopie des Spiegel-Artikels und erwähnte den Einbruch bei Desirée. Pfarrerin Marquardt las aufmerksam.

»Schmelting kenne ich auch. Der kam früher manchmal vorbei und führte heftige religiöse Debatten mit meinem Vater. Von diesem … dieser Sache da wusste ich nichts.«

»Wie es aussieht, ist jemand unterwegs und bringt Leute um und schmiert umgedrehte Kreuze an Wände.« Prinz lächelte. »Leider wissen wir gar nichts über die Hintergründe von alledem. Inzwischen haben wir herausgefunden, dass schon damals, vor siebenundzwanzig Jahren, umgedrehte Kreuze auftauchten. Jemand hat sie nach den Morden in die Rinden der Bäume auf dem Mandelberg geschnitzt.«

Pfarrerin Marquardt lehnte sich zurück. »Das waren wir.«

»Bitte?«

Sie wirkte plötzlich verlegen, wurde sogar etwas rot. »Ich war damals sechzehn und in einer Phase, wo ich den Glauben an sich und den Beruf meines Vaters im Besonderen in Frage stellte. Das führte fast zwangsläufig zu gewissen morbiden Interessen. Nun ja, das ist nichts Besonderes. Viele Teenager haben irgendwann so eine Phase, in der sie sich für okkulte Dinge interessieren, damals wie heute. Dieses Interesse wird immer mal wieder von der Populärkultur angeheizt. Nun ja. Die meisten Jugendlichen überwinden so etwas bald wieder …« Sie deutete über die Aktenordner. »Ich habe heute in der täglichen Arbeit eigentlich wenig mit Derartigem zu tun. Eher mit Scientology, Guru-Geschichten und Freikirchen.«

Desirée beugte sich vor. »Aber Sie waren das? Ihre Clique?«

»Tja.«

»Warum?«

Pfarrerin Marquardt nickte mit einem wegwerfenden Gesichtsausdruck. »Dumme Bildungsbürgerkinder, die sich für schrecklich schlau hielten. Das waren wir. Und den Bauern- und Arbeiterkindern, die wir noch aus der Grundschule kannten, hielten wir uns für wahnsinnig überlegen. Über die Morde am Mandelberg waren alle möglichen Gerüchte in Umlauf. Dass der Mörder vom Teufel besessen sei. Die Bauernjungs zündeten eines Nachts diese Holzhütte neben dem Haus an. Und wir, wir schlichen in einer Vollmondnacht durch den Wald, schnitzten umgedrehte Kreuze und genossen den wohligen Schauer. Hinterher waren wir furchtbar enttäuscht, weil das anscheinend von gar keinem bemerkt worden ist. Wir hatten auf wilde Spekulationen in der Zeitung gehofft.« Sie hob die Brauen und seufzte. »Nun ja, Kinderkram. Das Haus der Hornbachs stand noch jahrelang leer da rum, und für die nächsten Kindergenerationen ist es immer das Spukhaus gewesen. Heute ist an der Stelle ein Kreuz mit einer Gedenktafel, und es wird Sie nicht überraschen, dass dieses Kreuz in regelmäßigen Abständen ausgerissen und umgedreht wieder hingestellt wird.«

Desirée wich einem Blick ihres Vaters aus. Davon hatte sie nichts gewusst.

»Also, Sie wollen etwas über die Hintergründe wissen.«

Pfarrerin Marquardt referierte länger über die Bedeutung des Kreuzes als Symbol der Überwindung des Todes, des umgedrehten Kreuzes als Umkehrung davon, als Symbol für den Sieg des Todes über das Leben, des Widersachers, Satan, über Gott, des Versuchers, Diabolus, über die Tugend.

Prinz unterbrach. »Zwei Menschen sind tot, die uns vielleicht etwas über die Hintergründe der damaligen Morde hätten verraten können. Sie starben jeweils in der Nacht, bevor wir sie aufsuchen wollten. Bei beiden das umgedrehte Kreuz an der Wand. Dann der Hinweis auf diesen Orden. Halten Sie es für möglich –«

»Dass Sie es mit Mitgliedern dieses okkulten Ordens zu tun haben?«, unterbrach ihn die Pfarrerin ihrerseits. »Die Ihnen signalisieren, dass sie Ihnen immer einen Schritt voraus sind. Ich würde so etwas, nun ja, nicht mehr völlig ausschließen.«

Sie bemerkte, dass Ollie durch die getönte, aber durchsichtige Glasscheibe des Tisches den Blick nicht von ihrem Schenkel lassen konnte. Sie lächelte ihn freundlich an, ohne ihre Haltung zu verändern oder das Kleid zurechtzuziehen. Ollie räusperte sich, nahm die Brille ab, blickte mit kurzsichtigen Augen nach oben.

»Gibt es diesen Orden hier in der Gegend?«, fragte Prinz.

»Davon habe ich nie gehört. Hier sind überhaupt keine Orden bekannt.«

Prinz sah Ollie an. »Überhaupt keine?«

»Was ist mit Motorradclubs?«, fragte Desirée.

»Das ist, soweit ich weiß, Vergangenheit. Die Hells Angels gibt es natürlich noch, aber bei denen dienen die teuflischen Symbole eigentlich nur als –« Pfarrerin Marquardt hielt inne. »Warten Sie mal. Damals, zur Zeit der Morde am Mandelberg, gab es hier in der Gegend so eine Art Ableger oder Nachahmer. Devil's Demons, sehr einfallsreich. Da war einer der Brennecke-Jungs Mitglied ...«

»Willi«, sagte Desirée.

»Genau. Willi Brennecke. Der Schrecken von Simmershausen. Eigentlich bloß ein dürrer Hänfterling, der sich allein nie traute, sich mit den anderen Bauernburschen anzulegen. Aber manchmal tauchte er mit einem ganzen Schwarm Muskelprotze in schwarzem Leder in den Dorfkneipen auf, und dann röhrten die nachts auf schweren Maschinen die Straßen rauf und runter, natürlich auch an der Kirche und am Pfarrhaus vorbei. Die Devil's Demons trugen ein umgedrehtes weißes Kreuz auf dem Rücken ihrer Lederjacken ...« Sie wandte sich Prinz zu. »Dass er den Mandelberg als Erster gekauft und gleich wieder verkauft hat, wissen Sie ja schon. Den elterlichen Hof hat er auch verkauft, und seitdem hat ihn niemand mehr zu Gesicht gekriegt. Ich habe keine Ahnung, was aus ihm geworden ist.«

»Er hatte«, sagte Desirée, »einen Bruder, Horst.«

»Stimmt. Der Horst war ganz anders. Ging in der Stadt auf ein Gymnasium und hat dann studiert. Gesehen habe ich den aber auch nie wieder. Es gab auch noch eine Schwester, Ute. Was aus der geworden ist, weiß ich auch nicht.«

»Dieser Orden«, sagte Prinz. »Könnte es Verbindungen zwischen dem Motorradclub und dem Orden gegeben haben?«

»Davon ist mir nichts bekannt. Das sind ganz unterschiedliche Kulturkreise.«

»Was ist Ihnen denn bekannt?«

Sie zog die Brauen zusammen. Dann räusperte sie sich. »Gute Frage. Manchmal bekomme ich Anfragen von besorgten Eltern. Manchmal ruft mich die Polizei zu einer Stelle im Wald oder auf einen Friedhof, wo offenbar irgendwelche Rituale veranstaltet worden sind. Es dürfte sich fast immer um Teenager in einer okkulten Phase handeln, so wie wir damals. Vieles ist auch Einbildung: Kürzlich rief mich eine Schulpsychologin an, bei der sich eine Dreizehnjährige offenbart hatte, sie sei von einem der bekanntesten deutschen Satanisten missbraucht worden, über den sie irgendwo etwas gelesen hatte. Allerdings sitzt der Mann zurzeit im Gefängnis. Meines Wissens gibt es ein paar der üblichen, unorganisierten Gruftis und Fans dieser finsteren Rollenspiele, bei denen viel Zeug über die ›Lust am Bösen‹ kursiert. Besonders auffällig ist ein Mensch, der sich nach einer alten Rockband ›Judas Priest‹ nennt und der einige Anhänger um sich geschart haben soll. Die fahren mit einem schwarzen Mini Cooper herum, den man manchmal in der Stadt sieht.«

Ollie furchte die Stirn, als versuche er erfolglos, sich an etwas zu erinnern.

»Haben Sie am Sonntag den EXTRA TIP gelesen?«, fragte Desirée.

Die Pfarrerin nickte. »Die Eltern waren letzte Woche hier. Das ist wirklich beunruhigend. Der junge Mann verschwand an Fronleichnam, das Satanisten, wie viele andere Feiertage auch, als Umkehrung des eigentlichen christlichen Festes feiern. Er ließ seine EC-Karte und auch sonst alles zurück und hinterließ eine Art Testament, in dem er seine Wertsachen seinen Eltern vermacht. Er hätte einen Auftrag seines wahren Herrn bekommen. Die Polizei sucht nach ihm, bis jetzt ohne Ergebnis. Gut, dass sein Bild auch in der Zeitung war.«

Desirée sah Prinz an. »Gehört Patrick A. vielleicht zu den Anhängern von diesem ›Judas Priest‹?«

»Der Gedanke ist mir auch gekommen. Ich habe versucht, diesen Menschen zu erreichen, leider ohne Erfolg.«

»Der ist auch verschwunden?«

»Das weiß ich nicht. Seine Wohnung gibt es noch. Ich habe ihn nur nicht erreicht.«

Prinz räusperte sich. »Wie heißen die beiden Leute wirklich, und wo wohnen sie?«

Pfarrerin Marquardt runzelte die Stirn. »Das darf ich Ihnen nicht sagen. Sie sind keine Anverwandten, nicht mal Freunde.

Keiner von beiden hat bis jetzt ein Verbrechen begangen, von dem ich Kenntnis habe. Selbst wenn, dürfte ich ihre persönlichen Daten nur der Polizei mitteilen, nicht Ihnen.«

Prinz wechselte einen Blick mit Desirée, dann das Thema. »Was hat es denn mit diesem Orden auf sich?«

»Der O.T.O. ist ein eingetragener Verein und gilt nicht als kriminell. Natürlich gibt es dauernd Abspaltungen, von denen keiner weiß, was sie womöglich anrichten können. Der Name ist meines Wissens nicht geschützt. Nennen kann sich jeder so.«

Pfarrerin Marquardt überlegte einen Moment. Dann verschwand sie in ihrer kleinen Bibliothek nebenan, kramte eine Weile herum und erschien wieder, ein dünnes schwarzes Taschenbuch in der Hand, aus dem einige gelbe Zettel ragten.

»Der Ordo Templi Orientis«, sagte sie, setzte sich und blätterte; diesmal hatte sie mit einer unauffälligen Bewegung das Kleid über die Knie gezogen, »ist vermutlich der älteste noch existierende satanische Orden weltweit. Ziel ist das Erleben der eigenen Göttlichkeit mit Hilfe Satans, Gottes Widersacher.« Sie blätterte um. »Er wurde von 1922 bis 1947 von dem berühmten Aleister Crowley geleitet, der die Aktivitäten nach Kalifornien verlagerte, nachdem seine Abtei Thelema in Cefalu auf Sizilien ...«

Sie blickte auf und in verständnislose Gesichter. »Entschuldigung«, sagte sie und lächelte. »Sie erwähnten, dass Sie gar nichts über diese Dinge wissen. Der O.T.O. sieht sich in der Nachfolge der Templer. Darauf weist schon der Name hin: ›Orden des östlichen Tempels‹.« Sie blätterte. »Aleister Crowley hatte mit knapp dreißig in Kairo ein ›mystisches Erlebnis‹: Ihm erschien Satan in einer Inkarnation namens ›Aiwaz‹, was offenbar arabisch ist, und diktierte ihm ein Buch. Im Mittelpunkt steht ›Thelema‹, auf Altgriechisch ›Wille‹, gemeint ist der freie Wille, und der Schlüsselsatz lautet schlicht: Tu was du willst, sei das ganze Gesetz. Die Macht zur absoluten Freiheit mit Hilfe Satans und seiner Dämonen zu erlangen, darum geht es. Dazu müssen die Adepten, also die neuen Mitglieder, die noch keine Grade erlangt haben, zunächst sich selbst überwinden.«

»Haben Sie«, fragte Desirée, »dieses Buch da?«

»Es steht drüben in meiner Bibliothek.« Pfarrerin Marquardt sah sie lange an. Dann las sie aus dem schwarzen Buch vor: »›Aussteiger berichten von sexuellem Missbrauch in allen vorstellbaren Formen, von Ekeltraining wie dem Trinken von Urin und dem Essen von Kot sowie von Selbstverstümmelungen.‹« Sie klappte das Buch zu. »Es ist klar, worum es eigentlich geht, nicht wahr? Um Macht: Die Macht, Menschen Dinge tun zu lassen, die sie von sich aus niemals tun würden …«

Der mittägliche Verkehr auf der A 44 war dünn, Prinz raste mit etwa zweihundert Stundenkilometern auf der linken Spur Richtung Ruhrgebiet und musste nur gelegentlich hinter überholenden Lastern abbremsen. Sie wollten sich das Haus dieses Dr. Horst Brennecke in Essen ansehen, um herauszufinden, wo er abgeblieben sein könnte, seit sein Telefonanschluss im März abgemeldet worden war.

Kristallklare Luft. Die finsteren Dinge, die sie gerade erfahren hatten, schienen unvorstellbar.

Sie hatten Desirée bei der Pfarrerin gelassen, die sich in deren kleiner Bibliothek durch die Literatur zum Thema wühlen wollte. Jörg und Dirk, die nun zusammen im Jeep vor dem Haus der Kirche hockten, waren nicht begeistert gewesen.

»Wenn du jemand dazu bringen kannst«, sagte Ollie, »Pisse zu saufen und Scheiße zu fressen, dann bringst du ihn auch dazu, Leute umzubringen.«

»Hmhm.«

»Wer weiß, was da vorgeht, in Schmeltings verriegeltem Haus, wo Siepmann neulich war. Vielleicht sollten wir da mal einsteigen.«

Prinz schüttelte den Kopf. »Ich will nicht gleich was Illegales machen, bloß wegen vagen Vermutungen. Aber wir sollten feststellen, wer da alles kommt und geht.«

»Minikameras«, sagte Ollie. »In den Bäumen.«

»Fällt so was nicht auf?«

»Erinnerst du dich an die spektakulären Bilder von der Tour de France letztes Jahr? Das waren Kameras, die man bei einigen Fahrern vorn an die Lenker geklebt hatte. Nicht größer als ein

Bleistiftanspitzer. Mikros gibt es heute, die sind kleiner als ein Stecknadelkopf. Das Problem ist nicht die Größe, sondern die Stromversorgung. Ich verstecke halt ein paar Batterien unten im Laub.«

Prinz' Handy fiepte. Pit Sabatka teilte mit, dass Dieter Weirich unbedingt und dringend mit ihm in Kontakt kommen wollte. Prinz sagte, er stünde erst ab morgen Mittag zur Verfügung.

»Kann das mit dem toten Brandstädter zu tun haben?«, meinte Ollie.

»Wahrscheinlich«, sagte Prinz. »Ich bin gespannt, womit er jetzt rausrückt.«

Nach dem Werler Kreuz wurde der Verkehr dichter, durch die aneinandergeketteten Großstädte an der Ruhr steckten sie im Stau. Der Essener Süden war eine ruhige, noble Gegend mit viel Wald. Der Wacholderweg ein schmales Sträßchen, das an dichten, bergigen Wald grenzte. Nummer 57, das vorletzte Haus vor dem Waldrand. Das Haus war verlassen. Im Vorgarten stand ein »Zu Verkaufen«-Schild mit einer Telefonnummer. Sie stiegen aus.

»Deshalb ist das Telefon abgemeldet«, sagte Ollie. Er steckte eine Zigarette an.

»Erst mal sehen«, sagte Prinz. Das Haus war ein zweistöckiger quadratischer brauner Kasten mit ein paar Säulen an der Vorderseite. Prinz und Ollie betraten das Grundstück durch ein quietschendes Tor und lugten durch die Fenster hinein. Leer. Weiße Wände, kahle Fußböden. Drei Klingeln mit verwitterten Namensschildern: Gundula und Horst Brennecke, darüber Willi Brennecke, oben Florian Brennecke.

Als Prinz zurücksah, bemerkte er im gegenüberliegenden Haus eine Frau, die im ersten Stock aus einem Fenster lehnte. Er setzte ein Lächeln auf und rief: »Hallo!«

Die Frau erwiderte den Gruß. Um die dreißig, dunkelblonde Locken, offenbar recht stämmig, aber ein freundliches Gesicht. Das Haus war schmal und alt, mit Erkern und Jugendstilverzierungen. Die übrigen Häuser sahen ähnlich aus.

»Steht das Haus da schon lange leer?«

»Seit dem Winter. Wollen Sie es kaufen?«

»Wir suchen jedenfalls.«

Die Frau nickte und lächelte. »In unserer Straße hier wären alle froh, wenn da wieder jemand einzieht. Sieht aber ein bisschen aus wie Reichsparteitag, oder?«

Prinz lächelte sie an. »Gibt's denn Probleme mit dem leeren Haus?«

»Wie überall. Obdachlose. Hinten ist offen. Die Kinder stromern auch manchmal durch. Dürfen sie nicht, aber verhindern Sie das mal.«

»Wer hat denn da früher drin gewohnt?«

»Ein Arzt mit seiner Familie. Sie sind nicht von hier, oder?«

»Nein, wir wollen hier ein Büro aufmachen. Soll ein bisschen repräsentativ sein.«

»Dafür ist das doch ideal, mit den Säulen und allem.«

»Genau das denken wir auch. Was ist mit dem Arzt passiert?«

Eifriges Nicken, während das Lächeln verschwand. »Der Dr. Brennecke war fast 'ne Berühmtheit. Hat sogar mal was im Fernsehen gesagt, über Leukämie und die Müllverbrennungsanlage oben in Karnap. Manche sagen, deshalb.« Ihre Stimme wurde leiser, und Prinz trat näher. »Die Müllmafia, Sie verstehen? Tragischer Unfall, sagt die Polizei.« Die Frau blickte nach links und rechts, legte tatsächlich eine Hand an den Mund und begann zu wispern. »Aber kurz vorher ist schon sein Bruder gestorben, der auch da wohnte. Und danach ist der Sohn verschwunden, der Florian, und keiner weiß, wo er geblieben ist. Wenn's die Müllmafia war, dann steckt die Polizei vielleicht mit drin, Sie verstehen?«

NEUN

An der Straße bei den wilhelminischen Klötzen der Essener Gerichte und des Polizeipräsidiums drängelten sich die Anwaltskanzleien. Einige nahmen ganze Häuser ein. Die von Jürgen Berke war bedeutend bescheidener. Es hatte Prinz nur zwei Telefonate gekostet, um über die Immobilienfirma zum treuhänderischen Verwalter des Brennecke-Vermögens zu kommen.

Berke war ein bulliger Typ mit einem kantigen Gesicht, vielleicht Mitte fünfzig. Er trug einen unauffälligen Geschäftsanzug. Er sank in einen Chefsessel hinter einem Schreibtisch, auf dem, anders als bei Andreas, penible Ordnung herrschte.

»Aus Kassel«, sagte er und musterte die beiden Gestalten in den Stühlen vor dem Schreibtisch. Beide trugen Turnschuhe, Prinz eine Stoffhose und ein Poloshirt, Ollie Jeans, ein großkariertes Hemd und darüber eine ärmellose Weste, in deren Taschen zahllose Geräte steckten. »Irgendetwas sagt mir, dass Sie an dem Haus nicht das geringste Interesse haben, richtig?«

Eine Sekretärin kam mit dem unvermeidlichen Kaffee, verschwand wieder. Prinz lächelte höflich und wartete ab. Keiner von beiden rührte den Kaffee an.

Berke schlürfte Kaffee, blickte über die Tasse von einem zum anderen, grinste. »Sie haben eine Minute, um mir zu verraten, wieso ich mit Ihnen Zeit verbringen soll.«

Keiner von beiden rührte sich oder sagte etwas oder ließ den Vermögensverwalter aus den Augen. Berkes linker Mundwinkel zuckte; dann lehnte er sich zurück. Die Minute verging. Berke hob eine Schulter und wollte aufstehen.

»Vor dreiundzwanzig Jahren«, sagte Prinz leise, »hat Willi Brennecke ein Grundstück gekauft.« Berke sank zurück in den Sessel und beugte sich vor. Prinz erzählte den Rest.

Berke erhob sich, steckte beide Hände in die Hosentaschen und ging auf und ab.

»Sie vertreten diesen Burschen, der für die Morde gesessen hat, richtig?«, fragte er.

»Richtig.«

»Haben Sie einen Rechtsbeistand?«

»Selbstverständlich.« Prinz ratterte Andreas' Namen, Adresse und Telefonnummer herunter.

Berke blieb stehen und sah aus einem Fenster auf die gegenüberliegende Häuserfront. »War mal Minister in Hessen, richtig?«

»Sein Vater, Herbert Viehmann.«

»Sie beide haben gesessen«, sagte Berke, mit dem Rücken zu ihnen. »Kennen den Burschen aus dem Knast, richtig?« Prinz sagte nichts. Ollie sah ihn an, blies eine Wange auf und hob die Brauen. »Sehen Sie das weiße Haus da gegenüber?«

Prinz stand auf, betrachtete die weiße Fassade in einer lückenlosen Häuserreihe.

»Die CDU-Kanzlei hier«, erklärte Berke. »Der augenblickliche Kanzleramtsminister und frühere Generalsekretär ist einer der Partner. Haben den Kohl verteidigt, damals in der Parteispendenaffäre. Die Sozi-Sachen erledigt die alte Heinemann-Kanzlei, ein paar Häuser die Straße runter. Söhne des früheren Bundespräsidenten. Da wimmelt es von ehemaligen Ministern, Land und Bund. Wir treffen uns immer bei dem Italiener an der Ecke da.«

»Nett«, kommentierte Prinz.

Berke plusterte den Brustkorb auf und sah auf ihn herab. »Ich sag Ihnen was. Sie beide verschwinden jetzt für zwei Stunden oder so. Ich telefoniere ein bisschen rum. Wenn Sie sind, wer Sie behaupten zu sein, reden wir.«

»Gute Idee«, sagte Prinz, nickte Ollie zu, der sich erhob. »Bis dann.«

Draußen gingen sie auf die andere Straßenseite und lasen die Namen von fast einem Dutzend Anwälten und Notaren. Darunter tatsächlich der Name des beinahe jeden Tag in den Nachrichten auftauchenden Kanzleramtsministers.

Außerdem war da ein Anwalt namens Frank Marvin Hermes aufgeführt. Hermes, der Götterbote. Ein Anwalt. Derwars hatte einen gezielten Hinweis platziert.

Kurz nach vier Uhr nachmittags kam Desirée zusammen mit der Pfarrerin aus dem Haus der Kirche. Sie stiegen in einen Ford Ka. Der Kleinwagen fuhr Richtung Innenstadt. Der Jeep folgte mit einigen Wagen Abstand. Aus der Einfahrt zum Landesstudio des Hessischen Rundfunks weiter oben tauchte der schwarze Mini Cooper mit den üblichen vier Insassen auf und folgte dem Jeep.

»Er ist Ihr Vater, nicht wahr?«, fragte Pfarrerin Marquardt.

Desirée hatte gerade im Seitenspiegel das Dach des Jeeps hinter anderen Wagen entdeckt. »Bitte?«

»Ich habe selbst zwei Töchter, die einen etwas, nun ja, schwierigen Vater haben. Sie werden ihn ja gleich kennenlernen.« Die Pfarrerin lächelte sie freundlich an. »*Mein* Vater hat mir ein bisschen was über seinen Hintergrund erzählt.«

Desirée drehte den Spieß um. »Und wie ist Ihr Vater?«

»Dominant. Und meine Mutter klein und harmlos.« Ein Seitenblick. »Sie ist völlig abhängig von ihm. Ich glaube nicht, dass er sie noch liebt. Aber er war, nun ja, der Pfarrer. Sein Leben war immer … draußen. In der Gemeinde.«

»Und Sie haben denselben Beruf ergriffen.«

Die Pfarrerin lachte. »Ich habe keinen Pfarrer geheiratet, sondern mein Mann hat das getan. Nein, im Ernst: Ich habe halt herausgefunden, dass es mir unmöglich ist, nicht zu glauben. Was immer das rationale Hirn zu sagen hat, ich kann einfach nicht nicht glauben.« Erneutes Lachen. »Ich bin mir gar nicht sicher, ob es ihm genauso geht. Die Unmöglichkeit, nicht zu glauben, meine ich. Er gehört ja noch zur alten Schule. Immer einen passenden Bibelspruch parat. Sie würden sich wundern, wie viele Theologen sich in Exegese und Theorie verlieren, ohne wirklich zu glauben.«

Desirée fragte sich mit leichtem Unbehagen, ob sie als seelischer Mülleimer dienen sollte. Kurz vor dem Brüder-Grimm-Platz bog Pfarrerin Marquardt ab in eine ansteigende Seitenstraße und hielt vor einem weißen Bungalow. Desirée fiel plötzlich ein, dass das Landratsamt um die Ecke war, in dem früher Landrat Voepel herrschte und nun sein aktueller Nachfolger residierte, der mit der in Nordhessen üblichen sechzig Prozent-Mehrheit gewählt worden war – eine Woche nach dem Desaster der letzten Landtagswahl. Eine Straße weiter befand sich die SPD-Zentrale. Der Jeep fuhr vorbei. Die Schnauze des schwarzen Mini tauchte aus einer Querstraße auf.

Pfarrerin Marquardt kramte nach dem Hausschlüssel. Hinter der Tür war das Hecheln und Kratzen eines Hundes zu hören. Sie schloss auf, und ein großer gelber Hund stürzte nach draußen, stellte sich auf die Hinterbeine und leckte ihre Hände.

»Ist ja gut, Isadora! Nicht springen!« Der Hund, ein Mischling aus Schäferhund und irgendwas anderem, hörte nicht, sondern sprang an Desirée hoch, schnupperte und leckte und jaulte vor Freude. »Nicht springen! Aus! Aus! Körbchen!«

Der Hund ließ von Desirée ab und rannte im Flur hin und her. Desirée schluckte und folgte etwas beklommen, als die Pfarrerin durch den Flur schritt und »Heiko!« rief.

Der Bungalow war hell und freundlich und stand oben am Hang des Weinbergs. Skandinavische Möbel, Regalwände voller Bücher, jede Menge gerahmte Ausstellungsplakate, hauptsächlich Antikes, Ägypten, Troja, Ephesos, Pompeji. In einem der Regale standen Fotos vor den Buchrücken. Die Pfarrerin als junges Mädchen mit ihrem Bruder, ihre Eltern, zwei Mädchen, das Schwarz-Weiß-Foto eines ernsten Kindes. Die Eltern des Mannes waren nicht vertreten.

»Wer ist das?« Desirée zeigte auf das Kind.

»Silke.« Ernst und nachdenklich betrachtete Pfarrerin Marquardt das alte Foto. »Meine kleine Schwester. Sie hatte Leukämie. Es war furchtbar. Besonders für meine Mutter. Mein Vater hat … Na, egal. Heiko! Wo bleibst du denn?«

Desirée drehte sich um. Panoramafenster mit einem schönen Blick auf die roten Dächer der Südstadt und die Karlsaue. Sie hörte, wie sich jemand schnaufend aus dem Untergeschoss hochkämpfte. Isadora sprang in den Flur, ließ sich die Brust kraulen, tapste dann hinter dem Mann ins Wohnzimmer. Frauchen und Desirée waren vergessen. Der Gatte war ihr Herr und Meister.

Ein Bär von einem Mann mit dicken Brillengläsern. An die zwei Meter groß, überall dick, ohne einen Bauch zu haben, dunkelbraunes dichtes Haar, nicht nur auf dem Kopf, sondern auch auf den Unterarmen, den Hand- und Fingerrücken seiner enormen Pranken. Der Vollbart schaffte es weder, eine unverkennbare Ähnlichkeit mit Dr. Marquardt noch verblüffend dicke Lippen zu verbergen.

Der Riese bemerkte, dass Desirée ihn anstarrte, hob beide Klauen und grunzte furchterregend. Desirée stellte sich vor, dass er am ganzen Körper so behaart war.

»Du mich nicht reizen, ich dir nichts tun«, grollte der Gatte mit gefletschten Zähnen. Plötzlich wurde daraus ein breites Lächeln, er verbeugte sich mit gesenktem Kopf. »Friede«, sagte er. »Willkommen. Wie war Ihr Ausflug zu den Zeugnissen des Bösen, das meine Frau qua Amt zu bekämpfen berufen ist?«

Desirée lachte und schüttelte die Hand, in der ihre verschwand. Ganz weich, stellte sie fest. »Verwirrend. Verworren. Aber wenn man solches Zeug liest …«

»Ja«, sagte seine Frau, »deshalb bin ich froh, dass Sie mitgekommen sind.«

»Nach einer Weile fühlt man sich fast, als sei man selbst vom Teufel besessen.«

Der Mann glotzte wieder furchterregend und hackte mit seiner Pranke Kreuze in die Luft. »Ich machen große Exorzismus. Du hinterher vielleicht tot, aber reine Seele.«

»Er kann keiner Fliege was zuleide tun«, beruhigte sie die Pfarrerin.

Wie zum Beweis setzte sich eine auf seinen behaarten Unterarm. Heiko Marquardt betrachtete sie mit Interesse. »Du sicher bei mir«, erklärte er der Fliege.

»Hör jetzt auf mit dem Unsinn«, befahl seine Frau. »Wo sind die Mädchen?«

»Mit einem Haufen anderer schnatternder Gören am Bugasee.«

Seine Frau sah auf ihre Uhr; beschloss, dass es noch zu früh zum Sorgenmachen sei. »Setzt euch. Was zu trinken?«

»Hau ab«, sagte er zu der Fliege, schüttelte den Arm, und die Fliege haute ab, machte aber den Fehler, zu tief zu fliegen.

Isadora schnappte nach ihr und erwischte sie beim dritten Versuch.

»Nicht, Isa …«, sagte der Mann. »Ein Leben weniger auf diesem Erdenrund.«

Pfarrerin Marquardt brachte drei Gläser mit Limonade. »Wir sind Vegetarier.«

Desirée konnte nicht widerstehen. »Der Hund auch?«

Heiko Marquardt brach in ein angenehm kollerndes Lachen aus. Die Pfarrerin lächelte. »Sie werden lachen, es gibt vegetarisches Hundefutter, und das kriegt unsere Isadora.« Die Hündin hob den Kopf und sah sie an, als sie ihren Namen hörte. »Deshalb ist ihr Sozialverhalten so vorbildlich.«

»Sie hat den Nagel auf den Kopf getroffen!« Ihr Mann strahlte Desirée begeistert an. »Die Lämmer sollen bei den Löwen liegen. Wenn es einen Gott gibt, oder einen intelligenten Designer oder was immer, hat er gleich am Anfang Riesenmist gebaut. Als die erste Kreatur eine andere Kreatur tötete und fraß.«

Die Pfarrerin schien Einwände erheben zu wollen, überlegte es sich anders und wandte sich ihrem Mann zu. »Brandstädter ist tot.«

Heiko Marquardt nahm vorsichtig einen Schluck. »Erzähl.« Er hörte sich die Geschichte an. »Wie kann ich helfen?«

Die Pfarrerin schenkte ihrem Mann ein liebevolles Lächeln. »Frau Müller würde gern vom unerschöpflichen Quell deines Wissens schlürfen.« Desirée starrte sie an.

»Ah! Wunderbar!« Er hob sein Glas, klinkte an Desirées Glas und sagte: »Heiko.«

»Desirée. Halten Sie so was für möglich? Dass ein satanistischer Orden diese Morde begangen hat?«

»Wenn es um Religion geht, ist nichts unmöglich. Lehrt die Geschichte.«

»Das ist keine Religion«, sagte die Pfarrerin. »Ich hoffte, dein luzider Verstand könnte die finsteren Vorstellungen vertreiben, die sie sich gerade angelesen hat.«

»Ah ja. Natürlich.« Er strahlte Desirée an. »Luzifer, der Lichtbringer. Sie sollen nicht zu kurz kommen.«

Berke hatte die Hände hinterm Kopf und die Füße auf dem Tisch, als Prinz und Ollie vor seinem Schreibtisch Platz nahmen. Eine dicke Aktenmappe lag vor ihm.

»Prinz, der Planer, und Ollie, der Techniker«, sagte er. »Eindrucksvoll. Dieser Diamantengroßhändler vor sieben Jahren. Das wart ihr, richtig?« Prinz und Ollie sagten nichts. »Und jetzt, mit dem fetten Erbe im Rücken, zu Robin Hoods mutiert. Alter Knacker da bei euch in Kassel, früher mal der Leitende Oberstaatsanwalt gewesen. Netter Bursche. Verfolgt eure Nachforschungen ›mit dem größten Interesse‹. Kompliment, meine Herren.«

»Was anderes«, sagte Prinz. »Bestellen Sie bitte Herrn Anwalt Hermes in dem Haus gegenüber schöne Grüße von mir.«

»Kennen Sie den?«

»Er wird Bescheid wissen.«

Berke hob die Schultern. »Von mir aus.« Mit einer schwungvollen Bewegung setzte er die Füße auf den Boden, federte im Sessel nach oben und griff nach der Akte. »Also, das hier habe ich gerade aus dem Giftschrank bei mir zu Hause geholt.« Er schlug die Akte auf.

»Sie meinen«, sagte Prinz, »es war gar nicht die Müllmafia?«

»Was?« Berke vertrug es nicht, aus dem Konzept gebracht zu werden.

Prinz lächelte. »Das ist das Gerücht bei den Nachbarn.«

»Ach so.« Berke erwiderte das Lächeln. »Ja, kann ich mir vorstellen. Wegen Hottes Fernsehauftritt, als es um Leukämie bei Kindern ging, ein oder zwei Kilometer um diese Müllverbrennungsanlage rum. Irgendein emeritierter Professor auf einem Kreuzzug gegen die Industriegesellschaft wollte einen Zusammenhang nachweisen, und Hotte, der die Kinder behandelte, sagte im Fernsehen, so was wäre nicht völlig auszuschließen. Ist aber schon Jahre her. Nee, das ist Blödsinn.«

»Hotte. Sie kannten sich gut?«

Berke grinste. »Fußball. RWE. Nicht die Stromfritzen, Rot-Weiß Essen. Seit über zwanzig Jahren spielen wir in den verschiedenen Altherrenklassen zusammen, Hotte vorne Linksaußen, ich im Tor.« Er war unbewusst in die Gegenwartsform gefallen.

Prinz deutete auf die Akte. »Was haben Sie denn da alles?«

Berke hantierte mit Zetteln, die er aus der Akte holte. »Wenn's bei ihm ein rechtliches Problem gab, kam er zu mir, und wenn in meiner Familie ein Wehwehchen vorkam, ging ich zu ihm, klar? Er kam das erste Mal vor zwanzig Jahren oder so, weil der bescheuerte Willi bei ihm auf der Matte stand, mit dem ganzen Arsch voller Geld.«

»Warum war der bescheuert?«

»Halt ein Spinner. Motorräder und Verschwörungstheorien. Jedenfalls, jetzt war er also da, hatte Haus und Hof und den ganzen Mandelberg verkauft und über fünf Millionen alte Mark auf dem Konto und wollte nie wieder arbeiten.« Berke schüttelte den Kopf. »Aber der kleine Bruder sollte sich um die Kohle kümmern. So war die Beziehung zwischen den beiden. Hotte kam zu mir und wollte wissen, ob ihm rechtlich einer an den Wagen fahren könnte. Ich hab mir das also angeguckt. Der Deal war an sich sauber, klar? Das Problem war: Wo hatte Willi überhaupt die zweihundertfünfzigtausend her, mit denen er den Mandelberg gekauft hat?«

»Was hat er gesagt?«

»Nichts. Genauer, er hat gesagt, dass er das nicht sagen könnte. Faselte irgendwelches satanisches Zeug, und es wäre besser für Hotte und mich und unsere Frauen und Kinder, wenn wir nichts davon wüssten, ey, Alter, glaub mir. So redete der tatsächlich. Na ja. Damals war Geldwäsche noch nicht so 'n Thema wie heute. Ich hab was konstruiert, klar? Willi hat ein bisschen Steuern gezahlt, und keiner fragte, wo die zweihundertfünfzigtausend herkamen, und er war aus dem Schneider. Fast zwanzig Jahre lang passierte nichts.«

»Und dann?«, fragte Prinz.

»Und dann hatte Willi einen schweren Unfall, der ihn einen Arm kostete und ein Bein versteifte und vielleicht auch in seinem Gehirn irgendwas anrichtete. Zusätzlich zu den Macken, die er eh schon hatte. Willi war nämlich davon überzeugt, jemand wollte ihn umbringen, und der Unfall wäre ein erster Versuch gewesen.« Berkes Augen blitzten herausfordernd.

»Und?«, sagte Prinz. »War da was dran?«

»Nicht die Bohne. Er hatte etwa anderthalb Promille im Blut, war eindeutig der Unfallverursacher, und der andere Unfallbeteiligte, ein Pkw-Fahrer, hat den Notarzt und die Polizei gerufen und gewartet. Aber er und Florian – sagte ich schon, dass Onkel Willi seinen Neffen mit seinem Blödsinn angefixt hatte? Der Flo hatte plötzlich auch nur noch Motorräder und Verschwörungstheorien im Kopf – wollten sich das nicht ausreden lassen.«

»Hat einer von beiden gesagt, warum sie so etwas für möglich hielten?«

»Mir nicht. Wieder diese Nummer, wäre besser für mich. Zu der Zeit bin ich noch gar nicht darauf gekommen, dass das was mit Willis plötzlichem Reichtum zwanzig Jahre vorher zu tun haben könnte. Jetzt allerdings …« Berke blickte einige Minuten ins Leere. »Was zunächst passierte, war, dass Willi nur noch zu Hause rumlag und an der Flasche hing. Während der Flo das Studium schleifen ließ und dauernd mit seiner Maschine unterwegs war. Er studierte Medizin, nachdem er zwei Jahre beim Bund gewesen war. Tja. Und dann, letzten November, ist Willi plötzlich gestorben.«

»Und diesmal war was dran«, sagte Prinz. Es war keine Frage.

Desirée bemerkte, dass die Pfarrerin plötzlich ein leeres Gesicht hatte, und hob ihr Glas in ihre Richtung. Dankbar stieß die Frau mit ihr an.

»Kerstin.«

Heiko stand mit dem Rücken zu ihnen, während sein Blick über Buchrücken glitt.

»Crowley, Crowley, Crowley. Großer Spinner, miserabler Poet. Geisterkram, Drogen, Schwarze Magie, allerhand Grausamkeiten. Ah, hier!« Er zog ein Buch aus dem Regal, gab es Desirée. »Somerset Maugham hat diesen bösen satirischen Roman über ihn geschrieben. ›Der Magier‹.« Er spurtete zurück, befingerte Bücher. »Der Dämon … Wie hieß der gleich?«

»Aiwaz«, sagte Kerstin.

»Aiwaz. Dazu fällt mir nichts ein. Aber was sein Name auch bedeuten mag, eins muss man diesem Aiwaz lassen: Er war immerhin ein gebildeter Dämon. Thelema und Tu was du willst.

Das hat er alles von Rabelais geklaut. Exmönch, Arzt und Dichter, frühes 16. Jahrhundert. Eine Utopie von Friede, Freude, Eierkuchen. Der Wahlspruch: Fay ce que vouldras! Tu was du willst. Hat überhaupt nichts Okkultes.«

Ein dicker Wälzer, alt und ledergebunden, landete in Desirées Schoß. »Gargantua und Pantagruel«, von François Rabelais.

»Sie«, sagte Desirée, »sind nicht gläubig?«

»Ah, der Glaube!« Heiko setzte sich. »Der Glaube. Der Glaube ist jedermanns Privatsache.« Eine ironische Verbeugung in Richtung seiner Frau. »Gott sei Dank.«

»Der Glaube«, dozierte Kerstin, »kann ganz individuell die größte Quelle des Trostes sein. Das Vertrauen in Gott muss eine natürliche Gabe sein, weil es uns hilft, mit Schicksalsschlägen fertig zu werden. Vor allem mit dem Tod.«

»Was nichts über den Wahrheitsgehalt aussagt. Eine Illusion bleibt eine Illusion, auch wenn sie nützlich ist.«

»Wieso gibt es denn überhaupt Schwarze Magie und Teufelsanbeter?«, fragte Desirée

Heiko lachte kollernd. »Direkt zum Wesentlichen. Die Frage ist, warum finden manche Menschen Befriedigung darin, den Teufel anzubeten, unverständliches Zeug zu murmeln und abstruse Rituale zu veranstalten? Vielleicht sogar zu töten?«

»Ja, eben«, sagte Desirée.

»Weil sie glauben, sie könnten damit etwas übernatürlich Böses beschwören und sich dienstbar machen. Sie wollen Macht über Menschen erlangen, sonst nichts«, sagte Kerstin.

»Und wie kommen sie darauf, dass sie das könnten?« Heiko grinste Desirée an. »Das ›Böse‹ als etwas Übernatürliches gibt es erst, seit herrschende Priesterkasten es erfunden haben, um die Menschen in Angst und Schrecken zu versetzen.« Er nickte seiner Frau zu. »Auch bloß eine Machtfrage. Den Vorläufer unseres Teufels hat Zarathustra im siebten vorchristlichen Jahrhundert in Persien erfunden. Nietzsche, der ja auch aus einem evangelischen Pfarrhaus kam, hat schon gewusst, warum er seine Kritik an der christlichen Moral bei Zarathustra ansetzte …«

»Bist du wieder bei dem gelandet«, seufzte Kerstin. »Das Mitleid ist schädlicher als irgendein Laster? Das Mitleid verstößt gegen das Gesetz der Entwicklung, welches das Gesetz der Selektion ist? Aus dem ›Antichrist‹«, erklärte sie Desirée. »Crowley würde das unterschreiben.«

»Da bin ich mir sicher«, sagte Heiko versöhnlich. »Aber damit hat Zarathustra ein wunderbares Herrschaftsinstrument in die Welt gesetzt. Weil die Herrschenden das toll fanden, setzten sie es an die Stelle älterer Kulte. Die alten Götter wurden zu Dämonen und Teufeln. Du beten Teufel an? Ich haben göttliches Recht, dich zu töten. Trotzdem gab es Leute, die weiter an die alten Götter glaubten und an ihren alten Ritualen festhielten, die von den Herrschenden als ›Orgien‹ verteufelt wurden. Worte.« Heiko hob einen Finger. »Worte sind interessanter, als man denkt. ›Orgie‹ heißt eigentlich nichts anderes als ›heilige Handlung‹.«

Desirée war fasziniert. Die Antike hatte sie bisher nie besonders interessiert.

Heiko redete weiter auf sie ein. »Der Gehörnte mit den Bocksfüßen ist der griechische Gott Pan – wie schon das Goldene Kalb auf frühere Stierkulte verweist. Als das Christentum sich durchsetzte, haben wir wieder die Verwandlung alter Riten in ›satanische Orgien‹. Uralte Gebete wurden zu okkulten Beschwörungsformeln, uralte Fruchtbarkeitsrituale zu okkulten Orgien. Tja«, schloss er, »deshalb also ist der Teufel in der Welt.«

»Laut Polizei«, sagte Jürgen Berke, »war nichts dran. Willi war allein zu Hause gewesen und lag friedlich in seinem Bett, als man ihn fand. Außerdem war helllichter Tag. Keine Spuren eines Einbruchs, keine Hinweise auf Fremdeinwirkung. Bis auf –«

»Ein umgedrehtes Kreuz«, sagte Ollie träumerisch, »von ihm selbst an die Wand neben dem Bett geschmiert.«

Berke starrte Ollie verwundert an. Dann nickte er. »Exakt. Was die Herren Ermittler nicht im Geringsten beeindruckte, nachdem sie umgedrehte Kreuze auf seinen alten Ledersachen gefunden hatten.« Er schüttelte den Kopf. »Das Einzige, was die im Sinn hatten, war, sich mit diesem Todesfall keine Arbeit aufzuhalsen. Eine alte Dame behauptete, zwei Männer gesehen zu haben, die um die Mittagszeit das Haus betreten hätten. Die Dame ging Gassi mit ihrem Dackel. Was ihr komisch vorkam, war, dass die beiden Männer zwei Straßen weiter geparkt hatten und durch den Wald kamen.«

»Hat sie eine Beschreibung geliefert?«

»Keine brauchbare. Zwei Männer unbestimmbaren Aussehens und unbestimmbaren Alters. Es war gerade zum ersten Mal richtig kalt geworden. Wintermützen auf dem Kopf. Der Wagen kam ihr teuer vor; keine Marke, mit Autos kennt sie sich nicht aus. Nur dass er dunkelgrün war, und das Kennzeichen war nicht von hier. Irgendwas mit ›K‹, aber ob nun Köln oder Krefeld oder sonst was …«

»Oder Kassel«, sagte Prinz.

»Oder Kassel«, stimmte Berke zu. »Was nach Florians Meinung auf der Hand lag.«

»Also haben Sie die Sache auf sich beruhen lassen?«

»Natürlich nicht.« Berke sah auf. »Hotte ließ seinen Bruder auf eigene Kosten obduzieren, hier im Uni-Klinikum, seiner Arbeitsstelle, und da fanden sie heraus, dass Willi an einer Medikamentenvergiftung gestorben war. Irgendein starkes Schmerzmittel. Willi hatte das nach dem Unfall mal genommen, aber schon lange nicht mehr, weil er weitgehend schmerzfrei war, und es war auch keins im Haus.«

»Was hat die Polizei daraufhin unternommen?«

»Tja. Da habe ich zum ersten Mal eine Ahnung davon bekommen, warum die Mordrate in diesem Land so außerordentlich niedrig ist. Mit Strafsachen hab ich sonst nichts zu tun, wir machen hier hauptsächlich Arbeitsrecht. Der Kommissar hängte sich ans Telefon. Aber nicht, um irgendwelche Erkenntnisse über einen möglichen Mordfall zu gewinnen, sondern um herauszufinden, dass die alte Dame ein bisschen ballaballa ist und öfter mal Blödsinn redet. Und, jetzt kommt's, dass Hotte in der Finanzkrise einen Teil des Geldes verloren hat.«

»Stimmte das denn?«, fragte Prinz nach einer Pause.

Berke seufzte und sah zum Fenster. »Na ja. Partiell. Er hatte das Geld nicht angerührt, nicht in den Sand gesetzt oder so, es war halt nur erheblich weniger geworden, weil er sich nicht ausreichend gekümmert hat, als die Aktien in den Keller gingen.« Er sah Prinz wieder an. »Aber er war nicht etwa plötzlich klamm. Einiges Geld sprudelte ja immer noch, und er hatte sein Einkommen, keine Schulden. Trotzdem kam die Drohung: Wenn wir nicht aufhörten, diesem Kommissar auf den Senkel zu gehen, würde er das in seinen Bericht für den Staatsanwalt reinschreiben, und mal sehen, was dann passiert. Schließlich war Hotte ja Arzt, mit problemlosem Zugang zu Medikamenten. Das war's. Selbstmord. Ermittlungen eingestellt.«

»Und ein paar Wochen später passierte dann der Unfall.«

Berke atmete schwer. Der linke Mundwinkel zuckte. »Das mit Willi war am Freitag, dem 27. November letzten Jahres. Hotte und Gundula ...« Er räusperte sich angestrengt. »Entschuldigung. Also, das war am Rosenmontag. 15. Februar. Oder genauer, am frühen Morgen des 16., Fastnachtsdienstag, vermutlich irgendwann zwischen drei und sieben. Sie waren in Düsseldorf gewesen, wie jedes Jahr. Gundula saß am Steuer, hatte aber auch null Komma sieben Promille, null Komma zwei mehr als erlaubt. Hotte hatte ganz schön getankt. Gegen drei Uhr nachts setzte Eisregen ein. Mitten auf der Ruhrtalbrücke durch die Seitenwand gedonnert und runtergestürzt. Der Wagen ist auf den gefrorenen Boden gekracht. Beide sind völlig zerquetscht worden.«

Berke hatte wieder die Augen geschlossen und schüttelte unausgesetzt den Kopf. Jetzt führte an der Vergangenheitsform kein Weg mehr vorbei.

Prinz ließ fast eine Minute vergehen, bevor er fragte: »Hat das jemand gesehen?«

»Keine Zeugen. Und anscheinend sind später stundenlang Leute an dem Loch in der Seitenwand vorbeigefahren. Erst gegen halb acht hat jemand, der zur Arbeit fuhr, nicht vom Karneval nach Hause, die Polizei gerufen.«

»Gab es ...«, fing Ollie an.

»Nein«, sagte Berke. »Diesmal kein umgedrehtes Kreuz, und es hat offenbar auch niemand an den Bremsen oder so herummanipuliert. Ermittlungen eingestellt, wieder mal. Ich musste mich überzeugen lassen, dass es wirklich ein Unfall war. Und das würde ich heute noch glauben, wenn ...« Er hörte auf, den Kopf zu schütteln.

»Wenn was?«, fragte Prinz.

»Florian«, sagte Berke. »Am Aschermittwoch ist der plötzlich verschwunden. Mit einem Teil des Geldes, den er sich hat auszahlen lassen. Dieser Idiot ...« Berkes Stimme versagte. Er setzte mehrmals zum Reden an, aber es wurde nichts.

Prinz nickte Ollie zu, der das Foto des Motorradfahrers aus der Innentasche seiner Weste holte und vor Berke auf den Tisch legte.

»Ja«, sagte Berke tonlos. »Das ist er. Das ist Florian. Wo ist das?«

»In Kassel. Heute vor einer Woche. Er verfolgt jemanden.«

Das Schnauben wurde verächtlich. »Er wird selbst auch noch draufgehen ...«

Nach ein paar Sekunden fragte Prinz: »Was hat er denn gemacht?«

Berke sah auf. »Erpressung. Er und Willi, sie haben jemanden erpresst. So wie ich das sehe, ist Willi irgendwann auf die Idee gekommen, dass er mit seinem Wissen über diesen alten Immobiliendeal neues Geld machen könnte. Und hat den Flo eingesetzt, der dauernd für ihn unterwegs war.«

»Lässt sich feststellen, wen sie erpresst haben?«

»Nein. Sie haben irgendeine Art Code benutzt. Italienische und englische Namen. Keine Ahnung, wo sie die her haben. Erpresst werden zwei Leute, ein Ehepaar vielleicht, mit den absurden Namen Hortense und Domenico Campanati. Der große Finsterling ist ein anderer Campanati namens Carlo, auch ›der Papst‹ genannt. Willi taucht anscheinend selbst als jemand namens Kenneth Toomey auf, genannt ›der Erzähler‹. Der Erpresser selbst unterzeichnet als ›God‹ Manning.«

»Wie«, fragte Prinz, »haben Sie das herausgefunden?«

Berke gab ein finsteres Lachen von sich. »Der Vollidiot hat seinen Laptop mitgenommen, aber seinen alten Computer dagelassen. Ich habe irgendwann den Haushalt aufgelöst und das Ding meiner ältesten Enkeltochter geschenkt. Ich bin mit diesem Kram nicht so firm, hab gar nicht geguckt, was drauf war. Meine

Tochter, also ihre Mutter, hat hinterher einen Riesenkrach geschlagen. Jede Menge Verschwörungstheorien. Und dann auch ein Ordner namens ›Almond Mountain‹.«

»Der Mandelberg«, sagte Ollie.

»Tja. Und darin dann zum einen die Geschichte dieser fürchterlichen Morde. Die Opfer haben übrigens deutsche Namen. Nacht auf den 1. September, vor siebenundzwanzig Jahren. Ich habe meine Sekretärin die entsprechenden Zeitungsartikel besorgen lassen. Na ja, und der Rest waren Entwürfe zu Erpresserbriefen. Hier.« Berke schob einen Stapel Ausdrucke über den Tisch. »Nicht feststellbar, ob und wenn ja welche von diesen Erpresserbriefen abgeschickt wurden, und wohin. Aber beim letzten nimmt ›God‹ Manning dann Bezug auf Willis Tod. Er wisse jetzt alles. Auch, wie sie *seinen Bruder* ermordet hätten, *er* sei schließlich *Arzt*. Er hat so getan, als wäre er sein *Vater*!«

»Florian war sicher, sie hätten seinen Onkel ermordet, und versteckte sich hinter seinen Eltern –«

»Und provozierte damit deren Ermordung! Können Sie sich so was vorstellen?«

ZEHN

Sie saßen alle draußen, im Park hinter dem Herrenhaus, an einem langen Holztisch und feierten den Durchbruch, der heute erzielt worden war. Gegen halb neun spendeten die hohen Platanen um den Teich endlich Schatten. Sutter saß an einem Ende des Tischs, etwas abseits von den anderen, und hatte den Blick meist auf einen Fernseher gerichtet, den sie für ihn in ein Fenster gestellt hatten. Er schien, abgesehen von ein paar fruchtlosen Versuchen, Figuren aus Ästen zu schnitzen, Tag und Nacht nichts anderes zu tun als fernzusehen, aber sie ließen ihn gewähren. Er hörte selten zu, wenn die anderen redeten, und begriff kaum etwas davon; aber sogar er hatte mitbekommen, dass sie etwas herausgefunden hatten; und dass alle jetzt wirklich von seiner Unschuld überzeugt waren. Manchmal lächelte er still vor sich hin.

Ingrid thronte in der Mitte, völlig aus dem Häuschen vor Begeisterung darüber, dass sie es jetzt mit sage und schreibe *acht* Morden zu tun hatten: erst die kleine Svenja sowie Frank und Christine Hornbach. Vor siebenundzwanzig Jahren. Dann, letzten November, Willi Brennecke. Sein jüngerer Bruder Horst Brennecke und dessen Frau Gundula zur Karnevalszeit. »Wer weiß, wie viele andere Opfer es dazwischen gegeben hat.« Sie schüttelte den Kopf. Alle starrten sie an: Daran hatte noch keiner gedacht. »Dann Friedemann Frielendorf, in der Nacht zum letzten Sonntag. Der frühere Bürgermeister Richard Brandstädter, in der Nacht zu« – sie machte ergriffen eine Pause – »*heute!*«

»Diese beiden«, sagte Prinz leise, »wegen unseren Nachforschungen.«

»Wir sind daran nicht schuld!«, erklärte Ingrid entschieden und warf einen Seitenblick auf Desirée, die sich nichts anmerken ließ. »Und wir wissen jetzt mit Sicherheit, dass es die Erpressung tatsächlich gibt!«

Prinz saß am anderen Ende des Tischs und ließ seine Augen wohlgefällig auf seiner Tochter ruhen, die mit Mühe zu verbergen versuchte, dass sie vor Stolz glühte. Er hatte sie zum Essen in der Stadt eingeladen, um nachher noch nur mit ihr allein zu feiern; sie wollten gleich aufbrechen. Deshalb aßen die beiden nichts, während alle anderen eifrig spachtelten. Die üblichen Dankesgaben von Spezialherstellern aus der Umgebung, die mit landwirtschaftlichen Produkten des Guts beliefert wurden: Udenhäuser Landbrot, Ahle Wurscht, die traditionelle Kasseläner Rotwurst, von einer legendären Metzgerei aus Calden, Schwälmer Wildschweinschinken, Kaufunger Birkengrüner-Käse, dazu Ingrids eigenwillige Schnittlauchsalatkreation. Von dem Herkules Bier bekam sogar Sutter eine Flasche.

»Jedenfalls«, meinte Prinz, »können wir nach dem, was die Pfarrerin und ihr Mann gesagt haben, definitiv ausschließen, dass wir es mit irgendwas Übersinnlichem zu tun haben.«

»Das stimmt«, bestätigte Desirée. »Aber sonst muss das nichts heißen. Es reicht, wenn sie dran glauben – wer immer *sie* sind.« Sie sah ihren Vater an, der für einen Moment in sich gekehrt wirkte.

Die beiden dänischen Doggen lagerten friedlich auf der Wiese. Artemis und Apollon, dachte Desirée hinübersehend. Schon wieder die Antike. Marcus Aurelius, ein römischer Kaiser.

»Diese Namen«, sagte Ingrid gerade. »Sie sind nicht aus irgendeinem Buch, das ich je gelesen habe. Oder Film.«

»Ich hab die auch noch nie gehört«, stimmte Anja zu.

»Irres Zeug, was?«, meinte Ollie, der aus irgendwelchen Tiefen aufzutauchen schien. »Was dieser Florian Brennecke alles geschrieben hat. Bestimmt hat er recht, und die Typen gehören wirklich alle dem bekloppten Orden an. Ein ganzer Clan.«

»Genau wie du gesagt hast«, nickte Anja.

»Und zwar schon vorher!« Ollie strahlte sie an, und sie lächelte zurück.

»Aber die Pfarrerin meinte, hier in der Gegend gäbe es gar keine okkulten Orden«, warf Prinz ein.

»Davon sei ihr nichts bekannt, hat sie gesagt«, widersprach Ollie.

»Siebenundzwanzig Jahre«, wiederholte Ingrid. »Und nicht immer dieselbe Vorgehensweise. Die ersten drei Opfer: erschossen. Drei weitere: anscheinend im Schlaf gestorben, aber es gab umgedrehte Kreuze an der Wand. Und dann die Brenneckes: angeblich ein Unfall, kein umgedrehtes Kreuz. Das sind nicht immer dieselben Täter.«

»Aber es hängt alles miteinander zusammen«, sagte Desirée.

Ingrid nickte. »Ich glaube, Ollie hat recht.«

Ollie hob die Brauen und grinste Prinz an, der nicht reagierte.

Desirée holte eine Klarsichtfolie mit dem EXTRA TIP-Artikel über den verschwundenen Patrick A. aus einem Ordner. »Hat einer von euch den hier mal irgendwo gesehen?«

Alle sahen sich das Foto an und verneinten.

»Wieso?«, fragte Ingrid.

»Es könnte sein, dass der mit dem einzigen hiesigen Satanisten unterwegs ist, den Kerstin, ähm, die Pfarrerin von der Sektenberatungsstelle kennt. Ein Typ, der sich Judas Priest nennt. Soll mit einem schwarzen Mini Cooper unterwegs sein.«

Bei Jörg und Dirk klappten simultan die Kinnladen runter. Ollie starrte die beiden an; dann fiel ihm plötzlich etwas ein, und er blickte in den Himmel. Desirée sah von einem zum anderen, wollte etwas sagen. Prinz brachte sie mit einer Handbewegung zum Schweigen und sah Ollie konzentriert an. Stille.

»Was ist?«, fragte Anja ihren Mann.

Ollie räusperte sich angestrengt. »Jetzt weiß ich's wieder. So ein Tiefergelegter mit so einem roten Arschgeweih auf der Heckscheibe?«

»Ähm, keine Ahnung«, sagte Desirée.

»Genau den hab ich auch gesehen«, sagte Jörg. »Fuhr vorhin auf dem Weinberg vorbei, als du und die Pfarrerin gerade in das Haus gegangen seid.«

Jetzt klappte Desirées Mund auf.

»Stimmt«, sagte Dirk. »Ich hab ihn schon vorher mal gesehen. Da fuhr er in dieser Anlage in Vellmar rum, als du den Frielendorf besucht hast.«

Prinz' Augen wanderten hin und her.

»Mir ist er aufgefallen«, sagte Ollie, »als er letzten Sonntag in der Nähe von Sutters Wohnung in Waldau parkte. Es saßen vier junge Typen drin, drei Kerle und ein Mädchen, und kifften. Ich hätte gleich schalten müssen, als die Pfarrerin den Mini Cooper erwähnt hat.« Er sah sich noch mal das Foto an. »Keine Ahnung, ob der hier einer davon war. Hab so genau nicht hingeguckt. Aber kann schon sein.«

»Und das Mädchen?«, sagte Prinz.

»Du meinst, die auf dem Hollandrad? Genauso. Kann sein.«

»Okay«, entschied Prinz. »Dann wissen wir jetzt auch, wer ständig unsere Schritte verfolgt. Und wer vermutlich bei Desirée eingebrochen ist und umgedrehte Kreuze geschmiert hat. Wir wissen nur noch nicht, wer diese Typen eigentlich sind und ob sie das im Auftrag von irgendwem machen. Wer immer von euch den Motorradfahrer, den schwarzen Mini oder das Mädchen auf dem Hollandrad zum nächsten Mal zu Gesicht kriegt: Schnappt sie euch.« Er nickte Desirée zu. »Dann wollen wir mal.«

Sutter schien von alledem nichts mitzubekommen.

»Also, Desirée«, sagte Prinz, »das hast du alles echt klasse gemacht. Auf dich.« Er hob die Sektflöte mit dem einzigen echten Champagner, den der Laden hatte.

Desirée errötete. »Aber *ihr* habt doch in Essen ...«

»Auf dich.«

»Na schön. Auf mich.« Sie stießen an. Eigentlich mochte Desirée keinen Sekt, und dieser erste echte Champagner ihres Lebens schien ihr auch nicht viel anders zu schmecken. Dann kam endlich das Essen. Nachdem sie fast eine Stunde den anderen nur zugesehen hatten, waren sie jetzt wirklich hungrig.

Sie saßen draußen unter hohen Bäumen vor einem der angesagten Lokale in der Friedrich-Ebert-Straße, kurz vor dem Bebelplatz im Vorderen Westen. Die Straße, mit breiten Bürgersteigen und gesäumt von hohen Jugendstilbauten, hatte hier beinahe großstädtischen Boulevardcharakter. Das Restaurant war umgeben von einem Geschäft für Tee und Gewürze, einer Galerie und einem Naturkostladen. Ein Stück weiter Richtung Innenstadt drängelten sich auf einer Straßenseite die Antiquitätengeschäfte; und noch ein Stück weiter begann Kassels »Kneipenmeile«, wo es an lauen Sommerwochenendnächten ständig den üblichen Ärger mit ruhegestörten Anwohnern gab. Das Publikum war entsprechend: nachlässig, aber nicht billig gekleidete Leute, die intellektuell wirken wollten. Die Sonne ging gegen Viertel vor zehn unter, aber die oberen Stockwerke waren noch in ihr Licht getaucht.

Prinz saß mit dem Rücken zum Restaurant und blickte öfter aufmerksam die Straße hoch und runter. Dann ließ er den Blick über die Häuserfront auf der anderen Straßenseite gleiten.

»Was ist denn Manjushri?« Das stand über einem unidentifizierbaren Geschäft zwischen einem Laden für exotisches Grünzeug namens »Dschungel«, einem Vollkornbrotladen und einer Käsestube.

»Irgendwas Indisches mit Yoga und Spiritualität.«

Prinz lächelte und sah einem vorbeischlendernden grauhaarigen Brillenträger in Jeans, Sommerjackett und Turnschuhen nach, der eine Frankfurter Rundschau unter dem Arm hatte. »Ich weiß gar nicht, wann ich so was zum letzten Mal gemacht habe.«

»Ja, mir ist aufgefallen, dass du nie weggehst.«

»Früher war ich fast jede Nacht unterwegs, aber nicht zum Essen.« Er grinste. »Außer wenn ich, na ja, gearbeitet habe.«

»Du trinkst auch fast nie was, und wenn, dann nippst du nur dran.«

»Na ja, früher hab ich mich fast jedes Wochenende mindestens einmal gezielt abgeschossen, wenn nichts Besonderes anlag. Manchmal fehlt mir das ein bisschen, aber an dem Opa sieht man ja deutlich, wohin es führt, wenn man da die Kontrolle verliert.«

»Wann, früher?«

»Eigentlich, bis der General sich erschossen hat. Den schlimmsten Absturz meines Lebens habe ich erlebt, als klar war, dass sie mich wegen Mordes drankriegen würden und dass Andreas nichts mehr dagegen tun konnte.«

»Der General …«

»Ich war auch nicht das, was er sich unter einem Sohn vorgestellt hat. Andererseits war er nie da, bis er pensioniert wurde.

Immer irgendwo anders stationiert. Die letzten Jahre, als er dann da war, waren die reinste Hölle.«

»Was ist denn mit deiner Mutter?« *Meine Oma*, dachte Desirée.

»Gestorben, als ich fünf war. Krebs. Sie waren beide schon um die vierzig, als ich zur Welt kam, und sie konnte danach keine weiteren Kinder kriegen. Also wurde ich auf das Gut verfrachtet, wo damals noch Madame de Loquai alles unter ihrer Fuchtel hatte. Seine Mutter. Sie bestand auf der französischen Anrede. Sie glaubte an den Rohrstock und alle möglichen anderen rigiden Strafen. Mit zwölf oder dreizehn verbrachte ich mal eine Nacht nackt und bis zum Hals in der Jauchegrube, weil man mich beim Klauen erwischt hatte.« Er schüttelte den Kopf. »Das habe ich noch nie jemandem erzählt.«

Desirée hörte auf zu kauen und hing an seinen Lippen.

»Und während dieser Nacht beschloss ich: Jetzt erst recht. Das war auch die reinste Hölle, nur anders. Bis sie zu alt wurde und Ingrid als Frau eines neuen Gutsverwalters auftauchte.«

»Ingrid war nur die Frau des Gutsverwalters?«

»Ach, sie hat von Anfang an die meiste Arbeit gemacht. Nach ein paar Jahren war der Gatte immerhin so zuvorkommend, sich zu Tode zu saufen.«

Desirée musste wider Willen kichern. »Du bist manchmal ganz schön zynisch.« Sie wurde ernst. »Du bleibst immer ruhig, du wirst nie wütend, auch wenn irgendwas überhaupt nicht klappt. Aber du wirkst immer … irgendwie unbeteiligt.«

Jetzt hörte er auf zu kauen. »Ich bin nicht unbeteiligt. Ich habe nur ziemlich früh lernen müssen, einfach über mich ergehen zu lassen, was ich nicht ändern kann.«

»Das meine ich nicht. Einerseits bist du wahnsinnig großzügig. Zu mir. Zu Ollie und Anja. Du lässt Ingrid einfach freie Hand. Du setzt Himmel und Hölle in Bewegung, um diesen alten Mann aus dem Knast zu holen, und jetzt, um seine Unschuld zu beweisen. Aber irgendwie … irgendwie …«

»Was?«

»Irgendwie habe ich das Gefühl, dass dir eigentlich an keinem Menschen etwas liegt.«

Prinz legte das Besteck hin, lehnte sich zurück, blickte die Straße hoch und runter, sah in die Bäume.

»Ich habe oft das Gefühl, dass mir an manchen Menschen zu viel liegt. Kann sein, dass ich dagegen ankämpfe, ohne es selbst zu merken.« Langsam senkte er den Blick und sah ihr in die Augen. »Ich habe zwei Freunde, von denen ich weiß, dass ich mich hundertprozentig auf sie verlassen kann: Ollie und Andreas. Für beide würde ich wieder in den Knast gehen, wenn es sein muss. Ich habe Ingrid, und wenn ich sie nur beschützen kann, indem ich selbst draufgehe, dann ist das eben so. Und jetzt habe ich auch noch dich, und bei dir ist das alles noch mal hoch sonst was.« Er war immer leiser geworden und verzog keine Miene.

Gerade deshalb blieb ihr die Luft weg. »Martina sagt, du hättest ... als sie es dir erzählte ... du hättest ganz ruhig dagesessen ... und dann hättest du, auch so leise, gesagt, das wäre nicht dein Kind, du würdest niemals Kinder haben, und du wolltest weder sie noch das Kind jemals in deinem Leben sehen. Und dann wärst du gegangen. Wenn sie anrief, hättest du aufgelegt und auf Briefe nie geantwortet.«

»Das stimmt.« Er wandte den Blick nicht ab, ergriff ihre Hand. »Aber jetzt bin ich froh, dass ich eine Tochter habe. Ich habe erst vor ein paar Tagen etwas Komisches festgestellt: Ich liebe dich. Nicht so, wie man eine Frau liebt, sondern wie man wohl sein eigenes Kind liebt. Ich habe gar nicht gewusst, dass es so was gibt.«

In Desirée stieg eine nie gekannte Wärme auf. Jetzt war sie es, die dagegen ankämpfte. »Aber warum hast du denn damals so etwas ...«

»Weil sie mich betrogen hat. Ich hatte von vornherein klargestellt, dass ...« Er räusperte sich. »Sie ließ sich die Pille verschreiben, damit wir die Kondome weglassen konnten. Jemand warnte mich, sie wäre nur auf ein Kind aus. Sie schwor, das wäre nicht so. Ich habe ihr geglaubt. Sie hat mich betrogen. Man betrügt mich nur ein Mal, Desirée.«

Im Bauch blieb die Wärme, aber außen wurde ihr bei der finsteren Entschlossenheit dieses Satzes eiskalt.

»Hast du jemals eine Frau geliebt?«

Er ließ ihre Hand los, lehnte sich wieder zurück, ließ sie nicht aus den Augen. »Die letzte war verheiratet. Mit einem Vorstandsmitglied eines der bedeutendsten Unternehmen hier. In der Nacht, als der General sich erschossen hat, war ich bei ihr. Sie hat das abgestritten.«

»Aber bei dem neuen Prozess, da hat sie doch …«

Er zuckte die Achseln. »Nachdem sie nicht nur die Scheidung, sondern vor allem großzügigen Unterhalt und das Sorgerecht für die Kinder bekommen hat. Das waren ihre Prioritäten. Mit so was bin ich fertig.« Plötzlich lächelte er. »Und du?«

Dieser Themenwechsel behagte ihr gar nicht. »Wollen wir zahlen?«

Immer noch lächelnd winkte er die Kellnerin heran.

Als sie den Wagen in der Lasallestraße schon fast erreicht hatten, stand plötzlich ein kahlköpfiger Riese vor Prinz. Desirée wurde nach hinten gerissen, verlor den Boden unter den Füßen und fand sich in der eisernen Umklammerung eines weiteren Mannes wieder, während von der Seite ein dritter Muskelmann auftauchte. Der haarige Unterarm unter ihrem Kinn schnitt ihr die Luft ab.

Das dritte Bier, das Ingrid ihm nach Anjas Nicken erlaubte, war vermutlich gar nicht so schlimm gewesen. Aber dass es ein Fehler war, mit Sutter über seine Schnitzereien reden zu wollen, merkte Ingrid erst, als ihm plötzlich Tränen in die Augen schossen. Dann war er aufgesprungen und losgerannt. Nach einer Schrecksekunde rannten alle hinter ihm her.

»Es geht nicht mehr!« Sutter heulte. »Ich kann es nicht mehr!« Er zeigte auf sieben dicke Äste, die vor dem alten ungenutzten Speicherhaus neben seinen Werkzeugen im Gras lagen. An allen hatte er herumgehobelt, herumgeschnitzt. »Ich kann die Geister nicht mehr darstellen!«

Hier vor dem langsam verfallenden Speicher gab es keine Lampen. Inzwischen war es fast dunkel. Sie standen alle mit den Rücken zu den Lichtern, die vom Herrenhaus, wo sie gesessen hatten, herüberstrahlten. Flackernde Lichtstreifen schienen durch ihre sich bewegenden Körper auf die sieben angefangenen Fratzen, die bei dieser Beleuchtung furchterregend genug wirkten. Die Doggen, von der Aufregung angesteckt, bellten. Ein Käuzchen oder sonst etwas rief lang gezogen und klagend aus dem Wald.

»Was denn für Geister?«, fragte Ollie.

»Die *Geister*!«

»Ja«, sagte Anja, »aber was für welche?«

Sutter starrte sie verständnislos an.

Ingrid legte ihm einen Arm um die Mitte. »Komm, wir gehen zurück ins Licht, Helmut.« Er wollte zunächst nicht; sanft geleitete sie ihn zu einem Korbstuhl, vor dem er stehen blieb. »Setz dich doch. Ich hol dir noch ein Bier.«

Während sie in die Küche zum Kühlschrank lief, setzten sich die anderen. Ollie, Jörg und Dirk wollten ihre Stühle in Sutters Richtung drehen; Anja gab ihnen ein Zeichen, sie sollten das lassen und ihn nicht anstarren. Ollie hielt ihm seine Schachtel hin, er fischte eine kroatische Kolumbo heraus und gab sich mit seinem Feuerzeug selbst Feuer, bevor Ollie das tun konnte. Die anderen blickten angestrengt desinteressiert in den Himmel. Ingrid kam mit dem eiskalten Bier, das sie noch nicht geöffnet hatte, damit er das wie immer mit dem Feuerzeug selbst tun konnte.

Dann kehrte Stille ein. Nur das Blubbern des leise gestellten Fernsehers war zu hören, manchmal ein Geräusch aus dem Wald. Nach etwa einer Viertelstunde fragte Ingrid leise: »Tun die Geister dir etwas an, Helmut?«

Sutter schüttelte stumm den Kopf.

»Verfolgen sie dich?«

Sutter zögerte. Dann tippte er sich an die Stirn. »Sie sind hier drin.«

»Du träumst von ihnen«, schlug Anja vor.

Wieder ein Zögern. »Nicht nur wenn ich schlafe.«

»Befehlen sie etwas?«, fragte Anja.

»Ich … ich weiß nicht. Vielleicht. Manchmal.«

»Was wollen sie denn von dir?«

»Sie haben es gern, wenn ich sie darstelle. Dann … Frieden. Manchmal.« Jetzt lächelte er.

Ingrid lächelte zurück. »Das ist schön?«

»Ja. Sehr.« Plötzlich wurde er rot und senkte den Blick.

Alle sahen weg. Nur Ingrid lächelte ihn weiter an. Nach einer Weile hob Sutter die Augen in ihr Lächeln, sah sofort wieder nach unten, dann auf, hob eine Schulter, lächelte schüchtern.

Sie legte ihm eine Hand auf die Schulter. »Das ist doch toll.«

»N... n... nicht nur.«

Anja versuchte, auch so ein warmes Lächeln aufzusetzen. »Waren sie schon immer da?«

Sutter nickte. »Seit ich klein bin. Nicht ganz klein. So ... mittel. Seit ich in einem Heim war. Da hat ein Mensch von der Kirche gesagt, ich sei abgrundtief böse. Zuerst ... zuerst kamen sie nur, wenn ich Strafe kriegte.«

»Später waren sie immer für dich da?«

»Nicht immer. Aber oft.«

»Hast du jemals«, fragte Anja, »mit irgendwem über die Geister geredet?«

Sutter starrte sie unwillig an. »Niemals.«

»Hat irgendwer dir jemals etwas von Geistern erzählt?« Er begriff nicht, was sie wollte. »Hat jemand mal irgendwelche, ähm, Beschwörungen ...«

Ingrid sah Anja an und schüttelte den Kopf. Anja biss sich auf die Zunge.

Sutter sah fragend von einer zur nächsten. »Was will sie? Sie sind nur hier drin. Nur hier drin!« Diesmal hämmerte er gegen seine Stirn.

Ingrid nickte verstehend. »Waren sie auch mal für längere Zeit weg?«

Eifriges Nicken. »Im Knast. Nach einer Weile. Weg. Weg. Nicht mehr da. Ich konnte sie nicht ... Ich hatte keine ...«

»Du hattest keine Werkzeuge und kein Holz. Du hattest gar keine Möglichkeit, sie darzustellen.«

Erneutes Nicken.

»Waren das gute Geister oder böse Geister?«, fragte Ingrid.

Sutter sah sie an, mit einem kaum merkbaren, aber schiefen Grinsen. »Sie waren gut zu mir, wenn ich böse war.«

»Haben sie dir befohlen, böse zu sein?«

»Nein. Nie. Sie kamen ... hinterher.«

»Waren sie böse zu dir, wenn du gut warst?«

Sutter brauchte eine Weile, um das zu verstehen. »Nein. Das ... das ist es nicht.«

Ingrid ließ nicht locker. »Haben sie dir jemals etwas befohlen, Helmut?«

Sutter sah weg. »Das ... Ich habe das nur einmal geträumt. Vorgestern.« Er sah Ingrid an. »Bevor ihr mich ... geholt habt.« Ingrid nickte. Er sah sie jetzt mit großen Augen an. »Da hat ER mir befohlen, sie ... sie umzubringen.« Er sah zu Boden, schüttelte den Kopf. »Das war ein neuer Traum.«

Desirée strampelte und gab kehlige Laute von sich. Prinz warf ihr und dem Kerl, der sie von hinten umklammerte, nur einen kurzen Blick zu, dann musterte er den Riesen und den anderen Muskelmann vor sich. Beide hielten irgendetwas hinter ihren Rücken verborgen. Äußerlich blieb Prinz völlig gelassen. Er hatte sogar ein schmales Lächeln im Gesicht. Im Innern verfluchte er sich wegen seiner Unaufmerksamkeit. Nach dem überraschend intensiven Gespräch mit seiner Tochter war er offenbar nicht in der Lage gewesen, noch aufzupassen. Und jetzt hatte dieser Kerl sie in seiner Gewalt.

»Du und Derwars, ihr seid doch gar nicht mehr im Rennen, Petit«, sagte er ruhig.

Petit fletschte kleine gelbe Zähne. »Neues Rennen.«

»Sag deinem Freund da, er soll sie loslassen.«

»An der liegt dir wirklich was, hm? Was würdest du tun, damit ihr nichts passiert?« Hinter seinem Rücken kam eine Hand mit einem Baseballschläger zum Vorschein. Der zweite Muskelmann ließ jetzt eine Fahrradkette durch die Finger gleiten. Beide grinsten.

Es war inzwischen fast dunkel. Die schmale Straße war nur spärlich beleuchtet; zugeparkt mit den Wagen der Anwohner und der Leute in den Restaurants an Bebelplatz und Ebert-Straße, aber kein Fußgänger weit und breit, die Fenster der Häuser dunkel.

»Die? An der liegt mir nicht das Geringste. Du gehst mir auf die Nerven, Petit.«

»Dann können wir sie uns ja alle drei nacheinander vornehmen.«

Prinz zuckte nur die Achseln.

Petit grinste seinen Kumpel an. »Mach ihr die Fresse platt.«

Desirée, die einige Sekunden ruhig gewesen war, um diesem Austausch zu folgen, begann wieder zu strampeln.

»Tja, viel Spaß dann«, sagte Prinz und drehte sich um.

»Heh.« Der zweite Muskelmann legte ihm eine Hand auf die Schulter. »Du sollst es dir ansehen.«

Prinz wirbelte herum, kickte aus der Bewegung und brach ihm das Knie. Der zweite Muskelmann setzte sich hin, starrte fassungslos sein unnatürlich nach vorn geklapptes Schienbein an und stimmte ein Geheul an, das irgendwie dschungelhaft klang. Die Fahrradkette lag neben ihm.

Petit machte mit erhobenem Baseballschläger einen Schritt auf Prinz zu, der blitzartig in die Hocke ging, Petits Knöchel umfasste und sich mit einem Ruck wieder aufrichtete. Der Baseballschläger sauste nur knapp an Prinz' Kopf vorbei. Petit flog ungebremst mit dem Rücken auf den Asphalt, sämtliche Luft entwich seinen Lungen. Prinz holte aus und trat Petit in die Eier. Petit rollte auf die Seite und brauchte einige Sekunden, um genug Luft zu holen und in das Geheul einstimmen zu können.

Prinz schnappte sich den Baseballschläger und drehte sich um. Der andere Kerl ließ Desirée los und hob beide Hände.

»Okay, Mann. Schon gut, Mann.«

Desirée hockte nach Luft schnappend auf allen Vieren.

»Hast du ein Handy?«, sagte Prinz.

»Äh … ja.« Er schob eine Hand in eine Tasche. Prinz machte einen Schritt auf ihn zu und hob den Baselballschläger. Der Kerl hob die andere Hand. »Es ist nur …« Er holte ein Handy heraus und zeigte es vor wie ein braver Schüler.

»Vielleicht solltest du einen Krankenwagen rufen.«

»Klar, Mann. Sofort, Mann.«

Prinz griff seiner Tochter unter die Achsel und half ihr hoch. »Alles okay?«

Desirée glotzte ihn aus großen Augen an. Sie keuchte immer

noch. Sie war völlig weiß im Gesicht. Das Geheul von Petit und dem zweiten Muskelmann hielt an. Der andere Kerl telefonierte. Prinz bemerkte, dass in manchen Fenstern Lichter angegangen waren und Leute herausglotzten. Es fehlte gerade noch, dass jemand seine Autonummer aufschrieb.

»Lass uns abhauen.«

Er verfrachtete sie auf den Beifahrersitz und fuhr schnell davon.

Nach einer knappen Minute begann Desirée zu schreien. Prinz warf ihr einen Blick zu. Sie hörte nicht auf. Er scherte in eine Parklücke und machte das Licht aus. Sie waren etwa fünf Straßen vom Ort des Vorfalls entfernt. Von fern waren Sirenen zu hören. Er nahm seine Tochter in die Arme und murmelte irgendwas. Das Schreien wurde zum Schluchzen.

»Ist ja gut. Ist ja nichts passiert.«

Sie wurde still, richtete sich im Sitz auf, starrte ihn an. »Nichts passiert? Das … das …« Sie schüttelte den Kopf. »Du hast ihm das Knie gebrochen. Mit einem einzigen Tritt.«

Prinz hob die Schultern.

»Dir liegt nicht das Geringste an mir, hast du gesagt.«

»Das war doch nur ein Ablenkungsmanöver, Desirée. Die mussten das glauben, wenn ich eine Chance haben wollte.«

Es dauerte eine Weile, bis sie nickte.

»Wenn sie dir etwas angetan hätten, hätte ich sie alle drei umgebracht.«

Das glaubte sie ihm aufs Wort. »Was *war* das?«

»Das werden wir gleich mal feststellen.« Er holte sein Handy heraus und rief Derwars Dürckheim an. »Vielleicht solltest du herkommen. Petit geht es nicht so gut.«

»Scheiße. Hast du ihm was gebrochen?«

»Nur einem von den beiden Typen, die er dabei hatte. Was sollte das, Derwars?«

Derwars Dürckheim ließ sich Zeit mit der Antwort. »Der Anwalt ist noch mal gekommen und hat Druck gemacht. Ich hab ihn hingehalten, aber dann war Petit plötzlich weg. War wohl ein Fehler, ihm zu erzählen, was du gesagt hast. Dass du problemlos an ihm vorbeikämst und so.«

»Jetzt weiß er es. Er wird den Bullen ja wohl nicht verraten, wer das gewesen ist.«

»Selbstverständlich nicht. Hat er wenigstens die Finger von den Leuten gelassen, die du erwähnt hast?«

»Nein, er wollte meine Tochter. Wenn er das noch mal versucht, ist er tot. Mach ihm das klar. Ach ja, und richte Frank Marvin Hermes aus, wenn so was noch mal passiert, rücke ich ihm persönlich auf die Pelle.«

Nach einigen Sekunden begann Derwars zu kichern. »Ich wollte ihn heute Abend anrufen, aber er ist plötzlich verreist. Hat das mit dir zu tun?«

»Könnte sein, Derwars. Könnte sein.« Er beendete das Gespräch und sah seine Tochter an. »Es wird nicht noch mal vorkommen.«

»Ich kapiere immer noch nicht.«

Prinz ließ den Motor an, fuhr aber nicht los. Nach einer Weile seufzte er. »Ich habe auch etwas nicht erzählt.« Er fuhr weiter und erzählte ihr alles: die beiden Warnungen gleich zu Beginn, eine über den früheren stellvertretenden Direktor der Jugendvollzugsanstalt, die andere über einen Anwalt. Jemand aus Justiz, Politik oder Polizei musste dahinterstecken.

Kurz nach fünf ging hinter dem Mann auf dem Hochsitz die Sonne auf, und er betrachtete wie jeden Morgen das Schauspiel, wie die Sonnenstrahlen erst den Bergpark im Westen, dann die Stadt langsam in ihr Licht tauchten. Auch die Rehe kamen zum Vorschein, aber an diesem Morgen wollte sich bei ihm nicht diese heitere, gelassene Ruhe einstellen, mit der er sonst den Ereignissen entgegensah.

Das lag an mehreren Dingen. Zum einen war da die überhebliche Unerschütterlichkeit der anderen. Sie hatten seine Bedenken schon früher meist belächelt, waren aber wenigstens darauf eingegangen, und manchmal war der Plan erst dadurch wirklich perfekt geworden. Nach all den Triumphen der letzten Jahrzehnte hielten sie sich jetzt offenbar für vollkommen. Sie unterschätzten den Gegner. Der gefährlichste Fehler von allen.

Der Plan funktioniert, sagten die anderen. Nur wenige Tage noch, und der Gegner ist erledigt.

Der Mann auf dem Hochsitz wünschte, er könnte auch so sicher sein. Er wusste, dass die Entscheidung in der nächsten Nacht fallen musste. Er hatte keinen Zweifel, dass sie ihren Part mit der üblichen Perfektion erledigen würden.

Aber was würde das gegnerische Team unternehmen?

ELF

»Heute Morgen«, sagte Herbert Viehmann, »hat mich der Genosse Manfred angerufen. Er hat von diesen merkwürdigen Todesfällen erfahren. Und von euren Nachforschungen. Er sagte, ihr seid auf der falschen Spur. Am Samstag will er sich mit uns treffen. Um Informationen auszutauschen.«

»Gut«, sagte Prinz und erhob sich. »Wir fahren sofort zu ihm.«

Der ehemalige Minister hob eine Hand. »Nun mal langsam mit den jungen Pferden. Wenn ich nicht dabei bin, wird er sowieso nichts sagen.«

Prinz sank wieder in den Stuhl und sah Ollie an, der die Augen verdrehte: Er hatte erst später einen Termin bei einem Spezialausrüster in Göttingen und wollte am Abend Minikameras um Schmeltings Haus herum anbringen.

Es war morgens gegen zehn. Prinz, Desirée, Ollie und Andreas saßen in einem Konferenzraum der Kanzlei Viehmann & Viehmann um den ehemaligen Minister herum, jeder mit einer Kaffeetasse und einem Frühstücksset vor sich. In der Mitte des Tisches waren alle möglichen Brötchensorten in einem Korb arrangiert. Prinz und Ollie hielten sich an Kaffee, Andreas aß mit Eifer, Desirée brachte offenbar kaum etwas runter, während Herbert Viehmann eine Kunst daraus machte, sein Croissant zu zersägen, ohne zu krümeln. Beinahe.

Auf einem anderen Tisch lagen sämtliche Handys mit herausgenommenen Akkus. Den ehemaligen Minister hatte das köstlich amüsiert.

»Wann und von wem hat er das erfahren?«, fragte Andreas mit vollem Mund.

Sein Vater schmierte bedächtig Butter und Marmelade auf eine Croissanthälfte. »Am Montag gab es wohl ein unerfreuliches Zusammentreffen zwischen Herrn von Loquai und diesem Hauptkommissar.« Er biss hinein; die Krümel gewannen; er ignorierte das. »Der hat unmittelbar danach Schmelting angerufen. In seinem Ferienhaus in Südfrankreich. Er ist sofort hierher gefahren.«

Draußen schien erneut die Sonne. Die Lamellenvorhänge waren geschlossen, weshalb es in dem Konferenzraum angenehm kühl blieb.

»Im selben Ort«, sagte Prinz, »in dem der frühere Bankdirektor Möller und der jetzt verstorbene ehemalige Bürgermeister Brandstädter ebenfalls Häuser haben.«

Herbert Viehmann sah Prinz an. »Sie haben diesen Kommissar als Mörder und Schmelting als seinen Hintermann beschuldigt. Das war nicht klug.«

Andreas hörte auf zu kauen.

»Es hat Schmelting aufgescheucht«, antwortete Prinz gelassen, »und das ist gut. Wenn das, was er hat, was taugt. Wir sollten das sofort feststellen.«

»Wir treffen uns übermorgen mit ihm, und dabei bleibt es.«

Desirée hatte weiteren Widerspruch erwartet und Mühe, sich ihre Verwunderung über dessen Ausbleiben nicht anmerken zu lassen. Seit der letzten Nacht sah sie ihren Vater mit neuen Augen. Noch nie hatte sie erlebt, wie ein eher kleiner Mann zwei solche Riesen derart blitzschnell fertigmachte. Aber sie hatte auch noch nie einen Minister getroffen, ob ehemalig oder nicht, war noch nie in einer Kanzlei mit so teurer Einrichtung und lauter Schlipsträgern gewesen.

Prinz nickte Ollie zu, der zwei der Fotos, die Prinz gestern von dem alten Glatzkopf mit dem Vollbart, der starken Brille und der seltsam krummen Haltung vor dem Landrat-Voepel-Seniorenstift gemacht hatte, vor Herbert Viehmann legte.

Der kaute gleichmütig zu Ende, schluckte runter und sagte: »Ja, ich weiß. Der frühere Polizeipräsident Holzapfel ist sofort zu Schmelting gerannt, nachdem er von Brandstädters Tod erfahren hat.«

»Das«, sagte Andreas, der erneut zu kauen vergaß, »ist Holzapfel?«

Herbert Viehmann bedachte seinen Sohn mit einem leisen Lächeln. »Ich wusste es tatsächlich nicht. Der alte Voepel selbst hat noch veranlasst, dass man Holzapfel da unter anderem Namen kostenlos aufnimmt. Nur Schmelting und dieser Kommissar Siepmann wissen Bescheid. Und Voepels Tochter und Schwiegersohn natürlich.«

Andreas säuberte seinen Mund. »Ist Holzapfel noch da?«

»Natürlich nicht. Schmelting hat ihn sofort in irgendeinem Schlupfwinkel in Sicherheit gebracht.«

»Die Witwe ist gestern auch plötzlich ausgezogen«, sagte Prinz.

»Ebenfalls in Sicherheit gebracht. Von ihrer Tochter und deren Mann.«

Prinz räusperte sich. »Das passt mir nicht. Wir müssen mit denen allen reden.«

Der ehemalige Minister ignorierte ihn, verspeiste den letzten Bissen, wedelte die Krümel von Schlips und Kragen, lehnte sich zurück und blickte in die Runde.

Andreas kramte in Papieren, die er vor sich liegen hatte. »Ich hab auch was Neues. Baginski rief vorhin an.« Er wandte sich Prinz und den anderen zu. »Das ist der Leitende Oberstaatsanwalt, den Dr. Rohde letzten Sonntag angerufen hat.« Alle nickten. »Baginski hat Frielendorfs Tod dem KK 11 aufgedrückt, was denen gar nicht passt. Sie haben kaum Leute, weil die meisten der Soko angehören, die in dem Döner-Mord ermittelt. Das war Siepmanns vorgeschobene Begründung für sein Verhalten bei dem unerfreulichen Zusammentreffen mit Prinz.«

Erneutes Nicken reihum. Im letzten Jahr war das sonst ruhige Kassel plötzlich Schauplatz einer unglaublichen Mordserie geworden. Der türkische Betreiber eines Internetcafés in der Nordstadt war erschossen worden. Die Serie, bisher neun Opfer, hatte vor Jahren mit dem Betreiber einer Dönerbude in Nürnberg begonnen. Bundesweit tappten mehrere Sokos im Dunkeln. Es war der einzige unaufgeklärte Mordfall des letzten Jahres im Zuständigkeitsbereich des Polizeipräsidiums Nordhessen. Und dieses Jahr könnte es plötzlich zwei weitere geben; vielleicht sogar eine über Jahrzehnte gehende Serie unaufgeklärter Morde und tragischer Justizirrtümer.

»Gestern stand mal wieder eine Zusammenfassung in der Zeitung«, sagte Herbert Viehmann. »Sie kommen nicht weiter, wie es scheint.«

»Ja«, sagte Andreas. »Was Frielendorf angeht, hatte eine Obduktion bis gestern keine Priorität. Das hat sich mit Brandstädter geändert. Beide Leichen wurden gestern in Göttingen obduziert.« Da das nächste rechtsmedizinische Institut Hessens in Gießen war, wich die Kasseler Mordkommission über die Landesgrenze nach Niedersachsen aus. »Nach vorläufigem Befund deutet nichts auf Fremdverschulden hin. Der toxikologische Befund wird allerdings eine Weile dauern. Die Kriminaltechniker haben die Appartements von Frielendorf und Brandstädter untersucht. Keinerlei Spuren eines unbefugten Eindringens, keine nicht zuzuordnenden Fingerabdrücke.«

»Schön«, sagte der ehemalige Minister. »So viel dazu. Zurück zu dem, was der Genosse Manfred mir erzählte. Alle sind in Panik.« Er machte eine Kunstpause. »Niemand weiß, was vorgeht. Also, Kinners: Das wüsste ich jetzt gern.«

Wieder mal Dialekt, stellte Andreas fest.

Prinz sah seine Partner der Reihe nach an. Schließlich fragte er: »Sagte Schmelting was von einer Erpressung?«

»Erpressung? Nein. Wer soll da von wem erpresst werden?«

»Jemand hat noch mehr Menschen umgebracht.«

Der ehemalige Minister fokussierte seine Aufmerksamkeit auf ihn. »Ich höre.«

»Wir glauben zu wissen«, sagte Prinz, »wer der Erpresser ist. Nämlich dieser Typ auf dem Motorrad.« Er nickte Ollie zu, der das Foto vor Herbert Viehmann hinlegte, und fasste knapp zusammen, was sie gestern in Essen in Erfahrung gebracht hatten. »Desirée.«

Desirée holte die Mappe mit sämtlichen Ausdrucken von Florian Brenneckes Computer aus ihrem Rucksack. Herbert Viehmann schlug die Mappe auf, überflog ein paar Blätter.

»Das ist mir zu verworren. Was sind das bloß für abstruse Namen? Wer ist dieser ›Gott‹ Manning?«

»Gott stellt seine Forderungen folgendermaßen: ›*His Satanic Majesty Requests*‹.« Prinz fand jetzt alles sehr amüsant. Herbert Viehmann musterte ihn mit mühsam verhohlenem Missfallen.

»Ein Code natürlich«, erklärte Andreas schnell. »Woher diese italienischen und englischen Namen stammen und ob sie etwas bedeuten, wissen wir noch nicht.«

Der ehemalige Minister dehnte das Missfallen auf seinen Sohn aus. »Ein Code, soso. Und Herr und Frau Ca…, äh …?«

»Campanati. Naheliegend wären Herr und Frau Weirich.«

Herbert Viehmann sah an die Decke. »Stones«, sagte er, zu aller Verblüffung.

»Wie, äh«, fragte Andreas vorsichtig, »meinst du das?«

»Rolling Stones«, erklärte sein Vater geduldig. »›Her Satanic Majesty Requests‹. Damit wollten sie auf ›Sgt. Pepper‹ von den Beatles antworten. Wurde aber ein Flop.«

Andreas hatte Mühe, die Contenance zu wahren. »So was weißt du?«

Der ehemalige Minister lächelte generös. »Was fordert er denn?«

»Zunächst eine Million Euro, nach der Ermordung des ›Erzählers‹ zwei.«

»Das heißt, dieser Erzähler, wie hieß er …«

»Kenneth Toomey.«

»Das soll also Willi Brennecke selbst sein?«

»So«, bestätigte Prinz, »stellt sich das im letzten der Erpresserbriefe dar, die auf Florian Brenneckes zurückgelassenem Computer zu finden waren.«

»Er musste ja irgendwie beteiligt gewesen sein, um zu wissen, was damals passiert ist«, fügte Andreas hinzu.

»Und was ist passiert?«

»Zunächst«, sagte Prinz, »haben drei Männer mehrmals Müll in den Wald gekippt, um die Hornbachs zum Verkaufen zu bewegen. Das klappte nicht, weil Sutter den Müll unauffällig beseitigte. Also sind dieselben drei Männer in das Bauernhaus der Hornbachs eingebrochen. Der Erzähler Toomey, Domenico Campanati und ein dritter Mann, der ›der Polizist‹ genannt wird. Sie haben Sachen zertrümmert und in einem Raum umgedrehte Kreuze an die Wand geschmiert. Alles im Auftrag des ›Papstes‹, Carlo Campanati. Das war in der Woche vor den Morden. Der Opa, Sutter, hat das bestätigt. Er kriegte Ärger mit Frank Hornbach, weil er besoffen im Koma gelegen hat und nichts von dem Einbruch mitbekam, obwohl er dort kostenlos wohnen durfte und etwas Geld bekam, um aufzupassen und sich um den Wald und das Pony zu kümmern.«

»Aus diesem Streit«, fügte Andreas hinzu, »wurde im Prozess sein Motiv für die Morde konstruiert.«

»Die von diesen drei Gestalten verübt wurden?«

»›God‹ Manning schreibt, der Erzähler sei nicht selbst beteiligt gewesen.«

»Wie passend«, sagte Herbert Viehmann und ließ langsam Luft entweichen. »Also hat Dieter Weirich die Hornbachs im Auftrag seines Schwiegervaters ermordet?«

»Nicht allein«, sagte Prinz.

»Wer noch?«

Prinz blickte zu Ollie, der das Foto von Siepmann und Juliane Weirich im Restaurant der Kö-Galerie schon zur Hand hatte und es vor Herbert Viehmann hinlegte.

»›Der Polizist‹«, sagte er.

Der ehemalige Minister warf nur einen kurzen Blick darauf, dann starrte er seinen Sohn an.

»Darauf wollte er von Anfang an hinaus, nicht wahr?« Er deutete auf Prinz.

»Auf jeden Fall passt alles zusammen«, sagte Andreas ungerührt. »Siepmann und Weirich begehen die Morde im Auftrag von Voepel. Sutter wird verurteilt, nach Ermittlungsergebnissen von Siepmann. Siepmanns damaliger Vorgesetzter Hildebrand hat Zweifel, behält die aber auf Holzapfels Anweisung vor Gericht für sich. Willi Brennecke ist derjenige, der am meisten weiß und sich den Rest zusammenreimen kann. Er kriegt als Erster ein paar Millionen und verschwindet, bevor der Rest des Geschäfts über die Bühne geht.« Andreas hielt dem Blick seines Vaters reglos stand. »Kurz nachdem mehrere stille Teilhaber inklusive Holzapfel plötzlich unbekannt verzogen sind, bewegen Hildebrand und Dr. Rohde, beide inzwischen pensioniert, Rohdes damaligen Nachfolger zu einer neuen Untersuchung. Schmelting ist zu der Zeit Landesjustizminister. Er untersagt die Untersuchung und lässt den damaligen Leitenden Oberstaatsanwalt versetzen.«

Herbert Viehmann nickte, offenbar nicht unbeeindruckt. »Wisst ihr inzwischen, wo Hildebrand jetzt steckt?«

»Hier in der Stadt«, sagte Prinz. »Er ist stationärer Patient im Ludwig-Noll-Krankenhaus. Das ist die Psychiatrie des Klinikums.«

»Ich weiß. Ich kenne den Direktor da ganz gut.«

Andreas lächelte. »Dann könnten wir dich mal wieder als Türöffner brauchen.«

Der ehemalige Minister ging darauf nicht ein. »Was soll Genosse Manfred mit all dem zu tun haben? Außer, dass er eine neue Untersuchung nach fast zwanzig Jahren untersagte, vielleicht aus ganz anderen, guten Gründen?«

Andreas zögerte . »Vielleicht«, begann er zurückhaltend, »ist Schmelting als Nachfolger von Voepel jetzt der Chef der ganzen Truppe.«

»Also jetzt –«, wollte der ehemalige Minister aufbrausen.

Andreas beugte sich vor und fixierte seinen Vater. »Siepmann hat Schmelting in Südfrankreich angerufen. Nachdem Prinz ihn beschuldigte, die Morde an den Hornbachs in seinem Auftrag begangen zu haben. Schmelting rast sofort hierher, anderthalbtausend Kilometer oder so. Am nächsten Morgen ist Brandstädter tot, und Holzapfel läuft zu Schmelting, der ihn angeblich in Sicherheit bringt. Vielleicht beseitigt er auch einen weiteren Mitwisser. Einen Tag später ruft er dich an und verabredet ein Treffen.« Mit einem plötzlichen Grinsen strahlte Andreas Prinz an. »Ich glaube, ich weiß jetzt schon, was er uns da verkaufen will.«

Prinz nickte. »Willi Brennecke hat damals allein die Morde an den Hornbachs begangen. Und sein Neffe Florian hat nicht nur Frielendorf und Brandstädter umgebracht und die umgedrehten Kreuze hinterlassen, sondern auch seinen Onkel und seine Eltern auf dem Gewissen. Ein pathologischer Irrer.«

»Und die Erpressung«, schloss Andreas, »beruht auf bloßen Erfindungen.«

Sein Vater blickte kopfschüttelnd von einem zum anderen. »Was wäre denn an dieser Theorie auszusetzen?«

Weirich hatte auf der Segler-Gaststätte am Bugasee als Treffpunkt bestanden, nachmittags um drei. Bei der Hitze war das ganze sich südlich an die Karlsaue schmiegende Seengebiet voller Menschen; noch war es Juni, und erst seit zwei Wochen schönes Wetter; noch waren die giftigen Algen und Bakterien nicht aufgetaucht, die dieses schöne, großzügige Freizeitareal jeden Hochsommer zu einer fast verlassenen Wüstenei machten, weil der stehende See aus unerfindlichen Gründen keine Verbindung zur direkt daran vorbeifließenden Fulda hatte. Noch tummelten sich Surfer und Segler auf einem Teil des durch die Auen mäandernden Sees, FKKler an einem weiteren, abgetrennten Teil, an den künstlichen Stränden der anderen Teile und auf den Liegewiesen war kaum ein Meter unbesetzt. Auch die Gaststätte selbst, die mit den ersten Algen regelmäßig schloss und dann nur noch für Partys gemietet werden konnte, war noch in Betrieb. Schwaden von Sonnenöl- und Pommes-frites-Geruch wehten in der Luft, lange Schlangen vor den Pommesbuden, fröhliches Schwatzen, Kinderkreischen, Radioplärren.

»Ein Alptraum«, sagte Ollie, als sie gegen halb zwölf das Terrain sondierten. »Viel zu viele Geräusche. Absicht?«

»Wahrscheinlich«, sagte Prinz. »Er hat sich in den Siebzigern am Rand der Terrorszene rumgetrieben, war vielleicht auch V-Mann vom Verfassungsschutz. Womöglich will er mich sogar filzen, ob ich verkabelt bin.«

»Das wäre gar nicht gut.«

»Außerdem könnte er Leute mitbringen, die ihm den Rücken decken.«

»Oder unser Freund Florian beobachtet sein Opfer.« Sie standen auf der Holzbrücke, die über eine Schmalstelle des Sees zu der Gaststätte führte, die Ollie skeptisch betrachtete. »Aus dem Laden da kann man nach allen Seiten rausgucken. Er sitzt da drin und beobachtet, ob jemand in deiner Nähe ist, wenn du kommst. Bei den vielen Menschen in Badezeug und dem Krach machen Richtmikrofone sowieso keinen Sinn. Normale Kabelwanzen bemerkt er, wenn er dich filzt.«

»Hast du nicht gestern was von Mikros erzählt, die kleiner sind als ein Stecknadelkopf?«

»Muss sowieso gleich nach Göttingen, wegen den Minikameras. Mal sehen, was es da noch so alles gibt.«

Kurz nach zwei nahmen Ingrid und Jörg an einem der Tische in der Gaststätte Platz. Ingrid stellte eine Tüte mit Handtüchern, Jörg eine Sporttasche neben sich auf den Boden, als ob sie gerade vom Schwimmen kämen. Sie trugen Sommersachen und Sonnenbrillen. Jörg stellte Cola und Currywurst vor sich auf den Tisch, Ingrid Wasser und Salat. Auch in der Gaststätte war viel Betrieb, etwa zur Hälfte Leute in Sommerkleidung, zur anderen Leute in Badesachen. Jörg nahm seine Sonnenbrille ab, spielte damit herum. Als er mit breitem Grinsen etwas sagte, schien es für Ingrid bestimmt zu sein. In Wahrheit sprach er in das Minimikro an der Sonnenbrille.

Sie hatten einen Volvo noch vor der Damaschkebrücke geparkt, bei den Sportanlagen hinter Auestadion und Eissporthalle, und waren durch das ganze Areal spaziert, ohne etwas Verdächtiges zu bemerken. Dirk, der Ingrids privaten Ford Mondeo am Auedamm geparkt hatte, war ihnen in Badehose mit Abstand gefolgt.

Prinz saß am Steuer eines Renault Espace, der als typische Großfamilien- oder Kindergruppenkutsche unauffällig war, und rollte ein schmales Sträßchen entlang, von den Messehallen bis zu einem Wendepunkt zwischen der Gaststätte und der Brücke über die Schnellstraße, von der es zu Sutters Wohnung abging, und wieder zurück, wie auf der Suche nach einem Parkplatz. Die großflächigen Parkplätze waren alle zugeparkt. An dem Sträßchen selbst durfte man nicht parken, aber einige wagten es trotzdem, obwohl hier ständig abgeschleppt wurde. Ollie saß neben ihm, Desirée und Andreas hinten. Ollie hatte ein Headset auf, das Empfangsgerät auf den Knien und hantierte an Reglern herum, als Jörg ihm mitteilte, dass Weirich noch nicht da, die Luft ansonsten rein sei. Dirk bestätigte das.

»Nicht toll«, sagte Ollie über die Akustik. »Aber halbwegs verständlich.«

Prinz wartete, nicht zum ersten Mal, bis einige Wagen sich

aus den Ausfahrten der Parkplätze vor ihm eingefädelt hatten, drehte an den Messehallen, fuhr dieselbe Strecke wieder zurück. Ollie bastelte an verschiedenen kleinen Dingen herum.

»Also«, sagte er. »Du hast ein Mikro an der Armbanduhr, eins an der Sonnenbrille, eins an dem Feuerzeug. Die Batterien sind diese kleinen runden Dinger. Reichen allerdings höchstens vierundzwanzig Stunden. Sollte er dir die Sonnenbrille abnehmen und aufklappen, bemerkt er das. In dem Feuerzeug ist die Batterie drin.« Er gab Prinz die jeweiligen Utensilien, der sie, mit den Knien lenkend, an ihren Platz beförderte. »Solange er dich nur nach den üblichen Kabeln und Rekorder oder Sender abtastet, kann nichts passieren.«

»Wie ist die Reichweite?«

»Knapper Kilometer. Zu weit weg dürfen wir nicht sein. Aber wir haben alle Empfänger. Solange einer von uns in der Nähe ist, müsste alles klappen.«

Desirées Finger zappelten vor Aufregung. Sie konnte kaum begreifen, dass Prinz und Ollie absolut gelassen zu sein schienen und Andreas neben ihr sogar einen gelangweilten Eindruck machte. Für den Fall, dass Weirich mit dem Benz kommen und mit Prinz wegfahren sollte und sie nicht rechtzeitig einen Positionsmelder anbringen könnten, stand der Renault Kangoo auf einem der Parkplätze – und damit sollte dann zunächst Desirée den Wagen im Auge behalten, bis die anderen aufgeschlossen hatten. Sie hatte die rasante Entwicklung und Umsetzung des Plans stumm vor Bewunderung verfolgt.

»Ich bin ja sehr beeindruckt«, ließ sich Andreas vernehmen, »aber ich halte doch für ziemlich übertrieben, was ihr da für einen Aufwand treibt.«

»Abwarten«, sagte Prinz. Er rollte gerade an dem Parkplatz vorbei, auf dem sein Bentley stand, der ebenfalls verwanzt war, falls Weirich sich zu ihm in den Wagen setzen wollte. Damit war fast der ganze Wagenpark des Guts im Einsatz. »Wo steckt Siepmann?«

Ollie angelte nach einem anderen Gerät, das zu seinen Füßen lag. »Privat- und Dienstwagen stehen nach wie vor auf dem Parkplatz des Polizeipräsidiums.« Er sah auf seine Uhr, drückte einen Knopf des Geräts. »Viertel vor drei. Der Alfa steht immer noch auf dem Mandelberg.«

»Entweder er kommt gar nicht«, sagte Andreas, »oder er kommt zu spät oder –«

»Er kommt«, teilte Dirk Ollie mit, der das weitergab.

Weirich betrat die Gaststätte, ließ einen schnellen Blick über die Anwesenden gleiten, holte sich an der Theke einen Kaffee und setzte sich in eine Ecke, einige Tische von Ingrid und Jörg entfernt. Von dort hatte er jeden im Blick, der sich über die Holzbrücke oder von den Parkplätzen näherte, ohne selbst gesehen zu werden. Jörg saß mit dem Rücken zu ihm und drehte sich nicht um. Ingrid betrachtete den Mann durch ihre Sonnenbrille. Er trug einen Sommeranzug, schwitzte leicht, legte aber das Jackett nicht ab. Er rührte in dem Kaffee herum, blickte links raus, rechts raus, links raus, rechts raus.

Jörg beobachtete den Eingang und durch die Fenster den Weg von den Parkplätzen. Dirk lag draußen in Badehose auf einer Decke in der Menge, nur wenige Meter von der Gaststätte entfernt, und bemühte sich, seinen herumwandernden Blick gelangweilt erscheinen zu lassen.

»Er ist allein«, teilten sie beide Ollie mit, der das weitergab. Florian Brennecke war nirgends zu sehen.

Ingrid stellte fest, dass sie den etwa gleichaltrigen Mann ziemlich attraktiv fand. Braungebrannt, voller dunkler Haarschopf mit grauen Strähnen und grauen Schläfen, blitzende blaue Augen, markantes Gesicht, selbstsichere Haltung. Angespannter Gesichtsausdruck, aber das passte zu der Entscheidungsträger-Erscheinung, ebenso wie der nicht zu kleine Bauch, den der Anzug ziemlich gut kaschierte. Ingrid zählte ihn zu den Männern, bei denen ein bisschen Bauch nicht störte. Kein Ehering, registrierte sie automatisch. Als sie wieder in sein Gesicht sah, bemerkte sie, dass der Mann sie anlächelte. Nach einer Schrecksekunde machte sie ein Ertappt-Gesicht, lächelte zurück, schob die Brille vor auf die Nasenspitze und ließ ihn ihre Augen sehen. Er hob bedauernd die Schultern, deutete auf seine Uhr und dann zum Eingang. Sie formte mit den Lippen ein stummes »Och«, schob die Brille zurück und sah woandershin.

»Dieser Typ«, gab Ollie weiter, »äugelt mit Ingrid.«

Andreas kicherte.

»Wer weiß, wozu das –«, begann Prinz, dann sagte er, gleichzeitig mit Desirée: »Da.« Da stand die breite dunkelblaue S-Klasse mit dem richtigen Nummernschild, auf dem Parkplatz bei der Gaststätte, drei geparkte Wagen blockierend. Das Fahrerfenster stand einen Spalt offen.

»Nicht zu fassen«, sagte Ollie. »Ich gehe hin, klebe einen Positionsmelder unter die Kiste und ein Mikro innen an die Fensterleiste.« Er löste den Gurt und wollte schon die Tür aufmachen.

»Augenblick.« Prinz rollte weiter. »Hat irgendwer den Wagen im Blick?«

Sie blickten in alle Richtungen. Nichts zu entdecken. Ein Trupp Motorradfahrer rollte vorbei, kein Florian Brennecke darunter.

»Okay, oder?«, meinte Ollie.

»Du nicht«, sagte Prinz zu ihm. »Dein Auftritt, Andreas.«

»Was?«, sagte Andreas entsetzt.

»Du kennst den Besitzer des Wagens. Du siehst, das Fenster ist nicht ganz zu. Dabei klebst du das Mikro an. Du hast den Eindruck, als würde der Wagen auch noch Öl verlieren, und klebst den Melder an.« Prinz hielt an dem Wendepunkt.

»Das«, sagte Andreas, »schaffe ich nie.«

»Klar schaffst du das«, sagte Ollie und reichte ihm die beiden winzigen Geräte.

Andreas schloss die Augen, öffnete den Mund, schnappte die Geräte und marschierte eilig zurück.

Prinz ignorierte das drängelnde Ausscheren des Wagens hinter ihm, rollte langsam an der entgegenkommenden Schlange parkplatzsuchender Autos vorbei auf die Einfahrt zu den Parkplätzen vor der Gaststätte zu. Andreas kam ihnen bereits entgegen, mit wehenden Jackettaufschlägen. Prinz stoppte, und Andreas plumpste schwer in den Sitz, knallte die Tür zu. Er war völlig durchgeschwitzt.

»Und?«, fragte Desirée aufgeregt.

Andreas keuchte mit offenem Mund. »So was mach ich nie wieder.«

Als Prinz um fünf Minuten nach drei die Gaststätte betrat, hatte Weirich seinen Kaffee ausgetrunken und erhob sich, kam ihm entgegen und ging ohne Begrüßung an ihm vorbei.

»Sie können später was trinken.«

Prinz zögerte einen Moment, musste sich konzentrieren, um nicht zu Ingrid und Jörg zu blicken, folgte Weirich.

Draußen musterte Weirich ihn von oben bis unten, ohne sich um die vorbeigehenden Leute zu kümmern, die ihnen tatsächlich keinerlei Beachtung schenkten.

»Sind Sie verdrahtet?«

Prinz lachte. »Nein.«

Weirich lächelte freundlich, legte ihm eine Hand auf die Schulter, beugte sich vor, als wolle er ihm ein Geheimnis verraten, tastete mit der anderen Hand beiläufig an Revers, Knöpfen, Brusttasche von Prinz' Poloshirt, dann um den Gürtel herum, auf die Hosentaschen, während die erste Hand ihm jetzt freundschaftlich auf den Rücken klopfte. Prinz rührte sich nicht und behielt das Lächeln im Gesicht. Der Kerl war nicht schlecht, kannte nur die neuen Minimikros nicht. Die Aktion war so schnell gegangen, dass außer Dirk niemand etwas bemerkt hatte. Weirich fischte das Feuerzeug aus Prinz' Brusttasche, musterte es.

»Zigaretten?«

»Ich rauche nicht.«

»Weshalb haben Sie dann ein Feuerzeug dabei?«

»Habe ich immer, um jemandem Feuer geben zu können.« Prinz grinste. »Behalten Sie's, wenn Sie wollen.«

Weirich steckte es mit ausdruckslosem Gesicht zurück und sagte: »Handy.«

Prinz holte es aus seiner Hosentasche. Es war nicht sein übliches teures Ding, sondern ein billiges Karten-Handy, ohne Vertrag. Weirich befingerte es, drehte es um, gab zu der Nummer, die auf einem Klebestreifen auf der Rückseite stand, keinen Kommentar, gab es zurück.

»Sie sollen ein schönes Auto fahren.«

»Und?«

»Wo steht das?«

»Ich hab da vorn 'ne Parklücke gefunden. Wieso?« Prinz wusste natürlich, wieso. Wenn sein Wagen nicht hier stand, hätte ihn jemand gebracht.

Weirich marschierte los, Prinz folgte. Auf dem Parkplatz mussten sie um den Renault Espace herumgehen, den Andreas, jetzt am Steuer, gerade in die erste Parklücke rangierte. Andreas sah schnell weg und hielt eine Hand vor den Kopf, während Ollie, das Headset auf, und Desirée mit großen Augen glotzten. Weirich hatte bereits den Bentley im Blick. Wenn eine zweite Person drin gesessen hätte, wäre sie nicht rechtzeitig außer Sicht gekommen. Weirich registrierte, dass die Antenne eingefahren war, ging aufmerksam um den Wagen herum auf der Suche nach versteckten Antennen, die es natürlich nicht gab.

»Soweit okay«, sagte er. »Kommen Sie mit.« Und damit verschwand er in den Büschen, die den Parkplatz von den Liegewiesen trennten.

Prinz zwang sich, nicht zurück zum Espace zu blicken, und folgte. Weirich trampelte durchs Gehölz, marschierte dann eilig im Slalom durch die Menschen auf ausgebreiteten Decken und Handtüchern, wich herumtollenden Kindern und heransegelnden Frisbeescheiben aus. Er wollte zu dem Fußweg, der am See entlangführte. Dort waren auch einige voll bekleidete Spaziergänger unterwegs, meist ältere Semester, und hier verlangsamte Weirich seinen Schritt.

»Gratuliere«, sagte Prinz. »Wenn ich vorgehabt hätte, Sie abzuhören, hätte ich null Chance gehabt.«

»Das«, sagte Weirich, nicht ohne ein stolzes Grinsen zu verbergen, »ist der Sinn der Übung.« Er blieb stehen und machte eine umfassende Geste über das Gelände, als wolle er einem Fremden die Anlage erläutern. »Sie könnten zwei Dutzend Leute mit Richtmikrofonen in der Menge verteilt haben, die würden nicht mehr als ein paar Wortfetzen mitkriegen, aber todsicher auffallen.«

Sein Dialekt, fand Prinz, war eigenartig. Breites, gemütliches

Pfälzisch, überlagert von scharfen Berliner Tönen. Das Kasselänerische, von dem er seit etwa fünfundzwanzig Jahren umgeben war, hatte keinerlei Spuren hinterlassen.

»Sehr professionelle Herangehensweise.« Zu viel Ironie, merkte Prinz zu spät.

»Sie begeistern mich«, sagte Weirich. »Kleiner Krimineller, große Klappe. Früher habe ich mit richtigen Profis zusammengearbeitet.«

»Aber jetzt«, sagte Prinz langsam, »sind Sie ein Provinzstadt-Geldmann mit einem Vorortproblem. Angeheiratetes Geld. Und die Frau hat auch noch geerbt.«

»Kriegen Sie sich wieder ein, Mann. Pit Sabatka schwört auf Sie. Wie viel verlangen Sie?«

»Ich habe genug Geld. Ich will Informationen.«

Weirich marschierte weiter, steckte sich eine Zigarette in den Mund. Prinz gab ihm zuvorkommend Feuer. Weirichs Augen waren ständig in Bewegung, tasteten die Menge der Badenden, die Spaziergänger ab. Dirk hatte seine Decke keine hundert Meter entfernt ausgebreitet und las ein Taschenbuch. Jörg, inzwischen ebenfalls in Badehose und allein, spazierte ein paar hundert Meter vor ihnen den künstlichen Strand entlang, mit den Füßen im Wasser.

»Pit hat Ihnen doch schon alles gesagt.« Prinz lachte Weirich aus. »Na schön. Er weiß ja selbst kaum was. Sie haben wirklich genug Geld? Woher?«

»Geschäfte, Geschäfte.«

»Gehört Erpressung dazu?«

»Ich muss keine Geschäfte mehr machen. Nein, Erpressung gehörte nie dazu.«

»Wer sind Sie wirklich?«

Prinz ignorierte die Frage. »Sie könnten einen dieser Profis um Hilfe bitten, von denen Sie geredet haben.«

»Nein, kann ich nicht. Die Sache ist privat.«

»Dann werden Sie sich auf Pit Sabatka verlassen müssen. Oder allein gehen.« Weirich schnaubte, schmiss die Zigarette weg, zündete die nächste selbst an. »Warum haben Sie solche Angst, abgehört zu werden?«

»Weil ich nicht dumm bin, Mann! Pit sagte, Sie hätten einen alten Knastkumpel bei sich aufgenommen. Der behauptet, unschuldig zu sein. Deshalb haben Sie sich in Pits Puff an mich rangemacht. Ich wusste, dass ich Ihnen was erzählen muss, wenn ich Ihre Hilfe will. Wenn ich das bloß Ihnen erzähle, kann ich alles abstreiten, und wem wird man wohl glauben, Ihnen oder mir? Wenn es ein Band gibt, könnte das jemand in die Finger kriegen.«

»Wer denn?«

»Hören Sie, Mann. Sie haben doch längst herausgefunden, wer ich bin. Wer mein Schwiegervater war. Ich gehöre mehr oder weniger zur hiesigen Politprominenz. Nächstes Frühjahr sind Kommunalwahlen. Der neue Verleger der HNA, dem jetzt übrigens auch der EXTRA TIP gehört, soll gesagt haben, er wolle die rote Bastion Nordhessen schleifen. Was würden die wohl aus so einer Sache machen?«

»Noch weiß ich nicht wirklich, um was für eine Sache es überhaupt geht.«

Weirich band ihm eine ziemlich keimfreie Version der ganzen Geschichte auf. »Es gab damals wohl ein paar Sachen, die nicht ganz korrekt gelaufen sind, aber falls überhaupt irgendwas daran illegal war, ist das längst verjährt.«

»Trotzdem wollten Sie schon mal bezahlen?«

»Na ja, es kommt noch was.«

»Wie hoch ist die Forderung?«

»Beim ersten Mal eine Million, dann zwei, jetzt fünf.«

Prinz pfiff durch die Zähne. »Heftig. Was passierte, als Sie bezahlen wollten?«

»Nichts. Ich deponierte das Geld irgendwo und verzog mich, wie gefordert. Später sah ich nach. Das Geld war noch da. Zweimal. Danach jeweils für Monate Ruhe. Passt zu dem Spinner.«

»Sie haben eine Ahnung, wer es sein könnte?«

Weirich blieb auf einer Brücke stehen. »Habe ich. Ich bin eigentlich sicher.«

»Einer oder mehrere?«

»Einer. Da bin ich auch ziemlich sicher.«

»Wieso?«

Weirich schmiss die Zigarette in den See, was verboten war. Die nächsten Schwimmer waren weit weg, aber ein rotes Schlauchboot mit zwei Jungs und zwei Mädchen drin glitt gerade unter der Brücke durch. Dirk, hinter ihnen, hatte sich irgendwo in der Menge wieder auf seine Decke gelegt.

»Also gut. Jetzt kommt das, was ich Ihnen erzählen werde. Erstens: Vermutlich ist Ihr Knastkumpel wirklich unschuldig. Das haben alle schon damals geahnt, aber alle haben die Klappe gehalten. Um das Projekt durchziehen zu können. Nicht schön, zugegeben, aber auch nicht illegal, denn keiner hatte die leiseste Ahnung, wer es wirklich gewesen sein könnte. Auf jeden Fall, keiner der Beteiligten, ich auch nicht, hat mit der Ermordung der Hornbachs irgendetwas zu tun. Wegen uns hat Ihr Kumpel nicht unschuldig gesessen.«

»Das ist eine Behauptung, keine Information.«

»Der Mörder war der Erpresser.« Weirich seufzte. »Schwiegerpapa wollte den Mandelberg haben, der junge Hornbach wollte nicht verkaufen. Schwiegerpapa beauftragte jemanden, ein bisschen Terz zu machen. Mich. Ich habe mir noch zwei Leute ausgesucht. Einer war der Typ, der jetzt die Stiftung erpresst. Wir haben ein bisschen Terz gemacht.«

»Müll in den Wald gekippt, eingebrochen und umgedrehte Kreuze geschmiert.«

»Das haben Sie von diesem Kumpel, der für die Morde gesessen hat, nehme ich an.« Weirich fischte die nächste Zigarette aus der Schachtel, kriegte sein Feuerzeug nicht an. Prinz gab ihm noch mal Feuer. Weirich schmiss sein eigenes Feuerzeug in den See, steckte das von Prinz ein, ging weiter. »Die umgedrehten Kreuze waren die Idee von diesem Typ. Dann wurden die Hornbachs ermordet. Irgendwo in der Holzhütte von Ihrem Kumpel soll es auch ein umgedrehtes Kreuz gegeben haben. Glauben Sie das, oder glauben Sie's nicht. Es ist die Wahrheit.«

»Und gestern Morgen wieder ein Toter, hat Pit gesagt, wieder ein umgedrehtes Kreuz an der Wand.«

»Es passt alles zusammen: Dieser Typ ist es!«

Prinz nickte. »Wir beide gehen also zu der Geldübergabe. Was passiert dann?«

Weirich blieb aufgebracht stehen. »Was soll das heißen, wir beide? Sie brauchen Leute, Mann! Ich werde den Kerl doch gar nicht zu sehen kriegen, und Sie auch nicht, wenn Sie neben mir im Wagen sitzen oder hinter mir herfahren!«

Prinz lächelte. »Machen Sie sich darum mal keine Sorgen. Wir schnappen den Kerl. Also, was soll dann mit ihm passieren?«

»Das ist mir egal, solange er nicht wiederkommt. Quetschen Sie ihn aus. Vielleicht verrät er Ihnen, wie er die Hornbachs umgebracht und Ihren Kumpel dafür ans Messer geliefert hat.«

»Ich soll ihn nicht für Sie umbringen?«

Weirich blieb erneut stehen und starrte ihn an. »Sind Sie wahnsinnig, Mann? Mit Mord will ich nichts zu tun haben. Damals nicht, heute nicht.« Er zog heftig an der Zigarette. »Wenn wir den Kerl nicht ausschalten, ist das nächste Mal vielleicht meine Frau dran. Oder meine Schwiegermutter. Oder ich.«

»Sagen wir mal«, sagte Prinz bedächtig, »ich übergebe den Erpresser der Polizei.«

»Das würde ich auch tun, wenn ich ihn allein schnappen könnte.«

»Ist das Ihr Ernst?«

»Das ist mein voller Ernst.« Weirich ging weiter. »Sie sollten darauf vorbereitet sein, dass er mit einem schnellen Motorrad unterwegs ist.«

»Reden wir mal darüber, wie die Übergabe ablaufen soll.«

Weirich überholte ein Händchen haltendes Rentnerpaar, bevor er antwortete. »Er hat offenbar gelernt. Die beiden ersten Male kam der Brief mit der Post, alle Details schon gleich mit dabei. Diesmal hat er erst seine Forderung gestellt und ein Zeichen angekündigt. Der Brief ist Sonntag vor zwei Wochen in den Briefkasten des Stifts geworfen worden. Als sich fast zwei Wochen lang nichts tat, dachte ich schon, er hätte wieder Schiss gekriegt. Na ja. Das Zeichen war drastischer, als ich befürchtet hatte. Gestern dann wieder ein Brief im Briefkasten des Stifts. Darin steht, dass die Geldübergabe heute Nacht stattfinden soll. Kein Ort, keine genaue Zeit, keine Art und Weise. Ich soll das Geld besorgen und durch die Stadt fahren und den Wagen öfter stehen lassen, das Fahrerfenster nicht ganz zu, und mich irgendwohin verziehen, wo ich den Wagen nicht sehen kann. Ich würde neue Instruktionen kriegen. Tja. Ich war gestern Nachmittag unterwegs, ich bin seit heute Morgen wieder unterwegs. Habe das acht- oder neunmal gemacht. Bisher nichts.«

»Haben Sie das Geld?«

»Habe ich.«

»Sie können einfach so fünf Millionen Euro in bar flüssig machen?«

Weirich lachte bitter. »Einfach so ist ziemlich untertrieben, Mann. Es hat mich gestern und heute eine Reihe unangenehmer, langwieriger Sitzungen mit Finanz- und Bankmenschen gekostet.«

»Wo ist es?«

»Im Safe in meinem Haus. Dachten Sie, ich hätte es im Wagen gelassen?«

»Wie er Ihnen neue Instruktionen geben will, hat er nicht mitgeteilt?«

»Nein. Was schätzen Sie, wie wird er das machen?«

»Ich würde ein Kartenhandy in Ihren Wagen schieben. Damit hat er ein sicheres Kommunikationsmittel. Selbst wenn Sie die Polizei einschalten sollten.«

Weirich nickte. »Da bin ich nicht drauf gekommen. Könnte ein guter Plan sein.«

Prinz blieb stehen und lächelte ihn offen an. »Ich weiß nicht, ob das sein Plan ist, aber es ist meiner.« Er gab ihm sein eigenes Kartenhandy. »Sobald Sie Zeit und Ort kennen, rufen Sie mich damit an. Die Nummer, die Sie anrufen sollen, steht auf dem Klebestreifen hinten drauf.«

Weirich lächelte ebenfalls. »Nicht schlecht, Mann.«

»Befürchten Sie nicht, dass er Sie die ganze Zeit beobachtet?«

»Na und? Ich treffe mich mit jemandem, den er nicht kennt. Ich habe mich seit gestern dauernd mit Leuten getroffen. Ich muss schließlich das Geld besorgen.«

Prinz nickte. »Mir ist noch nicht klar, wieso Sie keine Angst haben vor dem, was der Erpresser alles der Polizei erzählen könnte.«

»Bei Erpressung ist die Polizei im Allgemeinen diskret.«

»Dann ist mir nicht klar, wieso Sie nicht zur Polizei gehen.«

Weirichs Lächeln wurde zu einem abschätzigen Grinsen. »Das kann ich Ihnen verraten, Mann. Ich bin zur Polizei gegangen. Die haben es zweimal vermasselt. Weil der Chef da ein unfähiger Idiot ist. Sie hatten doch auch schon mit diesem bescheuerten Siepmann zu tun. Der Trottel hat den Kerl erst verscheucht und dann nicht geschnappt. So was darf nicht noch mal passieren. Dieser Kerl mordet wieder, Mann!«

ZWÖLF

Die Nacht war sternenklar, die Luft blieb warm. Prinz, Desirée und Andreas sowie der Neue im Team, Erich Geschorrek, saßen draußen, der in ein Fenster gestellte Fernseher lief, aber niemand schenkte dem Programm besondere Aufmerksamkeit. Erst nach elf wurde es endlich dunkel.

Nur Sutter tauchte den ganzen Abend nicht auf, verbrachte die Zeit oben in seinem Gästezimmer, ebenfalls vor dem Fernseher. Er hatte seit seinem Gestammel am vorigen Abend kein Wort mehr gesagt.

Weirich hatte tatsächlich ein weiteres Kartenhandy auf dem Fahrersitz seines Wagens vorgefunden, als er am Bugasee wieder einstieg. Sie hatten ihn nicht entdeckt, aber es war möglich, dass Florian Brennecke sie bemerkt hatte.

Ollie, Jörg und Dirk waren bereits auf dem Mandelberg. Am Abend hatten sie unauffällig drei Minikameras um Schmeltings Haus in den Bäumen angebracht. Jetzt parkten ihre Wagen nahe genug der Weirich-Villa, um noch in Reichweite des Minimikros am Feuerzeug zu sein. Ollie saß im Espace, dem sie die hinteren Sitze herausmontiert hatten, um das Motorrad darin transportieren zu können.

»Irgendwas«, murmelte Prinz mehrmals vor sich hin, »stimmt nicht.«

Desirée und Andreas sahen sich kopfschüttelnd an und setzten sich vor den Fernseher. Im Nachtprogramm lief »Das Appartement«. Andreas, der den Film mochte, kicherte gelegentlich, während Desirée ihn etwas altbacken fand.

Erich Geschorrek hockte sich neben Prinz auf eine Holzbank. Sein Motorrad stand auf dem Hof; er hatte nachmittags, als alle unterwegs waren, bei Sutter die Stellung gehalten und sollte heute Nacht dabei sein, für den Fall, dass es Florian Brennecke gelang, mit seiner Maschine abzuhauen. Außerdem war Erich als Einziger bewaffnet.

»Er redet überhaupt nicht«, sagte er über Sutter.

Er war ein großer, breiter Kerl in Lederzeug mit langen grauen Strähnen in einem Zopf, fast eine ältere Version von Florian Brennecke. Er hatte reichlich Fett angesetzt in den letzten Jahren und trank die vierte Flasche Bier, versicherte aber, noch voll einsatzfähig zu sein.

»So was wie er hätte auch aus mir werden können, wenn ich so viel Pech gehabt hätte. Aber ich komm nicht an ihn ran.«

Prinz blickte zu den angefangenen Schnitzarbeiten, die vor dem alten Speicher im Rasen lagen. »Na ja, versuch es einfach weiter.«

Hinter dem Fenster oben im zweiten Stock war es jetzt dunkel, nicht mal das Flackern des Fernsehers war zu sehen. Anscheinend sah er sich heute Nacht nicht die Mädels auf dem Sportkanal an.

Um halb drei war der Film zu Ende. Desirée und Andreas setzten sich wieder zu ihnen. Auf dem Tisch lag das Kartenhandy, das Weirich anrufen sollte; außerdem detaillierte Generalkarten und Stadtpläne.

Die Hoffnung versackte im Keller. Dann hörten sie auch noch, wie der erste Vogel zaghaft zu zwitschern begann. Prinz blickte hoch in den klaren Nachthimmel.

»Wann wird es eigentlich hell?«

»Die Sonne«, sagte Desirée, »geht jedenfalls um sechs Minuten nach fünf auf. Ich habe nachgeguckt.«

In diesem Augenblick meldete sich Ollie in dem Knopf in Prinz' Ohr.

»Weirich«, sagte Ollie atemlos, »redet in diesem Augenblick mit dem Erpresser. Das Feuerzeug muss in der Nähe sein, ich kriege seinen Teil des Gesprächs mit. Er zieht es in die Länge, wiederholt alles, schreibt wahrscheinlich mit. Er soll durchs Fuldatal nach Hannoversch Münden fahren, dann die Werra lang bis zur Auffahrt Hedemünden auf die A 7. Augenblick. Jetzt macht er Schluss. Ich melde mich gleich wieder.«

»Ist die Frau zu hören?«

»Nein.« Drei Uhr sechs. Genau zwei Stunden vor Sonnenaufgang.

»Schick Jörg und Dirk schon mal los«, sagte Prinz. »Dirk soll dieselbe Strecke vorausfahren, Jörg Richtung Stadt und in Kassel-Nord auf die A 7 Richtung Hannover. Du folgst Weirich mit Abstand.«

»Okay. Er müsste sich gleich bei dir melden.«

Desirée, Andreas und Erich beugten sich bereits im Licht einer der Lampen über die Karten. Noch war es dunkel.

»Niedersachsen«, sagte Andreas. »Die Polizei hätte möglicherweise ein paar Schwierigkeiten wegen der Landesgrenze. Zumindest hofft er das.«

»Für die Strecke«, sagte Erich, »braucht Weirich selbst nachts ohne Verkehr etwa zwanzig Minuten.«

Er sah Prinz an, der nickte. Prinz war glücklich, das Adrenalin rauschte durch seine Adern wie schon lange nicht mehr. Er war voll konzentriert.

»Und dann? Auf die Autobahn?«

»Wahrscheinlich«, sagte Prinz. »Die Kasseler Berge fangen gleich südlich von Göttingen an. Jede Menge Brücken bis zur Ausfahrt Kassel-Nord. Die Landesgrenze ist hier: ungefähr zwei Kilometer vor Kassel-Nord.«

»Du glaubst, Weirich soll den Koffer von einer Brücke werfen?«, fragte Andreas.

Prinz nickte. »Das ist das Wahrscheinlichste. Ich würde ihn von Hedemünden nach Süden fahren lassen. Und das Geld von einer Brücke werfen, die noch in Niedersachsen ist. Eine Brücke, die nicht über einen der Hauptverkehrswege führt, sondern über ein Tal, in dem es bloß Wald- oder Feldwege gibt.«

»Die Breiter-Stein-Brücke«, sagte Erich und zeigte mit dem Finger drauf. Die rote Linie der Autobahn führte durch eine grüne Fläche, die für Wald stand, ein paar weiße Linien zeigten Waldwege an, eine dünne blaue Linie bezeichnete einen Bach. »Kurz vor der Ausfahrt Lutterberg, das ist nach Hedemünden gleich die nächste Richtung Frankfurt. Nur ein schmales Sträßchen, links und rechts bewaldete Berge.«

»Aber auch ziemlich unübersichtlich«, wandte Prinz ein. »Wenn er da wartet, kann man sich anpirschen, ohne dass er was merkt.«

»Da ist es vollkommen ruhig, bis auf das Brummen der Autobahn über ihm«, widersprach Erich. »Und finster. Keine Straßenbeleuchtung. Wenn ein Auto oder ein Motorrad kommt, hört und sieht er das.«

»Weirich müsste doch längst anrufen?«, sagte Desirée.

Prinz ignorierte sie. Sein Finger fuhr auf der Karte die rote Linie der Autobahn entlang, nach Nordosten, an Hannoversch Münden und einigen dazugehörenden Dörfern vorbei, über die Werra. Kurz vor der Ausfahrt Hedemünden blieb der Finger stehen.

»Was ist mit diesen zwei Brücken hier, südlich von Lippoldshausen. Weiße Fläche bedeutet Ackerland, oder?«

Erich schüttelte den Kopf. »Das sind keine richtigen Brücken, das sind bloß Unterführungen für die Feldwege. Auf dem Abschnitt ist alles flach, kilometerweit offene Felder.«

Durch die weiße Fläche zogen sich mehrere Feldwege, beinahe quadratisch angeordnet. Streckenweise verliefen einige Feldwege fast parallel zur Autobahn, entfernten sich von ihr, kehrten zurück.

»Klingt ideal, finde ich. Der Koffer fällt nicht tief, und er kann kilometerweit sehen, ob sich ein Auto oder ein Motorrad nähert. Wenn er hundert Meter oder so entfernt wartet, kann er auch Weirich beobachten, wie der den Koffer runterschmeißt, ob er allein ist, ob er weiterfährt.«

Das Kartenhandy gab ein dumpfes Schnurren von sich. Drei Uhr neun. Prinz stellte die Verbindung her.

Weirich klang noch atemloser als Ollie. »Er hat vor ein paar Minuten angerufen. Ich soll in, Moment, ab jetzt zwanzig Minuten in Hedemünden sein, an der Autobahnauffahrt, und warten.«

»Okay«, sagte Prinz. »Und dann?«

»Dann meldet er sich wieder, Mann. Um halb vier.«

»Sind Sie fertig?«

»Ich habe mich gerade angezogen und den Koffer mit dem Geld geholt, gehe jetzt zur Garage. Er sagte, ich soll den Alfa nehmen.«

»Da können Sie kaum eine zweite Person so drin verstecken,

dass die nicht zu sehen ist. Anders als in dem großen Benz. Hätte ich auch so gemacht.«

»Ich bin begeistert, dass Sie sich so gut mit ihm verstehen, Mann.« Prinz hörte verschiedene Geräusche, dann das Anlassen eines Motors. »Noch was«, sagte Weirich. »Er klang komisch. Nicht wie der Typ von damals. Und er klang, als wäre er völlig in Panik.« Prinz antwortete nicht. »Sind Sie noch dran?«

»Vielleicht hat er jemanden engagiert, und der hat Schiss. Oder er klingt anders, weil er selbst Schiss hat.«

»Na ja, kann sein.«

»Wir sind unterwegs.«

»Ja. Na ja, viel Glück. Ich fahr jetzt los.«

»Sagen Sie sofort Bescheid, wenn er angerufen hat. Lassen Sie nicht wieder Minuten vergehen.«

»Ich muss mich ja nicht noch mal anziehen, Mann.«

Prinz beendete die Verbindung. »Also los.«

Andreas raste mit annähernd dreihundert Stundenkilometern auf der A 44 an Kassel-Wilhelmshöhe vorbei. Erich und Prinz, vor ihnen aufgebrochen, waren nicht zu sehen. Hin und wieder Lastwagen auf der rechten Spur, nur vereinzelte Pkw dazwischen. Drei Uhr siebzehn.

»Wahnsinn«, murmelte Desirée, beide Hände auf dem Armaturenbrett, die Arme durchgedrückt, mit offenem Mund und großen Augen auf die heranfliegenden, dann vorbeiflitzenden roten Rücklichter starrend. Aber die ersten Minuten über schmale Landstraßen und durch die Kleinstadt Zierenberg waren noch schlimmer gewesen. Zu ihren Füßen lagen verschiedene Karten. Sie hatte, wie Andreas, einen Empfänger im Ohr, über den sie den ganzen Funkverkehr mitbekam. Um selbst zu sprechen, musste sie einen Knopf am Mikrofon im Kragen drücken.

»Keine Bange«, meinte Andreas gleichmütig.

Desirée warf ihm einen Seitenblick zu. Sie hatte einige Geschichten über seine notorische Unfallfreudigkeit gehört.

Andreas verlangsamte an einer Baustelle auf hundert, wurde trotzdem geblitzt. »Das macht nichts«, sagte er. »Das kostet bloß fünfzig Euro oder so.«

Noch vor drei Uhr zwanzig waren sie auf der sechsspurigen A 7. Hier gab es deutlich mehr Verkehr. Wer von Stuttgart, München oder Frankfurt nach Hannover oder Hamburg, von Italien oder Österreich nach Skandinavien wollte, musste diese Strecke nehmen.

Atmosphärisches Rauschen aus dem Empfänger, dann eine metallische Stimme: Jörg, der den Mondeo ebenfalls voll ausreizte, meldete sich: »Bin gleich an der Ausfahrt Hedemünden.«

»Gut«, hörten sie Prinz' Stimme. »Fahr raus, auf der anderen Seite gleich wieder drauf, zurück Richtung Frankfurt. Sieh dich ein bisschen um, aber nicht auffällig. Auf keinen Fall langsamer werden, egal ob du was entdeckst oder nicht. Kurz nach der Brücke über die Werra kommt ein Parkplatz. Auf den fährst du und stellst dich so hin, dass du den Verkehr in beide Richtungen beobachten kannst, ohne aussteigen zu müssen. Melde dich erst, wenn du wieder auf der Autobahn bist.«

»Okay.«

Andreas lächelte in sich hinein. »Lustige Sache, oder?«

»Hmhm«, machte Desirée unsicher, kniff die Augen zusammen, als vor ihnen ein Pkw ausscherte, um einen Laster zu überholen, und sie ganz links vorbeirasten. »Und wenn es ganz woandershin geht? Weiter nach Hannover und dann irgendwo ab in die Pampa?«

»Dann werden wir zwei beide, wenn ich das richtig sehe, erst mal am weitesten vorn sein.« Diese Aussicht fand Andreas offenbar sehr anregend.

»Oder Frankfurt.«

»Dann ist Jörg als Erster dran.«

Drei Uhr dreiundzwanzig. Noch völlig dunkel. Der Porsche mit Andreas und Desirée passierte die Ausfahrten Kassel-Ost und Kassel-Nord, dann die Landesgrenze nach Niedersachsen. Desirée hatte sich inzwischen an das Tempo gewöhnt. Andreas schien völlig sicher zu fahren, und Desirée fühlte jetzt, neben der gespannten Erwartung, eine seltsame Ruhe. Auch das Funkgerät gab sekundenlang nur Rauschen und Klacken von sich; dann wurde es plötzlich lebhaft.

Jörg hatte nichts Verdächtiges bemerkt. Ollie teilte mit, dass

Weirich auf völlig leeren Straßen die Geschwindigkeitsbegrenzung deutlich überschritt, gerade in Hannoversch Münden die Weser überquerte, wenige hundert Meter nördlich des Zusammenflusses von Fulda und Werra. Ollie selbst war im Espace ziemlich exakt einen Kilometer dahinter.

Dirk meldete, dass er mit dem Kangoo gleich in Hedemünden sei, vielleicht zwei oder drei Kilometer vor Weirich. Prinz befahl ihm, an der Autobahnauffahrt vorbeizufahren, an der ersten Kreuzung zu wenden und zu halten, die Lichter aus und sich im Wagen möglichst unsichtbar zu machen, aber die Straße im Blick zu behalten. Ollie sollte an der letzten Kreuzung vor der Auffahrt halten, noch in Reichweite des Mikros.

»Andreas, wo seid ihr?«, klang Prinz' Stimme aus den Empfängern.

»Mach du das«, sagte Andreas zu Desirée.

Desirée räusperte sich, drückte den Knopf am Mikro, sah angestrengt nach draußen und versuchte sich zu erinnern, vor wie viel Sekunden sie über die Werratalbrücke gerast waren. Ein Film, dachte sie. Ich bin in einem Film.

»Andreas?« Ihr Vater klang jetzt irritiert.

»Ja«, sagte sie in das Mikro. »Ich bin's. Alles klar. Sind gerade über die Werrabrücke gefahren. Noch, äh, zwei oder drei Kilometer bis Hedemünden.«

»Sehr gut«, hörte sie Prinz und spürte wieder eine dieser Stolzwellen durch ihren Körper schwappen. »Der Parkplatz kommt gleich nach der Ausfahrt.«

»Sag ihm«, seufzte Andreas, »dass wir nicht doof sind.«

»Ja gut«, sagte Desirée in das Mikro. »Wissen wir.« Sie ließ den Knopf los. Drei Uhr siebenundzwanzig.

Andreas grinste zu ihr rüber. »Das traust du dich nicht, was?«

Desirée schnitt ihm eine Grimasse, konzentrierte sich auf die Stimmen aus dem Empfänger in ihrem Ohr.

Weirich kam in seinem Alfa anderthalb Minuten vor halb vier an der Auffahrt an, parkte am Straßenrand, ließ die Lichter an.

Gut anderthalb Stunden vor Sonnenaufgang tauchte am Horizont im Osten der erste schmale, matte Lichtstreifen auf. Sonst war der Himmel noch schwarz.

Der Porsche fuhr auf den Parkplatz, der wenige hundert Meter in Fahrtrichtung Hannover hinter der Auffahrt lag. Der Parkplatz war durch eine Lärmschutzwand von der Autobahn getrennt, es gab ein Klohäuschen, einige Sattelschlepper standen da, dunkel, die Fahrer schliefen offenbar in ihren Kabinen. Keine Pkw, kein Motorrad. Andreas parkte weit vorn, am Ende der Lärmschutzwand, fast in der Auffahrt, und machte das Licht aus.

Richtung Hannover ging es steil bergauf, eine Schlange Lkw schnaufte gerade hoch, einige scherten aus, um auf der mittleren Spur den langsamen ersten Laster zu überholen. Den Berg runter Richtung Frankfurt rauschten die Lkw in beinahe gleichmäßigen Abständen vorbei.

»Hier ist er offenbar nicht«, sagte Andreas, ließ die Scheibe runtergleiten und holte einen Zigarillo heraus.

»Wir sind da«, sagte Desirée in das Mikro. »Hier ist er nicht.«

»Gut«, antwortete Prinz. »Wie sieht's bei den anderen aus?«

»Kann man die Glut nicht sehen?«, sagte Desirée zu Andreas. Der starrte sie einen Moment lang an, bevor er den Zigarillo in seinem Jackett verstaute.

Niemand hatte etwas Verdächtiges mitzuteilen.

Erich war in Lutterberg abgefahren und hockte unter der Breiter-Stein-Brücke, von wo er nichts als absolute Ruhe melden konnte.

»Ich glaube, du hast recht«, sagte er. »Die Brücke ist vier oder fünf Meter hoch, man kann absolut nicht sehen, was sich da oben tut, und der Koffer könnte aufplatzen, wenn Weirich den hier runterschmeißt.«

»Dachte ich mir«, sagte Prinz. »Fahr auch zu den beiden Unterführungen.«

»Weirichs Handy fiept«, schepperte Ollies Stimme um drei Minuten nach halb vier aus dem Empfänger in Desirées Ohr.

Eine Minute später sahen Andreas und Desirée hinter sich ein Motorrad mit hoher Geschwindigkeit auf die Autobahn biegen und vorbeirasen. »Er haut ab Richtung Hannover!«, schrie Andreas aufgeregt und fuhr los. Das Motorrad war bereits weit weg. Andreas drückte das Gaspedal durch.

Desirée war zu ihrer eigenen Überraschung ganz ruhig. »Ein Motorrad«, sagte sie in das Mikro, »ist gerade in Hedemünden aufgefahren und mit sehr hoher Geschwindigkeit Richtung Hannover unterwegs. Wir folgen.« Sie sah das einzelne Rücklicht vor sich über der Kuppe verschwinden.

»Das ist er«, hörten sie Prinz aus den Empfängern. »Haltet Abstand.«

»Verstanden.« Sie hatte tatsächlich ein »Roger« auf der Zunge gehabt. »Langsamer, Andreas. Das Licht ist noch aus.«

»Okay«, sagte Andreas, wurde langsamer, schaltete das Licht ein, holte den Zigarillo wieder heraus und ließ sich von Desirée Feuer geben. Als sie über die Kuppe kamen, sahen sie das einzelne Rücklicht weit vor sich auf der linken Spur an den Lastern vorbeiziehen. Andreas gab wieder Gas.

Bei Prinz schnurrte das Kartenhandy.

»Er macht es diesmal kompliziert«, sagte Weirich nervös. »Scheiße, Mann, ich hab hier wirklich fünf Millionen Euro im Koffer!«

»Ganz ruhig«, sagte Prinz. Er hielt den Knopf des Funkgerätmikros gedrückt, sodass die anderen seinen Teil des Gesprächs mithören konnten. »Sie können immer noch selbst entscheiden, ob Sie mit dem Koffer machen, was er verlangt, oder nicht. Was hat er gesagt?«

»Ich soll zwei Minuten vergehen lassen, dann auf die Autobahn Richtung Hannover fahren, mit exakt hundertdreißig Stundenkilometern, nicht mehr, nicht weniger. Übernächste Ausfahrt raus, auf der anderen Seite direkt wieder auf die Autobahn drauf, im selben Tempo zurück. Er meldet sich.«

»Das ist Göttingen«, sagte Prinz, die Ruhe selbst. »Sehr schön. Fahren Sie da raus und wieder zurück. Machen Sie alles genauso, wie er es verlangt.«

»Ich hab immer noch keine Ahnung, was mit dem Koffer werden soll, verdammte Scheiße!«, schrie Weirich.

»Bleiben Sie ganz ruhig. Klang er immer noch so panisch?«

»Noch viel panischer, wenn Sie mich fragen.« Weirich selbst klang, als würde er jeden Moment die Nerven verlieren. »Er redete irgendwas von Satans Schergen, die mir diesmal nichts nutzen würden. Er hätte sie gesehen, die Schergen. Meint er Sie damit? Hat er Sie gesehen, Mann?« Seine Stimme überschlug sich.

»Ignorieren Sie das«, sagte Prinz bestimmt. »Ungefähr auf halber Strecke zwischen Hedemünden und Göttingen, wahrscheinlich so etwa beim Kreuz Drammetal, wird in der Gegenrichtung ein Motorrad mit hoher Geschwindigkeit an Ihnen vorbeikommen. Das ist er. Er checkt, ob jemand vor Ihnen oder hinter Ihnen ist. Keine Sorge. Es ist keiner vor oder hinter Ihnen. Beim nächsten Anruf wird er Ihnen den Punkt mitteilen, an dem Sie halten und den Koffer von der Autobahn werfen sollen. Es wird eine Brücke oder eine Überführung sein. Rufen Sie sofort an, und halten Sie die Verbindung, bis Sie an dem Punkt angekommen sind. Ich sage Ihnen, ob wir ihn im Blick haben und ob Sie den Koffer werfen können.«

»Und wenn nicht?« Weirich schrie mit sich überschlagender Stimme. »Und wer sagt mir, dass Sie keine Scheiße reden, Mann?«

»Es Ihre Entscheidung. Fahren Sie jetzt los. Die zwei Minuten sind um.«

Prinz beendete die Verbindung und sprach in das Mikro. »Desirée, das war's für euch. Ihr lasst euch Zeit, fahrt an der ersten Göttinger Ausfahrt vorbei, dreht in Göttingen-Nord und gondelt zurück.«

»Roger«, sagte Desirée, mit einer Mischung aus Enttäuschung und Erleichterung.

Andreas sah zu ihr rüber. Das einzelne Rücklicht vor ihnen war gerade wieder hinter einer Kurve verschwunden. Andreas fuhr beinahe dreihundert, das Motorrad war mindestens genauso schnell. Sie passierten das »Kreuz Drammetal, 1000 m«-Schild. Kurz danach wies ein weiteres Schild auf die Gedenkstätte im früheren Auffanglager Friedland für DDR-Flüchtlinge hin.

»Wie, das war's für uns?«, sagte Andreas.

»Er will nicht, dass Florian Brennecke mitkriegt, dass jemand hinter ihm ab- und gleich wieder auffährt.«

Andreas nahm den Fuß vom Gas. »Guck mal in der Karte, ob auch eine Landstraße wieder zurückführt.«

»Wieso?«

Andreas seufzte. »Desirée, wenn man immer bloß tut, was einem gesagt wird, kommt man zu nichts. Tu's einfach.«

»Weil du das sagst, ja?«

Andreas räusperte sich und wurde noch langsamer. Das einzelne Rücklicht vor ihnen verschwand. Desirée grinste in sich hinein, machte die Innenbeleuchtung an, angelte nach der Karte zu ihren Füßen und fuhr mit dem Finger Straßen nach.

»Wir müssten ein bisschen kreuz und quer fahren, aber zurück kämen wir schon auf Landstraßen. Wenn deswegen irgendwas schiefgeht, bin ich's nicht gewesen.«

»Nein, nein. Du hast Zeter und Mordio geschrien und sogar versucht, mir ins Lenkrad zu greifen, aber ich habe mich nicht davon abbringen lassen.«

Das nächste Schild wies auf Göttingen in tausend Metern hin. Sie sahen das Motorrad ohne Blinker in der Ausfahrt verschwinden. Andreas bremste, scherte nach rechts hinter einen Laster. Kurz vor dem Fünfhundert-Meter-Schild tauchte ein einzelner Scheinwerfer auf der Gegenfahrbahn auf. Das Motorrad beschleunigte, raste vorbei. Dreihundert Meter.

Drei Uhr siebenunddreißig.

»Sieh ihm nach«, sagte Andreas. »Ist er noch zu sehen?«

»Noch«, sagte Desirée. »Noch. Jetzt ist er weg.« Andreas fuhr ohne zu blinken rechts raus. Desirée atmete aus, schaltete wieder die Innenbeleuchtung an. »Na schön. Was bin ich froh, dass du deinen Willen hast.« Ein Spruch ihrer Mutter, früher.

»Mit Recht«, grinste Andreas. »Mit Recht.«

Währenddessen verteilte Prinz ruhig und sicher die Aufgaben an die anderen.

Dann fragte Ollie: »Wo steckst du denn überhaupt?«

»Ich stehe ein paar hundert Meter nördlich der ersten Unterführung zwischen einem Schrottplatz und einer Holzfabrik.« Sie konnten alle das Grinsen in seiner Stimme hören. »Ich sehe dich gerade vorbeifahren, Ollie, und Dirk unten auf den Feldweg biegen.«

Andreas und Desirée fuhren einige Minuten schweigend eine schmale Straße entlang, die sich neben der Autobahn durch Felder und Wälder schlängelte, etwas von der Autobahn weg und durch zwei winzige, im Dunkeln wie verlassen daliegende Weiler führte, sich dann wieder der Autobahn näherte. Der Lichtstreifen im Osten war breiter geworden, aber noch sehr matt.

Die Autouhr des Porsche zeigte genau drei Uhr dreiundvierzig, als zum ersten Mal nach fünf Minuten Funkstille Ollies Stimme aus dem Lautsprecher schepperte: »Das Handy wieder. Weirich hat gerade in Göttingen gedreht, ist jetzt etwa vierzehn, fünfzehn Kilometer vor Hedemünden.«

»Gut«, sagte Prinz. »Ihr seid alle in Position?«

Dirk, Ollie und Erich bejahten; Jörg näherte sich Hedemünden aus Richtung Frankfurt, etwa drei Kilometer bis zur Ausfahrt.

»Du hältst die Klappe«, sagte Andreas zu Desirée, die tat, was er sagte. Zu ihrer Erleichterung fragte ihr Vater nicht nach ihrer Position.

»Weirich wiederholt, was der Kerl ihm sagt«, teilte Ollie mit. »Er soll exakt zwölfhundert Meter nach der Ausfahrt Hedemünden über einer Unterführung im Seitenstreifen halten, die Warnblinkanlage anschalten, den Koffer runterwerfen, sofort weiterfahren. Es ist die erste! Die erste von den beiden Unterführungen! Du hattest recht!«

»Okay, Ollie«, sagte Prinz. »Super, Ollie. Du bleibst, wo du bist. Dirk, du auch. Jörg, sobald ich es dir sage, fährst du in Hedemünden ab und blockierst den Feldweg, der südlich parallel zur Autobahn zu der ersten Unterführung führt. Mach das Licht aus, sobald du von der Autobahn runter bist. Erich, fahr zur ersten Unterführung. Mach sobald wie möglich das Licht aus. Halte hinter Ollie drei- oder vierhundert Meter vor der Unterführung, lass den Motor an.«

Andreas und Desirée hörten die »Okays« aus ihren Empfängern.

Dann wieder Funkstille. Als Desirée das nächste Mal auf die Uhr sah, war es drei Uhr sechsundvierzig. Weirich würde noch etwa fünf, sechs Minuten bis zu der Unterführung brauchen.

»In einer Stunde und zwanzig Minuten«, sagte sie, »geht die Sonne auf.«

»Bis dahin haben sie ihn«, meinte Andreas. »Satans Schergen. Klingt, als wäre er wirklich verrückt.«

»Auf jeden Fall hat er Angst. Der glaubt dieses Zeug.«

»Und trotzdem macht er weiter. Dazu muss man verrückt sein.«

Andreas und Desirée kamen auf der schmalen, unbeleuchteten Landstraße nur langsam voran. Desirée richtete sich plötzlich im Sitz auf.

»Ich weiß, was Prinz zu schaffen macht. Frielendorf.« Andreas sah herüber. »Florian Brennecke war hinter Siepmann her, als ich bei Frielendorf war. Wenn er mit den Typen in dem Mini Cooper gar nichts zu tun hat, woher wusste er dann von Frielendorf?«

Andreas, der sie anstarrte, kam von der schmalen Straße ab und fuhr gegen einen Zaunpfahl.

»Na toll«, sagte Desirée.

»Halt bloß die Klappe«, sagte Andreas.

Drei Uhr siebenundvierzig.

Prinz war auf einen Holzstapel geklettert, der vor der Holzfabrik herumstand. Die erste dunkle Rötung zeigte sich am Horizont, und der Morgenstern, Venus, Luzifer, der Lichtbringer, schien auf die Felder, die bis auf einen matten Schimmer noch im Dunkeln lagen. Die Scheinwerfer der Laster kamen in weitem Bogen vom Berg herunter, huschten in der Ebene vorbei. Die Vögel lärmten; sonst alles ruhig, bis auf das Brummen von der Autobahn.

Prinz fühlte eine gewisse gespannte Erwartung, aber sonst nichts als stille Begeisterung. Über sich selbst. Es war das phantastischste Glücksgefühl, das er kannte, wenn einer seiner Pläne zu klappen schien. Die Fehlschläge waren notwendig, um das Glück beim Gelingen richtig genießen zu können. Er hatte Florian Brenneckes Schwierigkeiten, bei einer Übergabe ganz allein auf Nummer sicher zu gehen, analysiert und sich in seine Lage versetzt, und Florian Brennecke hatte ihn nicht überraschen können. Bis jetzt.

Das Handy, verbunden mit Weirich, steckte in einer Tasche

seiner Jacke. Er hielt sein Nachtsichtgerät an die Augen, durch das er über den Schrottplatz hinweg die Autobahn und den parallel verlaufenden Feldweg beobachtete.

Drei Uhr achtundvierzig. Wo blieb der Kerl?

Da! Ein Motorrad rollte den Feldweg entlang, ohne Licht, zu schnell für die holprige Strecke.

Prinz wurde mit einer Welle reinen Entzückens klar, dass seine Beute ahnungslos in die Falle tappte. Er holte mit der freien Hand das Handy heraus, hielt es ans Ohr.

»Wo sind Sie?«, flüsterte er.

»Vielleicht fünf Kilometer vor Hedemünden.« Weirich flüsterte automatisch ebenfalls. »Was ist?«

»Ich sehe ihn. Funkstille. Melde mich wieder.« Prinz steckte das Handy zurück in die Jackentasche. »Er kommt«, flüsterte er in das Mikro an seinem Kragen. »Jörg, fahr von der Autobahn.«

Der Motorradfahrer hatte den Helm auf, aber das Visier hochgeklappt. Als Prinz Jörgs »Okay« hörte, zog sich ihm der Magen zusammen: Der Motorradfahrer bog links ab, fuhr unter der Unterführung durch.

»Er fährt in deine Richtung, Ollie!«

Drei Uhr neunundvierzig. Was zum Teufel sollte das?

»Er hat nur kurz gewittert«, hörte Prinz Ollie flüstern. »Er hat mich nicht gesehen. Er fährt zurück.«

»Puh«, machte Prinz, das Nachtsichtgerät konstant auf die Unterführung gerichtet. Der Motorradfahrer tauchte unter der Unterführung wieder auf, fuhr direkt auf ihn zu. Prinz ging in die Hocke, warf einen Blick zu seinem Bentley zwischen dem Schrottplatz und der Holzfabrik, hinter dem Holzstapel, auf dem er hockte.

Etwa hundert Meter nördlich der Autobahn, zweihundert Meter südlich von Prinz wendete der Motorradfahrer, blieb mit laufendem Motor mit dem Rücken zu Prinz stehen, Helm auf, startklar, den Blick auf die Autobahn gerichtet. Laster rauschten vorbei. Prinz ließ seinen Blick durch das Nachtsichtgerät einmal um hundertachtzig Grad herumwandern. Weit und breit nichts zu sehen, das Land im Tiefschlaf. Er sah wieder nach vorn. Der Motorradfahrer sah auf seine Uhr, wartete.

Das Herz hüpfte Prinz vor Freude, als er die Falle zuschnappen ließ. »Ollie, blockier den Feldweg auf deiner Seite der Unterführung.«

»Okay.« Aus dem Empfänger in seinem Ohr konnte Prinz hören, wie der Motor des Espace angelassen wurde.

»Dirk, bieg rechts in den Feldweg parallel zur Autobahn, blockier ihn.«

»Klar.«

Prinz hörte leise etwas in seiner Jackentasche. Weirich schrie offenbar in sein Handy. Er ignorierte das, spähte mit dem Nachtsichtgerät nach Westen, konnte aber selbst dadurch und von seiner erhobenen Position aus nur ahnen, dass der Kangoo ohne Licht in den Feldweg bog. Hören konnte er nichts, außer den Vögeln und den vorbeibrummenden Lastern, nicht einmal das Motorrad im Leerlauf zweihundert Meter vor ihm. Also konnte der Motorradfahrer auch nichts hören.

Prinz holte das Wegwerfhandy hervor, das im Augenblick ruhig war. »Ich habe doch gesagt, Funkstille«, flüsterte er hinein. »Wo sind Sie jetzt?«

»Gleich an der Ausfahrt, Mann! Gleich an der Ausfahrt!« Weirich schrie fast.

»Sch!«, zischte Prinz. »Verlangsamen Sie auf sechzig. Ich sehe ihn. Wir haben ihn eingekreist. Wir kriegen ihn. Sie kriegen Ihr Geld wieder zurück.«

Pause. Dann: »Sicher?«

»Sicher.«

Erneute Pause. »Warum soll ich dann werfen?«

Prinz war einen Moment konsterniert. Darüber hatte niemand nachgedacht. »Weil wir ihn kriegen, wenn er den Koffer holt. Wenn Sie nicht werfen, muss er nicht zu der Unterführung und vom Motorrad runter.«

Drei Uhr einundfünfzig.

»Verstanden.« Weirich klang plötzlich, als hätte er auch ein Grinsen in der Stimme. »Sechshundert Meter hinter der Ausfahrt. Achthundert. Tausend. Ich glaube, ich sehe eine Lücke zwischen den Büschen neben der Autobahn. Das muss diese Unterführung sein. Elfhundert. Okay. Ich halte und werfe.«

Der Motorradfahrer sah auf seine Uhr, blickte dann starr nach vorn zur Autobahn.

Um drei Uhr zweiundfünfzig hielt ein Wagen auf der Autobahn, direkt über der Unterführung, die Warnblinkanlage ging an, jemand stieg aus. Etwas wurde von der Autobahn geworfen. Die Person stieg wieder ein. Der Wagen fuhr weiter.

Prinz schaltete das Handy aus und stellte auf seinem Nachtsichtgerät das Etwas scharf, das auf dem Feldweg unter der Unterführung lag. Es war ein großer Metallkoffer. Er war nicht aufgeplatzt.

Prinz war verliebt in die ganze Welt. Der Motorradfahrer rührte sich nicht. Er hockte auf seiner Maschine, den linken Fuß auf dem Boden, beide Hände auf dem Lenker, startklar, und starrte nach vorn.

Wartete. Drei Uhr dreiundfünfzig. Vierundfünfzig. Fünfundfünfzig. Es wurde jetzt zunehmend hell, im Osten rot. Wie lange würde es dauern, bis er sicher war, nicht in eine Falle zu gehen? Egal. Die Falle war längst zugeschnappt. Sie konnten es jetzt genauso gut selbst in die Hand nehmen.

»Erich«, wisperte Prinz in das Mikro, »fahr los, an Ollie vorbei, unter der Unterführung durch, schnapp dir den Koffer, fahr weiter, auf ihn zu, an ihm vorbei. Jörg, fahr langsam los. Dirk, fahr langsam los. Ollie, fahr langsam los, wenn Erich an dir vorbei ist. Licht an auf Kommando.«

Prinz wusste, dass jetzt nichts mehr schiefgehen konnte, wartete nicht auf die Antworten, sprang von dem Holzstapel, in den Bentley, ließ den Motor an, fuhr hinter dem Holzstapel hervor und auf den Feldweg. Der Motorradfahrer, etwa zweihundert Meter vor ihm, starrte weiter gebannt auf den Koffer.

Unter der Unterführung tauchte ein zweites Motorrad ohne Licht auf.

Der Motorradfahrer, womöglich paralysiert, rührte sich nicht.

Erich schnappte sich im Fahren den Koffer, fuhr auf den Motorradfahrer zu.

Der Motorradfahrer startete, ging auf Kollisionskurs.

Der Espace tauchte unter der Unterführung auf, hielt.

Das irritierte den Motorradfahrer. Erich kam an ihm vorbei.

»Licht an«, sagte Prinz und machte selbst das Licht an und fuhr los.

Der Motorradfahrer wollte gerade wenden, um Erich zu verfolgen, fand sich plötzlich im Fokus von vier Scheinwerferpaaren, rutschte weg und legte sich auf die Seite. Prinz stoppte, stieg aus, rannte nach vorn.

Erich stoppte, sprang vom Motorrad, warf Prinz den Koffer zu, zückte seine .38er, rannte zurück.

Der Motorradfahrer lag mit einem Bein unter seiner Maschine. Der Motor lief noch. Er glotzte mit weit aufgerissenen Augen unter dem hochgeklappten Visier seines Helms hervor, als Erich die Waffe auf ihn richtete.

Plötzlich schloss er die Augen, und ein merkwürdiges Lächeln schien dort aufzutauchen, wo die Unterkante des Helms seinen Mund verbarg.

Das Lächeln verschwand, sein Gesicht verzerrte sich, er riss die Augen auf. »Tötet mich!«, schrie er. »Tötet mich! Tötet mich!« Immer wieder. Er hörte nicht auf damit. Prinz öffnete den Koffer.

Papierschnipsel. Er begann zu lachen.

Florian Brennecke ließ wehrlos alles mit sich machen. Er hörte bloß nicht auf zu schreien, egal wie oft sie ihm versicherten, dass ihm nichts passieren würde.

Es hörte erst auf, als Ollie Klebeband um seinen Kopf rollte.

»Gott sei Dank«, sagte Prinz. »Wie lange dauert es noch, bis die ersten Bauern auftauchen?«

»Könnte bald passieren«, meinte Erich, während er Florian Brennecke auf den Bauch rollte. Ollie umwickelte seine Handgelenke hinter seinem Rücken, dann seine Fußgelenke mit Klebeband.

»Lasst uns zusehen, dass wir hier wegkommen«, sagte Prinz. Während die anderen das Motorrad hinten im Espace und Florian Brennecke auf der Ladefläche des Kangoo verstauten, rief er mit dem Kartenhandy Weirichs Kartenhandy an.

»Alles klar. Wir haben ihn. Und den Koffer mit den Papierschnipseln.«

Weirich lachte. »Ich hatte zwei Koffer dabei, Mann! Sie klangen selbstsicher genug, um das Risiko einzugehen, den ohne Geld zu werfen.«

»Schlau«, sagte Prinz, durchaus mit Anerkennung.

»Und? Was ist das für ein Typ? Älter, so um die sechzig?«

»Nein, jünger, vielleicht Mitte zwanzig.«

Pause. »Das heißt, es ist noch nicht vorbei. Der eigentliche Typ, der von damals, er könnte wiederkommen. Außer, sie kriegen aus Ihrem da raus, wo der steckt.«

»Darüber reden wir noch«, sagte Prinz, unterbrach die Verbindung, schaltete das Handy aus und schüttelte den Kopf. Ollie tauchte neben ihm auf.

»Dieser Weirich«, sagte Prinz. »Der hat um 'ne Ecke weiter gedacht als wir.«

»Wir haben, was wir haben wollten. Du warst doch nicht auf die Kohle scharf.«

»Ich hätte sie gern in der Hand gehabt. Als Beweis, dass er zahlen wollte.«

Ollie hob die Schultern. »Also dann, Abflug.«

Kurz nach vier Uhr morgens setzte sich der Konvoi auf dem Feldweg zur Autobahnauffahrt in Bewegung.

Auf einer abschüssigen Gerade, wieder auf hessischem Gebiet, kamen unter ihnen die Lichter der Stadt im weiten Tal ins Blickfeld, als Prinz plötzlich Erichs Stimme aus dem Empfänger hörte: »Polizei.«

Eine ganze Kolonne Polizeiwagen fuhr neben ihnen her, der erste setzte sich vor den Bentley und bremste. Es waren mindestens fünf, die meisten Wagen in dem neuen Blausilber, einer noch in altem Grünweiß.

»Scheiße!«, schrie Ollie. »Der verdammte Weirich! Was jetzt?«

Erichs Motorrad scherte aus, beschleunigte, zog vorbei; er wollte sich nicht mit der illegalen Waffe erwischen lassen. Die aus ihren Wagen springenden Polizisten kümmerten sich nicht darum.

»Aufgeben«, sagte Prinz nach langen Sekunden. »Hat keinen Zweck.«

Er stieg aus. Er hatte plötzlich keine Kraft mehr in den Beinen und ein Gefühl im Bauch, als müsste er gleichzeitig kotzen und scheißen. Es war dasselbe Gefühl wie früher, wenn sie ihn erwischt hatten.

Ein grauer Passat fuhr vor, dem der Erste Kriminalhauptkommissar Siepmann und sein Adlatus mit dem Schnäuzer entstiegen. Siepmann grinste Prinz an.

»Na, Knirps? So sieht man sich wieder.« Prinz sagte nichts. »Also, die Sache sieht so aus. Wenn du mir den Kerl freiwillig übergibst, sehe ich über alles hinweg, was du auf niedersächsischem Territorium womöglich Illegales angestellt hast und wovon die Kollegen da nichts ahnen. Also, wie steht's?«

Prinz spürte, wie das fiese Gefühl im Bauch kaltem Hass wich. »Was ist mit dem Geld?«

Siepmann lachte. »Den Koffer mit den Papierschnipseln kannst du behalten.«

DREIZEHN

Dieter Weirich fläzte in einem Sessel und zündete eine Zigarette nach der anderen mit dem Feuerzeug an, das er von Prinz hatte. Auf dem Beistelltisch standen eine noch halbvolle Flasche zwölf Jahre alter Macallan und ein drei Finger breit gefüllter Tumbler. Der Koffer mit dem Geld lag geöffnet auf dem Sofa.

»Ich weiß gar nicht, was du hast«, sagte er.

»Du Idiot«, sagte Juliane Weirich mit erschöpfter Stimme. Sie trug einen Morgenmantel über dem Pyjama und ging auf und ab. Eben hatte sie noch geschrien.

Draußen war es bereits fast taghell. Die Sonne ging gerade auf.

»Hat doch alles wunderbar geklappt. Diese Typen haben den Kerl geschnappt. Und Siepmann hat ihn denen wieder abgenommen. So was kann er ja: Täter einsacken, die man ihm auf dem Präsentierteller serviert.«

»Ohne *mich* hätten *die* ihn jetzt.«

Dieter Weirich grinste schief. »Was hast du denn eigentlich gemacht? Mich verwanzt, oder was?«

Sie gab einen entnervten Ton von sich. »Ich habe den letzten Erpresserbrief gefunden. Verwanzt, mein Gott!« Juliane Weirich setzte sich neben den Koffer auf das Sofa. »Du hast keine Ahnung«, sagte sie. »Du weißt nicht, wer das ist, dem du dich da ausgeliefert hast.«

»Wieso? Das ist bloß irgend so ein kleiner Krimineller.«

Seine Frau wählte ihre Worte sorgfältig. »Der kleine Kriminelle heißt Marcus Aurelius von Loquai. Genannt Prinz, der Planer.«

Weirich grinste sie an. »Na und?«

»Sein Anwalt ist Andreas Viehmann. Sie haben den Ministerpräsidenten überzeugt, diesen alten Mann zu begnadigen. Jetzt wollen sie seine Unschuld beweisen.« Sie betrachtete ihren Mann voller Verachtung.

Weirich setzte mit hartem Klirren das Glas auf den Beistelltisch. »Im Ernst?«

»Im Ernst.«

Weirich versank mit glasigen Augen in Nachdenken. Dann hellten sich seine Züge auf. »Na toll. Okay, zugegeben, zugegeben. Aber der hat ja nix in der Hand, dieser Prinz oder wie er heißt. Die Kohle nicht, den Typ nicht, und was soll er schon anfangen mit dem bisschen, das ich ihm erzählt hab? Das glaubt ihm doch keiner.«

»Außer, er hat es auf Band.«

»Hat er nicht. Ich kenn mich mit so was aus! Ich hab mit richtigen Profis zusammengearbeitet, damals!«

»Wir waren alle Amateure, damals«, sagte seine Frau entnervt. Sie hörte ein Geräusch, spitzte einen Moment die Ohren; wieder beruhigt musterte sie ihren Mann, jetzt beinahe mitleidig. »Wollen wir bloß hoffen, dass du recht hast. Einer von diesen Leuten soll ein Technikgenie sein, sagt Berthold.«

»Berthold, Berthold. Immer dieser verfluchte Siepmann ...«

»Was war das?«, sagte seine Frau, sich im Sofa aufrichtend.

»Was war was?« Weirich lauschte übertrieben. »Hör nix. Einbrecher, meinst du?«

»Nein, die Tür –«

Im Flur ging das Licht an. Juliane und Dieter Weirich glotzten fassungslos, als Prinz, Ollie und Andreas den Salon betraten.

Prinz setzte sich Weirich gegenüber. Ollie zog einen Sessel heran, platzierte einen Player neben die Scotchflasche und grinste.

Andreas setzte sich auf das Sofa, sodass der geöffnete Geldkoffer zwischen ihm und Juliane Weirich lag, und lächelte sein Politikerlächeln. »Juliane. Dieter. Schön, dass ihr noch auf seid.«

Dieter Weirich fing sich als Erster. »Andreas. Was für eine Überraschung.« Er setzte ein ähnlich routiniertes Lächeln auf, sprach konzentriert und überdeutlich, aber sonst war ihm der Alkohol plötzlich kaum noch anzumerken. »Nehmt Platz, würde ich sagen, wenn ihr nicht schon sitzen würdet. Unübliche Zeit für einen Besuch, oder?«

Andreas betrachtete den Koffer mit dem Geld. »Du hast also tatsächlich auch das Geld dabei gehabt. So schlimm ist das, was der Kerl gegen euch in der Hand hat.«

Juliane Weirich schloss die Augen. Dieter Weirich griff nach dem Tumbler und schwenkte ihn herum.

»Wer Mäuse fangen will, sollte Käse dabeihaben«, meinte er. »Wie seid ihr übrigens reingekommen? Hab die Alarmanlage gar nicht gehört.«

»Mit einem Schlüssel«, sagte Prinz.

»Mit einem Schlüssel. Klar. Wie auch sonst.« Weirich zwinkerte seiner Frau zu, die auf dem Sofa hockte. »Pit Sabatka. Könnte sich ziemlich geschäftsschädigend auswirken, wenn ich überall rumerzähle, dass die Klamotten in seinen Läden nicht sicher sind, meinen Sie nicht?« Diesmal zwinkerte er Prinz zu, bevor er sich an Andreas wandte. »Ganz abgesehen davon, dass es bestimmt illegal ist, Schlüssel nachzumachen, oder, Andreas? Unbefugtes Betreten fremden Eigentums, oder wie das heißt, kommt auch noch dazu.« Bevor Andreas etwas sagen konnte, prostete Weirich Prinz zu. »Herr von Loquai. Genannt Prinz, der Planer. Nett, Sie kennenzulernen, würde ich sagen, wenn wir uns nicht schon kennen würden. Wollen Sie uns den anderen Kollegen da nicht vorstellen, bevor meine Frau ihren Lover von der Kripo anruft und Sie abholen lässt?«

Auf Juliane Weirichs Gesicht verwandelte sich Erstaunen in etwas, das an Bewunderung grenzte. Sie schielte zum Telefon, rührte sich aber nicht.

Prinz tauschte Blicke mit Andreas und Ollie. Andreas machte den Mund auf. Prinz brachte ihn mit einer Hand zum Schweigen und nickte Ollie zu.

Ollie drückte einen Knopf. Weirichs Stimme erklang: »Schwiegerpapa wollte den Mandelberg haben, der junge Hornbach wollte nicht verkaufen. Schwiegerpapa beauftragte jemanden, ein bisschen Terz zu machen. Mich.«

Juliane Weirich hatte während dieser Darbietung erneut die Augen geschlossen. Jetzt riss sie sie auf.

»Du kennst dich mit so was aus«, sagte sie zu ihrem Mann.

Weirich nestelte schwer atmend an der Zigarettenschachtel herum.

Ein Knopfdruck von Ollie, dann setzte die Aufnahme an einem anderen Punkt wieder ein: »Aber der hat ja nix in der Hand, dieser Prinz, oder wie er heißt. Die Kohle nicht, den Typ nicht, und was soll er schon anfangen mit dem bisschen, das ich ihm erzählt hab? Das glaubt ihm doch keiner.«

Mit einem weiteren Knopfdruck brachte Ollie den Player zum Schweigen, nahm das Feuerzeug, nach dem Weirich gerade greifen wollte, hielt es ihm an die Zigarette, sagte: »Bitte sprechen Sie in das Mikro«, gab Weirich Feuer und zündete sich selbst mit breitem Grinsen eine Kolumbo an.

Andreas wandte sich mit dem freundlichsten Lächeln an die Frau: »Wolltest du nicht Kommissar Siepmann anrufen, Juliane?«

Juliane Weirich reagierte nicht. Alles Leben schien aus ihr gewichen zu sein.

Weirich stürzte das Glas runter, gab ein bedächtiges Räuspern von sich, inhalierte tief.

»Das ist auch alles nicht legal, glaube ich«, sagte er, wieder etwas lallend. »Bestimmt nicht vor Gericht verwertbar, würde ich wetten, was, Andreas?«

»Wie könnte denn eine Anklage gegen dich aussehen, Dieter? Mord an den Hornbachs vor siebenundzwanzig Jahren? Mord an Willi Brennecke letzten November? Mord an Horst und Gundula Brennecke im Februar?«

Juliane Weirich glotzte ihren Mann aus leblosen Augen an. Der kniff seine Augen zusammen.

»Willi ist tot?« Er klang überrascht. »Aber wer ist denn dann …?«

»Wann bist du das letzte Mal in Essen gewesen?«, fragte Andreas.

»In Essen? Weiß ich nicht. Kenne da keinen. Wieso?«

Prinz beobachtete den Mann aufmerksam. Ollie rauchte und schien zu dösen.

Andreas wandte sich an die Frau. »Und du, Juliane?« Sie reagierte nicht. »Nie in Essen gewesen? Vielleicht mit Siepmann?«

Endlich schüttelte die Frau den Kopf, wie traumatisiert.

»Okay, Andreas.« Prinz hob eine Hand. »Wir haben kein Interesse daran, Ihnen zu schaden«, sagte er gemessen zu den Weirichs.

Die Frau erwachte aus Ihrer Erstarrung. »Was dann?«

Andreas bedachte sie mit seinem freundlichsten Lächeln. »Nur ein bisschen Kooperation, Juliane.«

Der Leitende Oberstaatsanwalt Ewald Baginski ließ sie in sein Chefbüro bitten. Es lag ganz oben in den ineinander übergehenden Bürogebäuden von Landgericht, Amtsgericht und Staatsanwaltschaft an der Schönen Aussicht, und die Aussicht über die Karlsaue bis zum Hohen Meißner war tatsächlich berückend. Er richtete Grüße an den ehemaligen Minister aus und sagte nach dem Platznehmen: »Natürlich verrät Ihnen die Polizei nicht, wo Florian Brennecke ist. Er hat keinen Anwalt verlangt.«

»Sie sind bereits informiert?«, fragte Andreas.

Baginski grinste. »Ich habe den vorläufigen Bericht hier auf dem Tisch. Das ist ja eine unfassbare Räuberpistole. Ich dachte mir schon, dass Sie womöglich hinter diesen ›von Herrn Weirich engagierten Privatpersonen‹ stecken.«

Prinz blieb auf diesem ihm fremden Terrain in der zweiten Reihe.

»Ach, so stellt Siepmann das dar?« Andreas grinste ebenfalls.

»Wollen Sie sagen, es war anders?«

»Nein, nein. Durchaus nicht. Genauso war es.«

Baginski bedachte Prinz mit einem gönnerhaften Nicken. »Der gute alte Dr. Rohde hält viel von Ihnen, junger Mann.« Er war selbst nicht viel älter, vielleicht Mitte vierzig, sah aber trotz einer jungenhaften grauen Locke, die ihm in die Augen fiel, wesentlich älter aus. Wie Dr. Rohde trug auch er eine Fliege, ansonsten einen hellgrauen Maßanzug. Er war schlank, wirkte aber weichlich, wie ein zusammengesackter Teig; vermutlich hatte er erst kürzlich stark abgenommen, und zwar nicht durch Sport.

»Dank Ihrer Unterstützung könnte dieser seltsame Fall kurz vor der Aufklärung stehen. Wirklich ganz unglaublich. Wenn Willi Brennecke gegenüber seinem verrückten Neffen die Klappe gehalten hätte, wäre er tatsächlich mit drei Morden davongekommen. Stattdessen bringt der Neffe erst ihn selbst um, dann vielleicht seine Eltern und womöglich noch die beiden alten Herren in den Seniorenheimen, und ohne Ihr Eingreifen hätte er sich letzte Nacht mit fünf Millionen Euro davongemacht. So was ist mir noch nie untergekommen.«

Andreas betrachtete ihn. »Sie haben keinerlei Zweifel?«

Baginski wischte sich die Locke aus den Augen. »Ich bin natürlich noch dabei, mir ein Bild zu machen. Wozu diverse Papiere, um die ich Sie bitten möchte ...«

»Wovon reden Sie?«

»Ihr Herr Vater hat mich angerufen, mein lieber Herr Viehmann. Die Sache scheint demnach völlig klar zu sein. Dem Landgericht ist hier vor siebenundzwanzig Jahren ein schwerer Justizirrtum unterlaufen, für den diese Staatsanwaltschaft erhebliche Verantwortung trägt. Ich werde persönlich Sorge tragen, dass Ihr Mandant Herr Sutter jede Wiedergutmachung erfährt, die rechtlich möglich ist. Aber wir werden die von Ihnen gesammelten Unterlagen natürlich brauchen. Keine Angst, das eilt nicht. Zunächst mal müssen wir diesen merkwürdigen Menschen zum Reden bringen.«

Prinz hatte Mühe, seine Wut über Andreas' Vater zu verbergen.

Andreas räusperte sich ungemütlich. »Er redet nicht?«

»Er schreit ständig ›Tötet mich!‹, sonst nichts. Ich habe zunächst einmal medizinische Betreuung veranlasst und ihn in ein Krankenhaus einliefern lassen, mit einem Posten vor der Tür. Sie haben ihn dort ruhiggestellt und an einen Tropf gehängt. Nach Ansicht des Arztes leidet er nicht nur an unkontrollierbaren Panikattacken, sondern ist auch völlig dehydriert.«

»Das heißt, er ist gar nicht vernehmungsfähig?«

»Der Arzt besteht darauf, dass er sich mindestens vierundzwanzig Stunden erholen soll. Falls man seinen körperlichen Zustand danach für unbedenklich erklären kann, muss er zunächst von einem Psychiater oder Psychologen in Augenschein genommen werden, der über eine Vernehmungs- und eventuelle Haftfähigkeit zu entscheiden hat. Heute ist Freitag, vor Montag wird das also kaum passieren. Der Arzt vermutet diverse psychische Erkrankungen, ist aber darin kein Experte.« Baginski setzte ein Lächeln auf. »Tja, meine Herren. Und was kann ich nun für Sie tun?«

Andreas warf Prinz einen unsicheren Blick zu. »Dieser Psychologe. Was halten Sie von Professor Rind?«

Prof. Dr. (em.) Erwin C. Rind begrüßte sie mit freundlicher Neugier vor seinem von Kletterrosen umrankten Haus mit Blick auf üppige, terrassierte Rosenbeete, musterte Prinz mit fragendem Blick und hielt zuvorkommend die Türen auf, als sie mehrere Aktenordner hereintrugen.

Bad Emstal war ein hübsches, wenn auch verschlafenes Fachwerkstädtchen mit einem modernen Thermalbad im Kurpark, etwa fünfzehn Kilometer südwestlich der Stadt, hinter dem von Landrat Voepel erfundenen Vorort Schauenburg. Der Himmel war noch größtenteils blau, aber die Sonne wurde von ersten Wolken verdeckt.

Zwei Katzen huschten um Professor Rinds Beine herum. Andreas übernahm die Vorstellung und sonderte die üblichen Grüße von seinem Vater und Dr. Rohde ab. Rind war ein mittelgroßer Mann mit schmalen Schultern und leicht nach vorn gebeugter Haltung, Mitte sechzig, mit dünnen grauen Haaren über einer rötlichen Glatze und warmen grünen Augen hinter altmodischen Brillengläsern. Ein zerstreut wirkendes Lächeln schien in seinem Gesicht festgeschraubt zu sein.

Sie nahmen in einem großen, sehr bildungsbürgerlich wirkenden Wohnzimmer um einen Tisch mit eingelassenen Marmorplatten in voluminösen Ledersesseln Platz. Eine freundliche grauhaarige Frau schenkte Kaffee ein, tauschte einen lächelnden Blick mit ihrem Mann und ging aus dem Zimmer.

Der emeritierte Professor zündete umständlich eine Pfeife an und ignorierte den Aktenstapel vorerst. Eine Terrassentür stand offen. Die beiden Katzen schlichen hinaus und tauchten einige Zeit später mit einem dritten Kumpel wieder auf. Das Zwitschern der Vögel draußen klang aufgeregt; vermutlich fühlten sie schon das heranziehende Gewitter. Andreas hatte sich zurückgelehnt, einen Arm lässig über der Sessellehne, kraulte mit der anderen Hand den Kopf einer Katze und plauderte über vergangene bekannte Fälle, in denen der Professor als Gutachter tätig gewesen war. Der Prozess um den

Kannibalen von Rotenburg hatte sogar weltweit für Aufsehen gesorgt.

Professor Rind gab paffend eine Reihe »Hms« von sich, wedelte das Streichholz aus. Eine Katze sprang in seinen Schoß, wurde aber nicht beachtet. Die beiden anderen Katzen verzogen sich wieder nach draußen. Andreas zündete einen Zigarillo an.

»Wir würden Sie gern bitten, sich etwas anzuschauen.« Er deutete mit dem Kopf zu dem Aktenberg.

Professor Rind ignorierte ihn. »Ich weiß, wer Sie sind«, sagte er zu Prinz. »Jetzt, nach dem Freispruch, verfügen Sie über das ganze Vermögen, hm?« Seine leise Stimme war äußerst angenehm, einschmeichelnd.

Prinz bestätigte mit einem kurzen Nicken.

Das Lächeln des Professors wurde breiter. »Und nun wollen Sie beweisen, dass Sie besser sind als die staatlichen Ermittlungsbehörden, wenn Sie sich entschließen, die Seiten zu wechseln, hm? Rekrutieren dazu ein Team. Wie Sie das auch tun würden, wenn Sie einen, hm, Bruch vorhätten? Nannten Sie das so?«

»Fischzug«, sagte Prinz.

»Wie poetisch.« Der Professor wedelte ein weiteres Streichholz aus und ließ es in den Aschenbecher fallen. »Ja. Hm. Schränker und so weiter. Stattdessen brauchen Sie nun jemanden wie mich?« Er kraulte die Katze, die zu schnurren begann.

Andreas zog an seinem Zigarillo und grinste hinter vorgehaltener Hand. Der Professor amüsierte sich offenkundig köstlich.

»Was zahlen Sie denn?«

Prinz hob die Schultern. »Sofern Sie keine Phantasiesummen fordern, können Sie haben, so viel Sie wollen.«

»Eine hochinteressante Wendung Ihres Lebensweges, hm. Warum ich?«

»Immer nur die besten, die zu kriegen sind.«

Professor Rind wedelte mit der Pfeife. »Das ist, nun, hm, Unsinn.«

Andreas lächelte ihn an. »Dr. Rohde hat Sie empfohlen. Der hat bei dem Fall, um den es geht, seinerzeit die Anklage vertreten.«

»Aber jetzt ist er nicht mehr von deren Richtigkeit überzeugt?«

»So ist es«, bestätigte Andreas.

»Sie wollen also ein Verbrechen aufklären. Mit Derartigem hatte ich nie zu tun. Meine Tätigkeit war immer rein wissenschaftlich oder gutachterlich. Als, hm, Profiler, wie man das nennt, habe ich nie gearbeitet. Was haben Sie denn da?« Die Pfeifenspitze zeigte auf den Aktenberg.

Etwa zur gleichen Zeit rollte der Jeep mit Jörg am Steuer, Desirée auf dem Beifahrer- und Dirk auf dem Rücksitz am Landrat-Voepel-Seniorenstift vorbei. Desirée sah von ihrer Kopie des Interviews mit den Weirichs auf, die sie auf dem Schoß hatte.

Die Luft war drückend und unangenehm, die heranrückende dunkle Wolkenfront hatte einen glänzenden Rand von der dahinter verschwundenen Sonne; der Rest des Himmels war noch blau. Vor dem Stift und im Park war niemand zu sehen. Ein bunt bemalter Eiswagen ließ seine Glocke klingen, gab auf und rollte weiter. Nach der heißen Woche wurde zum Wochenende das Wetter schlecht.

Den dreien im Jeep konnte nichts gleichgültiger sein. Auf den Chefparkplätzen neben dem Eingang stand der Mercedes von Dieter Weirich, aber nicht der seiner Frau, den sie immer noch nicht mit einem Positionsmelder markiert hatten.

»Mist. Wo treibt die sich rum?«, sagte Dirk.

»Vermutlich bei Siepmann«, meinte Desirée und verstaute die Kopie im Rucksack.

Andreas war überzeugt, dass die Weirichs die Wahrheit gesagt hatten, und nach der Lektüre neigte Desirée dazu, ihm zuzustimmen.

Wohin Holzapfel vom ehemaligen Justizminister Schmelting gebracht worden war, wussten die Weirichs nicht. Voepels Witwe hatten sie selbst in Sicherheit gebracht. Und Dieter Weirich hatte sich ohne Zögern bereit erklärt, eine Abgesandte von Prinz zu Margarethe Voepel zu bringen.

»Die weiß gar nichts. Aber von mir aus, reden Sie mit ihr.«

»Dann mal los«, sagte Desirée.

»Moment«, sagte Jörg. Er starrte in den Seitenspiegel.

»Was ist?« Desirée drehte sich um. Ein tiefer gelegter schwarzer Mini war aus einer Querstraße aufgetaucht, näherte sich, fuhr langsam vorbei.

Vier Leute drin, alle mit langen schwarzen Haaren, blassen Gesichtern, Piercings. Alle vier glotzten mit weit aufgerissenen Augen herüber. Auf dem Beifahrersitz saß das Mädchen mit dem Hollandrad. Auf dem Rücksitz der junge Mann, den Desirée vor Jahren mal gekannt hatte: Patrick A., verschollen in der Dunkelwelt. Auf einmal fiel Desirée sein Nachname ein: Amelung. Patrick Amelung.

Der Mini war vorbei – und beschleunigte.

»Hinterher«, sagte Desirée überflüssigerweise, denn Jörg ließ bereits den Motor an.

Dirk holte sein Handy hervor. »Ich ruf diesen Erich an.«

Der Mini verschwand mit quietschenden Reifen in der nächsten Querstraße. Sie konnten die roten verschlungenen Muster auf der Heckscheibe sehen.

Auf der Straße runter ins Tal hatten sie ihn wieder im Blick. Die beiden Typen auf den Rücksitzen sahen durch die Muster nach hinten. Desirée konzentrierte sich auf das Nummernschild. Der Mini überholte den klapprigen Eiswagen, scherte gerade noch vor einem entgegenkommenden Daihatsu des Pflegedienstes ein.

Zwei mittlere Buchstaben. Eine Stadtnummer. Desirée notierte sie.

»Erledigt«, sagte Dirk und klappte sein Handy zu. »Die Kavallerie ist unterwegs.«

Bis zur Kreuzung unten im Tal kam Jörg nicht an dem Eiswagen vorbei. An der Kreuzung musste der Mini vorbeifahrende Wagen abwarten. Dahinter stand der Eiswagen und dann der Jeep. Der Berufsverkehr rollte aus der Stadt in die Vororte. Vermutlich war irgendwo eine Ampel grün geworden. Die auf der Hauptstraße vorbeirollende Autoschlange nahm kein Ende. Die meisten bogen nach Simmershausen oder Rothwesten ab.

»Soll ich raus?« Dirk hatte schon die Tür geöffnet.

Desirée und Jörg antworteten nicht. Der Mini raste vor einem dunkelblauen Aldi-Laster auf die Bundesstraße zum Fluss. Der Eiswagen keuchte die Serpentinen hoch nach Ihringshausen.

Jörg schaffte es erst hinter dem Laster auf die Hauptstraße. Dirk knallte die Tür wieder zu.

Der Mini raste um die Fuldaschleife nach Hannoversch Münden, dieselbe Strecke, die Weirich, Ollie und Dirk erst letzte Nacht gefahren waren. Er überholte mehrere langsamere Pkw, hatte dann keine anderen Wagen mehr vor sich und verschwand aus ihrem Blickfeld.

Jörg musste einen entgegenkommenden Linienbus und eine Schlange Pkw dahinter passieren lassen, bevor er den Laster überholen konnte und Vollgas gab. Ein paar Sekunden später zog er an den langsamen Pkw vorbei.

Die gewundene Uferstraße, ein Teil der Deutschen Märchenstraße, war überaus idyllisch, wenn auch streckenweise holprig durch notdürftig geflickten Asphalt. Links und rechts der Fulda dichter Wald an steil ansteigenden Hängen. Der Fluss schimmerte lila im diffusen Licht der hinter schwarzen Wolken steckenden Sonne. Ein kleines, an den Hang geklebtes Dorf: Wahnhausen, wo der frühere Polizeipräsident Holzapfel mal gewohnt hatte. Nicht mehr so viel Verkehr, aber es gab nur selten Überholmöglichkeiten. Jörg raste in voller Fahrt an einem Trecker vorbei.

»Da vorn ist er!«, rief er.

Der Mini überholte den nächsten Laster, scherte vor einem entgegenkommenden Lkw gerade noch ein. Schon wieder beides blaue Aldi-Laster, die man hier ständig sah: Der Discounter hatte sein Zentrallager für Deutschlands Mitte in Hannoversch Münden. Auch dieser zog eine Schlange hinter sich her, die Jörg passieren lassen musste, bevor er den Lkw vor sich überholen konnte. Sie sahen den Mini nicht mehr.

Kurz vor dem Dorf Wilhelmshausen wurden sie von einem Motorrad mit unfassbarem Tempo überholt. Erich zeigte ihnen im Vorbeifahren den aufgerichteten Daumen. Sein grauer Pferdeschwanz wehte unter dem Helm hervor.

Aber der Mini war weg. Als sie in Hannoversch Münden an der ersten Ampel warten mussten, stand eine lange Schlange vor ihnen. Kein schwarzer Mini darunter. Erich wendete und raste zurück.

Prinz, Desirée, Andreas und Ingrid sahen zu, wie Ollie in seiner Bastelbude, wie Anja sein Technikreich immer nannte, auf drei Monitoren Bewegungen um Schmeltings Haus checkte. Die Bilder liefen mit hoher Geschwindigkeit rückwärts. Die Uhrzeit raste auf allen drei Monitoren synchron in der unteren rechten Ecke zurück. Das Datum war das heutige. Gelegentlich huschte ein Fußgänger oder ein Wagen rückwärts durchs Bild.

Auf einem Monitor waren das Tor, die Einfahrt zu drei Garagen und der Fußweg zur Haustür zu erkennen; auf dem nächsten die vorbeiführende Straße bis zur Ecke der nächsten Querstraße, die um das Grundstück führende Hecke und das Tor; auf dem dritten die hintere Hecke, das großzügige Grundstück mit etwas verwilderten Gartenanlagen, ein leerer Pool und die Rückfront des Hauses mit Terrasse.

»Hat keiner was gesagt«, wollte Prinz wissen, »als ihr da hochgeklettert seid?«

»Uns hat keiner gesehen«, antwortete Ollie.

Es war kurz vor sechs. Draußen schüttete es jetzt lautstark fette Tropfen. Im Westen zuckten Blitze, entferntes Donnern war zu hören.

Ein weiterer Bildschirm zeigte die Website der Kasseler Kfz-Zulassungsstelle. Ollie hatte bereits herausgefunden, auf wen der Mini zugelassen war: ein Robert Kellotat, neunundzwanzig Jahre alt, wohnhaft in der Brückenhof-Siedlung.

Auf dem zweiten Monitor war ein Motorradhelm zu sehen, der auf der Hecke lag. Als würde jemand in der Hecke stehen, der nur mit dem Kopf herausragte.

»Was soll der Helm da?«, fragte Prinz.

»Keine Ahnung. Gestern war er noch nicht da.«

»Da!«, sagte Desirée plötzlich.

Die zurücklaufenden Uhren auf den Monitoren hatten vier Uhr nachmittags hinter sich gelassen. Ollie drückte Knöpfe. Der Rücklauf stoppte; alle drei Bilder liefen in Normalzeit vorwärts. Zunächst war nichts zu sehen, bis auf den vorbeifahrenden Eiswagen. Es gab natürlich keinen Ton.

»Na und?«, sagte Andreas.

»Augenblick«, sagte Desirée.

Der Raum, im Keller des früheren Gesindehauses, war schmal, aber sehr lang. Es gab nur zwei kleine, ebenerdige Fenster, mit Rollos verdunkelt. Früher mal war dies ein Schlafsaal für Saisonarbeiter gewesen, mit langen Bettenreihen. Jetzt führten Tische an allen Wänden entlang, auf denen allerhand technisches Gerät und Kabelrollen chaotisch übereinanderlagen. Halbwegs ordentlich war nur Ollies Arbeitsplatz, ein langer, alter Holztisch an einem Kopfende. Mehrere Computer, zwei Laptops, eine Reihe mit neun Monitoren. Der voluminöse Holztisch hatte zahllose Schubladen, in denen noch mehr technische Kleingeräte untergebracht waren. Eine Schreibtischlampe gab ein bisschen Licht. Ein Aschenbecher quoll über von Ollies Kolumbos. Es roch nach Rauch und Öl und Eisen. Ollie hockte auf einem Stuhl vor einer Anlage mit zahllosen Reglern und Knöpfen und blinkenden Lichtern.

Andreas zündete einen Zigarillo an.

Auf dem Monitor, der Schmeltings Grundstück von hinten zeigte, rollte ein tiefergelegter schwarzer Mini Cooper langsam vorbei. Offenbar vier Insassen, die nicht genau zu erkennen waren. Der Mini verschwand aus dem Bild.

Sekunden später tauchte der Wagen auf dem nächsten Monitor aus der Querstraße auf, rollte gleichzeitig auf zwei Monitoren am Tor vorbei. Für kurze Zeit waren das Nummernschild und die beiden vorn Sitzenden klar zu erkennen: Ein junger Mann am Steuer, eine junge Frau neben ihm, die bekannte Nummer.

Der Helm lag bereits auf der Hecke. Die Bilder rasten wieder rückwärts.

»Da kommt er noch mal«, sagte Prinz.

Ollie ließ die Bilder rückwärtslaufen. Ziemlich genau eine Stunde vorher war der Mini schon einmal um Schmeltings Haus herumgefahren.

Als Ollie weiter rückwärtslaufen ließ, sahen sie ihn noch fünf Mal. Ab zehn Uhr morgens war der Mini jede Stunde einmal um Schmeltings Haus gekreist. Nach sechzehn Uhr war er nicht mehr aufgetaucht.

»Es war gegen vier«, sagte Desirée, »als wir ihn vor dem Stift gesehen haben.«

Andreas nickte. »Sie waren wegen Schmelting da, nicht wegen euch. Sie wussten gar nicht, dass ihr auch da sein würdet, und haben euch zu spät gesehen.«

»Zwischen ihren Runden um Schmeltings Haus sind sie einfach auf dem Mandelberg herumgefahren«, sagte Prinz.

»Aber was wollten sie von Schmelting?«, fragte Ollie, auf die Monitore deutend, die jetzt das Haus in der Morgensonne zeigten, als der Himmel noch blau war. »An oder im Haus tut sich gar nichts. Sieht immer noch verriegelt aus, als wäre keiner da.«

Der Helm lag auf der Hecke. Jemand hastete mit komischen Bewegungen rückwärts vorbei, nahm den Helm von der Hecke, legte ihn in den Rinnstein, hastete rückwärts weiter. Ollie drückte Knöpfe. Die Bilder liefen langsam vorwärts.

Eine ältere Frau mit einer Einkaufstüte schlurfte an Schmeltings Haus vorbei. Der Helm lag auf dem Asphalt am Bordstein wie ein abgeschlagener Kopf. Die Frau blieb stehen, betrachtete den Helm, sah die Straße hoch und runter. Trat vom Bürgersteig, hob den Helm auf, musterte ihn von allen Seiten, schüttelte den Kopf, fasste die Hecke ins Auge, setzte den Helm darauf, schlurfte weiter.

Etwa zehn Minuten nach acht Uhr morgens.

»Die hat bloß eine potenzielle Verkehrsgefährdung beseitigt«, meinte Andreas.

Ollie drückte Knöpfe, die Bilder rasten rückwärts. Der Helm lag auf dem Asphalt.

»Was wissen wir über den Kerl, dem der Mini gehört?«, fragte Prinz.

»Wie er heißt und wo er wohnt«, sagte Ollie, rollte mit seinem Stuhl zurück und drehte sich um. »Er steht sogar im Telefonbuch.«

»Kellotat«, meinte Andreas. »Komischer Name. Kann der echt sein?«

»Es gibt noch einen weiteren Robert Kellotat, in einem Eigenheim in Harleshausen. Das sind vielleicht die Eltern.«

»Ich hab ihn schon gegoogelt«, ließ Desirée wissen. »Über ein Dutzend Treffer. Er veranstaltet Meetings, alles Grufti- und Teufelszeug. Das letzte am Fronleichnamstag.« Desirée machte eine Pause und lächelte. »Als ›Judas Priest‹ schreibt er in einem Satanisten-Blog.«

»Und was schreibt er so?«, wollte Andreas wissen.

»Zitate von diesem Crowley und anderen Satanisten. Geheime Botschaften in Popsongs, Filmen und Fernsehsendungen. Die ›666‹ in Strichcodes auf allen möglichen Produkten. In seinem letzten Beitrag, auch an Fronleichnam, behauptet er, der Teufel hätte sich gezeigt und ihm einen Auftrag erteilt, den er –«

»Vier Tage«, sagte Ingrid, »bevor Helmut aus dem Gefängnis kam.«

»Stopp!«, sagte Prinz, der aus den Augenwinkeln die Monitore im Blick behalten hatte. »Da war was.«

Alle sahen ihn einen Moment an. Kurz vor ein Uhr morgens auf der Uhrzeitangabe am unteren Bildschirmrand. In großen Abständen stehende Straßenlampen gaben ein bisschen Licht. Sonst war auf den Bildschirmen nicht viel zu erkennen. Kein Mensch auf den Straßen. Kein Licht in irgendeinem Haus. Einige geparkte Wagen an den Straßenrändern.

Der Helm war weg. Mehr als eine Minute lang passierte gar nichts.

Lichtstrahlen eines Blitzes zuckten durch die mit Rollos verdunkelten Fenster. Sekunden später kam der Donner, laut und nah.

Alle starrten auf die Monitore. Nichts.

Dann flammte ein Licht auf, verlöschte wieder. In einem Wagen, der gegenüber von Schmeltings Villa hinter einem Van parkte und von dem die Kamera nur das Dach und einen Teil der Windschutzscheibe im Bild hatte. Augenblicke später das rote Glühen einer Zigarette.

»Kann das wieder der Mini sein?«, flüsterte Desirée.

»Möglich«, meinte Ollie.

»Das war es nicht«, sagte Prinz. »Da kommt noch was.«

Zwei, drei Minuten vergingen.

Das rote Glühen in dem Wagen verschwand plötzlich. Ein Motorrad rollte langsam und stumm vorbei, ohne Licht, verschwand in der Querstraße. Ein behelmter Mensch saß drauf. Alle hielten den Atem an.

Das Motorrad tauchte auf dem Monitor auf, der die Rückfront des Grundstücks zeigte. Es stoppte außerhalb des Lichtkegels einer Straßenlampe und war nur schemenhaft zu sehen. Der Fahrer klappte das Visier des Helms auf. Der Helm drehte sich in verschiedene Richtungen. Das Gesicht war nicht zu erkennen.

»Er wittert«, sagte Prinz leise.

Ollie nickte ernst, zündete eine Zigarette an. Das Motorrad rollte weiter, verschwand aus dem Sichtfeld der Kamera. Tauchte auf einem anderen Monitor wieder auf. Hielt vielleicht zwanzig Meter von Schmeltings Tor entfernt, außerhalb eines Lichtkegels. Der Fahrer bockte es auf, nahm den Helm ab, befestigte ihn. Blieb reglos stehen. In dem Wagen, in dem vor Kurzem die Zigarette geglüht hatte, tat sich nichts Erkennbares. Aber wer immer da drin saß, beobachtete alles.

Der Motorradfahrer ging auf das Tor zu. Passierte dabei einen Lichtkegel.

Florian Brennecke.

Vor dem Tor wartete er in der Dunkelheit. Sein Blick scannte die Fenster der anderen Häuser, die geparkten Wagen. Ohne etwas zu bemerken. Mit einem Schlüssel schloss Brennecke das Tor auf. Schloss es hinter sich. Ging auf dem Weg zur Haustür. Kein Bewegungsmelder. Schloss die Haustür auf. Verschwand im Haus.

»Was«, wisperte Andreas, »soll das denn?« Er hatte bereits sein Handy und einen Taschenkalender gezückt, suchte eine Nummer, tippte sie ein.

In dem Wagen hinter dem Van tat sich nichts. Im Haus auch nicht.

Andreas hatte mit seinem Anruf keinen Erfolg, probierte eine weitere Nummer.

Die Fahrertür des Wagens wurde geöffnet. Eine Gestalt stieg aus, huschte zum Motorrad, um den Lichtkegel der Straßenlampe herum. Die Gestalt war groß, trug einen langen Mantel. Wehende lange Haare waren zu sehen. Die Gestalt hatte etwas in der Hand, tat am Motorrad irgendetwas nicht Erkennbares.

»Das könnte der Typ sein, der vorhin am Steuer des Mini gesessen hat. ›Judas Priest‹«, flüsterte Desirée.

»Schmelting geht nicht ran«, sagte Andreas. »Weder ans Telefon noch ans Handy.« Er klappte sein Handy zu, starrte wie die anderen auf die Monitore.

Die Gestalt huschte zurück. Stieg in den Wagen, die Tür ging zu. Es war vielleicht eine halbe Minute vergangen, seit er ausgestiegen war. Anderthalb bis zwei Minuten, seit Florian Brennecke in Schmeltings Haus verschwunden war. Hinter den runtergelassenen Rollläden schien es dunkel zu bleiben. Nicht der kleinste Lichtschein drang nach draußen. Nichts tat sich. Die ganze Mandelberg Park Residenz war im Tiefschlaf.

»Was«, flüsterte Ingrid, »macht der da drin?«

Nach gut fünf Minuten tauchte Florian Brennecke wieder auf. Ließ die Tür hinter sich ins Schloss fallen. Rannte über den Weg zum Tor. Ließ auch dort die Tür ins Schloss fallen. Rannte zu seinem Motorrad. Als er durch den Lichtkegel kam, konnten sie für einen Augenblick sein Gesicht sehen.

Weit aufgerissene Augen. Verzerrter Mund. Panik.

Florian Brennecke machte den Helm los. Bevor er ihn aufsetzte, bemerkte er etwas. Seine Bewegungen froren ein. Der Helm fiel auf den Boden, rollte zur Seite, blieb am Bordstein liegen. Florian Brennecke sah sich hektisch um. Schwang sich auf das Motorrad, raste davon. Den Helm ließ er liegen.

Dann war wieder alles reglos. Nirgends ging ein Licht an, obwohl das Motorrad allerhand Krach gemacht haben musste.

Sieben Minuten nach eins auf der Uhrzeitanzeige. Ziemlich genau zwei Stunden, bevor er Weirich angerufen hatte.

Ollie drückte seine Zigarette aus und lehnte sich im Stuhl zurück. »Kapiert das jemand?«

»Ich nicht«, sagte Andreas, der sich vorbeugte und seinen Zigarillo ausdrückte.

»Er hatte einen Schlüssel«, sagte Prinz. »Da drin ist irgendwas passiert, das ihm Angst gemacht hat.«

»Dann hat er an seinem Motorrad etwas entdeckt und ist völlig in Panik geraten«, ergänzte Desirée. »Vielleicht ein umgedrehtes Kreuz, wie bei meinem Fahrrad?«

»Könnte sein«, meinte Ollie. »Der Typ in dem Mantel hatte was in der Hand. Vielleicht eine Farbdose und Pinsel. Oder eine Spraydose.«

»Als wir ihn schnappten«, sagte Prinz, »war kein umgedrehtes Kreuz auf dem Sattel. Oder sonst was.«

»Vielleicht hat er es abgewaschen«, sagte Ollie. »Er musste ja auch einen anderen Helm holen. Irgendwo muss er eine Art Basis haben.«

»Wo sich vermutlich wer weiß was finden ließe.« Die beiden redeten ruhig und sachlich, aber Siepmanns Coup nagte noch an ihnen.

»Zu Weirich hat er gesagt, er hätte Satans Schergen gesehen«, sagte Andreas. »Da drin? In Schmeltings Villa?«

Das nächste Donnern klang weiter weg.

»Der Wagen fährt los«, sagte Prinz.

Alle blickten wieder auf die Monitore. Neun Minuten nach eins. Lautlos scherte der Wagen ohne Licht hinter dem Van heraus. Es war ein dunkler Mini Cooper, ganz eindeutig. Insassen waren ebenso wenig zu erkennen wie die Autonummer. Der Mini rollte in der entgegengesetzten Richtung an dem am Bordstein liegenden Helm vorbei und verschwand aus dem Sichtfeld der Kamera.

»Ist der Helm«, fragte Prinz, »immer noch da?«

»Augenblick.« Ollie drückte Knöpfe. Die Monitore wurden dunkel; dann tauchten die in diesem Augenblick von den Kameras aufgenommenen Bilder auf.

Dichter Regen auch auf dem Mandelberg. Keine Fußgänger. Die Läden von Schmeltings Villa waren nach wie vor heruntergelassen. Ein knallgelber VW Beetle fuhr an der Rückseite vorbei. Sonst tat sich nichts. Der Van stand immer noch da, wo er letzte Nacht gestanden hatte. Der Helm glotzte von der Hecke in den Regen.

»Tja«, sagte Ollie. »Und jetzt?«

VIERZEHN

Andreas' Porsche stand seit einigen Minuten gegenüber von Schmeltings Villa, wo letzte Nacht der Mini gestanden hatte, hinter dem immer noch parkenden Van, als der Volvo mit Jörg am Steuer vorbeirollte. Der Volvo bog um zwei Ecken und hielt an der Hecke, die sich hinten um Schmeltings Grundstück zog.

Ollie hockte in seiner Bastelbude vor den Monitoren und beobachtete alles. »Nichts tut sich«, teilte er den anderen über Funk mit.

Andreas, wieder mit dem Knopf im Ohr und dem Mikro am Kragen, drückte einen Zigarillo aus und ließ seinen Blick über die weiße Beschriftung auf der roten Fläche des Vans gleiten. »Kanal voll?«, wurde da gefragt, um gleich die Lösung anzubieten: »Rohr-, Kanal- und Hochdruck-Reinigung. Kanalortung. Dichtheitsprüfung. Kostenlose An- und Abfahrt.« Letztes Jahr hatten die Viehmanns so ein Problem in ihrem Haus im Vorderen Westen gehabt, ein Heidentheater.

»Okay, Andreas«, hörte er Prinz' Stimme aus dem Empfänger und sah den Bentley im Seitenspiegel etwa hundert Meter hinter sich in eine Parklücke rollen.

Es regnete immer noch. Andreas stieg aus, lief über die Straße, drückte auf die Klingel am Tor. Der kleine Lautsprecher daneben blieb stumm. Der Summer ertönte nicht. Andreas klingelte noch mal, drückte schließlich konstant. Nichts.

»Wie erwartet«, sagte er in das Mikro. »Du willst da jetzt nicht einbrechen, oder?«

»Dieser rote Van«, sagte Prinz statt einer Antwort. »Sitzt da jemand drin?«

Andreas drehte sich um, musterte die Fahrerkabine. »Nein. Wieso?«

»Geh zurück zu deinem Wagen, halt mal ein Ohr an die Hecktür.«

»Wieso das denn?«

»Andreas. Tu's einfach.«

Also tat Andreas, so nonchalant wie möglich, im strömenden Regen wie ihm geheißen. Teilte mit, dass er nichts hörte.

»Wirf einen Blick darunter. Führt irgendwas in die Kanalisation?«

Auch das tat Andreas, mit Mühe, machte sich die Hand schmutzig, mit der er sich auf den nassen Asphalt stützte, ohne etwas zu sehen. Der Van stand überhaupt nicht über einem Gullydeckel. Schließlich stieg er halbwegs durchnässt in seinen Porsche und hörte sich an, wie Prinz für Ollie Firmenname, Adresse und Telefonnummer der Kanalreinigungsfirma durchgab und beschloss, bis zum Gespräch mit Schmelting und Andreas' Vater am nächsten Morgen zu warten.

»Wegen dem Van?«, fragte Andreas auf dem Weg durch die Stadt. »Was beunruhigt dich an dem?«

»Kanalreiniger. Diese Kisten sind voller Elektronik, und keiner denkt sich was dabei, wenn sie irgendwo rumstehen und Leute mit komplizierten Gerätschaften ein- und aussteigen. Wir haben solche Dinger ein paarmal benutzt, früher.«

Andreas fuhr durch hoch aufragende graue Mietskasernen. Die Brückenhof-Siedlung war eine dieser Trabantenstädte aus den Sechzigern. Inzwischen lebten hier fast nur noch Hartz-IV- und Sozialhilfeempfänger, viele mit »Migrationshintergrund«, wie das neuerdings hieß. Andreas parkte vor dem Hochhaus, in dem Robert Kellotat wohnen sollte, und wartete, während Prinz und Jörg ein paar Runden drehten.

Der schwarze Mini parkte nirgendwo in der Umgebung. Auch sonst fiel ihnen kein verdächtiger Wagen auf. Das Hochhaus hatte keinen hinteren Ausgang. Andreas fand die Vorsichtsmaßnahmen eigentlich übertrieben, sagte aber nichts mehr. Als er Prinz zur Tür des Hauses schlendern sah, stieg er aus.

Kellotat stand auf dem Klingelbrett ganz oben, sechzehnter Stock.

»Aus dem Fenster springen kann er schon mal nicht«, sagte Prinz und klingelte.

Auf das Klingeln tat sich nichts. Er klingelte irgendwo anders.

Auf das gebellte Wort aus der Sprechanlage sagte er: »Kanalreinigung«, und der Summer ertönte.

Drinnen Schmierereien an den Wänden, Uringestank, einige der Briefkästen demoliert. Der von Robert Kellotat quoll über. Prinz fischte einen Draht aus der Hosentasche und brauchte keine zwei Sekunden. Aber Robert Kellotat bekam offenbar keine Post: Nur Reklame und die zweimal wöchentlich verteilten EXTRA TIPs, der älteste vom Mittwoch vor Fronleichnam.

»Seit dem Feiertag nicht mehr zu Hause gewesen«, meinte Andreas.

Der Fahrstuhl funktionierte zum Glück. Oben lange Gänge, hinter manchen Türen waren Fernseh- oder Radiogeräusche zu hören. Die meisten Türen hatten keine Namensschilder. »Kellotat« stand nirgends. Andreas klingelte bei einem deutsch klingenden Namen, und ein dürrer, tätowierter Mann mit Kugelbauch in ärmellosem Unterhemd fragte: »Ess das däh Gruufdie?« Er hatte eine Bierflasche in der Hand. Andreas bejahte. »Ihr zwehe seht nich uss wie de Liede, die da sons kimme.«

Grässlichstes Kasselänerisch, stellte Andreas angewidert fest. »Kommen viele?«

»Honn sidd Tohren kinnen mäh gsehn. Den Gruufdie selwer au ned.«

»Und vorher?«

»Dreie odr viere. Ähne Tusse debie. Ganz hibsche, wenn sie nidd so bläăch wär. Bissen fett, awer besser als de Dirre. Däh honn ma öfter krischen hören.«

»Schreien?«

Der Mann grinste. »Wie wenn de Gärle se olle glichziech durchnudeln däden. Wos gibbet denn? Honn däh Gärschen gschändet odr so was?« Applaus aus dem Fernseher, der schnell wieder abflachte; irgendeine Quizshow. Er blickte zurück.

»So was Ähnliches. Herr Kellotat scheint kein Namensschild zu haben.«

»De Diere da hinnen.« Der Mann schlug ihnen seine Tür vor der Nase zu.

Ein übliches Sicherheitsschloss, wie an allen anderen Türen

auch. Sieben Sekunden, stellte Andreas fest, der diesmal auf die Uhr sah.

Sie hatten mit schwarzen Wänden, umgedrehten Kreuzen, Pentagrammen, schwarzen Kerzen und sonst was gerechnet. Aber nichts dergleichen. Die Wohnung war hell, weiß, aufgeräumt. Nur die Luft war enorm stickig, alle Fenster geschlossen, und die Sonne hatte die ganze Zeit hineingeknallt. Ein Zimmer, winziger Flur, kleine Küchenecke, noch zwei Türen. Billige Möbel aus hellem Holz. Eine Couch war zum Doppelbett ausgezogen, zerwühlte Kissen und Decken, offenbar hatten zwei Leute drin geschlafen. Fernseher, DVD-Player, CD-Player, große Boxen, hunderte DVDs und CDs in einem Regal, Bücher in einem anderen. Ein Schreibtisch mit Computer, auf dem Schreibtisch lauter Computerspiele. An den Wänden Poster von diversen Black-Metal-Bands, aber sonst nichts Auffälliges.

»Als würde hier ein ganz normaler Typ mit etwas schrägem Musikgeschmack wohnen«, meinte Andreas. Eine dünne Staubschicht auf den Regalen. In der Spüle vier Tassen mit Kaffeeresten, vier Teller mit Krümeln. »Sie haben noch gefrühstückt, und dann sind sie aufgebrochen, um den Auftrag des Satans zu erfüllen.« Er nahm sich die Computerspiele vor. »Na ja. Lauter Teufelszeug.«

Prinz öffnete eine der beiden Türen. Das Bad. Zunächst fiel ihm der Duschvorhang auf, schwarz mit weißen Totenköpfen. Kein Rasierer, kein Deo, keine Zahnbürsten. Sie hatten alles mitgenommen.

Er öffnete die zweite Tür, und das Schlafzimmer entsprach schon eher der Erwartung: komplett finster, bis Prinz den Lichtschalter gefunden hatte und eine violette Lampe an der Decke anging. Schwere schwarze Vorhänge hatten den Raum kühl gehalten. Alle Wände waren schwarz und schimmerten in dem violetten Licht reichlich furchteinflößend. Weiße Pentagramme, umgedrehte Kreuze und Kreise mit sonnenstrahlartigen Strichen und Gekritzel dazwischen an den Wänden. Auch hier hatten offenbar zwei Leute geschlafen. Auf dem Bord über dem Bett allerhand Kristalle, Amulette und sonstiges Zeug. Der Kleiderschrank war fast leer, bis auf ein paar schwarze und rote Leder- und Gummisachen für Sexspielchen. In einer Schublade Peitschen, Dildos und weitere Accessoires.

Prinz ging zurück. »Das da ist sein Hobbyraum.«

Andreas, der alle Schubladen aus dem Schreibtisch gezogen und umgedreht hatte, davor kniete und in Papieren wühlte, sah auf. »Er hat bis vor zwei Jahren Bafög gekriegt.« Er angelte nach einem schmalen Hefter mit Kontoauszügen, den er Prinz zuwarf. »Jetzt überweist ihm ein anderer Robert Kellotat monatlich tausendfünfhundert Euro. Er ist mit einem knappen Tausender in den Miesen. Oder war, Ende Mai.« Andreas kam schwerfällig auf die Beine. »Sonst nichts. Erstaunlich wenig Papierkram. Er zahlt jedenfalls nicht noch irgendwo anders Miete. Kein Hinweis, wo die vier Typen untergekrochen sein könnten. Oder wie die beiden anderen heißen.«

Prinz warf ihm die Kontoauszüge zurück. »Die nehmen wir mit.« Er drückte am Telefon auf Wahlwiederholung, aber es tat sich nichts: Gelöscht, oder die letzten Telefonate waren schon zu lange her. »Und den Computer und die ganzen CDs.«

Erich rollte die schmale Straße auf dem Weinberg am weltweit einzigartigen Museum für Sepulkralkultur vorbei, drehte eine Runde um das Landratsamt, dann bog er in die Straße, in der der Kangoo mit Dirk und Desirée hielt, nickte ihnen im Vorbeifahren zu. Dirk fuhr los, näherte sich dem weißen Bungalow.

»Stopp«, sagte Desirée.

Dirk hielt an. »Was ist?«

In dieser ruhigen Wohngegend westlich der Innenstadt war bei dem Wetter niemand unterwegs. Links und rechts der Straße parkten die Autos dicht an dicht.

Desirée zeigte auf einen älteren dunkelgrünen BMW. »Der Wagen des Doktors.«

»Hmhm.« Dirk fuhr weiter, auf der Suche nach einem Parkplatz. »Na und?«

»Na und nichts«, sagte Desirée.

Sie fühlte sich unbehaglich, als sie klingelte und das begeisterte Hecheln und Kratzen des Hundes hörte.

Die Tür ging auf, Isadora sprang an ihr hoch, Kerstin Marquardt sagte: »Nicht springen!«, und musterte Desirée, ohne zu lächeln.

»Hallo«, sagte Desirée. »Störe ich?«

»Na ja. Ein bisschen. Aus, Isadora! Was ist denn?«

»Es geht um Patrick Amelung.« Kerstin zog die Brauen zusammen. »Dieser schwarze Mini Cooper ist mehrmals aufgetaucht. Bei Frielendorf, bei Sutter. Patrick Amelung und Robert Kellotat und noch zwei andere saßen drin.«

Aus dem Wohnzimmer wurde gerufen: »Wer ist es denn, Kerstin?«

Die Pfarrerin schnitt eine Grimasse. »Mein Schwiegervater ist da.« Sie flüsterte: »Er und mein Mann verstehen sich nicht besonders.« Wieder laut: »Na ja, dann kommen Sie mal rein.«

Im Wohnzimmer saßen Heiko und Dr. Wilhelm Marquardt und blickten ihnen entgegen. Heikos vollbärtiges Gesicht zersprang in einem breiten Grinsen, als er sich erhob. Dr. Marquardt blieb ernst und aufmerksam sitzen.

»Du kennst Desirée ja schon, Wilhelm«, sagte Kerstin.

»Aber sicher.« Dr. Marquardt lächelte kurz und deutete eine Erhebung an.

»Wir haben über Sie gesprochen«, sagte Heiko. »Nehmen Sie Platz.«

»Über mich?«

»Und Ihre Nachforschungen. Er«, Heiko deutete mit dem Kopf auf seinen Vater, »ist schrecklich neugierig.« Dr. Marquardt sah ihn kurz und missbilligend an.

»Unsere beiden Väter«, erklärte Kerstin, »sind beide große Krimifans.«

»Nun, wir sind ja in Rente und müssen uns beschäftigen«, meinte der alte Herr.

»Daher auch das Engagement in diesem Verein zur Betreuung Haftentlassener. Vielleicht können die beiden Ihnen sogar Tipps geben.«

»Ganz bestimmt«, sagte Dr. Marquardt. »Helmut geht es gut?«

»Soweit ich weiß«, sagte Desirée. Sie wandte sich der Pfarrerin zu. »Robert Kellotat und Patrick Amelung sind seit Fronleichnam verschwunden.«

»Und wer sind diese beiden Herren?«, fragte Dr. Marquardt eifrig.

»Gruftis.« Auf den fragenden Blick ihres Schwiegervaters fügte Kerstin hinzu: »Junge Leute, die immer nur schwarze Sachen tragen und wie lebende Leichen herumlaufen. Aber Sie haben sie danach noch gesehen?«

»Sie sind zu viert in dem schwarzen Mini unterwegs. Wer die beiden anderen sind, wissen wir nicht. Aber ich habe diese vier zu Frielendorf geführt. Und auch hierher. Zu Ihnen.«

Heiko und Kerstin tauschten einen Blick. »Glauben Sie …«

»Wir haben keine Ahnung, was sie vorhaben.« Sie erzählte, was Robert Kellotat in dem Satanistenblog geschrieben hatte. »Ich komme gerade von Patricks Eltern. Sie haben bisher nichts von ihm gehört. Sie machen sich große Sorgen.«

»Mit Grund, wie es scheint«, meinte Dr. Marquardt, offenbar amüsiert.

»Diese vier«, sagte Heiko, »haben vielleicht Frielendorf und Brandstädter auf dem Gewissen? Aber das sind doch junge Leute?«

Desirée antwortete nicht darauf. »Dieser angebliche Auftrag des Satans …«

»Nach meinen Erfahrungen«, sagte Kerstin, »ist so etwas in der Regel bloße Einbildung. Oder Angeberei.«

»Aber sie könnten an der Leine von irgendeinem Finsterling zappeln, oder?«, meinte Heiko.

»Dann müssten sie wissen, wer das ist«, sagte Desirée. »Wir müssen sie finden. Vielleicht sind sie bei einem der beiden, deren Namen wir noch nicht kennen.«

Heiko hatte ein interessiertes Glühen in den Augen. »Und diese beiden könnten irgendwelche Kandidaten sein, die dir schon mal untergekommen sind, nicht?«, sagte er eifrig zu seiner Frau. Sein Vater starrte ihn an.

»Möglich«, meinte Kerstin zurückhaltend. Dann stand sie entschlossen auf. »Ich habe die Namen und Adressen im Büro. Kommen Sie mit, wir fahren da jetzt hin.«

Sutter war an diesem Samstag schon den vierten Morgen hintereinander ziemlich früh auf den Beinen, fast so früh wie im Gefängnis, wo er immer um halb sechs geweckt worden war. Er fühlte sich schon den dritten Tag erstaunlich gut. Sicher, das Gehen war mühsam, aber als er in dem dichten Gehölz direkt am Warmebach herumstromerte, konnte er die quer liegenden Äste problemlos überwinden. Wenn er in die Knie ging, um Holzteile zu befingern, tat das wegen der Arthrose im linken Bein weh. Also bückte er sich meistens, hob sie auf und prüfte sie erst, als er wieder aufrecht stand. Fast alle musste er wegwerfen.

Irgendwas raschelte im Gebüsch. Dann knackte ein Ast; es klang, als wäre jemand draufgetreten. Sutter fuhr herum und starrte in das dichte Grün.

Nichts zu sehen. Irgendein Tier. Vielleicht sogar ein Waschbär, für den diese Gegend berühmt war? Er hätte gern mal einen zu Gesicht bekommen.

Über Nacht hatte der Regen aufgehört, dafür war starker Wind aufgekommen, der ein paar graue Wolken über den Himmel hetzte. Nach dem Stand der Sonne schätzte Sutter, dass es gegen halb acht war, als der Prinz als Erster auftauchte. Er gähnte; Sutter hatte mitbekommen, dass kürzlich allerhand passiert sein musste, aber er hatte nicht gewagt zu fragen, und niemand hatte ihm etwas erzählt. Seit sie ihn vor zwei Nächten über die Geister ausgefragt hatten, hatte überhaupt niemand mehr mit ihm geredet.

So etwas war er gewöhnt. Seit frühester Kindheit hatte er nichts anderes erlebt. Weshalb er versuchte, sich nichts daraus zu machen.

Der Prinz hatte eine schwarze kurze Hose und ein mintfarbenes Trikot getragen, prüfend in den Himmel geblickt, ob schon neuer Regen im Anzug war, und sein Rennrad mit seltsam staksigem Gang über den Schotter geschoben. Das Klackern der Schuhe von dem Metall unter den Sohlen war bis zum Bach zu hören gewesen. Sein Blick hatte das Gehölz abgesucht. Sutter rührte sich nicht. Prinz hatte ihn trotzdem entdeckt, mit zwei Fingern salutiert, sich auf das Rennrad geschwungen und war davongefahren.

Sutter grüßte erst zurück, als der Prinz schon verschwunden war. Er schimpfte mit sich selbst. Egal, was sie von ihm hielten, er war ihr Gast, und er hatte sich noch nicht ein einziges Mal bedankt.

Erneut knackte ein Ast. Sutter hielt den Atem an und drehte sich um.

Da stand ein Geist.

Weißes Gesicht. Schwarz umränderte Augen. Schwarze Lippen. Rote Augen. Langes schwarzes Gewand. Rote umgedrehte Kreuze überall auf dem Gewand. Rote Hände mit zentimeterlangen schwarzen Nägeln. Hinter ihm tauchten drei weitere Geister aus dem Gebüsch auf. Der erste Geist hob eine Hand, machte eine Kralle daraus und verzog den Mund zu einem bluttriefenden Grinsen.

Sutter spürte einen scharfen Schmerz in der Brust, stieß einen Schrei aus, bekam keine Luft mehr und kippte vornüber.

Professor Rind saß in einem Einzelzimmer des Elisabeth-Krankenhauses neben dem Bett, in dem Florian Brennecke lag. Ein Arzt lehnte mit verschränkten Armen an der Fensterbank und blickte ungeduldig auf seine Uhr. Draußen im Flur saßen zwei Polizisten vor der Tür. Florian Brennecke hing nicht mehr am Tropf; seine Haut und seine Augen wirkten frisch und gesund. Er schaffte es nicht, Rind in die Augen zu sehen, sein Blick flüchtete immer wieder zu dem Arzt. Da er keinen Zopf trug, fiel ihm das lange blonde Haar mädchenhaft auf die Schultern. Er schüttelte es ständig mit einer nervösen Kopfbewegung. Der Arzt, mit dem Professor Rind zuvor unter vier Augen gesprochen hatte, war mit seinem körperlichen Zustand zufrieden. Florian Brennecke sei »gesund wie ein Pferd« und hätte »gefrühstückt wie ein Scheunendrescher«.

Aber er hatte, wie der Arzt meinte, »eindeutig einen Dachschaden«. Diese Nummer mit dem ›Tötet mich!‹ schenke er sich jetzt. Stattdessen wolle er unbedingt in den Knast. So schnell wie möglich. Außer der Polizei wolle er keinen sehen.

»Ich habe ihm erklärt, wer Sie sind und dass Sie zu entscheiden haben, ob die Polizei ihn vernehmen und einsperren darf oder nicht. Er hat Angst, dass Sie einer von Satans Schergen sind, und will nur mit Ihnen reden, wenn ich dabei bin.«

Professor Rind referierte mit seiner leisen, einschmeichelnden Stimme über sich selbst sowie über die Rechtslage, schob Fragen ein, auf die Florian Brennecke nicht reagierte. Er starrte ins Leere, schüttelte alle paar Sekunden ruckartig das Haar. Professor Rind beschloss, einfach abzuwarten.

Der Arzt sah erneut auf seine Uhr und sagte: »Ich hab nicht den ganzen Tag Zeit.«

Die Minuten schlichen dahin. Dann, endlich, machte Florian Brennecke den Mund auf: »Wenn ich sage, was ich gemacht habe, komme ich dann ins Gefängnis?«, flüsterte er, zu niemand Bestimmtem.

»Nicht, hm, wenn ich zu dem Schluss komme, dass Sie in einer psychiatrischen Klinik besser aufgehoben sind, Florian.«

Florian Brennecke ballte die Fäuste, ließ den Kopf hektisch zucken und schrie: »Ich will nicht in eine Klinik! Ich will ins Gefängnis!«

Der Arzt fuhr zusammen und blickte zur Tür, die verschlossen blieb. Professor Rind wich in seinem Stuhl zurück, räusperte sich und äußerte eine Reihe »Hms«.

»Aber warum denn, Florian?«

»Damit ich vor denen sicher bin, verdammte Scheiße!«

»Vor wem denn, Florian? Wer bedroht Sie denn?«

Florian Brennecke lag jetzt still da, die Fäuste geballt. Dann entkrampfte er die Hände, streckte mehrmals die Finger aus, wie bei einer Entspannungsübung. Schließlich starrte er Rind zum ersten Mal an. Durchdringend, bewegungslos. Professor Rind lächelte zurück.

»Wenn Sie versprechen, dass ich sofort in eine Einzelzelle komme, erzähle ich Ihnen alles. Okay? Okay?« Das Flüstern war jetzt flehentlich.

Professor Rind ließ eine halbe Minute vergehen, bevor er sagte: »Okay.«

Wenige Minuten später führte ihn der Arzt erschüttert in sein Büro und zeigte auf das Telefon. Professor Rind rief den Leitenden Oberstaatsanwalt Ewald Baginski an, der gerade zu Hause mit seiner Frau und den Kindern frühstückte.

FÜNFZEHN

Prinz, Andreas und Herbert Viehmann saßen seit zehn Minuten vor elf im Restaurant »Shanghai«, dem einzigen Chinesen in Fuldatal-Ihringshausen; oder überhaupt in Fuldatal. Das Restaurant war überladen mit dem üblichen asiatischen Schnickschnack. Der samstägliche Brunch bestand aus einem Buffet mit Frühlingsrollen und diversen Reis- und Nudelgerichten; Kaffee oder Tee und Säfte gab es gratis. Das Publikum bestand nur aus drei mittelalten Paaren und einer Familie mit vier kleinen Kindern. Draußen regnete es wieder.

Andreas und sein Vater trugen dreiteilige Anzüge mit Krawatten, Prinz eine Sommerjacke über Hemd und Hose, aber selbst er hatte heute elegante Slipper an den Füßen und einen Schlips umgebunden. Die beiden Viehmanns spachtelten mit Appetit, Prinz stocherte in einem Salat herum und trank große Mengen Tee und bekam Sutter nicht aus dem Kopf. Was, wenn er starb? Dann war alles umsonst.

Vater und Sohn Viehmann hatten die Nachricht von dem plötzlichen Infarkt am frühen Morgen ohne sonderliche Erschütterung zur Kenntnis genommen.

Sie hatten einen Tisch am Fenster, noch für eine vierte Person gedeckt. Vor dem Restaurant parkten der Bentley und der große dunkelgrüne Audi des ehemaligen Ministers.

»Gegen zwölf«, sagte Herbert Viehmann, »soll es angeblich voll werden.«

Prinz sah auf seine Uhr. Fünf Minuten nach elf. Kein Anzeichen von Schmelting.

»Pünktlichkeit war nie seine Stärke«, lächelte der ehemalige Minister. Zwei der Kinder jagten ein drittes und stürmten an ihrem Tisch vorbei. Die Eltern riefen sie erfolglos zur Ordnung. Das vierte Kind saß auf einem Kindersitz und glotzte mit großen Augen den Geschwistern hinterher.

Zehn Minuten nach elf.

Kein Anzeichen von Schmelting.

»Habt ihr über die Leute in diesem Mini Cooper etwas herausgefunden?«

»Wir haben von der Pfarrerin noch sieben Namen bekommen«, sagte Prinz. »Fünf davon haben wir zu Hause angetroffen: Die haben alle nichts damit zu tun. Die beiden anderen könnten es sein, aber wir wissen nicht, wo sie stecken.«

»Eine merkwürdige Subkultur ist das. Mir völlig unbegreiflich.«

Darauf wussten Prinz und Andreas nichts zu sagen. Viertel nach elf.

Der ehemalige Minister räusperte sich. »Und die seltsamen Namen in den Erpresserbriefen? Gibt es da etwas Neues?«

»Da sind wir auch noch nicht fündig geworden. Nicht einmal der Mann der Pfarrerin, laut Desirée eine Art Bildungsmonster, konnte etwas mit ihnen anfangen.«

Nun ging ihnen der Gesprächsstoff aus. Eine Bedienung räumte ihre Teller ab, ließ das unbenutzte vierte Gedeck liegen, brachte die Rechnung. Die Familie mit den vier Kindern verließ das Restaurant. Die Minuten schlichen dahin.

Um zwanzig nach elf holte der ehemalige Minister sein Handy hervor und versuchte erfolglos, Manfred Schmelting über Festnetz oder mobil zu erreichen.

»Nun ja«, meinte er, »ihm wird etwas dazwischengekommen sein.« Er setzte ein Lächeln auf, das fast gar nicht irritiert wirkte, und fragte seinen Sohn: »Fährst du mit zurück in die Stadt?«

»Wir bleiben noch ein bisschen.«

»Wie ihr wollt. Haltet mich auf dem Laufenden.« Herbert Viehmann nahm die Rechnung mit zur Theke, bezahlte, nickte ihnen kurz zu und ging.

»Irgendwer«, meinte Andreas, »muss mich nach Hause bringen.«

»Das«, sagte Prinz, »ist das kleinste Problem, oder?«

Sutters Brustkorb hob und senkte sich regelmäßig. Seine Lungen rasselten pfeifend. Intravenöse Zugänge führten in ihn hinein, rote und bernsteinfarbene Flüssigkeiten aus zwei aufgehängten Plastikbehältern tropften in seine Venen. Katheter führten aus ihm heraus in andere Plastikbehälter. Er hatte etwas auf Mund und Nase, von dem ein Schlauch zu einem Gerät führte, das für seine Atmung sorgte. An seiner Brust waren Elektroden befestigt.

Er lag in einem Bett auf der kardiologischen Intensivstation des Klinikums Kassel. In dem großen Raum war nur eines der acht Betten nicht belegt. Ärzte und Schwestern wuselten geschäftig herum. Mehrere kompliziert wirkende Geräte registrierten piepsend sämtliche Lebenszeichen, zu denen Sutters Körper noch in der Lage war.

Ingrid saß neben dem Bett, mit einem Buch im Schoß. Sie war die einzige Besucherin. Öfter glaubte sie, in dem Auf und Nieder von Sutters Brust oder in dem Piepsen eines Gerätes eine Unregelmäßigkeit zu bemerken, und sah erschrocken auf. Es war aber alles in Ordnung. Wie Anja versichert hatte, die vor einiger Zeit nach Hause gegangen war, um noch etwas von ihrem freien Wochenende zu haben: Jetzt könnte eigentlich nichts mehr passieren.

Der Notarzt hatte es mit Mühe geschafft, seinen Patienten noch lebend in der Notaufnahme einzuliefern. Schließlich kam eine Ärztin aus dem Operationssaal, die Worte wie »Aneurysma« benutzte, aber versicherte, er würde überleben. Allerdings wollte sie über den Zustand, in dem er überleben würde, keine eingrenzbaren Voraussagen machen.

Nach einiger Zeit waren alle bis auf Ingrid gegangen. Umsichtig wie meist hatte Prinz daran gedacht, den Bücherstapel von Ingrids Nachttisch mitzubringen.

Seit letztem Mittwoch war Ingrid auf der Suche nach den seltsamen Namen, die Florian Brennecke in den Erpresserbriefen als Code benutzte. Italienisch und englisch, und ein Papst wurde erwähnt. Sie hatte bereits die Bestseller von Dan Brown durchgeblättert, ohne fündig zu werden. Jetzt suchte sie in einem älteren Vatikanthriller namens »Assassini«. Kirchliche Würdenträger sowie italienische und englische Namen gab es in all diesen Büchern zuhauf, aber nicht diese.

Nicht einmal zwei Wochen in Freiheit, dachte Ingrid bedrückt, und nun das. Allein in seiner winzigen Sozialwohnung hätte er hemmungslos weitergesoffen, wäre nach dem Infarkt nicht sofort gefunden worden und jetzt tot. Ein alter Mann, der siebenundzwanzig Jahre lang unschuldig gesessen hatte.

Ein junger Arzt erschien, der Genaueres über Sutters Lebensumstände und die von ihm regelmäßig genommenen Medikamente wissen wollte. Ingrid klärte ihn auf und gab ihm die Medikamentenschachteln, die Prinz ebenfalls mitgebracht hatte. Der Arzt nickte ernst, wiegte bedenklich den Kopf und notierte sehr viel. Schließlich erklärte er, Sutter müsse mehrere Wochen dableiben. Es hätte keinen Sinn, weiter zu warten. Ingrid schlich gegen Mittag durch den Regen zu ihrem Wagen.

»Sieht alles ruhig aus«, teilte Ollie mit. »Der Helm liegt immer noch auf der Hecke.«

»Ja«, sagte Prinz in das Mikro, den Knopf im Ohr. »Wir sehen ihn. Hast du gecheckt, ob seit gestern jemand gekommen oder gegangen ist?«

»Nein.« Ollie räusperte sich. »Äh, noch nicht. Augenblick. Ich stelle ein auf gestern, sechs Uhr nachmittags, und lasse fast forward laufen.«

»Aber pass gleichzeitig auf den anderen Monitoren auf, ob sich jetzt was tut, Ollie.«

»Bin doch nicht blöd«, ließ Ollie sich vernehmen.

Sie saßen im Bentley, der gegenüber von Schmeltings Villa stand. Der Van der Kanalreiniger war weg. Der Regen war stärker geworden. Wasser floss die Rinnsteine entlang bergab. Die drei Garagen neben dem Haus waren verschlossen, die Rollläden vor den Fenstern heruntergelassen. Der Helm auf der Hecke glotzte in die Nässe. Die Straßen waren schwarz. Hier oben auf dem Mandelberg verschwanden die Dächer beinahe in den tief hängenden Wolken.

Kein Fußgänger auf den Bürgersteigen. Seit mehreren Minuten war kein Wagen vorbeigekommen.

»Bleib am Schirm«, sagte Prinz in das Mikro. »Ich gehe rein.«

»Okay«, sagte Ollie.

Prinz scherte aus und rollte zur Rückfront des Grundstücks.

»Ich weiß nicht, ob ich das für eine gute –«

»Halt die Klappe, Andreas.«

Andreas sog Luft ein. Er holte einen Zigarillo hervor, steckte ihn an. Eigentlich durfte in dem Bentley niemand rauchen, aber Prinz sagte nichts.

Er parkte an der anderen Straßenseite, scannte die vereinzelten parkenden Wagen. Die Fenster der anderen Häuser. Niemand zu sehen. Andreas zog angestrengt an dem Zigarillo, hustete, ließ die Scheibe ein bisschen runter, um den Qualm rauszulassen.

»Du hältst die Stellung. Okay, Andreas?« Prinz stieg aus, holte eine Falttasche aus dem Kofferraum und spazierte den Bürgersteig entlang. An der Straße standen Platanen in regelmäßigen Abständen. In einer davon steckte die Kamera.

Andreas seufzte kopfschüttelnd, blickte nach vorn, dann in sämtliche Spiegel. Als er wieder nach vorn sah, konnte er Prinz gerade noch mit einem blitzartigen Aufschwung in einer Platane verschwinden sehen. Sekunden später hörte er Prinz aus dem Knopf in seinem Ohr: »Ich bin drin. Alles ruhig.«

»Hier auch«, sagte Andreas. Seine Stimme war ein merkwürdiges Krächzen. Er hustete sich den Frosch aus dem Hals, aschte aus dem Spalt im Fenster. Ein älterer Mann mit einem Regenschirm, der einen Dobermann an der Leine führte, bog um die Ecke und ging rasch an der Hecke entlang.

»Mann mit Hund«, sagte Andreas in das Mikro. Keine Antwort.

Der Dobermann blieb an der Hecke stehen, schnüffelte. Der Mann mit dem Schirm bekam das zunächst nicht mit, wurde in seinem eiligen Schritt plötzlich von der straff gespannten Leine gestoppt. Blickte zurück. Wartete einen Moment. Der Hund bellte. Der Mann sagte etwas. Dann riss er an der Leine. Andreas hielt den Atem an. Er ließ das Fenster zugleiten, damit kein Rauch mehr entwich.

Herr und Hund marschierten weiter. Andreas wartete, bis sie hinter der nächsten Ecke verschwunden waren. »Sie sind weg«, sagte er, unnötigerweise flüsternd.

Prinz war in dem nassen Gras mit einem Fuß weggerutscht. Hände und Hose verdreckt. Er wischte die Hände im Gras ab. Wartete reglos, bis Andreas reine Luft meldete.

Dann erhob er sich und ging ohne Hast durch den Regen am leeren Pool vorbei auf das Haus zu. Im Pool standen ein paar Zentimeter Regenwasser, in dem abgefallene Blätter schwammen. Der Fuß tat weh. Die Slipper hatten glatte Ledersohlen. Mit Turnschuhen wäre das nicht passiert.

Auch vor den breiten Türen der Terrasse waren Rollläden heruntergelassen. Prinz drehte sich um. Zwei Giebel von gegenüberliegenden Häusern ragten über die Hecke. Einer war zum größten Teil von einer Platane verdeckt. Um den anderen wehten Wolkenfetzen. Ein Fenster blickte auf das Grundstück; Gardine zugezogen. Prinz fiel jetzt erst ein, nach Kameras einer Videoüberwachung und den kleinen Kästen einer Alarmanlage zu suchen. Der letzte Bruch war fast fünf Jahre her. Keine Kameras. Da war der kleine Kasten mit dem roten Lämpchen. Es war aus.

»Bis jetzt nichts«, sagte Ollie. »Bin bei zehn Uhr abends.«

Prinz schlug die Falttasche voller Schlüssel, Schraubenzieher, Zangen sowie Taschenlampen auf, musste vier verschiedene Geräte ausprobieren und brauchte mehr als eine Minute, bis der Rollladen ziemlich laut hochrasselte.

Aus der Übung. Er blickte hoch zu dem Fenster auf der anderen Straßenseite. Die Gardine bewegte sich nicht. Für die Glastüren brauchte er nur ein paar Sekunden. Er öffnete sie. Kein Alarm. Er betrat die Villa, schloss die Tür, warf noch einen Blick zu dem Fenster – und erstarrte plötzlich.

Waren das Schritte? Als ob jemand irgendwo in diesem Haus eine Treppe runterlief. Er lauschte reglos. Stille. Vielleicht hatte er sich das nur eingebildet.

Er ließ den Rollladen runter.

»Bin im Haus«, flüsterte er in das Mikro.

»Hier alles okay«, hörte er Andreas ebenfalls flüstern und lächelte.

»Hier auch«, sagte Ollie. »Mitternacht, keiner gegangen oder gekommen.«

Im Haus war es jetzt so dunkel, dass er zunächst nichts sehen konnte. Er wartete, bis seine Pupillen sich auf die Dunkelheit eingestellt hatten. Konturen von Möbeln in einem großzügigen Wohnzimmer kamen zum Vorschein. Großformatige Bilder unerkennbaren Inhalts an den Wänden. Über den Terrassentüren bemerkte er noch ein kleines quadratisches Kästchen. Oben auf dem Kästchen blinkte nichts.

Am Ende einer Schrankwand befand sich eine offene Tür. Dahinter noch mehr Dunkelheit. Prinz ging durch die Tür in einen Flur. Weitere Türen, eine zur Küche, eine zu einer Gästetoilette, eine zu einem Abstellraum mit Reinigungsgeräten, Klamotten und Schuhen. Durch die heruntergelassenen Rollläden drangen ein paar Fäden mattes Tageslicht. Prinz entschied, dass er es sich leisten konnte, die kleinere der beiden Taschenlampen zu benutzen. Da es Tag war, würde von draußen nichts zu sehen sein. Eine breite Treppe führte nach oben; eine schmalere am Ende eines Ganges nach unten. Er ging zu beiden Treppen und lauschte. Nichts. Die Haustür, verschlossen, darüber wieder so ein kleines Kästchen ohne blinkendes Licht. Vor der Haustür ein Vorleger, der verrutscht war. Florian Brennecke, als er vorletzte Nacht in Panik hier rausgerannt war?

»Zwei Uhr morgens«, sagte Ollie. »Nichts passiert.«

In der Küche standen die Reste eines Frühstücks neben der Spüle. Ein Teller, eine Tasse, ein Messer mit Butter- und Marmeladenresten, ein Korb mit einem übrig gebliebenen, hart gewordenen Brötchen, eine Thermoskanne. Auf einem Tisch lagen ein paar zerlesene Zeitungen, alle vom Donnerstag. Eine Person hatte am Donnerstagmorgen gefrühstückt, vielleicht zu dem Zeitpunkt, als Schmelting Herbert Viehmann angerufen hatte.

Keinerlei Geräusch; bis der Kühlschrank leise zu brummen anfing. Prinz spähte hinein. Leer bis auf eine offene, noch fast volle Milchtüte, etwas Butter, zwei angebrochene Gläser Marmelade. Er fand die Spülmaschine; darin zwei weitere Tassen, zwei Teller, zwei Messer. Schmelting war vermutlich irgendwann in der Nacht zum Dienstag aus Südfrankreich angekommen, hatte sich am nächsten Morgen nur mit dem Notwendigsten versorgt, sein Mittag- und Abendessen jeweils woanders eingenommen. Prinz öffnete noch ein paar Türen zu Gästezimmern, alle leer, sowie zu einer großen Bibliothek. Dann stieg er die Treppe hoch.

Andreas wollte wissen, was los war.

»Nichts«, teilte Prinz ihm mit. »Ruhe! Ich melde mich.«

Oben Bade- und Schlafzimmer, sehr geräumig. Auch hier heruntergelassene Rollläden, ein paar Fäden Tageslicht. Das runde Bett, groß genug für Gruppensex, war benutzt worden, ein seidener Schlafanzug lag darauf. An den Wänden großformatige Fotos von antiken Fresken: Griechen oder Römer bei allerhand hetero- und homosexuellen Spielereien. Vasen standen herum, auf denen sich weitere Griechen oder Römer vergnügten. Ein Flachbildschirm an der Wand, darunter Regale mit alten Videokassetten und neueren DVDs. Alles Pornographie.

Plötzlich hörte Prinz erneut etwas. Er machte die Taschenlampe aus, hielt den Atem an und wartete reglos.

Wieder völlige Ruhe. Was war das gewesen? Das leise Quietschen einer Tür? Jedenfalls nicht hier oben, sondern irgendwo unten. Er trat schnell aus dem Zimmer, lief im Dunkeln zur Treppe, spähte und lauschte nach unten.

Nichts. Vermutlich war es draußen gewesen. Er öffnete andere Türen.

Im Bad ein offener Kulturbeutel auf einem der Waschbecken. Die Wanne, ebenfalls rund und groß genug für mehrere Personen, war benutzt, aber hinterher nicht gesäubert worden. Vermutlich hatte Schmelting, wie Prinz, normalerweise jemanden, der hinter ihm her räumte.

»Sechs Uhr morgens«, sagte Ollie. »Es ist hell. Keiner gegangen oder gekommen.«

Es gab noch zwei weitere, unbenutzte Schlafzimmer sowie ein Ankleidezimmer mit geöffneten Türen zu Schränken voller Anzüge, Hemden und Schlipse, und einem Herrendiener, über dem benutzte Kleidungsstücke hingen.

Hinter der nächsten Tür fand Prinz ein Arbeitszimmer mit Regalen voller Gesetzestexte, Fachliteratur zur Rechtsgeschichte und zahllosen Aktenordnern. Er ließ die Taschenlampe über die Rücken wandern. Dokumente zu Schmeltings kompletter juristischer und politischer Karriere. Briefwechsel mit anderen bekannten Politikern fielen Prinz ins Auge. Mittendrin eine Lücke. Ein einzelner Ordner fehlte. Bei den Ordnern links und rechts davon ging es um Korrespondenz mit Kabinetts- beziehungsweise Justizministerkollegen aus anderen Bundesländern sowie den Bundesjustizministern aus Schmeltings Amtszeit. Der damalige Ministerpräsident Hans Eichel, Kultus-, Finanz-, Wirtschafts-, Umweltminister.

Der Innenminister fehlte. Hatte er mit dem nicht am meisten zu tun?

»Kurz nach acht«, sagte Ollie. »Diese alte Dame kommt wieder vorbei und guckt sich noch mal den Helm an.«

In einem unteren Fach schienen ebenfalls einige Aktenordner zu fehlen. Bei den neben dieser größeren Lücke stehenden Ordnern ging es um Schmeltings Notariatstätigkeit bei diversen Geschäften, bevor er Abgeordneter wurde.

Der Mandelberg fehlte.

Am Schreibtisch hatte offenbar jemand gearbeitet, Stifte und unbeschriebene Papiere lagen herum. Falls es beschriebene Blätter gegeben haben sollte, hatte die jemand beseitigt.

Erst als Prinz noch einmal den Strahl der Taschenlampe über das ganze Arbeitszimmer wandern ließ, entdeckte er das Bild. Es hing nur an einer Seite, leicht aufgeklappt wie eine Tür. Er fand dahinter wie vermutet den Safe. Die Tür des Safes war nur angelehnt. Er öffnete sie. Der Safe war leer.

Jemand war hier gewesen und hatte alles mitgenommen, was Schmelting in Bezug auf den Mandelberg sowie die von ihm untersagte neue Ermittlung fast zwanzig Jahre nach den Morden möglicherweise inkriminieren könnte.

Florian Brennecke hatte vorletzte Nacht nichts aus diesem Haus getragen.

Schmelting selbst? Nicht auszuschließen. Ollie, Jörg und Dirk hatten die Kameras erst am Donnerstagabend draußen angebracht. Es konnte auch sein, dass vorher jemand anderer gekommen war. Siepmann war letzen Sonntag hier gewesen. Auch er hatte einen Schlüssel gehabt.

Prinz stieg in den dunklen Keller, wo er mit seiner Taschenlampe zunächst einen gut sortierten Weinkeller, dann einen Raum mit modernen Sportgeräten und ein richtiges kleines Hallenbad mit viel Marmor und antikisierenden Statuen fand. Aus dem ein merkwürdiger Geruch drang. Es gab noch einige weitere Türen, aber er kam nicht mehr dazu, sie zu öffnen, weil er im Eingang zu dem Hallenbad auf etwas Merkwürdiges trat, das gleichzeitig weich und hart war, klein und kompakt, aber eine Art lange Ausläufer zu haben schien.

Das Knacken von etwas Brechendem unter der Sohle ließ Prinz mitten im Schritt einfrieren. Hastig trat er zur Seite und richtete die Taschenlampe auf den Boden, um zu sehen, worauf er da getreten war.

Eine Hand. Kalkweiß. Rotes klebriges Zeug am Stumpf, von dem etwas jetzt an seiner Schuhsohle haftete. Zwei Finger, die er offenbar gerade mit seinem Gewicht gebrochen hatte, bewegten sich etwas. Dann lag die Hand reglos da.

Für den Bruchteil einer Sekunde dachte Prinz an Plastik, eine Art makabren Scherz. Er ging in die Hocke und inspizierte das Ding.

Die Hand lag auf den Fliesen, auf dem Handrücken. Etwas Blut war aus dem Stumpf auf die Fliesen gesickert, ein heller Knochen, ein paar geringelte Sehnen in farblos-fleischigem Gewebe waren zu erkennen. Ein abgewinkelter Daumen, zwei leicht gekrümmte Finger, zwei zusammengetretene Finger, die sich gerade wieder ein bisschen aufgerichtet hatten, alle manikürt, Ringe an Mittel- und Ringfinger.

Eindeutig menschlich. Weiß, weil alles Blut herausgesickert war. Sauber abgetrennt am Gelenk. Mit einem scharfen Schnitt oder einem schnellen Hieb. Vielleicht mit einem Beil. Oder einer Machete, einem Säbel, einem Küchenmesser?

Prinz schluckte. Erhob sich, musste sich an der Wand abstützen, weil ihm für einige Sekunden schwarz vor Augen wurde. Atmete ein paarmal tief durch.

Dann trat er in das Hallenbad. Das klebrige Blut an einer seiner Sohlen haftete an den Kacheln und machte beim Lösen ein schmatzendes Geräusch. Er ließ den Lichtkegel der Taschenlampe über den marmornen Boden wandern.

Da lagen ein Anzug, Hemd, Unterwäsche, Schuhe, Socken. Nicht geordnet, einfach hingeschmissen. Offenbar kein Blut.

Wo die ebenfalls marmorne Wand begann, bemerkte Prinz einen Fleck. Er ließ den Lichtkegel die Wand hochwandern. Jede Menge angetrocknetes Blut, ein großer Fleck umgeben von zahllosen Spritzern.

Etwas entfernt davon hatte jemand mit dem Blut ein umgedrehtes rotes Kreuz an den weißen Marmor geschmiert.

Noch mehr Blut am Beckenrand. Der Lichtkegel glitt über das Wasser. Es war reglos und glatt und gleichmäßig mattrosa. Mitten im Wasser schwamm ein nackter Mann, grünlich, reglos, auf dem Bauch, Gesicht unter Wasser, ausgebreitete Arme. Die rechte Hand des Mannes fehlte. Um den Armstumpf war das Wasser etwas dunkler und zähflüssiger.

Prinz hörte ein Quietschen und fuhr zusammen.

Eine Tür ging auf, der Lichtstrahl einer Taschenlampe kam zum Vorschein, dann noch einer, dann eine Silhouette, gefolgt von einer zweiten. Zwei Lichtstrahlen blitzten Prinz in die Augen, bevor er seine eigene Taschenlampe heben konnte.

»Scheiße!«, schrie Ollie ihm ins Ohr. »Zwanzig nach elf. Siepmann kommt! Und der andere Bulle. Betreten das Haus! Die sind da –«

Prinz griff in die Hosentasche nach dem Sender und schaltete ihn aus. Er fluchte stumm: Ollie, dieser Idiot, hatte sich, wie immer, von hinten nach vorn gearbeitet. Die beiden mussten nur wenige Minuten vor Prinz selbst eingetroffen sein. Wenn Ollie die Bilder der Kameras nicht von gestern Abend vorwärts, sondern vom Augenblick seines Eintreffens rückwärts hätte laufen lassen, wäre das nicht passiert.

Und ich Idiot, dachte Prinz, bin auch noch erleichtert gewesen, dass die Alarmanlage nicht in Betrieb war.

»Tja, Knirps«, sagte Siepmann. »Schöne Scheiße, was?«

Gegen drei Uhr nachmittags verschaffte sich der Mann, der jeden Morgen von dem Hochsitz aus die Dämmerung betrachtete, mit den Worten »nephrologischer Konsiliarius« problemlos Zugang zur kardiologischen Intensivstation des Klinikums. Er trug einen grünen Arztkittel samt Mütze und Mundschutz. An Sutters Bett tat er mit geübten und sicheren Bewegungen, was ein Nierenfachmann bei einem Patienten tun würde, dessen Nieren durch einen Schock vorübergehend den Dienst eingestellt hatten. Die anderen Ärzte und die Schwestern überzeugten sich nur mit einem kurzen Blick davon, dass der Unbekannte wusste, was er tat. Das Klinikum hatte fast fünfhundert Ärzte; die Herzspezialisten konnten unmöglich jeden Nierenexperten kennen, und wenn der Patient bereits vor dem Infarkt irgendwo in Behandlung war, konnte es auch ein Arzt von außen sein.

Der Mann verabschiedete sich nach etwa zwanzig Minuten, verschwand in einem anderen Gebäude in einer Toilette und zog sich um. Als er wieder herauskam, sah er nicht anders aus als andere Besucher. Ein Arzt kam ihm entgegen, der ihn überhaupt nicht zur Kenntnis nahm. Das Klinikum, auf einem Hügel über der Universität, war wie diese eine Stadt für sich mit mehr als einem Dutzend älteren und neueren Gebäuden, zahlreichen Baustellen und ständigem Besucherstrom; hier wurde niemand beachtet, der nicht gerade zuckend zusammenbrach. Er ging unbemerkt zu seinem Wagen. Er hatte ein stilles Lächeln im Gesicht.

Um drei Uhr siebenundfünfzig zeigte der Computer an, dass bei einem Patienten der Intensivstation die Lebenszeichen verrückt spielten. Sofort eilten Ärzte und Schwestern herbei, die Wiederbelebungsmaßnahmen einleiteten.

Um vier Uhr sechs gaben sie auf.

SECHZEHN

Die Gewahrsamszellen im Keller des Polizeipräsidiums Nordhessen waren nur ein paar Quadratmeter groß und vollständig weiß gekachelt, damit etwaige unappetitliche Hinterlassenschaften der Kurzzeitinsassen problemlos entfernt werden konnten. In der Regel waren das Säufer, Drogensüchtige oder Randalierer bei Großveranstaltungen. Das Licht brannte rund um die Uhr.

Prinz lag auf der Matratze gegenüber der schweren Stahltür und starrte an die Decke. Solange er sich nicht bewegte, tat das verknackste Fußgelenk nicht weh. Auf dem Boden stand eine Burger-King-Tüte, die noch nach dem Whopper duftete, der drin gewesen war. Da das neue Präsidium keine Kantine hatte, machte die Filiale im Alten Hauptbahnhof ein Mordsgeschäft. Über der Tür war eine Kamera; auf dem Monitor im Bereitschaftsschichtraum konnten die Beamten kontrollieren, ob er sich womöglich umbringen wollte.

Sie hatten ihn mit der unbeteiligten Korrektheit behandelt, die Polizisten für jene unter ihren Kunden übrig haben, die ihnen keinen Ärger machen. Sie taten so, als sei ihnen der Anlass seiner Anwesenheit egal. In Wahrheit hingen alle Beamten des Präsidiums seit Stunden am Polizeifunk, lauschten den neuesten Mitteilungen über den tot aufgefundenen ehemaligen Justizminister und tauschten die aberwitzigsten Gerüchte aus.

Bis zum Abend des folgenden Tages konnten sie ihn schlimmstenfalls festhalten, und er war sicher, dass Siepmann jede einzelne Minute davon genießen würde.

Was auch keine Rolle mehr spielte. Es war vorbei. Er hatte versagt. Sutter war gestorben, begnadigt, aber immer noch schuldig. Dieser alte Mann, beschränkt wie er war, hätte wenigstens einen Tag in dem Bewusstsein leben sollen, dass seine Unschuld erwiesen war. Dieses Ziel konnte nicht mehr erreicht werden.

Weil Prinz nicht an das Naheliegende gedacht hatte. Die Wut auf sich selbst zog ihm die Eingeweide zusammen. Die Lösung hatte von Anfang an auf der Hand gelegen. Sie hätten Sutters Unschuld längst beweisen können, und er wäre vielleicht noch am Leben.

Wer gehörte diesem Verein zur Betreuung Haftentlassener an und konnte problemlos an Sutters Adresse kommen, noch bevor er dort einzog?

Wer kannte Desirées Namen und Adresse? Wer konnte den Essener Anwalt zu Derwars Dürckheim geschickt haben?

Wer wurde ständig über ihre Fortschritte und Vorhaben informiert?

Wen würden Frielendorf, Brandstädter und Schmelting vertrauensvoll hereingebeten haben, wenn er um ein Gespräch bat? Vielleicht sogar Willi Brennecke?

Wer fuhr einen dunkelgrünen, großen und teuren Wagen mit Kasseler Nummer, wie ihn die alte Dame in Essen gesehen hatte?

Es war so einfach. Beschämend einfach. Aber er, Prinz, hatte es nicht gesehen, bis es zu spät war. Und jetzt war er hier eingesperrt und zu Untätigkeit verurteilt.

Das Polizeipräsidium lag in einer Senke zwischen dem Alten Hauptbahnhof und dem Hochhaus des Arbeitsamtes. Vom Bahnhofsplatz, wo der Haupteingang war, sah es aus wie ein bloß dreistöckiger halbrunder Flachbau. Die eigentliche Zufahrt war unten in der Senke, acht Stockwerke tiefer. Hier oben gab es nur wenige Besucherparkplätze, die mit Wagen von Presse und Fernsehen blockiert waren. Ein Van von RTL rangierte in eine schmale Lücke zwischen ähnlichen Vans anderer Sender. Der Hessische Rundfunk stand direkt vor dem Eingang.

Vor dem Bahnhof ragte der »Himmelsstürmer« etwa dreißig Meter in die Höhe, Hinterlassenschaft einer früheren Documenta: eine schräge Stange, auf der die lebensgroße Skulptur eines Menschen zielstrebig gen Himmel marschiert. Der alte Bahnhof selbst, der nur noch von einigen Regionalzügen angefahren wurde, war ein Nachkriegszweckbau, den man mit allerhand Kultureinrichtungen und Restaurants zu beleben versuchte und »Kulturbahnhof« nannte.

Vor einer roten Ampel stieg Andreas aus dem Porsche, holte

einen schweren Aktenkoffer aus dem Kofferraum und ging zu dem Jeep hinter ihm, an dessen Steuer Ollie saß.

»Die Kacke ist am Dampfen«, sagte er, zu den Wagen der Medienvertreter nickend. »Ich gehe allein rein. Jemand muss meinen Wagen nach unten fahren.«

Die Ampel sprang auf grün, hinter ihnen wurde gehupt.

»Okay«, sagte Desirée, glitt vom Beifahrersitz und lief nach vorn.

Er beobachtete, wie sie vorsichtig anfuhr, und marschierte mit dem Koffer auf das Präsidium zu. Er trug immer noch den Dreiteiler. In einigen der Vans hockten junge Leute und sahen auf kleinen Monitoren fern. Er ging durch eine Glastür in den abgetrennten Eingangsbereich, in dem weitere Medienvertreter herumlungerten. Das Geschrei ging los, bevor er die Pförtnerkabine erreicht hatte.

»Lasst mich arbeiten, Leute«, rief er. »Das wird jetzt ein bisschen dauern. Danach komme ich wieder hierher, und ihr kriegt euer Statement.« Er hoffte, dass das die Meute hier oben halten würde.

Zwei Uniformierte kamen aus der Pförtnerkabine und geleiteten ihn zu einer weiteren Glastür.

»Vor der PK 18-30?«, rief jemand.

»Das will ich doch hoffen«, sagte er, als ein Summer ertönte, und sie verschwanden in einem langen, konkaven Gang.

Im großräumigen Büro des Polizeipräsidenten waren der neue Polizeipräsident selbst, Siepmann und sein Adlatus mit dem Schnäuzer sowie Baginski und einige weitere Herren versammelt, darunter der Pressesprecher. Alle sahen ihn an; niemand grüßte. Die beiden Uniformierten warteten vor der Tür.

»Pressekonferenz in anderthalb Stunden?« Er grinste in die Runde. Niemand reagierte. »Was wollen Sie denn erzählen?«

Der Polizeipräsident starrte ihn in stummem Schrecken an; er trug noch die Klamotten vom Golfplatz, von dem man ihn offenbar gerade geholt hatte. Bis vor wenigen Monaten hatte er einen verschlafenen Posten auf dem Land innegehabt. Mit so einer großen Sache war er noch nie konfrontiert worden. Der Innenminister, der demnächst neuer Ministerpräsident werden sollte, hatte noch einen Feind abservieren wollen, der sich ständig über seine Personalpolitik beschwerte, und den Vorgänger des Polizeipräsidenten in den vorzeitigen Ruhestand versetzt, wie Holzapfel damals von Herbert Viehmann in den vorzeitigen Ruhestand versetzt worden war. Dieses Mal allerdings war das nicht kurz und schmerzlos über die Bühne gegangen.

Baginski warf dem Polizeipräsidenten einen kurzen Blick zu und rang sich ein Lächeln ab. »Das denken wir uns gerade aus.«

Andreas holte mehrere Aktenordner aus dem Koffer.

»Und das soll wirklich alles sein?«, fragte Siepmann.

»Alles, was es auf Papier gibt«, antwortete Andreas unbeeindruckt, und das war nicht einmal gelogen.

Siepmann starrte ihn an. Andreas senkte kurz und beruhigend die Augenlider: Es war nichts dabei, das Siepmann und die Weirichs belasten könnte. Dann trat er an ein Fenster und blickte hinunter in den Innenhof, acht Stockwerke tiefer, und die mit Schranken versperrte Einfahrt. Im Innenhof standen einige zivile Fahrzeuge neben mehreren Streifen- und Mannschaftswagen. Da unten lungerten auch vier oder fünf Medienleute herum, offenbar Aufpasser. Sein Porsche und der Jeep warteten vor der Einfahrt, neugierig gemustert von den Medienleuten.

»Ich bin sicher, dass Sie viel mehr haben als das hier«, sagte Siepmann. Andreas fand das ganz schön dreist.

Baginski seufzte. »Sie können den Mann jetzt freilassen.«

Andreas drehte sich um. Siepmann verzog das Gesicht, griff aber zum Telefon. Der Polizeipräsident schien erfolglos nach Worten zu suchen.

»Da unten«, sagte Andreas, zu niemand Bestimmtem, »lauert auch die Pressemeute. Wäre nett, wenn Sie unsere Wagen reinlassen würden.«

Im Innenhof des Polizeipräsidiums unten in der Senke traten Desirée und Ollie von einem Bein auf das andere. Der Regen hatte aufgehört, aber es war noch kühl. Desirée fröstelte. Irgendwo ging eine Tür auf, Prinz und Andreas kamen zum Vorschein. Prinz marschierte mit ausdruckslosem Gesicht auf den Jeep zu, etwas humpelnd. Andreas lief mit einem irgendwie dämlichen Gesichtsausdruck hinterher. Prinz ging zur Beifahrertür des Jeeps. Schon die Hand an der Tür, blieb er reglos stehen.

»Tut uns allen furchtbar leid«, sagte Ollie.

»Damit konnte ja keiner rechnen«, beeilte sich Desirée hinzuzufügen.

Prinz antwortete nicht, sondern drehte sich um und sah Andreas an.

»Hätte er dich da drin versauern lassen sollen?«, fragte Ollie irritiert.

Prinz beachtete ihn nicht, sondern ließ Andreas nicht aus den Augen.

»Du bist raus«, sagte er zu ihm. »Verschwinde.« Seine Stimme war leise, aber schneidend.

Desirées Kinn klappte runter. Sie sah, wie Andreas zusammenzuckte, als hätte er einen Schlag abgekriegt. Sein Mund ging auf, als wolle er etwas sagen, aber es kam nichts heraus. Er starrte Prinz an. In seinen Augen stand das pure Entsetzen.

Prinz nickte, als hätte er etwas begriffen.

»Wir fahren jetzt«, sagte er zu Ollie.

Ollie schritt nach kurzem Zögern folgsam um den Jeep herum, ließ den Motor an.

Desirée stand fassungslos da.

»Rein mit dir«, sagte Prinz zu ihr.

Sie kletterte auf den Rücksitz, machte die Tür zu und blickte durchs Fenster. Sie sah, wie ihr Vater mit spitzem Finger auf Andreas zeigte, und hörte gedämpft, wie er sagte: »Dich will ich nicht mehr sehen.«

Als er die Tür aufriss und auf den Beifahrersitz federte, hörte sie für einen Moment das Vogelgezwitscher von draußen. Die Tür knallte zu. Prinz klopfte einmal kurz aufs Armaturenbrett. Ollie fuhr los. Die Schranke ging hoch. Desirée drehte sich um und sah Andreas dastehen und ihnen nachblicken. Ollie qualmte mit leicht zitternden Fingern.

»Was«, sagte Desirée und erschrak über ihren schrillen Tonfall, »sollte das denn?«

»Halt die Klappe«, sagte ihr Vater leise.

Als der Jeep vor dem Herrenhaus hielt, kam Ingrid ein Buch schwenkend auf sie zu, gefolgt von den Doggen.

»Ich hab's!«, rief sie. »Die abgeschlagene Hand!« Sie ließ das Buch sinken. »Was ist los? Wo ist Andreas?«

Prinz ignorierte sie. »Komm mit hoch«, sagte er zu Ollie.

Der Mann auf dem Hochsitz hatte die ganze Nacht nicht schlafen können und war bereits seit kurz nach zwei hier draußen. Die Wolken hatten sich verzogen, die Nacht war sternenklar, aber ziemlich kalt. Jetzt wurde der Himmel von Osten, hinter ihm, immer heller. Direkt über ihm funkelte der Morgenstern, Venus, Luzifer.

Bei diesem Gedanken begann er zu kichern. Dass diese Sterne da oben funkeln, ist völlig ohne Belang, erzählte er sich selbst, und was diese zweibeinigen Kreaturen hier unten planen und tun, wird nicht von oben gelenkt.

Er konnte nicht schlafen, weil er so begeistert war. Denn es hatte alles geklappt. Jede einzelne der Spielfiguren hatte sich genauso verhalten wie vorausberechnet. Er hatte das gegnerische Team vorübergehend etwas überschätzt. Es hatte sich willig, nein, willenlos selbst in Spielfiguren verwandelt. Seine Sorgen waren grundlos gewesen. Er musste den anderen Abbitte leisten. Sie hatten recht gehabt.

Aber er selbst war es gewesen, der dem Gegner gestern Nachmittag den Todesstoß versetzt hatte. Schnell, gekonnt, ohne Anstrengung. Am Ende war es immer so gewesen, in all diesen Jahren: Es hatte gar keine Mühe gemacht. Es war so einfach. Und nun war es vorbei. Sie hatten gewonnen, wie immer. Ab jetzt konnten sie sich auf die Position amüsierter Beobachter zurückziehen und zusehen, wie das gegnerische Team sich selbst zerfleischte.

Und nun? Welcher Herausforderung sollten sie sich als Nächstes zuwenden?

Desirée konnte auch nicht schlafen. Am Abend waren Prinz und Ollie wortlos aufgebrochen, erstaunlicherweise in dem Sprinter, einem weißen Lieferwagen, in den sie zunächst einen Tisch, ein paar Stühle und mehrere Geräte aus Ollies Technikreich verfrachtet hatten. Nachdem sie weg waren, hatte Ingrid bei Andreas angerufen, der noch immer fassungslos war und keine Erklärung für Prinz' bizarres Verhalten hatte. Wie auch immer, es war vorbei. Florian Brennecke hatte gestanden, daran war nicht zu rütteln. Der Rest war Routinearbeit der Polizei.

Für Desirée war es das erste Vorhaben gewesen, an dem ihr wirklich etwas lag. Die anderen hatten die üblichen Fehlschläge des Erwachsenenlebens längst hinter sich. Außerdem hatte ihre Mutter angerufen: Martina wollte jetzt, wo alles vorbei war, wieder zurück in die eigene Wohnung.

Im Gästezimmer nebenan hatte gestern Nacht noch der alte Sutter gelegen. Dass die Sache so zu Ende gehen musste, das nagte an ihr. Und jetzt wartete wieder das ganz normale, öde Leben auf sie.

Gegen drei Uhr morgens hörte Desirée, wie der Sprinter auf den Hof rollte. Sie stand auf und beobachtete vom Fenster aus, wie Prinz und Ollie miteinander wisperten, aber sie konnte nichts verstehen. Dann hörte sie ihren Vater in seinen Privaträumen im Stockwerk unter ihr noch einige Zeit herumkramen.

Irgendwas haben wir übersehen, dachte sie. Irgendwas habe *ich* übersehen. Und wenn ich es ganz allein tun muss: *Ich* werde herausfinden, was wirklich passiert ist.

Am Sonntagmorgen fuhr sie im Kangoo auf der Frankfurter Straße am Pressezentrum der HNA vorbei nach Süden. Der Sprinter war schon wieder weg gewesen, als sie aufstand. Dass Jörg und Dirk ihr mit großem Abstand im Mondeo folgten, bemerkte sie nicht.

Für den EXTRA TIP von heute war die gestrige Sensation zu spät passiert, und die HNA erschien sonntags nicht. Der Mord an Schmelting hatte es zwar sogar in die überregionalen Fernsehnachrichten geschafft, aber eher unter »ferner liefen«. Ein ehemaliger Landesjustizminister, dessen Namen kaum noch jemand kannte, war in seinem Haus tot aufgefunden worden. Das Radio wusste bisher nichts wesentlich Neues zu berichten: Die Ermittlungsbehörden gingen von einem Verbrechen aus. Ein

Tatverdächtiger sitze bereits in Untersuchungshaft. Ein weiterer Festgenommener sei wieder freigelassen worden. Nichts deute auf einen terroristischen Hintergrund hin. Das Motiv wurde im Privatleben des Opfers vermutet, aber der Tatverdächtige habe sich bisher nicht geäußert. Die gegenwärtige schwarz-gelbe Landesregierung zeige sich ebenso schockiert wie die sozialdemokratische Opposition, der der ehemalige Minister angehört hatte. Die Bundesbehörden sähen keinen Anlass, sich einzuschalten. Anscheinend, dachte Desirée, hält die Polizei die Verbindung zur Mandelberg Park Residenz und zwei weiteren Todesfällen noch unter der Decke; ebenso wie die umgedrehten Kreuze.

Die Stadt lag wie ausgestorben da. Es war wieder sonnig und heiß. Im Stadtteil Niederzwehren bog sie links ab. Nachdem sie unter der A 49 durchgefahren war, hörten die Häuser auf. Sie passierte ein Kraftwerk, fuhr an der in der Sonne glitzernden Fulda entlang, die von einer Schleuse gestaut wurde, dann eine schmale, steile Zufahrt zu der psychiatrischen Klinik hoch und hielt auf dem Besucherparkplatz.

Das Ludwig-Noll-Krankenhaus lag einsam in einem parkähnlichen, umzäunten Gelände über dem Fluss und bestand aus zwei großen alten Bauten mit weißem Verputz, die kasernenartig wirkten, und einem modernen Flachbau mit dem Empfang. Eine Schwester führte sie in einen der Altbauten. Innen war alles frisch renoviert.

»Hier sind unsere stationären Patienten untergebracht«, erklärte die Schwester. »Wir haben auch viele ambulante Patienten, hauptsächlich Depressionskranke. Es gibt einen Sportraum, den Herr Hildebrand oft aufsucht. Er ist auch sehr kreativ. An der Kunsttherapie nimmt er am liebsten teil.«

Lange Gänge führten an vielen Türen vorbei; die meisten waren verschlossen. Desirée spähte im Vorbeigehen in die wenigen offenen Zimmer. Meistens nur ein Bett, die Räume klein, die Einrichtung spartanisch, keine Fernseher, leer. Überall tiefe Stille, die Desirée beunruhigend fand. Ein paar Patienten in eher schlampiger Kleidung schlurften herum. Es waren offenbar größtenteils Männer, oft alt oder mittleren Alters. Die meisten wirkten einigermaßen reduziert, aber sonst eigentlich normal. Einige warfen Desirée verstohlene, schnelle Blicke zu, als fürchteten sie, erwischt zu werden. Die Schwester grüßte jeden freundlich mit Namen, bekam aber nur selten eine Antwort.

Max Hildebrand saß in einem der Einzelzimmer mit verschlossener Tür: ein Bett, ein Tisch, ein Stuhl, er hatte als Besonderheit ein schmales Bücherregal. Das Fenster ging raus auf den Besucherparkplatz, auf dem der Kangoo in der Sonne briet. Durch die Bäume war das Glitzern des Flusses zu ahnen; am anderen Ufer ragten die hässlichen Klötze des Industrieparks Waldau in die Höhe.

Hildebrand saß in dem Stuhl am Fenster und drehte den Kopf, um die Eintretenden zu betrachten. Grauweiße kurzgeschorene Stahlwolle auf dem Schädel, ein eingefallenes Gesicht mit winzigen, leicht tränenden Augen, aber verblüffend vollen roten Lippen. Er trug Schlafanzug, Bademantel, Pantoffeln. Als er sich mit einem Ruck erhob, war Desirée überrascht von seiner Größe und muskulösen Statur. Der Mann war fast achtzig, aber topfit.

»Aha!«, bellte er. Dann musterte er sie misstrauisch; seine feuchten, winzigen Augen wurden noch kleiner. »Ein Mädchen? Prinz, der Planer, war angekündigt.«

Desirée stellte sich vor. »Tut mir leid«, sagte sie unsicher. »Es ist viel passiert.«

Hildebrand trat auf sie zu, und sie musste sich zwingen, nicht zurückzuweichen.

»Weiß ich«, flüsterte er ihr ins Ohr. »Schmelting. Es kam im Fernsehen.«

Die Schwester holte einen Stuhl aus dem Gang, schloss die Tür, setzte sich und schlug ein Buch auf. Außer dem Bett gab es keine weitere Sitzgelegenheit. Desirée warf der Schwester einen Blick zu. Sie las, unbeteiligt.

Desirée flüsterte ebenfalls, ohne zu wissen warum. »Sie haben, ähm, einen Fernseher?«

»Unten ist ein Fernsehraum.« Hildebrand senkte die Stimme noch weiter. »Konnte nur gestern passieren. Johannisnacht. Sommersonnenwende. Hätte ich Ihnen alles vorher sagen können.« Er deutete aufs Bett und sagte laut: »Setzen Sie sich.«

Desirée hatte plötzlich die seltsame Hoffnung, dass sich jetzt alles aufklären würde. Aber der frühere Hauptkommissar war nicht ohne Grund hier, und wenn er flüsterte, wirkten seine Augen irre. Sie überreichte eine Zigarrenkiste. Cohibas. Der irre Ausdruck verschwand aus Hildebrands Augen, er nickte anerkennend, sank zurück in den Stuhl, öffnete die Kiste, nahm eine Zigarre heraus und hielt sie sich kennerisch unter die Nase, bevor er Desirée die Kiste anbot, die verneinte. Er steckte die Zigarre zwischen die wulstigen Lippen.

»Feuer«, zischte er aus dem Mundwinkel.

»In den Zimmern –« begann die Schwester.

»Wir machen eine Ausnahme«, sagte Desirée und staunte über sich selbst. Die Schwester saß sekundenlang mit offenem Mund da, bevor sie tatsächlich weiterlas. Hildebrand grinste wie ein Schuljunge.

Desirée setzte sich auf das Bett und holte Notizblock und Stift hervor; eigentlich überflüssig, weil der Recorder in ihrem Rucksack bereits lief.

Hildebrand beobachtete sie. »Feuer«, wiederholte er.

Desirée hatte sich nach dem Vorbild ihres Vaters angewöhnt, immer ein Feuerzeug dabeizuhaben. Sie gab ihm Feuer und sah sich in dem kleinen Zimmer um. Keinerlei Verzierung an den kahlen Wänden, außer einer Holzfläche, vielleicht anderthalb Quadratmeter, voller Aquarelle, ohne Rahmen, nur mit Tesafilm befestigt, teilweise übereinander. Bei einigen war das Papier gewellt, weil er zu viel Wasser benutzt hatte. Die meisten Bilder waren gar nicht schlecht, wenn auch in der Farbgebung einigermaßen expressiv. Teufel und Dämonen.

»Unten ist auch ein Raucherraum«, sagte Hildebrand angestrengt paffend. »Mit so einem elektrischen Anzünder. Feuerzeuge und Streichhölzer sind verboten.«

»Behalten Sie's«, sagte Desirée.

Hildebrand warf der Schwester einen dieser verstohlenen Blicke zu. Sie saß reglos da und las und sagte nichts. Das Feuerzeug verschwand in einer Tasche des Bademantels.

»Aschenbecher«, sagte er, genussvoll Rauch ausstoßend.

»Nehmen Sie das Fenster«, meinte Desirée, ihre Dreistigkeit jetzt genießend.

Hildebrand nahm die Zigarre aus dem Mund, hielt sie an Desirée vorbei aus dem Fenster und grinste. Dann beugte er sich vor und flüsterte: »Ich bin natürlich nicht verrückt. Sie wissen das.« Der irre Ausdruck in den Augen war wieder da.

Desirée flüsterte auch. »Woher wussten Sie das mit Schmelting schon vorher?«

»Konnte doch nur in der Johannisnacht passieren.« Desirée nickte ernst. Hildebrand war eindeutig wahnsinnig. Doch plötzlich redete er ganz sachlich, wie ein Polizist: »Also, was meinen Sie? Wer hat Schmelting auf dem Gewissen?«

»Dieselben, die damals die Hornbachs umgebracht haben?«

Hildebrands tränende Augen blitzten interessiert. »Genau! Und wer sind die?«

»Das weiß ich nicht. Wissen Sie das?«

Hildebrand deutete mit der Zigarre zu der Schwester. »Die da ist auch eine von denen. Und der Oberarzt. Aber jetzt hab ich ja das.« Er tätschelte die Tasche.

Desirée hatte plötzlich einen Kloß im Hals. Sie wollte ihr Unbehagen verbergen und versuchte, auf den Buchrücken in dem kleinen Regal Titel zu lesen. Das »Liber AL vel Legis« von Crowley hatte er ebenfalls. Etwas namens »Delomelanicon – Das Buch der schwarzen Schatten«. Ein englisches Werk namens »The Equinox«. Zu ihrer Überraschung entdeckte sie auch viel Französisches: »Le grand arcane ou l'occultisme dévoilé« von Eliphas Levi. Jean Bricaud, »La messe noire«. Stanislas de Guaita, »Le Temple de Satan«. Andere Bücher hatten Pentagramme, Totenköpfe und umgedrehte Kreuze auf den Rücken, aber keine Titel. Dann noch etwas sehr altes, der Titel in altdeutscher Fraktur. Sie beugte sich vor, um lesen zu können: »Fama fraternitatis Roseae Crucis oder Die Bruderschaft des Ordens der Rosenkreuzer«.

Hildebrand bemerkte ihr Interesse und flüsterte: »Das ist 1614 hier in dieser Stadt erschienen. Der berühmte Landgraf Moritz der Gelehrte war in Wahrheit ein Okkultist. Der Graf von Saint-

Germain stand im Dienst eines Prinzen Karl von Hessen-Cassel. Oben im Schloss wurden Schwarze Messen gefeiert.«

»Schmelting«, flüsterte Desirée, »ist nicht erst vorletzte Nacht ermordet worden, sondern schon vorher. Die Sommersonnenwende war auch gar nicht vorletzte Nacht, sondern in der Nacht von Dienstag auf Mittwoch.«

Hildebrand stutzte. Sein Blick wurde mit einem Schlag klar. Er wischte sich mit der Hand über die Stirn, als wollte er einen lästigen Traum verscheuchen.

»Was wollen Sie wissen?«

»Alles.«

»Tja.« Er grinste genüsslich. »Sie haben so gut wie keine Spuren hinterlassen. An der Waffe und an der Schublade, wo die Waffe drin war, gab es nur Sutters Fingerabdrücke. Schmauchspuren von den Schüssen an seiner Hand. Dr. Rohde hatte damals nichts anderes in der Hand. Und ich hab nichts gefunden. Das einzig Merkwürdige war dieser Einbruch kurz vor den Morden. Und dann ein paar Fußspuren.« Er war in einen ganz sachlichen Vortragston gefallen.

»Von Fußspuren«, sagte Desirée, »wurde im Prozess nichts erwähnt.«

Hildebrand nickte. »Weil wir sie nicht zuordnen konnten. Es war damals alles knochentrocken, hatte seit zwei Wochen nicht geregnet. Es hätten irgendwelche Gäste irgendwann in diesen zwei Wochen sein können. Es waren zwei Männer. Der eine hatte Schuhgröße vierzig, der andere dreiundvierzig. Die Fußspuren führten von dem Feldweg zum Haus und wieder zurück. Keine Reifenspuren.« Er schien die Schwester, von der er annahm, sie sei eine Satanistin, völlig vergessen zu haben. »Zwei Männer, die die Vorgehensweise bei Ermittlungen genau kannten.«

Genau wie die alte Dame in Essen gesagt hat, dachte Desirée. Zwei Männer. Schmelting und Holzapfel? Siepmann und Holzapfel? Weirich und Siepmann? Jemand anderer? Sie erzählte von dem Mord an Willi, Horst und Gundula Brennecke.

Hildebrand nickte. »Das mit dem Auto und der Brücke, das haben sie schon mal gemacht.«

Desirée saß sekundenlang vor Verblüffung schweigend da. »Wann und wo«, fragte sie dann langsam, »haben sie das schon mal gemacht?«

»Im selben Jahr. Ostern vor siebenundzwanzig Jahren«, antwortete der frühere Hauptkommissar. »Etwa fünf Monate vor den Morden an den Hornbachs. Kempten im Allgäu. Auch eine Brücke. Auch ein Ehepaar, das mit dem Wagen runterstürzte. Albert und Ruth Bövinghaus. Keine weiteren Ermittlungen. Perfekter Mord.«

»Wer waren die beiden?«

»Das wissen Sie nicht?« Hildebrand kicherte, verschluckte sich am Rauch, hustete. »Christine Hornbach, geborene Bövinghaus. Die Eltern machten da Urlaub.«

»Gab es irgendwo ein umgedrehtes Kreuz?«

»Das habe ich erst später erfahren. Hab mir gleich die Akte kommen lassen, stand aber nichts davon drin.« Er blies versonnen Rauch aus. »Wenn ich damals sofort erfahren hätte ... Das ist meistens so. Die Hinweise sind alle da. Sie werden nur nicht beachtet«, dozierte er. »Der Hobbyraum von Frank Hornbach in diesem Bauernhaus zum Beispiel. Frisch gestrichen. Am Tag nach dem Prozess bin ich noch mal hin und hab Farbe abgekratzt. Es war frisch gestrichen, weil jemand schwarze umgedrehte Kreuze an die Wände geschmiert hatte. Tja. Bin damit zu Holzapfel, der mich auslachte. Mein Fehler. Damals war ich noch ahnungslos.«

»Wann ahnten Sie etwas?«, fragte Desirée leise.

Hildebrand lächelte selbstgefällig. »Zwölf Jahre später. Als Holzapfels Frau plötzlich tot in ihrem Bett lag. Der Arzt weigerte sich, trotz massivem Druck von Polizeipräsident Holzapfel höchstpersönlich, mit seiner Unterschrift den natürlichen Tod zu bezeugen. Deshalb musste Holzapfels Spezi Siepmann da hin und die Tote in Augenschein nehmen. Nichts Verdächtiges – außer einem umgedrehten Kreuz an der Wand neben ihrem Bett. Siepmann tat, was wir in solchen Fällen tun: Er besorgte einen anderen Arzt, der brav den Totenschein unterschrieb. Keine Obduktion, Freigabe der Leiche. Holzapfel ließ sie einäschern.«

Der Mann redete völlig normal. Keinerlei Anzeichen einer Geisteskrankheit. Desirée zählte im Geist: Christine Hornbachs Eltern. Alle drei Hornbachs. Holzapfels Frau. Willi, Horst und Gundula Brennecke. Friedemann Frielendorf. Brandstädter. Schmelting. Zwölf Tote insgesamt. Und wenn bei Sutter jemand nachgeholfen hat? Dreizehn.

»Ich telefonierte noch mal mit Kempten. Der damals verantwortliche Verkehrspolizist erinnerte sich, einen Anruf vom Schwiegersohn der Unfallopfer bekommen zu haben: Ob sie nicht bemerkt hätten, dass in beide Personalausweise umgedrehte Kreuze geschmiert worden wären? Hatten sie unter den Tisch fallen lassen. Wenn es auf irgendwas hindeutete, dann auf Selbstmord, und dann könnten Versicherungen Ärger machen, nicht?« Hildebrands Augen blitzten; begeistert, aber normal. »Der Verkehrspolizist hörte zu seiner Erleichterung später nichts mehr davon. Dass die ganze Familie Hornbach einige Monate später in einem anderen Bundesland ermordet wurde, davon erfuhr er nichts, das konnte er ja nicht wissen, nicht wahr. Tja. Jetzt war mir klar, dass niemand von meinem Verdacht erfahren durfte – wenn ich nicht eines Morgens tot aufwachen wollte, mit einem umgedrehten Kreuz an der Wand neben meinem Bett.«

»Gibt es Beweise für irgendetwas da –«

Hildebrand legte einen Finger an die Lippen, umschloss mit derselben Hand ein Ohr, zeigte mit der Zigarre im Zimmer herum. Er wollte andeuten, dass die Wände hier Ohren hätten. Ohren, die alles gehört hatten, was er gerade gesagt hatte.

Plötzlich war das irre Flackern wieder da. Er flüsterte: »Sie kriegten trotzdem raus, dass ich ihnen auf der Spur war. Sie haben meine Tochter umgebracht. Drohbriefe geschickt. Dann sind sie eingebrochen, haben den Hund getötet. Aber –« Er unterbrach sich. Er nahm Desirée den Block und den Stift aus der Hand und kritzelte etwas hinein. Die Schwester linste unter ihren Wimpern hervor. Er flüsterte: »So was ist ihre Spezialität. Aber ich bin zu schlau für sie. Ich trickse sie seit Jahren aus, und sie kapieren es nicht.«

Die Augen der Schwester sanken hastig zum Buch zurück,

als Hildebrand den Notizblock zuklappte, Desirée zurückgab und die Schwester anstarrte.

»Hat mich gefreut, Ihre Bekanntschaft zu machen«, beendete er höflich den Besuch und legte die Zigarre auf die äußere Fensterbank, um sie ausgehen zu lassen. »Und vielen Dank für die Zigarren.«

Desirée ging hinaus, gefolgt von der Schwester.

»Ich wünschte«, sagte die Schwester und drückte den Knopf eines Piepsers, »Sie hätten ihm das Feuerzeug nicht gegeben.«

»Ich auch«, sagte Desirée.

»Nur weil der Herr Viehmann mit unserem Direktor befreundet ist und um volle Kooperation gebeten hat, können Sie sich hier nicht alles erlauben, wissen Sie.«

In Edermünde platzte Desirée bei Frau Hildebrand ins Mittagessen. Sie warf einen kurzen Blick auf die Nachricht ihres Mannes und strahlte über das ganze Gesicht. Dann führte sie Desirée in den Keller, wo sie ein Regal von Dutzenden verstaubter Einmachgläser befreite und dann beiseiteschob. Frau Hildebrand öffnete eine in der Mauer nicht erkennbare Tür. Der Raum dahinter war kaum zwei Quadratmeter groß und voller Aktenordner und alter Schuhkartons.

»Die Einbrecher«, erklärte Frau Hildebrand, »haben danach gesucht. Letzte Woche hat dieser alte Kollege von ihm, Siepmann, es noch mal auf die höfliche Tour versucht. Eigentlich ist das nämlich illegal. Dass ein Kriminaler bei der Pensionierung Akten kopiert und mit nach Hause nimmt. Ich habe so gehofft, dass Sie sein Vertrauen gewinnen. Ich will das Zeug nicht mehr im Haus haben. Ich habe es nur nicht weggeschmissen aus Angst, dass sie ihn wieder rauslassen könnten.«

SIEBZEHN

Am Montagmorgen saß Desirée zusammen mit Professor Rind in seinem vollgestopften Arbeitszimmer unterm Dach des Hauses in Bad Emstal. Sie hatte das neue Material von Hildebrand und einen Laptop dabei. Draußen wartete Dirk im Kangoo.

Auf Rinds Schreibtisch lag die aktuelle HNA, eine ausschließlich dem »Fall Schmelting« gewidmete Doppelseite war aufgeschlagen. Die Zeitung wusste oder verriet die Identität des »Tatverdächtigen« noch nicht, berichtete aber, er habe ein volles Geständnis abgelegt, »auch weitere Morde betreffend«. Die HNA musste Informanten haben, im Präsidium oder bei der Staatsanwaltschaft: Eine mögliche Verbindung mit den Morden an den Hornbachs vor siebenundzwanzig Jahren und dem Entstehen der Mandelberg Park Residenz über zehn Jahre später wurde dunkel angedeutet, über Verwicklungen der damaligen Landesregierung, Kreisverwaltung und des »kürzlich unter unklaren Umständen verstorbenen früheren Bürgermeisters Brandstädter von Fuldatal« spekuliert. Ein Kommentar stellte Betrachtungen über die »jahrzehntelange praktische Ein-Parteien-Herrschaft in Land, Stadt und Landkreis« an. Desirée wusste das alles schon. Andreas hatte frühmorgens angerufen, beinahe weinend. Auch sein Vater wollte nichts mehr mit ihm zu tun haben, denn »der Super-GAU ist eingetreten«.

Ihren Vater hatte Desirée noch nicht wieder zu Gesicht gekriegt, aber er hatte ihr über Ingrid ausrichten lassen, sie solle nicht locker lassen, er wäre über Handy erreichbar, wenn es etwas wirklich Wichtiges gäbe.

»Sie haben recht«, sagte der emeritierte Professor. »Florian Brennecke kann es nicht gewesen sein.« Sie hatten sich gerade die Aufnahme einer der Kameras um Schmeltings Haus angesehen, auf der Florian das Haus betrat und nach fünf Minuten wieder verließ. Jetzt suchte Rind in den Papieren.

»Die Befunde der toxikologischen Untersuchungen von Frielendorf und Brandstädter sind da. Dasselbe Zeug, das diese Sterbehelfer verwenden. Eine geruch- und geschmacklose Flüssigkeit. Dieser Flüssigkeit wurde noch etwas zugesetzt, das, hm … Ich kann meine eigene Schrift nicht entziffern. Jedenfalls, in Frielendorfs Fall war diese Mixtur einem Tee beigemischt, bei Brandstädter Kaffee. Bei entsprechender Dosierung fällt das Opfer nach etwa dreißig Minuten in einen tiefen Schlaf, dann tritt Atemstillstand ein.«

Desirée klappte den Laptop zu. »Also haben Frielendorf und Brandstädter den oder die Täter hereingelassen und Tee oder Kaffee angeboten.«

»Was bei Florian Brennecke ebenfalls nicht sehr wahrscheinlich ist, hm? Der Obduktionsbefund von Manfred Schmelting und der Bericht der Spurensicherung liegen ebenfalls vor; bei der Staatsanwaltschaft liegen Kopien für mich bereit. Schmelting muss seinen Mörder auch hereingelassen und freiwillig in den Keller zum Pool geführt haben, wo er sich offenbar freiwillig selbst ausgezogen hat.«

»Vielleicht hat jemand eine Waffe auf ihn gerichtet?«

»Aber warum hat man ihn dann nicht einfach erschossen?«

»Weil das Krach gemacht hätte?«

»Nun ja, es gibt ja Schalldämpfer. Stattdessen hackt man ihm eine Hand ab. Eine außergewöhnliche Mordmethode. Der Täter hackte ihm die Hand am Gelenk ab und stieß ihn ins Wasser. Der nackte Schmelting hatte keinerlei Möglichkeit, die Blutung zu stillen. Anscheinend verliert man bei so einer Wunde, da das Herz wild schlägt, durch den Blutverlust nach höchstens zwei Minuten das Bewusstsein, stirbt nach etwa drei und ist nach weniger als fünf Minuten völlig ausgeblutet. Ich habe ein bisschen nachgeforscht: Auch in der mir zugänglichen Fachliteratur wird dieser Modus Operandi nirgends erwähnt. Die einzigen Fingerabdrücke im ganzen Haus, neben denen von Schmelting selbst und zwei Personen, die laut Baginski als Verdächtige auszuschließen sind, stammen von Ihrem Vater – und von Florian Brennecke. Der den Mord ja bereits vor Auffindung der Leiche mit zutreffenden Details mir gegenüber gestanden hat.«

»Die beiden anderen sind natürlich Hauptkommissar Siepmann und ein weiterer Kriminalbeamter. Weiß man, wann es passiert ist?«

Professor Rind musterte sie. »Darüber kann die Rechtsmedizin leider nur sehr vage Aussagen machen. Die Leiche hatte längst die Wassertemperatur angenommen. Bei Wasserleichen ist die Bestimmung des Todeszeitpunkts immer schwierig. Man geht von mindestes achtzehn Stunden vor Beginn der Obduktion aus, höchstens achtundvierzig. Beginn der Obduktion war am Samstag, sechzehn Uhr. Also muss der Mord zwischen Donnerstag, sechzehn Uhr, und Freitag, zweiundzwanzig Uhr passiert sein.«

Desirée nickte. »Die Kameras haben wir am Donnerstag gegen neunzehn Uhr angebracht. Florian betrat das Haus in der Nacht zum Freitag, morgens gegen eins. Sie werden ihn damit drankriegen, nicht?«

Professor Rind lächelte. »Sofern wir nicht etwas anderes herausfinden. Bedauerlich, dass Ihre Aufnahmen illegal sind.«

Desirée holte ein Taschenbuch mit grünem Rücken aus ihrem Rucksack. »Die Mordmethode ist schon mal erwähnt worden. Nicht in der Fachliteratur, sondern in diesem Krimi hier.«

Professor Rind sah sie überrascht an. Sie schob ihm das Buch zu. »Genau wie Sie sagten: Man blutet in fünf Minuten völlig aus und stirbt noch schneller.«

Rind nahm das Buch zur Hand, schlug eine markierte Seite auf. »Erstaunlich. Ja, es ist exakt beschrieben. Vielleicht hat der Täter die Idee wirklich aus diesem Buch. Sehr merkwürdig, hm.« Er klappte das Buch zu und musterte den Titel, blätterte kopfschüttelnd. Schließlich zündete er umständlich eine Pfeife an, sah auf seine Uhr. »Dann fassen wir am besten mal alles zusammen, hm?«

Desirée nickte und wartete und führte ihre Kaffeetasse zum Mund.

»Das sind … Also, gehen wir mal davon aus – sozusagen spaßeshalber, hm? –, dass alle Informationen zutreffend sind. Dann hätten wir mindestens, hm, zwölf Morde. Dreizehn mit Hildebrands Tochter, obwohl mir das …« Der Professor suchte den Befund der von Hildebrand privat bezahlten Obduktion heraus.

»Das ist unwahrscheinlich. Krebs im Endstadium hatte sie auf jeden Fall.«

»Dann ist da noch der alte Sutter.«

Professor Rind sah sie nachdenklich an. »Zwölf oder dreizehn oder vierzehn. Aber das Merkwürdige sind die Abstände. Jahre, hm? Von so einem Serienmörder habe ich noch nie gehört.« Er griff nach seinem Notizblock und blätterte mehrmals vor und zurück. »Und ganz unterschiedliche Methoden. Kein Ritual. Offenbar nimmt er auch keine Souvenirs mit. Die umgedrehten Kreuze tauchen manchmal auf, manchmal nicht. Wenn das eine Art Signatur sein soll, warum wird es dann manchmal weggelassen? Wir haben es also nicht mit Tätern zu tun, die zwanghaft dasselbe Muster wiederholen. In den meisten Fällen keine Waffen. Dreimal wird ein natürlicher Tod im Bett vorgetäuscht, vielleicht viermal, mit Holzapfels Frau. Warum die?«

»Vielleicht hat sie etwas herausgefunden?«

»Nun, nicht auszuschließen. Willi Brennecke jedenfalls ...«

»Lebte seit einundzwanzig Jahren bei seinem Bruder in Essen und konnte davon nichts wissen.«

Rind nickte abwesend. »Angefangen hat alles gar nicht mit den Hornbachs, sondern schon fünf Monate vorher mit Christine Hornbachs Eltern. Warum?«

»Jemand hat alles von Anfang an geplant«, sagte Desirée.

Rind nickte. »Die Hornbachs müssen ohne Erben verschwinden. Unser Jemand weiß, dass es nur zwei potenzielle Erben gibt: Christine Hornbachs Eltern. Und die beseitigt er zuerst. Ostern vor siebenundzwanzig Jahren.« Er sah auf. »Hat unser Jemand die Genealogie erforscht? Was, wenn irgendein entfernter Vetter aus Amerika oder Australien aufgetaucht wäre? Oder, noch schöner, aus der damaligen DDR?«

Desirée war verblüfft; daran hatte sie nicht gedacht. »Dann hätte er die auch umgebracht?«

Der Professor starrte sie durch seine Brille aus hellen grünen Augen an. »Und nun dieser fürchterliche Mord an Schmelting. Eine Methode vielleicht aus einem Kriminalroman. Wer weiß, womöglich stammen auch die anderen, hm ... Es würde passen, wenn sie sich von Romanen oder Ähnlichem inspirieren ließen …«

»Sie?« Desirée hielt den Atem an. »Passen? Wollen Sie sagen, Sie haben eine Ahnung, wer diese ganzen Morde begangen hat?«

Rind überlegte lange, an seiner Pfeife saugend. »Ahnung ist vielleicht genau das richtige Wort. Nichts Konkretes. Ja, ich glaube, ich habe in der Tat eine Ahnung. Meine Gedanken gehen in eine bestimmte Richtung, hm …«

»In welche denn?«, fragte Desirée atemlos.

»Ich würde gern erst über diese okkulten Dinge reden. Was halten Sie davon?«

Desirée erschauerte. Die umgedrehten Kreuze in ihrem Zimmer waren natürlich noch nicht beseitigt. Sie hatte darin geschlafen, umgeben davon. »Florian Brennecke will Satans Schergen gesehen haben. Einen Orden namens O.T.O. gibt es tatsächlich. Hildebrand …« Sie schüttelte den Kopf.

Professor Rind lächelte. »Und was glauben Sie?«

Desirée zögerte. »Wir, na ja, wir halten es nicht für ausgeschlossen, dass einige der stillen Teilhaber diesem Orden angehören.« Sie stockte. »Die Erpresserbriefe deuten darauf hin, dass Voepel der Chef und Schmelting sein Nachfolger war.«

Professor Rind legte die Pfeife neben den Aschenbecher, um sie ausgehen zu lassen, lehnte sich zurück, faltete die Hände vor dem Bauch und lächelte.

»Also, Sie wollen wissen, was ich glaube, hm? Ich glaube, wir haben es hier mit zwei Tätern zu tun. Nicht einem ganzen Orden oder Ähnlichem, nur zwei. Nämlich jene beiden, die vor siebenundzwanzig Jahren auf dem Mandelberg diese Fußspuren hinterließen. Dieselben wurden letzten November von der alten Dame in Essen gesehen.«

Desirée runzelte die Stirn. »Nur diese beiden?«

»Ich glaube schon. Das sagt uns bereits etwas über sie, nicht wahr? Sie sind über fünfzig, vielleicht viel älter. Aber, nun, hm, ich fühle eher als dass ich denke … also, ich sehe einen von ihnen als den Kreativen, aber auch eine Art Spielernatur. Brillant, mitreißend, aber mitunter zu selbstsicher, zu schnell, nicht alles bedenkend. Der andere ist der Vorsichtige, der Zweifler und Zauderer, längst nicht so brillant und einfallsreich, aber dafür überaus gründlich. Erst in diesem Zusammenspiel werden ihre Pläne perfekt.« Er räusperte sich. »Obwohl sie große Freude an ihren Taten haben und Befriedigung aus dem Gelingen ziehen, können sie mehr als zehn Jahre zwischen den einzelnen Taten vergehen lassen.«

»Falls es nicht noch viel mehr Morde gibt, von denen wir nichts wissen.«

»Da haben Sie natürlich recht, aber das glaube ich nicht.«

»Aber wer könnte es sein?«

»Nun, hm, wie ich sagte, es ist nur eine Ahnung.« Er beäugte sie, fuhr nach einer Pause fort: »Unsere beiden Täter sind kühle Rationalisten, die nur an sich selbst glauben. Solche Dinge wie Moral oder gar religiöse Ge- und Verbote existieren für sie überhaupt nicht. Ich glaube übrigens, dass auch die Umkehrung für sie nicht existiert, also irgendetwas Satanisches oder dergleichen. Ich glaube weiter, dass auch materieller Gewinn nicht im Vordergrund steht.«

»Aber weshalb denn dann …«

Der Professor griff nach der Pfeife, machte damit eine um Geduld bittende Bewegung. »Alles, was ich sage, hat nichts mit forensischer Wissenschaftlichkeit zu tun. Ich müsste die Täter interviewen, um begründete Aussagen treffen zu können, und das würde mich wirklich außerordentlich faszinieren, aber, nun, hm …«

»Wir haben sie noch nicht.«

»In der Tat. In der Tat.« Er steckte die ausgegangene Pfeife in den Mund, saugte erfolglos; warf einen Blick auf die Uhr und zündete sie lieber nicht an. »Ich denke, unsere Täter tun, was sie tun, weil sie es tun können. Ganz einfach. Sie haben Freude daran. Bei den meisten Serienmördern gibt es ein sexuelles Motiv, was hier, hm, offenkundig nicht der Fall ist. Beim FBI spricht man in solchen Fällen von *power kill*, was man vielleicht mit ›Machtgefühlsmord‹ übersetzen kann. Der Kick besteht eben gerade darin, ungestraft davonzukommen. Worin die Täter sich wohl tatsächlich jahrelang sonnen können. Manche nehmen Kontakt zu den Behörden auf, um zu demonstrieren, dass sie schlauer sind. Dabei liefern sie natürlich zwangsläufig Hinweise. Aber manche sind selbst dafür zu klug. Ich glaube übrigens, hm, sie hatten auch Freude an der Herausforderung, die Sie mit Ihren Ermittlungen darstellten.«

»Davon«, sagte Desirée vorsichtig, »müssen sie irgendwie erfahren haben.«

Rind nickte, wieder lächelnd. »Und das führt mich, natürlich weiterhin rein spekulativ, zu einem ersten Verdächtigen: Herbert Holzapfel.«

Desirée sank verblüfft gegen die Stuhllehne. »Holzapfel?« Das Bild des Alten mit der krummen Haltung tauchte vor ihrem geistigen Auge auf.

»Holzapfel ist die Spielernatur«, bekräftigte Rind, plötzlich sehr nachdrücklich. »Sie wissen ja, dass Holzapfel wegen Spielsucht in den vorzeitigen Ruhestand versetzt wurde. Solche Leute sind oft sehr intelligent, neigen aber zur Selbstüberschätzung. Glauben, sie seien zu Höherem berufen. Holzapfel war einige Male für höhere Ämter im Gespräch, aber man hielt ihn für zu … Ich habe ihn kennengelernt, wissen Sie. Er ist übrigens auch ein großer Freund von Kriminalromanen. Das sind Leute aus dem höheren Polizeidienst, die ja meist Juristen ohne eigene Polizeierfahrung sind, oft.«

Das leuchtete Desirée ein. »Und der andere?«

»Der andere ist jemand, der Holzapfels Ideen aufsaugt, dem aber Holzapfels Fehler niemals unterlaufen würden. Ich halte ihn für den Stärkeren, mental, vermutlich auch physisch. Jemand mit dem Verstand eines Wissenschaftlers oder Wirtschaftskapitäns – oder auch eines Politikers.«

»Also nicht Siepmann?«

»Siepmann?« Der Professor starrte sie an, als sei ihm dieser Gedanke nie gekommen. »Der hat vermutlich seinen alten Chef auf dem Laufenden gehalten. Aber ich kann mir nicht vorstellen, dass der wirkliche Partner so viel jünger ist, und noch viel weniger, dass er dem Ersten hierarchisch unterstellt war.«

»Sie denken an Schmelting«, konstatierte Desirée.

Professor Rind lächelte, beinahe um Entschuldigung bittend. »In der Tat habe ich bei der ersten Durchsicht des Materials sofort an Holzapfel und Schmelting denken müssen. Ein bekennender Atheist wie Schmelting könnte sich mit den umgedrehten Kreuzen eine Art makabren Scherz erlaubt haben. Dieses Duo würde zu der Beschreibung der Dame in Essen passen. Nach Schmeltings Ermordung jedoch …«

»Vielleicht sind sie in Streit geraten? Vielleicht deshalb diese Brutalität?«

Er sah auf seine Uhr. »Auszuschließen ist das nicht.«

Prinz und Ollie saßen hinten im Sprinter, der von einem ständig gähnenden Jörg gefahren wurde; er hatte die Nacht vor dem alten Henschelhaus verbracht, in dem Desirée jetzt wieder mit ihrer Mutter lebte, bis er von seinem Bruder abgelöst worden war.

Ein Tapeziertisch war an einer Seitenwand festgeschraubt, an dem sie auf ebenfalls festgeschraubten Stühlen vor mehreren Monitoren hockten. Alle waren wieder über Funk verbunden, Knopf im Ohr, Mikro am Kragen. Prinz hörte sich über Handy an, was Desirée zu berichten hatte, die inzwischen sicher zu Hause angekommen war, wo Dirk gerade ihr Zimmer neu strich. Sie erzählte aufgeregt von ihrem ersten Besuch in einem Gefängnis, nachdem sie Rinds Mutmaßungen zusammengefasst hatte.

»Und dann?«, fragte Prinz lächelnd.

»Und dann ist Florian Brennecke in diesen Raum gebracht worden und hat wiederholt, was er bereits offiziell gestanden hat: sämtliche Morde. Außerdem hätte sein Onkel die Hornbachs allein umgebracht. Professor Rind kocht vor Wut.«

»Siepmann hat ihm eingeflüstert, was er alles gestehen soll.«

»Nur von Christine Hornbachs Eltern und Holzapfels Frau wusste er anscheinend nichts.«

Auf einem Monitor war eine schmale Straße durch dichten Wald zu erkennen, die der Sprinter entlangfuhr. Ein anderer zeigte das Heck eines dunkelgrünen Audi, der oft hinter Kurven verschwand. Ein weiterer zeigte den Altbau der Viehmanns.

»Das Irre ist nur«, fuhr Desirée fort, »dass er richtig erleichtert bei seinem Bericht wirkte, als sei er froh, endlich alles loszuwerden. Professor Rind sagte, wenn er nicht wüsste, was er weiß, würde er ihm das glatt abnehmen.«

Im Kopfhörer meldete sich Erich. Der Sprinter wurde langsamer, hielt am Straßenrand. Sie waren irgendwo mitten im tiefsten Knüllwald, etwa vierzig Kilometer südlich der Stadt. Prinz beobachtete auf einem Monitor, wie der Audi, weit vor der Kamera an Erichs Motorrad, in einen Feldweg bog, während Desirée weiterredete:

»Am Schluss grinste er mich beim Rausgehen plötzlich an und sagte, wir hätten keine Chance gegen sie.«

»Gegen wen?«

»Er meint bestimmt wieder Sa –«

»Ja, schon klar.« Prinz unterbrach die Verbindung. »Das passt«, sagte er.

Ollie nickte, die Augen weiter auf die Monitore gerichtet. Erich war vorsichtig den Feldweg entlanggerollt, bis eine Jagdhütte in Sicht kam, vor der der Audi stand. Prinz und Ollie teilten die atemlose Erregung, das Jagdfieber, als sie gebannt auf dem Monitor verfolgten, wie Herbert Viehmann ausstieg, zur Tür ging, klopfte.

Zunächst tat sich nichts. Schließlich öffnete sich die Tür, und der Glatzkopf mit dem Vollbart, der dicken Brille und der schrägen Haltung erschien.

Einen Moment sahen sie sich an; dann umarmten sich Herbert Holzapfel und Herbert Viehmann.

Andreas hatte zum ersten Mal, seit er seine eigenen Fälle vertrat, vor Gericht Mist gebaut. Der Staatsanwalt hatte ihn regelrecht vorgeführt. Der schwule siebzehnjährige Shitschmuggler mit dem Klaus-Kinski-Mund war zu einem Jahr Jugendstrafe ohne Bewährung verurteilt worden. Der anthroposophische Architekt hatte es schließlich aufgegeben, die anthroposophische Heilpraktikerin beruhigen zu wollen, und Andreas erst Prügel, dann Klagen wegen Pflichtvernachlässigung angedroht.

Gegen Mitternacht zappte er ziemlich betrunken hin und her und brachte es langsam fertig, sich auf »Avanti, Avanti« zu freuen, der um zehn vor eins anfangen sollte. Als das Telefon klingelte, überlegte er gerade, ob er noch die dritte Flasche Rotwein aufmachen sollte. Er hatte siebzehn Zigarillos geraucht, mehr als das Doppelte seiner üblichen Tagesration. Der morgige Tag war sowieso im Eimer.

»Hallo, Andreas«, sagte Prinz.

»Dem Himmel sei Dank!«, entfuhr es Andreas. »Mensch, Prinz, ich wollte dich doch nur aus dieser Zelle rausholen! Das Material hätte ich doch sowieso …« Er merkte, wie ihm die Stimme versagte und seine Augen sich mit Tränen füllten. »Du kannst mich doch nicht verstoßen, bloß weil –«

»Komm runter«, sagte Prinz kühl.

Andreas versuchte, die Tränen zu vertreiben. »Wohin runter?«

»In das Büro deines Vaters.«

»Was? Das geht doch gar nicht. Den Schlüssel hab ich nicht, den hat –«

Er hörte Prinz seufzen. »Andreas. Es ist offen.« Klick.

Andreas starrte sekundenlang den Hörer an, bevor er ihn sacht auflegte. Dann bekam er einen Hustenanfall. Nur wirre Gedanken im Hirn, beunruhigende Emotionen im Bauch. Er stand auf, ging ins Bad, klatschte sich kaltes Wasser ins Gesicht, musterte sich im Spiegel. Die Haare zerwühlt, die Augen gerötet, die Wangen verquollen. Er stieg vorsichtig das dunkle Treppenhaus runter.

Die Tür zur Kanzlei stand offen. Er holte tief Luft, schritt durch den Flur zum Büro seines Vaters. Dessen Tür, sonst immer verschlossen, wenn der Senior nicht da war, stand sperrangelweit auf, drin brannte Licht.

Prinz hing im Chefsessel, die Füße auf dem Schreibtisch, die Hände hinterm Kopf. Sonst befand sich niemand in dem großzügigen, getäfelten Büro. Auf der Tischplatte lag ein aufgeschlagener Aktenordner. Und der Kalender, in dem Andreas' Vater seit seinen Tagen als aktiver Politiker eine Art Stichworttagebuch führte. Wenn er diesen Kalender nicht bei sich hatte, schloss er ihn in den Safe, der offen war. Ein paar ältere Kalender waren auf dem Tisch gestapelt.

»Setz dich, Andreas«, sagte Prinz, ohne seine Haltung zu verändern.

Andreas sank in einen Besucherstuhl. »Ich hab immer schon

gesagt, dass der alte Kasten da nix mehr taugt«, sagte er, zu dem Safe nickend.

»Weißt du es?«

»Weiß ich was?« Er zündete den achtzehnten Zigarillo an.

Prinz schob ihm mit dem Fuß den aufgeschlagenen Ordner zu. »Herbert Viehmann hat vor einundzwanzig Jahren in deinem Namen fünftausend damalige Mark in die projecta GmbH investiert. Zwölf Jahre später sind daraus knapp 8,2 Millionen geworden, gut vier Millionen Euro. Und daraus wiederum bis jetzt fast fünf Millionen Euro. Ich hatte keine Ahnung, dass du so reich bist.«

Andreas war zu keiner Bewegung fähig. Seine Augen sanken auf die Papiere in dem Ordner, aber er sah nur verschwommen.

»Ich auch nicht«, flüsterte er. Dann hörte er ein gedämpftes Wispern und bemerkte jetzt erst, dass Prinz einen Knopf im Ohr hatte, über den ihm etwas mitgeteilt wurde. Er zog hektisch an dem Zigarillo.

Prinz federte auf die Füße, stand hinter dem Schreibtisch und zeigte auf ihn.

»Dein Vater und Herbert Holzapfel!«, schrie er. »Diese beiden haben mindestens dreizehn Morde begangen! Du wusstest das von Anfang an!«

»Das«, brachte Andreas mühsam hervor, »kann nicht sein …« Dann bekam er einen Hustenanfall.

»Wer gehört diesem Verein zur Betreuung Haftentlassener an und konnte problemlos an Sutters Adresse kommen, noch bevor der da einzog? Wer kennt Desirées Name und Adresse? Wer fährt einen dunkelgrünen großen Wagen, wie ihn die alte Dame in Essen gesehen hat? Wen hast du ständig über alles informiert?« Prinz ließ den Kalender über den Tisch auf ihn zu schliddern. »Er hat notiert, wann du ihm was erzählt hast. Am Samstagabend hast du ihn angerufen und gesagt, dass wir am nächsten Morgen zu Frielendorf wollen! Am Dienstagabend, dass Desirée am nächsten Morgen in dem Stift mit Voepels Witwe reden will!« Er holte Luft und sprach gefährlich leise weiter: »Am Donnerstag, als er uns auf Samstag vertröstete, hatte er selbst nachmittags eine Verabredung mit Schmelting.«

Prinz setzte sich, legte die Füße hoch, stieß den Stapel mit den älteren Kalendern um; die oberen rutschten auf Andreas zu. »Es hat keinen Zweck, Andreas. Dein alter Herr hat jeden einzelnen Mord säuberlich notiert. Inklusive Sutter am Samstag.«

Andreas versuchte, gegen die Tränen anzukämpfen; aber dann brachen die Dämme. »Ich hatte keine Ahnung! Bitte glaub mir, ich wusste nichts davon …« Er sah auf, hustete. »Bist du sicher? Er und Holz –«

Prinz hob eine Hand. Andreas schluckte und lauschte.

Draußen ein irritierter Ruf, die Kanzleitür fiel ins Schloss, eilige Schritte – dann standen Herbert Viehmann und Herbert Holzapfel in dem Büro.

Der ehemalige Polizeipräsident glotzte durch seine dicke Brille. Der ehemalige Minister hatte unterdrückte Wut im Gesicht, als sein Blick über den offenen Safe und den Ordner und die Kalender glitt und an seinem zusammengekrümmten Sohn haften blieb, der zu ihm aufsah.

»Hast du ihn reingelassen?«

»Ich … ich … du … ihr …«

Prinz verschränkte die Hände hinterm Kopf. »Setzen Sie sich.«

Draußen ging die Kanzleitür noch einmal mit einem Knacken auf. Holzapfel und die beiden Viehmanns fuhren zusammen. Sekunden später standen Ollie und Erich in dem Büro. Beide nickten Prinz zu und setzten sich an einen Besprechungstisch. Erich legte lässig die .38er auf den Tisch.

Der ehemalige Minister sah von der Waffe zu Prinz. »Sie …«

»Ich weiß, dass Sie diese ganzen Morde begangen haben.«

Herbert Holzapfel begann zu kichern. Herbert Viehmann betrachtete den Ordner und die Kalender auf dem Tisch.

»Sie sind verrückt«, sagte er und sah auf, Prinz in die Augen. »Also schön, ich habe mir Sorgen gemacht, was Sie alles herausfinden könnten. Ich habe dafür gesorgt, dass einer Ihrer alten Freunde Ihnen eine Warnung überbringt und Kollege Hermes Ihnen zusätzlich jemand auf den Hals hetzt.«

»Was hätten wir denn rausfinden können?«

»Das … tut mir leid. Das kann ich nicht sagen.«

Andreas gab ein unterdrücktes Stöhnen von sich.

»Sie müssen nichts sagen. Sie haben es alles aufgeschrieben.« Prinz nahm die Füße vom Tisch, angelte nach Kalendern, schlug Seiten auf. »Letztes Jahr, Freitag, 27. November: ›Willi Brennecke tot. Eine Sorge weniger.‹ Dieses Jahr, Dienstag, 16. Februar: ›Willis Bruder und Frau tot‹. Kein Kommentar, drei Ausrufezeichen. ›Sohn verschwunden‹, Fragezeichen. Die Infos haben Sie über Hermes von Berke, oder?«

»Ich hatte keine Ahnung, was das alles bedeuten sollte.«

Prinz grinste. »Eine Sorge weniger?«

Es war vollkommen still in dem Büro. Andreas starrte seinen Vater aus großen Augen an, der sagte: »Es war immer klar, dass Willi Brennecke etwas wusste. Vielleicht wer der wahre Mörder war. Deshalb hat Jupp ihn mit dem Mandelberg als Ersten reich werden lassen: damit er von der Bildfläche verschwindet.«

»Voepel.«

»Natürlich. Landrat Josef Voepel.«

Prinz griff nach einem anderen Kalender. »Vor siebenundzwanzig Jahren, Ostern: ›Bövinghaus, Unfall‹, drei Ausrufezeichen. 1. September: ›Hornbach, plus Frau und Kind, erschossen‹, drei Ausrufezeichen. Dann steht hier: ›Voepel Komma Schmelting Komma Brandstädter, Doppelpunkt: Projekt jetzt möglich‹, Fragezeichen.«

Herbert Viehmann schloss die Augen. »Wir waren alle bei der Gedenkfeier zum Jahrestag des Kriegsausbruchs gewesen. Am Mahnmal für die Opfer des Faschismus. Danach saßen wir abends noch in einer Kneipe zusammen. Unter anderen der Ministerpräsident, der Oberbürgermeister, der Polizeipräsident und ich. Natürlich auch Voepel, Brandstädter und Schmelting. Da kam der Anruf, Holzapfel und Dr. Rohde sind sofort aufgebrochen. Voepel, Schmelting, Brandstädter und ich haben uns unterhalten. Niemand hatte eine Vorstellung, wer der Täter sein könnte, aber uns war allen klar, dass das seit Langem geplante Projekt mit dem Mandelberg jetzt doch noch möglich werden könnte.« Er riss die Augen auf starrte seinen Sohn an. »Die Morde sind in der Nacht davor begangen worden. Ich bin an diesem Tag erst nachmittags aus Wiesbaden hier eingetroffen.

Gemeinsam mit Voepel, Schmelting, dem Ministerpräsidenten und anderen.«

»Können Sie das beweisen?«

»Kann ich.«

Prinz zog die Brauen zusammen und griff nach dem nächsten Kalender. »Vor fünfzehn Jahren, 28. Oktober: ›Thekla, natürl. Tod‹, drei Ausrufezeichen.« Er nickte in Holzapfels Richtung. »So hieß seine Frau, nehme ich an. Und jetzt, als es immer mehr Morde wurden, immer schneller hintereinander, ehrten Sie die Opfer mit mehr Ausrufezeichen. Frielendorf kriegt vier, Brandstädter fünf, Schmelting auch fünf, Sutter sechs. Sie waren schon am Donnerstag nachmittags mit Schmelting verabredet. Da haben Sie ihn umgebracht und das Haus vor neunzehn Uhr verlassen. Denn Schmelting meinte, wir ›wären auf der falschen Spur‹. Schlau von Ihnen, den Mord erst am Samstag einzutragen, nachdem Andreas Sie angerufen hat.«

»Ich habe es erst da erfahren.« Herbert Viehmann räusperte sich. »Die Ausrufezeichen stehen für meine Verwirrung. Sie werden in all diesen Kalendern immer dort Ausrufezeichen finden, wo ich etwas nicht richtig einordnen kann.«

Prinz lachte abschätzig, lehnte sich zurück, legte wieder die Füße hoch.

»Ich habe Schmelting an diesem Donnerstag gar nicht angetroffen«, sagte der ehemalige Minister, ruhig, mit kräftiger Stimme.

»Schmelting war bei mir«, ließ Herbert Holzapfel sich zum ersten Mal vernehmen. »In dieser Hütte, in die er mich am Tag vorher …«

Herbert Viehmann lächelte zum ersten Mal. »Über die Hütte wissen sie Bescheid, Herbert. Sie sind mir dahin gefolgt.«

Holzapfel nickte. »Natürlich. Wir haben darüber diskutiert, wer dahinterstecken könnte. Er hatte jemanden in Verdacht, aber er wollte mir nicht sagen, wen. Dann, gerade als Schmelting gehen wollte, um rechtzeitig zu der Verabredung mit ihm«, er nickte in Herbert Viehmanns Richtung, »zu Hause zu sein, rief ihn jemand auf seinem Handy an. Er sagte mir nicht, wer. Er sagte nur: Es ist Viehmann. Viehmann will mich heute Abend umbringen. Dann ist er los. Ich war völlig erschüttert, aber ich habe das geglaubt. Auf einmal schien alles klar.«

Prinz wechselte einen Blick mit Ollie, bevor er wieder Holzapfel ansah.

»Und warum«, sagte er leise, »glauben Sie das nicht mehr?«

Holzapfel kicherte. »Weil ich dann jetzt auch tot wäre.«

Herbert Viehmann schritt zu einem Regal mit Aktenordnern, zog einen heraus, setzte sich endlich, schlug den Ordner auf, schob ihn Prinz zu.

»Was den Beweis angeht, dass ich damals die ganze Woche bis zum Donnerstag dieses 1. September in Wiesbaden war und erst nachmittags gemeinsam mit dem Ministerpräsidenten ...«

»Gott sei Dank!«, stieß Andreas hervor. Er sah Prinz an. »Entschuldige dich!«

Prinz schlurfte zur Tür wie ein völlig ausgepumpter Mann.

»Entschuldige dich, verdammt noch mal!«, rief Andreas ihm hinterher.

ACHTZEHN

Als Prinz, in einen weißen Frotteebademantel gehüllt, in die Küche schlurfte, um den Berg Eier mit Speck zu vertilgen, den eines der Mädchen gerade fertig brutzelte, entdeckte er nicht nur Pit Sabatka, sondern auch Dieter Weirich, der grinste.

»Sie sehen beschissen aus, Mann. Lange Nacht?«

Prinz ließ sich in einen Stuhl fallen, kippte ein großes Glas Orangensaft in einem Zug und sah Pit Sabatka an.

»Er hat deinen Wagen draußen stehen sehen. Er sagt, er hat was für dich.«

Prinz verzog das Gesicht, sagte nichts. Das Mädchen stellte einen Teller vor ihn hin und füllte das Glas nach und verzog sich. Er machte sich über die Eier her.

Pit betastete die Ringe in seinem Ohr und stand auf. »Du weißt, wo du mich findest.«

Prinz war nachmittags gegen drei mit enormem Brummschädel erwacht und wusste zunächst nicht, wo er war. Ein Zimmer mit roten Stofftapeten. Ein Plüschbett. Die Decke ein einziger Spiegel. Er sank zurück in die weichen Kissen. Es war eines der Zimmer im Club Dornröschen. Es war sein erster Absturz seit dem Tod des Generals. Immerhin hatte er reichlich Grund gehabt.

Er war sich so sicher gewesen, zwar zu spät für den alten Sutter, aber schließlich doch noch auf die richtige Spur gekommen zu sein. Es hatte tatsächlich alles zusammengepasst, angefangen bei den fehlenden Ordnern in Schmeltings Arbeitszimmer, der Korrespondenz des damaligen Landesjustizministers mit dem Innenminister, der damals Herbert Viehmann gewesen war, und den Unterlagen über den Mandelberg.

Aber Viehmann war tatsächlich und unwiderlegbar die ganze Woche in Wiesbaden gewesen, bis zum Nachmittag des 1. September. Irgendjemand hatte Prinz gekonnt in die Irre geführt. Irgendjemand musste auch mit äußerstem Geschick ständig vorausberechnen, wie alle möglichen anderen Leute sich verhalten würden. Es gab jemanden, der ohne jeden Zweifel besser war als er. Und Prinz hatte aufgegeben und war hierhergefahren.

Weirich deutete auf herumliegende Zeitungen. »Inzwischen haben unsere Freunde von der Presse eine ganze Menge zusammengetragen. Es gibt auch schon Gerüchte über eine Erpressung. Zum Glück noch keine Beweise. Noch steht das Geständnis von dem Spinner, den Sie geschnappt haben, aber unser Anwalt meint, das könnte vielleicht nicht mehr lange so bleiben. Allerdings würde er wegen der Erpressungsversuche sowieso verurteilt werden – wenn wir damit rausrücken.«

Prinz aß schweigend. Der Pelz im Mund war weg, aber der sägende Schmerz im Kopf blieb.

Weirich musterte ihn zweifelnd. »In der Zeitung steht noch nichts davon, aber die Gerüchteküche kocht, und angeblich spekulieren manche Leute schon darüber, ob Schwiegerpapa damals und jetzt ich hinter diesen ganzen Morden stecken. Mit Ihrer Hilfe könnte die Pressemeute Ihre ganzen Ermittlungen Schritt für Schritt nachvollziehen, und dann wären wir alle ruiniert. Von dem politischen Schaden ganz zu schweigen – der ist eh schon angerichtet. Aber wenn der Willi und dieser Neffe von ihm es tatsächlich nicht waren, laufen die wahren Mörder immer noch frei herum. Dass Sie uns ruinieren, ändert daran gar nichts.«

Prinz kaute und gab als Kommentar nur ein Grunzen von sich.

»Was haben Sie jetzt vor?« Da Prinz immer noch nichts sagte, fuhr Weirich fort: »Sie könnten natürlich Siepmann und mich ans Messer liefern, Schwiegerpapas Andenken in den Dreck ziehen, die Stiftung plattmachen. Alle stillen Teilhaber und sämtliche Nachkommen bis ins soundsovielte Glied wären gebrandmarkt, durch Verbrechen reich geworden zu sein. Was soll denn das, Mann? Und daran, dass Florian Brennecke verurteilt wird, würde es nichts ändern.«

Prinz schob den Teller von sich. »Was wollen Sie?«

Weirich zündete eine Zigarette an. Er hatte ein neues Feuerzeug. »Wenn Sie unter den Tisch fallen lassen, dass Siepmann, Willi und ich damals den Einbruch im Auftrag von Schwiegerpapa begangen haben, erfahren Sie von mir den Rest. Die ganze Wahrheit, soweit wir sie kennen. Die behalten Sie für sich. Aber vielleicht hilft sie Ihnen dabei, doch noch die wahren Mörder zu finden.«

Prinz probierte ein Grinsen. »Sitzung der stillen Teilhaber?«

Weirich grinste zurück. »So ungefähr. Ist ja schon beeindruckend, was Sie alles ausgegraben haben. Wenn Sie jetzt herausfinden könnten, wer es wirklich gewesen ist, sind wir alle aus dem Schneider. Und wenn es jemand ist, der mit Politik überhaupt nichts zu tun hat, sind auch die Schlagzeilen von heute bis zur Kommunalwahl vergessen.« Weirich wurde ernst. »Wir wären in jedem Fall bereit, die Erpressungsversuche unter den Tisch fallen zu lassen. Dann kommt der Junge raus.«

Prinz stand auf, holte den Saft aus dem Kühlschrank, setzte sich wieder. »Okay.«

Weirich drückte die halb gerauchte Zigarette aus, zündete umständlich die nächste an. Prinz war sicher, dass er seinen Text gründlich einstudiert hatte, aber jetzt schien er zu überlegen, wo er anfangen sollte.

»Siepmann war damals tatsächlich überzeugt, dass Ihr Knastkumpel die Hornbachs ermordet hat. Es gab ja keinerlei andere Hinweise, außer diesen zwei Fußspuren. Außerdem wollte er natürlich nicht, dass der Einbruch ans Licht kam. Von dem anderen Kram wusste er nichts.« Weirich wartete auf die Frage, die Prinz nicht stellte, und seufzte. »Schwiegerpapa war sich nicht sicher. Also setzte er mich darauf an, alle Beteiligten zu überprüfen. Null Ergebnis. Und jetzt fragen Sie schon.«

Prinz tat ihm den Gefallen. »Was für ein anderer Kram?«

Noch ein Seufzer. »Schwiegerpapa hatte das Konzept längst fertig und die Teilhaber zusammen und den Verkauf mit dem alten Hornbach schon fast unter Dach und Fach, als der plötzlich starb. Dann ging der Ärger mit dem Junior los, der nicht verkaufen wollte. Die Teilhaber äußerten die verschiedensten Ideen. Ziemlich schrilles Zeug darunter. Schmelting hatte die abgefahrenste Idee: Ein satanisches Ritual. Der hatte kurz vorher irgendeinen Orden irgendwo verteidigt und …«

»Ich weiß«, sagte Prinz gleichmütig.

Weirich stutzte; dann fing er sich und redete weiter. »Jedenfalls kannte er jemanden, und den ließ er einfliegen. Dieser Typ ›weihte‹ also einen Kellerraum in Schwiegerpapas altem Haus, dekorierte ihn mit schwarzen Vorhängen und jeder Menge Schnickschnack und führte das Ritual durch. In der Nacht der Sommersonnenwende. Ein Riesenspaß: Eine nackte ›Jungfrau‹ wurde mit Hühnerblut bepinselt, das Willi mitbrachte. Er brachte auch etwas mit, das den Hornbachs gehörte und das für das Ritual notwendig war. Juliane gab die Jungfrau. Wir hatten alle schwarze Kutten an und murmelten irgendeinen Mist. Zweck der Übung war, dass die Hornbachs ›entfernt‹ werden sollten. Wie die Entfernung vonstatten gehen sollte, wurde nicht erwähnt, aber es war so eine Art pervertierte Totenmesse für Leute, die noch lebten. Na ja, das war's eigentlich schon, Mann. Danach tat sich nichts, der okkulte Blödsinn hatte nicht gewirkt. Schmelting sagte, er hätte das Ganze sowieso nur als Witz gemeint, und als Schwiegerpapa die Idee ernst nahm, hätte er nur mitgemacht, um zu sehen, was passiert. Na ja, also mussten der Willi und der Siepmann und ich Müll in den Wald kippen und einbrechen. Und dann wurden die Hornbachs plötzlich ermordet.«

Prinz nickte. »Und Schwiegerpapa wollte wissen, ob einer der Teilnehmer an dem Ritual da möglicherweise nachgeholfen hatte.«

»Sie haben's erfasst, Mann. Ich habe von allen die Alibis gecheckt. Jeder hatte eins. Außer Willi, der behauptete, auf seinem Hof gewesen zu sein.«

»Wer sind die anderen?«

Weirich grinste. »Willi, Juliane und ich. Schwiegerpapa natürlich, der Landrat. Otto Möller, der Bankdirektor. Bürgermeister Richard Brandstädter. Der Abgeordnete und spätere Minister Manfred Schmelting. Polizeipräsident Herbert Holzapfel. Und jetzt eine kleine Überraschung: Herbert Viehmann, damals der Landesjustizminister.« Er sah Prinz erwartungsvoll an. »Wie ich sagte, bis ins soundsovielte Glied ...«

Prinz brachte nicht die Kraft auf, sich überrascht zu geben, und Weirich zündete enttäuscht die nächste Zigarette an.

»Deshalb also wollten Sie zahlen.«

»Wenn diese Nummer rauskommt …« Weirich schüttelte den Kopf.

»Siepmann war bei dem Ritual gar nicht dabei?«

Weirich starrte ihn an. »Sie glauben doch nicht im Ernst, Polizeipräsident Holzapfel hätte so was gemacht, wenn ein Untergebener dabei ist, Mann!«

Die Trauergemeinde in der kleinen Kapelle auf dem Hauptfriedhof war durchaus ansehnlich. Neben Prinz, Desirée, Ollie und Anja, Ingrid mit ihren Söhnen, Andreas und Professor Rind waren Dr. Marquardt mit Gattin sowie Dr. Rohde mit Manuel auf den Holzbänken versammelt, alle in Schwarz. Der Sarg war mit weißen Blumen geschmückt, die für Unschuld standen. Am Ausgang standen vier Herren in schwarzen Umhängen, pelzbesetzte Dreispitze in den Händen.

Pfarrer Bestwig, der noch einmal seinen Ornat angelegt hatte, hielt eine überaus einfühlsame Trauerrede, in der viel von schuldloser Verstrickung, menschlichen Fehlurteilen, unschuldig verbüßter Strafe und der Gerechtigkeit Gottes die Rede war, der die Seinen erkennt. »Richtet nicht vor der Zeit, bis der Herr kommt, der auch ans Licht bringen wird, was im Finstern verborgen ist, und wird das Trachten der Herzen offenbar machen. 1. Korinther, 4,5. Lasset uns beten.«

Die Trauergemeinde erhob sich, aber er musste sein Gebet allein sprechen, weil niemand kirchenfest genug war. Sodann erklang die Orgel, die vier Herren setzten ihre Dreispitze auf, schritten nach vorn und trugen den Sarg hinaus.

Der Weg war ziemlich lang. Die Sonne schien. Vögel zwitscherten. Sie passierten eine andere Bestattung, ohne Priester, nur zwei verhutzelte Männlein standen am offenen Grab und sahen zu, wie ein weiteres Dreispitz-Quartett den Sarg herabließ. Pfarrer Bestwig folgte Sutters Sarg, die anderen schritten gemessen und gesenkten Kopfes hinterdrein.

Vor dem für Sutter bestimmten offenen Grab sprach Pfarrer Bestwig noch ein paar Worte, stand dann daneben, während die Trauergemeinde wartete, bis der Sarg herabgelassen war. Die vier Herren setzten ihre Dreispitze ab, hielten sie vor die Brust und verharrten kurz. Dann zogen sie sich diskret zurück. Ingrid machte als Erste zwei Schritte, ließ etwas Erde und einen Bund Blumen auf den Sarg fallen. Prinz machte ihr alles nach, gefolgt von Ollie und Anja. Als Desirée vor dem Grab stand, fiepte ein Handy.

Alle griffen in irgendwelche Taschen, obwohl sie sicher waren, ihre Handys ausgeschaltet zu haben, und ausgerechnet Pfarrer Bestwig war der Unglücksrabe, der mit gespieltem Entsetzen Handbewegungen machte und, Handy am Ohr, auf einen Rhododendron zuschritt. Alle lächelten vor sich hin. Prinz sah Ollie an und bemerkte, dass der nicht lächelte, sondern den Pfarrer betrachtete. Er flüsterte Anja etwas zu und verschwand. Der Pfarrer beendete hastig sein Gespräch.

Nachdem Dr. Rohde und sein junger Begleiter als Letzte am Grab verharrt hatten und sich die Trauergemeinde auf den Rückweg machte, trat der Pfarrer neben Prinz.

»Bitte vielmals um Entschuldigung. Meine Frau. Es geht ihr nicht so gut.«

»Das macht doch nichts«, sagte Prinz höflich.

Weiterhin gemessenen Schrittes marschierten sie den ganzen Weg zurück. Jetzt entwickelten sich verhaltene Gespräche. Professor Rind beglückwünschte Ingrid zu ihrer Entdeckung dieses Kriminalromans. Prinz entschuldigte sich bei Andreas für seinen Auftritt vor einigen Nächten. Ollie tauchte wieder auf.

»Wie ich höre«, mischte sich Dr. Rohde ein, »ist eine Art anonyme Filmaufnahme aufgetaucht, die Florian Brenneckes Unschuld beweisen soll?«

»So sieht es aus«, bestätigte Prinz.

Dr. Rohde blickte kopfschüttelnd in den blauen Himmel. »Dann werden wir also niemals erfahren, wer diese Morde begangen hat?«

Das war's dann, dachte Desirée. Die Beerdigung war ihr sehr zu Herzen gegangen; es war ihre erste. Sie hatte es abgelehnt, mit den anderen aufs Gut zu fahren und am Leichenschmaus teilzunehmen. Dazu war sie zu niedergedrückt. Sie wollte allein sein, so schnell wie möglich aus diesem blöden schwarzen Fummel und den unbequemen Schuhen raus. Also war sie zu Fuß unterwegs; der Kangoo stand vor der Wohnung, weil sie vorhin abgeholt worden war. Vom Hauptfriedhof war es nicht weit durch Sechzigerjahre-Sozialsiedlungen bis zu den alten Henschelhäusern.

Am Ende stand eine furchtbare Niederlage. Es gab jemanden, der besser war. Der Opa war gestorben, als verurteilter, nicht rehabilitierter Mörder der Hornbachs. Begnadigt, aber immer noch schuldig. Wir waren, dachte Desirée, nur eine Herausforderung, die ihnen Spaß gemacht hat, wie Professor Rind sagte. Nur mit seinem Verdacht, es wären Holzapfel und ein weiterer gewesen, hatte er sich getäuscht. Aber wer kam denn überhaupt noch in Frage? Niemand. Außer, alles war ganz anders, und irgendeiner der vielen Verdächtigen, die sie im Lauf der Recherche ausgeschlossen hatten, lachte sich jetzt ins Fäustchen. Wer könnte das sein? Sie drehte alles hin und her, hatte aber keine Idee. Sie ging schnell, sah runter auf ihre Füße, bekam nichts um sie herum mit. Bis plötzlich jemand neben ihr herging.

»Hallo, Desirée«, sagte Patrick Amelung.

Sie blieb wie angewurzelt stehen und starrte den jungen Mann an, den sie vor Jahren mal gekannt hatte. Er lächelte, irgendwie schüchtern. Er war immer noch sehr blass, aber sonst deutete nichts auf seine vorherige Identität hin. Keine Piercings mehr, obwohl die Löcher noch zu erkennen waren. Er war beim Friseur gewesen, hatte jetzt einen modernen, gegelten Schnitt, hellbraunes Haar. Er trug eine helle Stoffhose, Cityläufer und ein blaues T-Shirt mit der Aufschrift »Ich will Rente!«

»Keine Angst«, sagte er. »Wir wollen nur mit dir reden.«

Mehrzahl. Desirée sah sich hektisch um. Zuerst entdeckte sie den schwarzen Mini, unauffällig unter anderen geparkten Wagen. Jemand saß drin, der Motor lief. Die roten Muster an der Heckscheibe waren verschwunden. Und hinter einem Busch lugten die beiden anderen hervor, frisch frisiert und in normalen Sommersachen. Das fette Mädchen hatte rote Haare und sah ziemlich krank aus. Sie kamen auf sie zu.

In diesen beschissenen Schuhen hat Weglaufen keinen Zweck,

dachte Desirée. Sonst war kein Mensch zu sehen. Aber die meisten Fenster der Sozialkästen offen oder gekippt.

»Ich schreie«, sagte sie.

»Bitte nicht«, sagte der etwas ältere Mann, vermutlich Robert Kellotat, blieb ein paar Schritte entfernt stehen und hob beide Hände.

Desirée beschloss, zum Angriff überzugehen. »Deine Eltern machen sich Sorgen um dich«, sagte sie zu Patrick Amelung.

»Nicht mehr.« Er lächelte immer noch. »Ich wohne wieder zu Hause.«

»Ich auch«, sagte Robert Kellotat. »Ich werde diese Scheißwohnung in der Brückenhof-Siedlung nie wieder betreten.«

Sie atmete durch. »Wo habt ihr die ganze Zeit gesteckt?«

»Bei ihr.« Robert Kellotat deutete mit dem Kopf auf das Mädchen. »Bis letzten Freitagabend. Da kam plötzlich ein Anruf, wir sollten sofort abhauen. Seitdem waren wir in einer Laube in einer Schrebergartenanlage, die ihr Opa nicht mehr benutzt. Die sollten wir für Schwarze Messen herrichten.«

»Von wem kam der Anruf?«

»Keine Nummer auf dem Display. Eine ganz normale Männerstimme.«

»Desirée«, sagte Patrick Amelung eindringlich, »wir wollten das nicht.«

»Was wolltet ihr nicht?«

»Wir sollten nur beobachten«, sagte Robert Kellotat. »Sonst nichts.«

»Außer bei mir einzubrechen und umgedrehte Kreuze überall hin zu schmieren.«

Robert Kellotat verzog entschuldigend das Gesicht.

»Wir sollten dem alten Mann nur einen Schreck einjagen«, sagte Patrick Amelung.

»Ihr? Was habt ihr mit ihm gemacht?«

»Nichts, Desirée. Nichts. Wir haben bloß das übliche Outfit angezogen und gewartet, bis er rauskam, um nach Ästen zu suchen. Wir hatten keine Ahnung, dass er gleich umfällt. Wir wollten nicht –«

»Wer?«, schrie Desirée. »Wer hat euch das befohlen?«

»Wir wissen es nicht«, sagte Robert Kellotat. »Ich habe Post gekriegt. Erst Fußpost, mit Geld, später Mails. Er nennt sich Pazuzu. Wie der Dämon im ›Exorzist‹. Hat noch mehr Geld versprochen, das dann auch kam, wieder ganz normal mit der Post. Wir haben von Anfang an nicht daran geglaubt, dass da ein wirklicher … na ja, dass wir es mit einem echten Dämon zu tun hätten. Aber anfangs hat es Spaß gemacht, das muss ich zugeben. Und weil Patrick dich schon kannte, war es ziemlich einfach. Das Geld war natürlich auch nicht schlecht. Dann … na ja. Ich habe alles versucht, um rauszukriegen, wer hinter den E-Mail-Adressen steckt, aber keine Chance.«

»Wieso erzählt ihr mir das plötzlich?«

Die drei sahen sich an.

Dann sagte Patrick Amelung: »Wir haben Angst, dass man uns irgendwas Schreckliches in die Schuhe schieben will, Desirée.«

Kellotat erschrak plötzlich. »Scheiße! Weg!«

Der Motor des Mini jaulte auf, der Wagen schoss rückwärts aus dem Parkplatz. Dirk, noch in dem schwarzen Anzug, wurde mitten im Sprint erwischt und zur Seite geschleudert. Patrick Amelung, Robert Kellotat und das fette Mädchen sprangen in den Wagen, der mit quietschenden Reifen davonraste.

Desirée rannte zu dem am Boden liegenden Dirk, der sich ein Knie hielt. »Scheiße, Dirk, das war gar nicht gut.«

Am nächsten Nachmittag saß Desirée im Park des Landrat-Voepel-Seniorenstifts einer wohlgesinnten Margarethe Voepel gegenüber und hörte sich seit Stunden ihre mit großem Vergnügen vorgetragene Lebensgeschichte an.

»Natürlich wusste ich alles«, kicherte die alte Dame. »Wenn Sie mal heiraten, Kindchen, werden Sie auch merken, dass Ihr Mann oder Ihre«, wieder ein Kichern, »Männer dauernd Sachen vor Ihnen geheim halten wollen, aber dass sie das nicht können. Wie diese hübsche kleine Teufelsbeschwörung damals in unserem Keller.«

»Davon wussten Sie?«

»Juliane hat es mir hinterher erzählt. Weinend, die hat sich furchtbar geschämt. Aber ich merkte natürlich schon vorher, dass etwas im Gange war. Dauernd diese Besuche von Schmelting, in Begleitung eines sehr merkwürdigen Herrn. Angeblich ein Fachmann aus Bad Homburg. Dieter, der ständig auf die arme Juliane einredete. Für das eigentliche Ritual suchten sie sich natürlich einen Zeitpunkt aus, an dem ich verreist war. Schade. Sie hätten mich fragen sollten. Mir hätte das bestimmt Spaß gemacht.« Anzügliches Lächeln. Die Dame war an die neunzig. »Juliane erzählt mir übrigens bis heute immer alles. Wie zum Beispiel diese verschiedenen Erpressungsversuche in letzter Zeit.«

»Und das ganze Mandelberg-Geschäft, darüber wussten Sie auch Bescheid?«

»Wie ich sagte, Kindchen, Männer sind viel zu dumm, um Geheimnisse vor ihren Frauen bewahren zu können. Erst recht *wichtige* Männer. Ich rate Ihnen übrigens dringend, heiraten Sie immer nur *wichtige* Männer. Das Geld ist nicht entscheidend. Wenn der Mann nur *wichtig* genug ist, kommt das von selbst. Es wartet immer irgendwo ein Mandelberg darauf, entwickelt zu werden. Aus so was muss man doch gar kein Geheimnis machen, wie die Männer das immer tun. Ich mache nie aus irgendwas ein Geheimnis. Ich erzähle immer alles. Nur hört mir ja keiner zu. Außer Ihnen jetzt.« Sie kicherte. »Und dem lieben Pfarrer Bestwig und dem reizenden Dr. Marquardt. Die haben mir schon immer mit *echter Begeisterung* zugehört. Bei dem Pfarrer gehört zuhören ja wohl zum Beruf. Aber der Doktor ist der einzige Arzt, Kindchen, der sich jemals richtig *Zeit* für mich genommen hat. Und jetzt, wo sie beide längst in Rente sind, kommen sie immer noch alle paar Tage vorbei.«

»Pfarrer Bestwig und Dr. Marquardt«, sagte Desirée.

NEUNZEHN

Sie parkte den Kangoo gegenüber den benachbarten Häusern des Pfarrers und des Doktors und sah hinüber. Zwei ganz normale Mittelklasse-Eigenheime in kleinen Gärten, jeweils zwei Garagen, genau wie alle anderen Häuser der Straße.

Die Sonne erhitzte den Wagen. Der schöne Juni machte Anstalten, sich in einen subtropischen Juli zu verwandeln. Vögel zwitscherten. Vier Uhr nachmittags. Der Mord an Schmelting kam in den Nachrichten gar nicht mehr vor, stattdessen war von der morgen beginnenden Tour de France die Rede. Die Spekulationen der HNA und EXTRA TIP drehten sich in den letzten Tagen auch nur noch im Kreis. Polizeipräsidium und Staatsanwaltschaft hatten die Löcher offenbar gestopft, falls es welche gab, und Prinz hatte allen eingeschärft, auf keinen Fall mit der Presse zu reden.

Ihr Vater hatte sich zu ihrer Verwunderung offenbar in das Schicksal ergeben, eine demütigende Niederlage erlitten zu haben. »Ich habe früh lernen müssen, einfach über mich ergehen zu lassen, was ich nicht ändern kann«, hatte er ihr gegenüber wiederholt. Stattdessen behauptete er, sich darauf zu freuen, die nächsten drei Wochen ganze Nachmittage vor dem Fernseher zu verbringen. Desirée war von dieser wiederum neuen Seite an ihm wahnsinnig enttäuscht. Sie schaltete das Radio aus. Was jetzt?

Es würde passen; diesen Gedanken kriegte sie nicht aus dem Hirn. Zwei Männer über fünfzig, vielleicht viel älter. Vielleicht wussten sie wirklich alles von Margarethe Voepel. Aber der nette Pfarrer und der etwas brummige Doktor? Ganz normale alte Leute, verheiratet, mit Kindern, Enkelkindern? Völlig absurd.

Sie griff nach ihrem Handy, aber bei ihrem Vater klingelte es durch, bis die Mailbox sich meldete. Sie überlegte, ob sie versuchen sollte, Ingrid oder Ollie zu erreichen, aber sie befürchtete, sich lächerlich zu machen. Stattdessen rief sie noch mal das

Handy an und sprach auf die Mailbox, dass sie mit dem Pfarrer und dem Doktor reden wollte. Damit, fand sie, hatte sie der Pflicht Genüge getan.

Bei Bestwigs machte niemand auf. Als bei Marquardts die Tür aufging, stand zu ihrer Überraschung der Pfarrer vor ihr. Auf seinem verschmitzten Gesicht tauchte ein breites Lächeln auf. Die Augen hinter seinen Brillengläsern blitzten vergnügt. Er trug ein T-Shirt mit dem Aufdruck »Jesus loves you« und Bermudashorts und Flipflops an den nackten Füßen und wirkte mindestens zwanzig Jahre jünger, als er war.

»Entschuldigung, ich störe hoffentlich nicht?«

»Aber nein, aber nein. Kommen Sie rein. Freya, Wilhelm, wir haben Besuch!« Er blickte die Straße hoch und runter, als der Mondeo mit Dirk am Steuer vorbeirollte, und flipflopte vor ihr her durch einen Flur. Desirée bemerkte blaue Krampfadern an seinen Waden. Im Flur gab es einen hohen Holzschrank mit Glastüren, in dem mindestens ein halbes Dutzend Gewehre standen. Der Doktor war anscheinend ein Jäger.

»Ich habe erst bei Ihnen geklingelt, aber da machte niemand auf.«

»Ja, Mechthild hat sich hingelegt. Sie verträgt diese Hitze nicht so gut.«

Aus der Küche kam Freya Marquardt, eine große, füllige Frau mit blau getöntem Haar in einer Kittelschürze, die eine silberne Thermoskanne in der Hand hielt.

»Das ist aber nett«, sagte sie. »Der Kaffee läuft schon durch.«

Kaffee, dachte Desirée, plötzlich verunsichert. Brandstädter hatte mit seinem Mörder Kaffee getrunken, und der hatte irgendwas in den Kaffee getan. Sie linste in die Küche. Erdbeerkuchen und Sahnetorte auf der Anrichte. Im Mixer schwamm Schlagsahne, bereit, geschlagen zu werden.

»Das war ein sehr angenehmer Leichenschmaus gestern bei, äh …«, plauderte der Pfarrer. »Sie wurden sehr vermisst.«

»Mir war nicht, ähm …«

»Diese Ingrid ist eine viel bessere Köchin als ich«, bemerkte die Frau. Der Vorname und die dröhnende Stimme passten zu der walkürenhaften Erscheinung. Das Gesicht hatte etwas harte

Züge, womöglich von vergeblichen Diätversuchen. Solange die Frau dabei ist, kann nichts passieren, dachte Desirée.

»Sie kommen pünktlich zu unserer täglichen Kaffeestunde«, lächelte der Pfarrer. »Danach spielen Wilhelm und ich jeden Tag unsere drei Schachpartien.«

»*Dann* hätten Sie gestört«, lachte die Frau. »Wenn es dann auch nur ein einziges Geräusch gibt …«

»Ähm, für Kaffee ist es mir zu heiß. Könnte ich vielleicht einfach nur ein Glas Wasser haben?« Durst hatte sie schon.

»Aus dem Hahn?« Frau Marquardt runzelte die Stirn. »Wir haben auch Saft im Kühlschrank. Oder Cola. Trinken Sie gern Cola? Unser Heiko wollte früher immer –«

»Einfach ein Glas Wasser aus dem Hahn wäre ganz toll.«

»Heute achten die Mädchen sehr auf ihre Figur, Freya«, bemerkte der Pfarrer.

Frau Marquardt hob die voluminösen Schultern, holte ein Glas aus dem Schrank, hielt es unter den Wasserhahn und gab es Desirée mit leicht indignierter Miene.

Desirée leerte es in einem Zug und gab es zurück. Frau Marquardt versprach, gleich Nachschub zu bringen, und Desirée folgte dem Pfarrer ins Wohnzimmer, wo Dr. Marquardt gerade einen Aktenordner in ein Regal schob. Er trug eine Sommerhose und ein kurzärmeliges kariertes Hemd und Sandalen. Auf dem Tisch standen drei Teller mit Kuchengabeln und drei Tassen auf einer Häkeldecke. Auf einem kleinen Beistelltisch stand das Schachbrett mit bereits aufgestellten Figuren.

»Dann brauchen wir ja noch ein Set«, sagte er, ihr die Hand schüttelnd.

»Nur einen Teller«, sagte Pfarrer Bestwig. »Sie möchte keinen Kaffee. Aber ein Stück Kuchen essen Sie doch mit uns?« Aus der Küche war der Mixer zu hören.

Dr. Marquardt holte einen weiteren Teller aus der Schrankwand, dann nahmen sie Platz in einer ledernen Sitzgarnitur. Desirée sah sich um. Ein schwerer orientalischer Teppich. Helle Vorhänge waren zugezogen, um die Hitze draußen zu halten. Der Tisch war alt, aus massivem dunklem Edelholz. Die Schrankwand war aus demselben Holz. Jede Menge Bücher, ein paar

Aktenordner und Fotoalben in den Regalen. An der Wand gegenüber hingen viele Rehköpfe und Hirschgeweihe, außerdem ein paar Messingteller und kleinformatige Bilder mit Farbe dick wie Zahnpasta, alles billiges touristisches Zeug.

Desirée entspannte sich. Die Eltern ihrer Mutter flogen auch mindestens dreimal pro Jahr irgendwohin, seit sie in Rente waren; bei denen sah es, bis auf die Jagdtrophäen, ganz ähnlich aus.

»Hilfst du mir mal, Wilhelm?«, rief Frau Marquardt aus der Küche.

»Komme schon«, antwortete ihr Mann beflissen und eilte aus dem Raum.

Pfarrer Bestwig strahlte Desirée an. »Ja, äh, gibt es einen bestimmten Grund für Ihren reizenden Besuch?«

Desirée lächelte vor sich hin. Ich sollte etwas antworten, dachte sie verschwommen, aber sie fühlte sich so wohl, dass ihr nichts anderes einfiel als: »Mir geht's richtig gut hier bei Ihnen.«

»Na, das freut uns aber«, hörte sie die entzückte Stimme von Frau Marquardt, irgendwo weit weg, und bekam aus den Augenwinkeln mit, wie Herr Dr. Marquardt und Frau Marquardt Kuchenplatten und die Kaffeekanne und die Sahneschüssel und das Wasserglas samt Wasserkrug auf den Tisch stellten und sich setzten. Alle lächelten sie freudestrahlend an. Desirée musste plötzlich kichern wie ein kleines Mädchen, das war ihr peinlich, deshalb musste sie noch mehr kichern. Die drei netten alten Leutchen kicherten gutmütig mit, während Dr. Marquardt Kaffee ausschenkte und seine Frau den Kuchen auf die Teller verteilte.

Desirée probierte ein Stück Erdbeerkuchen mit Sahne. Es schmeckte besser, als ihr je im Leben irgendetwas geschmeckt hatte. Sie leerte das zweite Glas. Frau und Herr Dr. Marquardt und Pfarrer Bestwig ließen sich ebenfalls den Kuchen schmecken und nippten an ihren Kaffeetassen und schienen sich nichts daraus zu machen, dass Desirée nichts zu sagen einfiel.

Auf einmal konnte sie den Blick nicht von einem der Bücher im Regal lassen. Es hatte einen lustigen grünen Rücken, der ihr irgendwie bekannt vorkam. Ohne es zu wollen, stand sie auf und schwebte irgendwie schwerelos zu der Schrankwand und nahm es aus dem Regal. Es war derselbe Krimi, den sie gerade erst gelesen hatte. Der Ordner daneben kam ihr auch bekannt vor. Sie ließ das Buch fallen, schlug den Ordner auf und betrachtete einen Zeitungsausschnitt mit dem Porträtfoto eines würdigen Herrn, das sie schon mal gesehen hatte. Plötzlich wurde ihr klar, dass sie diesen ganzen Ordner vor Kurzem in der Hand gehabt und jede Menge Kopien daraus gemacht hatte. Daneben standen zwei andere bekannte Ordner. Und auch einer, der laut Rücken die Korrespondenz zwischen Landesjustizminister Manfred Schmelting und Landesinnenminister Herbert Viehmann enthielt. Und jetzt prustete sie los. Das Rätsel war gelöst.

»Ich hab's geschafft!« Sie lachte Tränen. Frau Marquardt, Dr. Marquardt und Pfarrer Bestwig lachten wohlwollend mit. »Ich bin ganz allein dahintergekommen, dass Sie … Sie …« Das Lachen überwältigte sie. Papa würde stolz auf sie sein.

»Wir freuen uns auch ganz furchtbar«, lächelte Pfarrer Bestwig.

Frau Marquardt füllte Wasser nach und reichte ihr das Glas. »Trinken Sie doch noch was.«

Desirée nahm das Glas, probierte einen Schluck. »Wie haben Sie das gemacht?«, wollte sie kichernd wissen. »Ich habe doch gesehen, dass es nur Wasser war!«

»Es war bereits am Glas«, lächelte Dr. Marquardt.

»Reinhold meinte, vielleicht wollen Sie keinen Kaffee«, lächelte seine Frau.

»Falls Sie die Autopsieberichte kennen«, lächelte Dr. Marquardt.

»Immer auf alles vorbereitet sein«, lächelte Pfarrer Bestwig und griff nach ihrem Rucksack. Er holte Recorder und Handy heraus, schaltete beides aus.

»Sie alle drei«, sagte Desirée. »Das ist ja witzig.« Sie plumpste in den Sessel.

»Und niemals ist auch nur der Schatten eines Verdachts auf uns gefallen«, strahlte Frau Marquardt. Zu ihrem Mann: »Hast du den Blutbeutel aus der Kühltruhe geholt?«

»Noch nicht.« Er erhob sich. »Wir haben ja genug Zeit.« Er ging hinaus.

»Leg ihn in den Ofen und stell auf hundertzwanzig Grad«, rief ihm seine Frau nach.

»Aber warum machen Sie denn so was?« Desirée war in einem Teil ihres Hirns vollkommen klar, dass sie Angst haben sollte. Aber was immer in dem Glas gewesen war, es machte sie entspannt und fröhlich und neugierig. Sie sah sich bloß einen Film an. Und jetzt wollte sie unbedingt die ganze Geschichte wissen.

Der Pfarrer musterte sie freundlich. »Es ist so ermüdend, das Gute zu tun. Wilhelm und ich, wir haben jahrelang studiert, wie man Gutes tut. Und dann haben wir jahrzehntelang ausschließlich Gutes getan, tagein, tagaus. Bald schon mit immer weniger innerer Anteilnahme und Befriedigung, schließlich ganz ohne. Trotzdem waren wir weiterhin gut, jahrein, jahraus, weil wir einfach nicht wussten, was wir sonst tun sollten. Das ging dir doch auch so, oder, Wilhelm?«

Dr. Marquardt, der gerade zurückkam, hob die Schultern. »Ich brauchte unbedingt etwas Nervenkitzel, um den Ekel zu bekämpfen, der jeden Tag durch mein Sprechzimmer waberte. Bloß Krimis zu lesen und Schach zu spielen reichte irgendwann nicht mehr.« Er setzte sich.

»Damit habe ich die beiden angesteckt«, warf seine Frau stolz ein. »Mit den Krimis, meine ich. Was glauben Sie, wie langweilig das Leben einer Arztgattin auf dem Dorf ist! Damals wohnten wir ja noch alle in Simmershausen.«

»Wie auch der Landrat samt Gattin«, zählte der Pfarrer auf, »der Bürgermeister samt Gattin, der Bankdirektor samt Gattin. Der Abgeordnete und zukünftige Justizminister lebte allein hier, und der Polizeipräsident samt Gattin lebte ein Dorf weiter die Fulda hinab. Über das Mandelberg-Projekt wussten wir mindestens ein Jahr vorher Bescheid, und wir gehörten auch schon zu den Teilhabern.«

»Und dann«, berichtete die Frau, regelrecht glühend, »starb der alte Henner Hornbach, und dieser dämliche Sohn von ihm wollte plötzlich nicht mehr verkaufen. Den habe ich nie leiden können, der war schon als Junge immer so hochnäsig. Alles fing damit an, dass ich mir einfach einen Krimi ausdachte.«

Desirée glotzte sie mit großen Augen an. »*Sie* haben sich das alles ausgedacht?«

»Aber nein, Freya«, wehrte der Pfarrer gutmütig ab. »Die erste

Idee, die war von dir.« Er wandte sich Desirée zu. »Sehen Sie, das Schlimmste ist, niemand interessiert sich für einen, wenn man bloß ein guter Mensch ist wie alle anderen. Wir waren nett, wir waren immer für alle da, aber kein Mensch hat uns auch nur wahrgenommen. Über unsere Funktionen hinaus, meine ich. Natürlich ist das ein unentrinnbares Schicksal für beinahe jeden Menschen. In Wirklichkeit zählt kein Mensch für die meisten anderen; bei vielen wären selbst die nächsten Anverwandten froh, wenn sie nicht mehr da wären. Damit muss man leben, werden Sie sagen. Aber dann hat selbst Gott, in seiner unbeteiligten Gleichgültigkeit, mir meine jüngste Tochter weggenommen, als ich noch gut war. Leukämie. Ein schrecklicher Tod für ein kleines Mädchen. Das war denn doch zu viel.«

»Red nicht so hochgestochenes Zeug«, schalt ihn Dr. Marquardt. »Was wir jetzt tun, macht einfach mehr Spaß als alles andere.«

»Zufällig«, redete der Pfarrer einfach über ihn hinweg, »oder auch nicht so zufällig starb sie kurz nach dem alten Hornbach. Freya erzählte mir eines Abends ihre Krimiidee, um mich aufzumuntern.«

»Und eine Woche später war er plötzlich Feuer und Flamme«, strahlte die Frau. »Und Wilhelm wusste sofort, wie alles vonstatten gehen müsste. Der alte Henner Hornbach hat ihm mal das Versteck der illegalen Militärpistole gezeigt, die er heimlich aus dem Krieg gerettet hatte und von der niemand etwas wusste.«

»Aber zuerst«, sagte Desirée und kam sich sehr schlau vor, »haben Sie Albert und Ruth Bövinghaus umgebracht.«

Dr. Marquardt runzelte die Stirn. »Das wissen Sie?«

»Von dem ehemaligen Hauptkommissar Max Hildebrand«, nickte Desirée eifrig.

»Noch jemand, um den wir uns kümmern müssen«, sagte die Frau entzückt.

Desirée biss sich auf die Zunge. Aber offenbar stand ihr, in dem merkwürdigen Zustand, in dem sie war, jeder Gedanke im Gesicht geschrieben.

»Sie werden uns schon noch verraten, wo er zu finden ist«, meinte der Doktor. »Verlassen Sie sich drauf.«

»Wenn Wilhelm das sagt, dann stimmt es auch«, sagte der Pfarrer. »Wilhelm war es nämlich, der sofort den Finger auf den Schwachpunkt von Freyas Idee legte: Wenn es irgendwo irgendwelche Erben gibt, hat alles keinen Zweck. Und Wilhelm ist immer äußerst gründlich. Es gab nur diese beiden, die als Erben in Frage kamen.«

»Also haben Wilhelm und ich sie zufällig auf einer einsamen Wanderung im Allgäu kennengelernt«, erzählte die Frau stolz. »Ein kleines Mittelchen, um sie willenlos zu machen, und dann mit dem Wagen runter von der Brücke. Wisst ihr noch, damals hatten wir regelrecht Angst, entdeckt zu werden. Aber es war so leicht, himmlisch leicht.« Entrückt blickte sie zur Decke. »Wochenlang schwebten wir alle drei auf Wolken.«

»Tatsächlich stellte ich fest, dass ich auf einen Schlag kaum noch an meine verstorbene Tochter dachte.« Auch der Pfarrer sah zur Decke. »Nur noch an unsere Pläne. Und Gott hat uns nicht ein einziges Mal Steine in den Weg gelegt.«

»Silke«, sagte Desirée und sah das Schwarz-Weiß-Foto bei Kerstin vor sich. Seine Tochter, ihre Schwiegertochter. Ob sie jemals etwas geahnt hat? Heiko mochte seinen Vater nicht. Warum?

»Ja, so hieß sie wohl. Ich habe seit Jahren nicht mehr an sie gedacht.« Der Pfarrer ließ seinen Blick auf Desirée herabsinken. »Böses zu tun ist eine wirklich erfüllende Tätigkeit. Falls es einen Gott geben sollte, ist es wohl auch gottgefällig.«

Desirée nickte. »Kerstin sagte, sie glaube nicht, dass Sie noch an Gott glauben.«

Der Pfarrer lächelte versonnen.

»Aber wir tun doch Gutes«, warf die Frau ein. »Wir lösen Probleme für andere Menschen. Bis jetzt hat sich keiner beschwert. Wir haben die Hornbachs ohne Erben beseitigt und den Täter gleich mitgeliefert, niemand stellte Fragen, alle verhielten sich so, wie ihr es vorausberechnet habt.« Sie nickte den Männern zu. »Sie ließen genügend Zeit vergehen und fädelten dann unauffällig das Geschäft ein. Später war auch Holzapfel sehr erleichtert.«

»Seine Frau haben Sie also auch umgebracht«, sagte Desirée träumerisch.

»Der Idiot von Polizeipräsident hat sich bei seiner Frau verplappert, nachdem er das ganze Vermögen verspielt hatte, sie ist zu Margarethe gelaufen, und Margarethe hat es mir erzählt«, berichtete Dr. Marquardt. »Nach so vielen Jahren war uns inzwischen sowieso längst wieder sterbenslangweilig, nicht wahr, Reinhold?«

Der Pfarrer nickte. »Verbrechen sind so faszinierend. Die Planung vor allem, aber auch die Ausführung, das Beobachten und Warten hinterher. Dann das Bewusstsein, dass man als Einziger weiß, was man getan hat, während alle anderen einen weiter für gut halten. Wenn man das Gute nur als Maske trägt, ist es erträglich. Haben Sie auch nur einen Gedanken an uns verschwendet, solange Sie glaubten, wir wären tatsächlich, was wir zu sein scheinen?«

»Eigentlich nicht«, gab Desirée zu.

»Na sehen Sie! Jetzt aber sind Sie interessiert an uns. Sie wollen unbedingt wissen, wie wir das geschafft haben.«

»Siebenundzwanzig Jahre lang unentdeckt zu bleiben«, sagte die Frau. »Dazu gehört eine Menge Grips, finden Sie nicht?«

»Wochenlange, manchmal jahrelange Planung«, stimmte ihr Mann zu. »Gründliche Recherchen, tiefgehende Überlegungen, das Hineinversetzen in andere Menschen, das Vorausberechnen ihrer Verhaltensweisen unter den gegebenen Umständen. Dann aber auch blitzschnelles Reagieren. Wie die großen Feldherren. Wie beim Schach. Sie und Ihre ganze Truppe sind auch nur Schachfiguren.«

»Allerdings«, sagte der Pfarrer nachdenklich, »hat Wilhelm recht, mit den Jahren nutzt sich das Gefühl tiefer innerer Befriedigung etwas ab, wenn keine neuen Verbrechen hinzukommen. Deshalb waren wir sehr froh, als wir durch Margarethe von dieser Erpressung erfuhren. Es erstaunt uns heute noch, dass wir den Erpresser sehr schnell bei seinem Bruder ausfindig machen konnten, während Kommissar Siepmann im Dunkeln tappte, anscheinend gar nichts von dessen Existenz ahnte. Nun ja, ich hatte die beiden schließlich konfirmiert.«

»Und Willi Brennecke hat Sie ahnungslos ins Haus gelassen«, sagte Desirée.

»Alle lassen die beiden immer ahnungslos ins Haus«, strahlte die Frau.

»Und den Bruder und seine Frau haben wieder Sie beide«, ein Nicken zu dem Ehepaar, »beim Karneval in Düsseldorf kennengelernt. Ältere Ehepaare erregen keinen Verdacht. Ein kleines Mittelchen, runter von der Brücke, bumms.« Desirée fand alles so lustig, dass sie wieder kichern musste. »Bloß war er gar nicht der Erpresser. Florian Brennecke hat nur so getan, als wäre er sein Vater. Horst und Gundula Brennecke hatten mit der ganzen Sache überhaupt nichts zu tun. Macht Ihnen das nichts aus?«

Der Pfarrer wedelte das weg. »Ach, wissen Sie, wenn man Menschenleben erst mal für bedeutungslos hält ... Wissen Sie, wie man in der Antike über den Tod dachte? Solange das Leben da ist, gibt es den Tod gar nicht. Und wenn der Tod da ist, gibt es das Leben nicht. Deshalb ist es völlig sinnlos, an den Tod zu denken, solange man lebt. Denn der Tod ist nichts. Aus diesem Grund dachten die Römer sich dauernd exquisite, langwierige und qualvolle Hinrichtungsmethoden aus: Weil sie den Tod an sich gar nicht für eine Strafe hielten. Wer einfach nur im Weg war, bekam immer Gelegenheit, sich ehrenhaft und schmerzlos selbst zu töten.«

Die Antike, dachte Desirée verschwommen. Schon wieder die Antike.

»Wir haben auch immer versucht, schmerzlos zu töten«, sagte die Frau gewichtig. »Außer, für den Plan war etwas anderes unumgänglich. Aber dann ging es wenigstens schnell, darauf haben wir geachtet, nicht, Reinhold?«

Der Pfarrer nickte gravitätisch.

Sie werden mich töten, aber es wird nicht wehtun, dachte Desirée beseligt. Auf einmal war sie furchtbar neugierig, ob der Tod wirklich ein Nichts war oder ob danach irgendetwas ... irgendetwas ... Aber vorher wollte sie alles wissen.

»Ihr zwei gebt bei diesem Thema immer einen Stuss von euch«, mokierte sich der Doktor gutmütig. »Als Arzt sieht man das nüchterner. Aber sie hat schon recht, da waren wir wohl etwas voreilig«, gab er zu. »Die Versuchung war einfach zu groß.«

»Versuchung«, lächelte der Pfarrer. »Ich liebe dieses Wort.«

»Diabolus, der Versucher.« Desirée war unendlich stolz auf sich. »Daher die umgedrehten Kreuze?«

»Ach nein«, widersprach der Pfarrer. »Die haben wir zunächst nur aus Spaß von Willi Brenneckes Motorradbande übernommen. Aber dann hat uns Margarethe von einem satanischen Ritual erzählt, an dem alle hohen Tiere unter den stillen Teilhabern teilgenommen hatten, und dass das Schmeltings Idee war, der irgend so einen idiotischen Orden mal verteidigt hat und daher jemanden kannte. Es ist immer gut, den Verdacht auf andere zu lenken.«

»Weshalb Sie bei Schmelting den Ordner seiner Korrespondenz mit Andreas' Vater mitgenommen haben.« Desirée fand das vollkommen logisch. »Frielendorf ist ja klar«, sagte sie. »Sie wussten, dass wir viele unserer Informationen nur von ihm haben konnten. Aber warum Brandstädter?«

»Er sah uns in diesem Stift auf dem Weg zu Margarethe«, erläuterte der Doktor, »um die wir uns nachher gleich kümmern werden, und er schien plötzlich einen bestimmten Verdacht zu schöpfen, den wir ihm bei einer Tasse Kaffee ausredeten. Es hat auch so seinen Zweck erfüllt. Margarethe war erst mal von der Bildfläche verschwunden, solange wir damit beschäftigt waren, Florian Brennecke als Täter zu präparieren und Sie und Ihr reizendes Team auf Irrwege zu schicken.«

»Aber Schmelting ist Ihnen auf die Spur gekommen?«

»Der hatte ebenfalls einen bestimmten Verdacht, ja. Dabei hatten wir ihn so schön als möglichen Verdächtigen aufgebaut. Das musste doch bestraft werden.«

Desirée nickte. »Was wollte Florian Brennecke mit dem Schlüssel bei ihm?«

»Unsere reizenden Freunde, die Satansjünger, haben ihm den Schlüssel samt einer Nachricht zukommen lassen. Er musste ja in dem Haus gewesen sein, die Leiche gesehen und seine Fingerabdrücke hinterlassen haben. Ich habe vorausgesagt, dass er geschnappt wird und gesteht, bevor Schmelting überhaupt gefunden wird.« Der Doktor platzte vor Stolz. »Der ließ sich sehr leicht manipulieren. Fast so leicht wie diese Satansjünger selbst, die alles taten, was wir wollten, ohne je einen von uns zu Gesicht zu bekommen.«

»Man muss wirklich außergewöhnlich dumm sein«, warf der Pfarrer ein, »um an einen solchen Blödsinn zu glauben.«

»Wie haben Sie ihn überhaupt gefunden?«

»Florian? Oh, durch Sie, durch Sie.« Der Doktor klopfte ihr aufs Knie.

Der Pfarrer beobachtete das lächelnd. »Erst als Sie uns sein Foto zeigten, wurde uns klar, wieso die Erpressung plötzlich weiterging. Nun, Horst und Willi hatten noch eine Schwester, Ute. Die habe ich nicht nur konfirmiert, sondern auch getraut. Sie heißt jetzt natürlich anders, wohnt in einem anderen Vorort. Bei ihr ist er untergeschlüpft.«

»Und wie haben Sie Schmelting dazu gebracht, sich auszuziehen?«

»Ganz einfach: Mit demselben Mittel, dass auch Sie und die beiden Ehepaare bekommen haben. Ein simples Benzodiazepin-Hypnotikum.«

»Davon steht nichts im Autopsiebericht.« Desirée fühlte sich jetzt angenehm schlapp, kam sich aber wieder sehr schlau vor.

Dr. Marquardt zwinkerte ihr zu. »Natürlich nicht: Er ist ja ausgeblutet. In den tausenden Litern Wasser ist das nicht nachzuweisen. Bei Ihnen werden wir warten müssen, bis Ihr Körper es vollständig abgebaut hat. Das dauert etwa vier bis fünf Stunden. Zuerst haben Sie sich ein bisschen wie betrunken gefühlt, nicht wahr? Dann wurde alles wieder klar, und Sie fühlten sich ganz entspannt, aber gleichzeitig auch aufgekratzt, furchtbar neugierig, Sie fanden alles furchtbar lustig und hochinteressant. Nicht wahr?« Er warf einen Blick auf seine Uhr. »Es ist fast eine Stunde vergangen, und so lustig und interessant finden Sie es nicht mehr. Aber jetzt werden Sie langsam müde. Ganz furchtbar müde.«

»Und dann bringen Sie mich auch um«, meinte Desirée träge. Sie konnte sich plötzlich kaum noch bewegen. »Aber es wird nicht wehtun.«

Die Frau strich ihr liebevoll übers Gesicht. »Kein bisschen, mein Kind.«

»Mit dem größten Vergnügen«, strahlte der Pfarrer. »Und denken Sie nur, wir wissen auch schon, wer es gewesen ist.«

ZWANZIG

Ingrid hatte beschlossen, dass jetzt Schluss sein musste mit der gedrückten Stimmung. Davon, dass alle anderen noch immer Trauer über das fehlgeschlagene Unternehmen trugen, würde sie sich nicht mehr anstecken lassen.

Also hatte sie sich in die in letzter Zeit vernachlässigte Arbeit gestürzt. Die Sorge um Prinz war allerdings etwas anderes. Der hatte auch heute wieder bis in den späten Vormittag geschlafen, missmutig die Spekulationen in den Zeitungen gelesen, unbeteiligt die Nachrichten von der morgen beginnenden Tour de France verfolgt, sich dann immerhin selbst aufs Rad geschwungen, um sich den Frust vom Leib zu strampeln. Was würde er als Nächstes anstellen, nachdem dieser Versuch, einem Unschuldigen zur Gerechtigkeit zu verhelfen, so kläglich gescheitert war? Wieder kriminelle Fischzüge planen? Weil er da wenigstens fast immer Erfolg gehabt hatte? Ingrid saß über der Quartalsbilanz, als das Telefon klingelte. Zu ihrer Überraschung rief Anja aus dem Klinikum an.

»Die Ergebnisse von Sutters Blutuntersuchung sind da«, sagte sie atemlos. »In diesem Medikament für die Nieren von Alkis ist nicht das, was drin sein sollte. Sondern etwas, das das Herz ruiniert.«

»Wie bitte?«, sagte Ingrid verständnislos. »Was soll das heißen?«

»Jemand hat etwas anderes in die Kapseln gefüllt. Das hat Sutter umgebracht.«

»Aber das heißt ja –«

»Genau«, sagte Anja. »Dieser Dr. Marquardt.«

Ingrid rief sofort Prinz' Handy an, aber es klingelte durch, bis die Mailbox sich meldete. Sie hinterließ die erstaunliche Nachricht und rief Desirée zu Hause an. Ihre Mutter sagte, sie wisse nicht, wo Desirée sei. Ingrid probierte das Handy, aber es war ausgeschaltet. Sie rannte hinüber zum alten Gesindehaus und hämmerte an die Tür von Ollies Technikreich.

Als Desirée zu sich kam, war es ihr minutenlang unmöglich, die Augen zu öffnen. Sie fühlte sich wie völlig verkatert. Entsetzliche Kopfschmerzen, schwerer Druck auf den Augen. Aber der Verstand war wieder völlig klar. Sie hörte jemanden herumkramen. Und auf einmal wurde ihr kalt. Eiskalt.

Sie versuchte, eine Hand zu bewegen, konnte es aber nicht. Etwas schnitt ihr ins Handgelenk. Die andere Hand. Dasselbe. Die Füße. Genauso. Sie lag irgendwo, mit gespreizten Armen und Beinen, an Hand- und Fußgelenken gefesselt. Und es war kalt. Sie fühlte die Gänsehaut überall. Um Gottes willen, sie war nackt!

Ihr Atem versagte. Sie versuchte zu schlucken, konnte aber nicht. Sie schlug die Augen auf und blickte auf ein riesiges umgedrehtes Kreuz über ihr. Rot auf schwarzem Grund. Das große breite Gesicht mit den harten Zügen unter dem blau getönten grauen Haar schob sich in ihr Blickfeld. Lächelnd.

»Na, wieder unter den Lebenden?«, fragte Frau Marquardt freundlich. »Keine Angst. Es dauert nicht mehr lange.«

Desirée schloss die Augen wieder. Ihr Atem ging schnell und stoßweise. Dicke Finger streichelten ihre Brüste, die andere Hand kitzelte sie zwischen den Beinen. Es fühlte sich an wie Plastik. Sie wand sich verzweifelt, bäumte die Körpermitte auf, aber es hatte keinen Zweck. Sie fühlte, wie ihr etwas Galliges hochkam.

»Der Tod ist nicht schlimm«, säuselte Frau Marquardt. »Du kehrst einfach dahin zurück, wo du vor deiner Geburt gewesen bist.«

Desirée riss die Augen auf, starrte in das lächelnde, harte Gesicht. Sie hob den Kopf, blickte an sich herunter. Es war kein Alptraum. Sie lag offenbar auf einer Art Altar. Die alte Frau, die sie mit beiden Händen berührte, trug Plastikhandschuhe.

Sie sah sich um. Überall schwarze Vorhänge, nur wenig flackerndes Licht. An den Wänden rote Pentagramme und umgedrehte Kreuze und auf dem Kopierer hochgezogene mittelalterliche Holzschnitte diverser Teufelsdarstellungen. Auf Bretterregalen verschiedene Pflanzen: Sie erkannte Fliegenpilze, Alraunen, Engelstrompeten, Zaubersalbei; alles Zeug, dass Patrick Amelung und sie und die anderen damals, in ihrer Okku-Phase, verwendet hatten. Schwarze Kerzen brannten in goldenen Haltern, die Medusenköpfe darstellten.

Plötzlich war ihr alles klar: eine Schrebergartenlaube. Die, in der Patrick Amelung, Robert Kellotat und die beiden anderen gehaust hatten, nachdem Dr. Marquardt sie am Freitagabend, nach Desirées Besuch bei Kerstin, wo er auch gewesen war, angerufen und gewarnt hatte. Sie sollten diese Laube für Schwarze Messen herrichten. Das hatten sie getan.

Wir haben Angst, dass jemand uns etwas Schreckliches in die Schuhe schieben will, hatte Patrick gesagt. Völlig zu Recht. Irgendwann würde Desirée hier tot gefunden werden. Und diese vier würden sofort als Täter feststehen. Und kein Mensch auf dieser Erde konnte jetzt noch etwas dagegen tun.

Desirée wünschte sich verzweifelt, das Mittel würde noch wirken.

Prinz, Ollie und die anderen hatten keine Ahnung, wo sie war. Das wusste sie ja selbst nicht.

Eine Tür ging quietschend auf, der Pfarrer betrat den Raum. Auch er trug Plastikhandschuhe, außerdem Plastikslipper über den Schuhen. Sonst trug er noch dasselbe sommerliche Outfit. Und ihren Rucksack in einer Hand. »Jesus loves you«.

»Na wunderbar!«, sagte der Pfarrer und betrachtete Desirée strahlend.

Sie fühlte, wie ihre Blase nachgab.

»Oh«, sagte Frau Marquardt und hob einen tropfenden Plastikfinger.

Ollie trat vor seinen Arbeitstisch mit der Reihe Monitore. Die meisten waren aus. Auf einem lief ein Nachrichtensender. Auf einem anderen war der Eingang des Hochhauses in der Brückenhof-Siedlung zu sehen. Und auf einem weiteren die nebeneinanderliegenden Häuser des Pfarrers und des Doktors. Ollie schaltete einen weiteren Monitor an, drückte Knöpfe, die Bilder liefen mit hoher Geschwindigkeit rückwärts, während auf dem vierten Monitor das augenblickliche Bild erschien.

»Woher«, fragte Ingrid verblüfft, »wusstest du das?«

»Ich wusste es nicht«, sagte Ollie, aus den Augenwinkeln auf die Monitore starrend und bereits mit einem weiteren Gerät beschäftigt. Was dieses Gerät ihm sagte, war offenbar nicht das, was er erwartet hatte. »Scheiße«, sagte er leise.

»Und hast du gesehen, ob Desirée da reingegangen ist?«

»Nicht drauf geachtet. Tut mir leid. War damit beschäftigt.« Er legte das andere Gerät weg, deutete auf zwei Computer, die er auseinandergenommen hatte: Den von Florian Brennecke und den von Robert Kellotat. Er ging zum Funkgerät. »Dirk?«

»Was ist?«

»Wo steckst du?«

»Bei den Häusern von dem Pfarrer und dem Doktor. Desirée redet gerade mit denen. Der Pfarrer und die Frau des Doktors sind aber vorhin weggefahren.«

»Scheiße! Seit wann ist sie da drin?«

»Anderthalb Stunden oder so. Warum?«

»Verdammter Mist! Bleib auf Posten!« Er wandte sich an Ingrid: »Wo steckt Prinz?«

»Mit dem Rad weg. Hab schon versucht, ihn anzurufen, aber er geht nicht ran.«

»Ruf Erich an. Er soll sofort dahin fahren. Und seine Kanone mitbringen!«

Ingrid griff zu einem Telefon, die Monitore nicht aus den Augen lassend. Während sie mit Erich redete, stand plötzlich der Pfarrer vor einem offenen Garagentor. Ollie drückte Knöpfe, die Bilder liefen vorwärts. Es war etwa dreißig Minuten her.

Der Pfarrer kam aus seinem Haus, öffnete das Garagentor, setzte seinen alten beigefarbenen Saab heraus, schloss das Garagentor, stieg ein, fuhr los.

Ingrid legte auf. »Er sitzt allein da drin«, sagte sie.

»Aber wir wissen nicht, was im Kofferraum ist«, sagte Ollie.

Sie beobachteten, wie der Saab links aus dem Bild verschwand. Er ließ weiter rückwärtslaufen. Drei Minuten vorher war die große, dicke Frau des Doktors aufgetaucht. Knopfdruck, die Bilder liefen in Normalzeit vorwärts. Die Frau kam aus dem anderen Haus, öffnete ein Garagentor, setzte einen älteren Toyota Corolla heraus, fuhr nach rechts aus dem Bild.

Ollie ließ die Bilder noch einmal langsam vorlaufen. »Sie sitzt auch allein da drin.«

»Aber wir wissen nicht, was im Kofferraum ist«, wiederholte Ingrid.

Als Ingrids Handy fiepte, konnten sie auf dem anderen Monitor gerade sehen, wie Desirée vor siebenundneunzig Minuten an der Haustür des Doktors von dem Pfarrer begrüßt wurde.

Prinz hatte die Nachrichten auf seiner Mailbox abgehört und wollte wissen, was los war. Dann sagte er: »Gib mir Ollie.« Ollie nahm das Handy und hielt es so, dass Ingrid mithören konnte. »Kannst du sie über diesen Handy-Spion orten?«

»Wie du dich erinnerst, sollte ich auf alle Handys die Sperrsoftware laden.«

»Scheiße«, flüsterte Prinz, kaum hörbar.

Sie hatten keine Chance herauszufinden, wohin Desirée, seine Tochter, gebracht worden war, und Prinz ganz allein war schuld daran. Ingrid und Ollie konnten sich lebhaft vorstellen, wie er sich jetzt fühlen musste.

»Wo bist du?«

»Ich kann mit dem Rad in zwanzig Minuten da sein. Abflug, Ollie! Erich ist schon unterwegs?«

Dr. Wilhelm Marquardt hatte einen Campingkoffer mit dem Blutbeutel neben sich stehen, als er auf dem Hochsitz seinen Feldstecher von der Stadt und dem Fluss im weiten Kasseler Becken, überragt von Schloss Wilhelmshöhe und Herkules, zu den Bäumen wandern ließ, hinter denen die Mandelberg Park Residenz begann. Frieden, Vogelzwitschern, Sonnenschein. Das an die Hornbachs erinnernde Gedenkkreuz war immer noch nicht wieder richtig hingestellt worden.

Die Leichtigkeit, mit der sie ihre Taten begingen und jedes Mal damit davonkamen, verblüffte und begeisterte ihn immer wieder aufs Neue. Das Mädchen hatte sich willenlos in den Kofferraum von Freyas Toyota falten lassen und war sofort eingeschlafen. Dr. Marquardt hatte noch ein paar Minuten gewartet, bis der Blutbeutel im Ofen ausreichend aufgetaut war, und war durch den Garten hinten hinaus zu seinem Lieblingsplatz marschiert, um noch einmal alles in aller Ruhe zu überdenken. Er hatte Zeit, es mussten noch mindestens drei Stunden vergehen, bis der Körper des Mädchens den Wirkstoff abgebaut hatte. Außerdem musste er seinen Wagen holen. Der dunkelgrüne BMW, mit dem sie gestern zu dritt zur Beerdigung jenes Mannes gefahren waren, der ihnen gleich zweimal zum Opfer gefallen war, einmal als unschuldiger Täter und dann ein weiteres Mal selbst als Mordopfer, stand noch am Rand des alten Feldwegs, wo er ihn geparkt hatte, um in der Nacht hier ganz für sich allein den Triumph noch einmal still auszukosten. Er hatte eine Flasche Cognac dabeigehabt und war im Morgengrauen lieber zu Fuß zurückgegangen.

Dr. Marquardt konnte im Kopf alles hin und her drehen wie er wollte, er fand keine Lücke im Plan. Da entdeckte er plötzlich einen Radfahrer, der mit hoher Geschwindigkeit den Feldweg herunterkam. Er setzte den Feldstecher an, stellte scharf: Prinz. Raste vorbei an dem BMW, offenbar ohne ihn überhaupt wahrzunehmen. Was sollte das? Wurde das Mädchen schon vermisst? Seit fast zwei Stunden war ihr Handy ausgeschaltet. Vermutlich hatte sie vorher Bescheid gesagt, wo sie hinwollte. Selbst wenn er tatsächlich einbrechen sollte, in den beiden Häusern würde Prinz nichts finden. Also kein Grund zur Beunruhigung. Aber für den Fall, dass er den Wagen doch bemerkt hatte und zurückkam, sollte Dr. Marquardt sich jetzt lieber auf den Weg machen.

Prinz brauchte knapp zehn Sekunden für die Tür. Sie rannten ins Haus, verteilten sich, checkten alle Zimmer auf allen Stockwerken, dann den Keller.

Nichts.

Sie fanden die Tür zu dem Gang, der ins benachbarte Haus des Pfarrers führte. Auch hier verteilten sie sich. Erich, die .38er in der Hand, entdeckte die kleine mausgraue Frau, die in einem Nachthemd in einem Schlafzimmer im ersten Stock verängstigt am Fenster saß.

»Hier!«, rief er.

Prinz, der verzweifelt in Kontoauszügen wühlte, um vielleicht einen Hinweis auf eine weitere Immobilie zu finden, spürte, wie plötzlich wieder Hoffnung durch ihn raste. Mit seinen kurzen Beinen vier Stufen auf einmal nehmend, rannte er die Treppe hoch. Die anderen rannten hinterher.

Meine Tochter. Meine Tochter. *Ich liebe dich. Nicht wie man eine Frau liebt, sondern wie man wohl sein eigenes Kind liebt. Ich habe gar nicht gewusst, dass es so was gibt.*

Aber da oben in dem Zimmer stand nur Erich riesig und drohend vor einer winzigen, zitternden Frau.

»Wo sind sie?«, schrie Prinz die Frau an.

Sie glotzte ihn entsetzt an, öffnete den Mund, aber es kam nur ein kehliges Rasseln hervor.

»Ich weiß nichts!«, ächzte sie. Dann wurde sie ohnmächtig. Prinz hatte schon eine Faust erhoben. Langsam ließ er sie sinken.

Draußen kam Andreas' Porsche mit einem Quietschen zum Stehen.

Prinz schluckte. *Wenn sie stirbt, kann ich nicht mehr weiterleben. Nicht mehr weiterleben.* Die blaue, pochende Ader an seinem Hals schien zentimeterdick zu sein. Er zwang sich, ruhig zu atmen. Dann starrte er Ollie an.

»Und jetzt?«

Ollie holte ein kleines Gerät aus einer der Taschen seiner Weste, warf einen Blick darauf – und legte Prinz eine Hand auf die Schulter.

Dr. Marquardt, ebenfalls mit Plastikhandschuhen und Plastikslippern an den Schuhen, den Campingkoffer tragend, kam zur Tür herein, nahm die Szenerie in sich auf, und ein glückliches Lächeln machte sich auf seinem Gesicht breit.

Desirée hatte den Kopf angehoben und atmete hechelnd. Sie versuchte zu schreien, aber es kam nur ein hohles Krächzen heraus. Dann drückte der Pfarrer ihr einen Putzlappen auf den Mund.

»Prima«, sagte der Doktor und klappte den Campingkoffer auf. Zunächst holte er ein kleines dunkelbraunes Medikamentenfläschchen heraus, hielt es vor die Flamme einer Kerze und schüttelte es und stellte es auf den schwarzen Altar, nur Zentimeter von Desirées Kopf entfernt. Dann holte er einen durchsichtigen Plastikbeutel heraus, in dem eine zähe dunkelrote Flüssigkeit schwappte. Er sah Desirée bedauernd an.

»Noch ziemlich kalt«, meinte er. »Das wird nicht sehr angenehm.«

»Ist doch egal«, sagte die Frau.

»Wir wollen nicht unnötig grausam sein«, wandte der Pfarrer ein. »Warum geben wir ihr nicht erst das Mittel und warten ein Viertelstündchen?«

»Nun ja, je nachdem, wann sie gefunden wird, könnte man vielleicht feststellen, dass sie schon tot war, als sie mit dem Blut bepinselt wurde. Das wäre eindeutig gegen die Vorschrift des Rituals.«

»Da hat er recht«, sagte die Frau.

Der Doktor zeigte auf einen grünen, schleimigen Fleck neben Desirées Kopf. »Was ist das da? Hat sie sich übergeben?«

»Ein bisschen«, sagte der Pfarrer.

»Gepinkelt hat sie auch«, sagte die Frau und zeigte auf den feuchten Fleck zwischen ihren Beinen.

»Nun ja, wenn sie tot ist, werden ihre Schließmuskeln sowieso den Dienst einstellen, und ihre Blase und ihr Darm werden sich entleeren. Das gehört nun mal dazu. Aber wir sollten beides entfernen.«

In Desirée zog sich alles zusammen, als ein Bild von ihr als dreckige, verwesende Leiche vor ihrem geistigen Auge auftauchte und nicht mehr verschwand.

»Warum?«, wollte der Pfarrer wissen. Er hielt noch immer den übelriechenden Putzlappen über Desirées Mund, und sie würgte und fühlte, wie sich ihre Nasenlöcher beim verzweifelten Luftholen zusammenzogen.

»Zum einen könnten Spuren des ersten Mittels darin zu finden sein. Zum anderen verstößt so etwas gegen das Ritual. Das Opfer muss willig sein. Es darf sich nicht vor Angst erbrechen und die Kontrolle über die Blase verlieren.«

»Aber sie ist nun mal nicht willig. Wäre sie ja auch nicht bei diesen vier Spinnern«, sagte die Frau.

»Aber die würden es wegwischen, um den Eindruck nicht zu

stören.« Der Doktor entleerte den Blutbeutel in eine bereitstehende Schüssel.

Der Pfarrer und die Frau sahen sich an. Dann zuckte der Pfarrer die Achseln und beugte sich runter zu Desirée.

»Ich werde diesen Putzlappen jetzt von deinem Mund nehmen und dein Erbrochenes damit aufwischen. Wenn du schreist, drücke ich dir den Lappen mit deinem Erbrochenen wieder auf den Mund.«

»Und er will nicht unnötig grausam sein«, meinte der Doktor belustigt und rührte mit dem Pinsel in dem zähflüssigen Blut.

Desirée gab nicht bewusst auf, aber sie fühlte, wie ihre verkrampften Muskeln sich entspannten, und sie konnte nichts dagegen tun. Es war vorbei. Keine Chance mehr. Als der Putzlappen von ihrem Mund entfernt wurde, schrie sie nicht, sondern schloss die Augen, atmete tief und gleichmäßig durch den geöffneten Mund, und verschiedene Szenen aus ihrem entsetzlich kurzen Leben zogen vor ihr vorbei. Sie hatte nicht ein einziges Mal wirklich geliebt. Ihre geschlossenen Augen füllten sich mit Tränen. Die Frau wischte zwischen ihren Beinen herum.

Dann kam der Pinsel. Furchtbar kalt. Zuerst wurde ihr Schamhaar eingeschmiert, dann ein gerader Strich hochgezogen bis zwischen ihre Brüste. Die eiskalte, dicke Flüssigkeit fühlte sich an wie der Tod. Als der Pinsel um ihre Brustwarzen strich, öffnete sie die Augen.

Drei entrückt grinsende Greise standen um sie herum. Irgendetwas in ihrem Hirn befahl ihr, sich aus dieser entsetzlichen Realität zu verabschieden, und sie schloss die Augen sofort wieder. Das erneute Quietschen der Tür, der Ausruf der Frau drangen zunächst gar nicht bis in ihr Bewusstsein vor.

Erst als eine warme Decke über sie gebreitet und das Blut von ihrem Körper gerubbelt und die Fesseln an ihren Hand- und Fußgelenken gelöst wurden, war sie plötzlich wieder in dieser Welt und blickte in Ingrids besorgtes Gesicht.

Die drei Greise standen in einer Ecke der Laube zusammengedrängt. Erich richtete eine Waffe auf sie.

Prinz sagte: »Und?«

Ingrid sagte: »Sie scheint gesund zu sein.«

Der Pfarrer sagte: »Wie haben Sie uns gefunden?«

Ollie sagte: »GPS-Positionsmelder an dem BMW.«

Die Frau sagte: »Warum?«

Desirée bemerkte noch das Grinsen in Ollies Gesicht und hörte: »Der Pfarrer hat mal versichert, er hätte kein Handy, weil er zu alt für so was wäre. Aber gestern auf Sutters Beerdigung klingelte plötzlich sein Handy. Komisch, oder? Da habe ich sicherheitshalber einen angebracht.«

Dann fing sie an zu schreien.

Epilog

Prinz saß im Wohnzimmer des Bungalows von Kerstin und Heiko Marquardt und beobachtete, wie Heiko geistesabwesend vor der Regalwand stand und ein paar Bücher herauszog, die er in eine Reisetasche stopfte. Desirée stand an den Panoramafenstern und sah hinunter auf die roten Dächer der Südstadt.

Sie fühlte sich entsetzlich. Sie konnte nicht schlafen. Gespräche mit Professor Rind hatten nicht geholfen. Die Bilder in ihrem Kopf wollten nicht verschwinden.

Ein zwölfjähriges Mädchen mit verheultem Gesicht stand in der Tür und wollte wissen, ob sie ihre Computerspiele mitnehmen könnte.

Heiko fuhr herum. »Da gibt es keinen Computer!«, fauchte er zornig.

Das Mädchen verzog sich weinend.

Kerstin kam aus der Küche und sagte: »Ich bin jetzt fertig.« Sie hatte rot unterlaufene Augen.

»Sind die Aasgeier immer noch draußen?«, fragte Heiko.

»Sie haben was gemerkt. Es scheinen immer mehr zu werden.«

Es war ein drückend heißer Sonntagvormittag. Vor einer Stunde hatten nur drei oder vier Aufpasser vor dem Bungalow herumgelungert. Jetzt traf der fünfte Ü-Wagen ein; von der ständig wachsenden Horde der Zeitungs- und Radioleute gar nicht zu reden. Irgendwie musste aufgefallen sein, dass eine Abreise bevorstand. Die Nachricht hatte sich im Lauf des Samstags verbreitet, obwohl Polizeipräsidium und Staatsanwaltschaft seit dem Freitagabend, als der Fall plötzlich zu seiner überraschenden Lösung gekommen war, nichts hatten verlautbaren lassen. Seitdem wurden Sohn, Tochter, Enkelkinder des »mörderischen Arztes« und des »Killer-Pfarrers« belagert.

Desirée drehte sich um. »Wo ist Isadora?«, fragte sie.

Heikos Gesicht verzog sich schmerzhaft. »Wir haben sie weggegeben.«

»Warum eigentlich mochten Sie Ihren Vater nicht?«

Heiko lachte bitter. »Sie hätten nur einmal hören sollen, wie der über seine Patienten geredet hat. Ich habe nie so einen Misanthropen erlebt. Er behauptete, alle Ärzte wären im tiefsten Innern so, die anderen würden es nur nicht zeigen.« Er schüttelte den Kopf. »Und dieser Mensch verlangte von mir, dass ich unter allen Umständen auch Arzt werde!«

»Wenn wir mit den Koffern zu den Wagen gehen«, sagte Kerstin kopfschüttelnd, »sind wir doch praktisch auf dem Präsentierteller für all diese Fernsehkameras und Fotokameras. Wir und die Mädchen.« Die Vorstellung trieb ihr erneut die Tränen in die Augen.

Prinz sah auf seine Uhr und erhob sich. »Keine Sorge«, sagte er. »In etwa fünf Minuten rangiert ein weißer Sprinter rückwärts in Ihre Einfahrt. Die werden denken, das sei der Möbelwagen. Sie klettern direkt von der Garage hinten rein. Desirée fährt mit Ihrem Ford Ka weg«, er nickte der Pfarrerin zu, »ich nehme Ihren Passat«, ein Nicken zu Heiko. »Das wird erst mal für genug Aufregung sorgen. Später bringen wir Sie nach Frankfurt zum Flughafen.«

Heiko nickte. »Tja, vielen Dank. Ich weiß nicht, was ich sagen soll.«

»Wissen Sie schon, wie es weitergeht, wenn Sie zurückkommen?«, fragte Desirée.

»Hierher kommen wir nicht zurück«, sagte Kerstin.

»Es tut mir sehr leid«, sagte Desirée, »was Sie durchmachen müssen.«

Kerstin und Heiko sahen sich an. »Das ist gar nichts im Vergleich zu dem, was Sie … was sie Ihnen … was unsere … unsere …« Sie ging hastig aus dem Zimmer.

Die versammelte Runde war, wie Ingrid bemerkte, ziemlich einzigartig: Neben ihr selbst, ihren Söhnen, Prinz, Desirée, Anja und Ollie waren Andreas, sein Vater Herbert Viehmann, Professor Rind mit Gattin, Dr. Rohde mit Manuel, außerdem Erich und Pit Sabatka versammelt. Es gab zwei Weine, Spargel-Cocktail, eine Tarte mit Crevetten, Mango-Parfait, Filet Chateaubriand mit Sommergemüse, als Dessert Charlotte Royal rouge. Ingrid hatte sich selbst übertroffen.

Prinz schwieg zumeist, strahlte aber als Gastgeber den jeweils Sprechenden aufmunternd an. Desirée war noch immer in sich gekehrt, Ollie und Anja sowie Ingrids Söhne hielten sich bescheiden zurück. Allerdings glühte Ollie vor Stolz: Nur ihm, der sich dauernd aufregte, wenn Leute technische Neuerungen nicht zur Kenntnis nahmen oder gar ablehnten, konnte die beiläufige Bemerkung des Pfarrers, er hätte kein Handy, im Gedächtnis bleiben. Erich schien sich fehl am Platz zu fühlen, während Pit in der hohen Gesellschaft geradezu badete.

Dr. Rohde und Manuel hatten ein dickleibiges Buch mitgebracht: »Der Fürst der Phantome«, von Anthony Burgess. »Der Erzähler«, berichtete Dr. Rohde, »ist ein schwuler englischer Schriftsteller namens Kenneth Toomey. Seine Schwester Hortense heiratet einen italienischen Komponisten namens Domenico Campanati, dessen Bruder Carlo ein Priester ist, der schließlich Papst wird. Vorher treibt Carlo bei einem todkranken Jungen namens Godfrey Manning den Teufel aus; und ausgerechnet dieser Junge wird später als ›God‹ Manning Guru einer Selbstmordsekte und verursacht ein fürchterliches Massaker.«

Professor Rind nickte Desirée zu. »Damit dürften wir endlich an Florian herankommen, meinen Sie nicht, hm?«

»Der sitzt immer noch?«, wollte Herbert Viehmann wissen.

»Er ist jetzt in derselben Psychiatrie wie Hildebrand. Aber ich bin sicher, er ist gar nicht krank. Er ist bloß noch nicht davon überzeugt, dass es wirklich vorbei ist. Hildebrand scheint leider ein, nun, hm, schwierigerer Fall zu sein.«

»Haben Sie«, wandte sich Dr. Rohde an Professor Rind, »eine Erklärung, was den Pfarrer und den Doktor und seine Frau dazu getrieben hat?«

»Ich werde sie demnächst interviewen. Darauf scheinen sie geradezu begierig zu sein. Es ist natürlich klar, dass sie alle drei Psychopathen sind. Trotz des Geredes, sie würden immer nur schmerzlos oder schnell töten, offenkundig zu keinerlei Mitgefühl fähig.« Rind nickte Desirée zu. »Niemand, der etwas Derartiges tut, kann gesund sein. Aber was hat sie, hm, getrieben?

Bei dem Doktor und seiner Frau scheint es tatsächlich lediglich Vergnügen gewesen zu sein. Über die Kategorie des sogenannten ›Machtgefühlsmords‹ hatte ich mit Desirée ja schon gesprochen: Der besondere Reiz liegt darin, nicht erwischt zu werden. Was den Pfarrer angeht ... nun, hm ... Die Ethik eines gläubigen Menschen bezieht sich auf seinen Herrgott. Wenn er zu dem Schluss kommt, sein Herrgott sei böse oder gar nicht existent, gibt es für ihn auch keine Ethik mehr. Dann ist alles erlaubt.«

Dr. Rohde schüttelte den Kopf. »Die wären davongekommen, wenn nicht ...«

»Die Bullen«, rief sein junger Freund mit plötzlicher Heftigkeit, »sind mit richtigen Verbrechen doch komplett überfordert!«

Zur allgemeinen Überraschung schien der ehemalige Minister zuzustimmen: »Der ganze Staat ist überfordert«, sagte er bitter. »Man müsste Vereine gründen, um all das zu erledigen, wozu der Staat gar nicht mehr in der Lage ist.«

»Was«, mischte sich Ollie ein, »wird eigentlich aus Siepmann?«

Andreas lächelte gehässig. »Der wird in den vorzeitigen Ruhestand versetzt.«

Professor Rinds Gattin wandte sich an Prinz: »Und was haben Sie jetzt vor?«

»Ich finde«, meinte Prinz, »das mit dem Verein ist gar keine schlechte Idee.«

Nachwort

Wie jeder mit Ortskenntnissen natürlich sofort erkennen wird, gibt es in Fuldatal keinen Mandelberg und daher auch keine »Mandelberg Park Residenz«; gäbe es sie, hätte die Gemeinde Fuldatal weit geringere Finanzprobleme. Das ganze Geschäft wie auch die Hintergründe und die beteiligten Personen sind vom Autor völlig frei erfunden.

Ansonsten habe ich Kassel Stadt, Land und Leute so beschrieben, wie ich es selbst erlebe, und mir nur wenige Freiheiten herausgenommen. Zum Beispiel scheint der Bugasee die frühere Popularität nicht mehr zu erlangen und die Segler-Gaststätte dauerhaft geschlossen zu bleiben; ich brauchte beides jedoch für eine Szene. Mein alter Freund und Mentor, der »Becker vom EXTRA TIP«, war in Wahrheit schon ein paar Jahre in Rente und ist kürzlich verstorben; für einen indirekten Kurzauftritt habe ich ihn mit Vergnügen noch einmal reaktiviert. Als er vor vielen Jahren einem damaligen echten Polizeipräsidenten nachweisen konnte, dass der »seinen Dienstwagen mit Fahrer die halbe Nacht vor dem Casino oben in Wilhelmshöhe hat warten lassen, als es das noch gab, während er da drin seine ganze Kohle verjuxte«, hat er das natürlich gebracht, »was denn sonst«, aber für meinen Plot musste es zunächst unter den Teppich gekehrt werden. Entschuldige, Klaus.

Zu danken habe ich vielen, allen voran Sonja Erdmann, Dr. Christel Steinmetz und allen anderen vom Emons Verlag, sowie der Lektorin Dr. Marion Heister für ihre sehr klugen und sensiblen Kürzung- und Änderungsvorschläge. Thorsten Krämer ist auf die Idee gekommen, dem Helden den Spitznamen »Prinz« zu verpassen. Mariann Schwan wird sich vielleicht ein bisschen in der Figur der »Ingrid« wiederfinden und war für alles Kulinarische zuständig. Der Arzt, der mir beim medizinisch korrekten Meucheln half, möchte namentlich lieber nicht genannt werden, und das mit Grund. Andreas Krieg löste in einem einzigen Telefonat einige technische Probleme. Sabine Knöll vom Polizeipräsidium Nordhessen führte mich durch ihre Arbeitsstätte und beantwortete geduldig meine Fragen, obwohl ich gleich warnte, dass die Polizisten in meinem Roman nicht die Helden sein werden. Pfarrer Eduard Trenkel, Sektenbeauftragter der Evangelischen Landeskirche Kurhessen-Waldeck, erzählte mir manches von dem, was ich der Frau, die im Buch an seine Stelle tritt, in den Mund gelegt habe; sein Büro mit der kleinen Bibliothek im Haus der Kirche habe ich etwas femininer eingerichtet. Die »Anja« aus dem richtigen Leben zeigte mir das Ludwig-Noll-Krankenhaus und klärte mich darüber auf, wie es in einer Psychiatrie so zugeht.

Wer bezweifelt, dass die Polizei manchmal tatsächlich Todesfälle so rabiat ignoriert, weil sie nicht ermitteln will, findet in »Tote haben keine Lobby« der ZEIT-Gerichtsreporterin Sabine Rückert noch weit drastischere Beispiele; was die Polizeipräsidien Nordhessen und Essen angeht, ist natürlich alles freie Erfindung des Autors. Und bei dem »Buch mit dem lustigen grünen Rücken«, aus dem nicht nur meine Täter, sondern auch ich eine gewisse Mordmethode »geklaut« haben, handelt es sich um »Seelenesser« von Jonathan Nasaw, das in der deutschen Erstausgabe im Heyne Verlag tatsächlich so einen grünen Rücken hat.

Volker Schnell, im Januar 2011